TIERRA FIRME

CUENTO CUBANO DEL SIGLO XX

CUENTO CUBANO DEL SIGLO XX

ANTOLOGÍA

Selección y notas de
JORGE FORNET y CARLOS ESPINOSA DOMÍNGUEZ

Prólogo de
JORGE FORNET

FONDO DE CULTURA ECONÓMICA
MÉXICO

Primera edición, 2002

Comentarios y sugerencias: editor@fce.com.mx
Conozca nuestro catálogo: www.fce.com.mx

Carretera Picacho-Ajusco, 227; 14200 México, D. F.

ISBN 968-16-6757-3

Impreso en México

Prólogo

Pujante a finales del siglo XIX, la literatura cubana llegó huérfana al XX. Las prematuras muertes de José Martí, Julián del Casal y de algunos de sus más notables sucesores, así como la dramática situación política del país, frustraron el ímpetu de que había gozado pocos años antes. El modernismo, que dio en Cuba los primeros y algunos de sus mejores pasos, no encontró, tras la desaparición de aquéllos, continuadores de envergadura. Por otro lado, en 1898 concluyó la guerra alentada por el propio Martí en 1895 y, con ella, la revolución de independencia iniciada tres décadas atrás. La intervención de los Estados Unidos en esa guerra puso fin a la dominación española sobre la isla y, de paso, permitió mostrar credenciales a la potencia imperial que dominaría el siglo siguiente. De hecho no fue en 1914 sino allí, en la voladura del acorazado *Maine* en la bahía de La Habana, en el despliegue de los *rangers* de Teddy Roosevelt en la loma de San Juan, en el hundimiento de la rudimentaria flota del almirante Cervera en la bahía de Santiago, en las imágenes del primer conflicto bélico fijado en celuloide, en las páginas siempre dispuestas de la prensa amarillista de William Randolph Hearst, fue allí, repito, donde nació el siglo XX. Un siglo al que Cuba parecía haber entrado con mala fortuna.

La intervención, que había sido solicitada por buena parte de los independentistas como una forma de acelerar el fin de la guerra, tomó cuerpo legal en el Tratado de París, donde sin la presencia de Cuba se acordó que el primero de enero de 1899 concluiría la dominación española y se iniciaría formalmente la ocupación norteamericana. Su símbolo por excelencia, la bandera de las barras y las estrellas, se izó en lo que hasta poco antes había sido Palacio de los Capitanes Generales, sede del poder político y administrativo de la isla. Sin embargo, Cuba no pudo ser asimilada como una colonia de los Estados Unidos, condición que le estaría destinada a Puerto Rico y las Filipinas. Así, el 20 de mayo de 1902 fue proclamada con bombo y platillo la República, que debió aceptar, como humillante condición de existencia, un apéndice constitucional (la llamada Enmienda Platt) que otorgaba a los norteamericanos el derecho de intervenir en la isla cuando lo estimaran pertinente y de establecer en ella bases navales y carboneras. Una viñeta literaria del historiador Louis A. Pérez, adaptada de la novela de John Sayles *Los gusanos,* y referida a esos años, muestra a Liborio –suerte de encarnación del pueblo cubano– famélico y harapiento. Dios se le aparece y aquél le pregunta por qué la vida es tan difícil todavía. Dios le explica que en este mundo nada puede ser perfecto, o de lo contrario nadie querría ir al Cielo. Entonces Liborio se aferra a su última esperanza: "Pero la libertad no tiene manchas. La libertad sí que es perfecta, ¿no?" "Para eso –le respondió Dios sonriendo– he creado a los yanquis."

La frustración que generó ese estado de cosas es el tema del cuento que abre nuestro siglo XX. Si bien las historias literarias y las antologías coinciden en señalar a Jesús Castellanos como el primer cuentista cubano *moderno,* el siglo lo inaugura, en rigor, el último narrador del XIX: Esteban Borrero Echeverría, a quien debemos, además, el primer libro de cuentos publicado por un autor cubano: *Lectura de Pascuas* (1899).[1] Pese a su estilo ciertamente decimonónico, "El ciervo encantado" inauguró un "estado de ánimo" en la cuentística nacional. Narrado en clave alegórica, resulta difícil no identificar a la isla de Nauja con Cuba, al ciervo que sus pobladores persiguen afanosa e infructuosamente con la Libertad, a la Metrópoli con España, a la gran nación vecina con los Estados Unidos... El relato resumió el sentimiento de impotencia de una generación que vio esfumarse el sueño independentista. Es ahí, más que en aspectos formales –si bien se ha dicho que en los cuentos de Borrero se advierten "notas de rara fantasía, contenidos un tanto extraños en el ritmo de nuestras le-

[1] A inicios de esa década había aparecido *Cuentos,* la primera antología del género, como parte de la biblioteca de una de las mejores revistas de la época, *La Habana Elegante.* El volumen incluyó textos de diecinueve autores entre los que se encontraban los dos novelistas más importantes del siglo: Cirilo Villaverde y Ramón Meza.

tras"–,[2] donde radica el carácter inaugural del texto. Borrero abrió el siglo con el mismo sentimiento de desencanto, aunque de signo diferente, con que se cerraría nueve décadas más tarde.

Hubo que esperar a 1913, año de publicación de la revista *Cuba Contemporánea,* del poemario *Arabescos mentales* de Regino Boti, e incluso de la poesía de José Martí, para que cuajaran la "primera generación republicana" y el tardío posmodernismo cubano. En el ínterin apareció la obra de Jesús Castellanos, quien tuvo, entre otras, la virtud de darle una nueva dimensión a un tema similar al abordado por Borrero. "La agonía de 'La Garza'", cuento de 1908, convierte en metáfora la frustración, la depauperación y la pérdida del rumbo que alegorizaba su predecesor. Más allá de la anécdota, el cuento inicia o explora caminos claves en la literatura posterior. Con él se abre toda una vertiente de narraciones que desde entonces hasta los cuentos de balseros de los noventa, pasando por "Aletas de tiburón", de Enrique Serpa, "El caso de William Smith", de Carlos Montenegro (incluidos ambos en este volumen) y las novelas "cubanas" de Hemingway, convirtieron al mar en un personaje más. El relato se inscribe en una línea que haría fortuna en la cuentística nacional: el cuento de tema social que, con mayor o menor éxito, seguirían autores como Luis Felipe Rodríguez, Serpa y el maestro de esa tendencia, Onelio Jorge Cardoso. Aquellos dos primeros cuentos, "El ciervo encantado" y "La agonía de 'La Garza'", resultan pioneros, por consiguiente, de los dos senderos más definidos del cuento cubano durante décadas: el fantástico, anunciado por el primero, y el de tema social del segundo.

Sin embargo, fue en la década del veinte, con las vanguardias, cuando la literatura cubana despertaría definitivamente de su letargo. Desde mediados de la década anterior el país disfrutaba de una opulencia sin precedentes (bautizada como "danza de los millones") gracias al ascenso vertiginoso del precio del azúcar –principal renglón económico de la isla– como consecuencia de la guerra en Europa. En medio de ese apogeo nació *Social,* revista lujosa y cosmopolita que refrescó el clima cultural. Pero la mayoría de edad llegó en 1923, fe-

[2] Medardo Vitier, *Estudios, notas, efigies cubanas,* La Habana, Editorial Minerva, 1944, p. 33.

cha clave en el proceso de renovación nacional. Un fraude perpetrado por funcionarios oficiales suscitó un emplazamiento por parte de un grupo de intelectuales que desafió al gobierno; conocido como Protesta de los Trece, fue, a la vez, el primer gesto público del Grupo Minorista y acta de nacimiento de la vanguardia en Cuba.

A mediados del año siguiente el poeta argentino Oliverio Girondo emprendió un viaje por varios países de la América Latina cuya misión esencial –según consta en el editorial del primer número de *Proa*– era "solucionar todos los conflictos que separaban entre sí a las principales revistas de los jóvenes y formar un frente único", "con el propósito de hacer efectivo el intercambio intelectual". La revista *Martín Fierro,* por su parte, lo nombró "embajador de nuestra juventud intelectual", y ponderaba su "misión de confraternidad artística e intelectual [con] la juventud de América Latina y Europa". A su paso por Lima, Girondo le anunció a Mariátegui el propósito de organizar "un extenso y constante intercambio entre las revistas y grupos intelectuales de nuestra América", y desde México –donde en un reportaje aludía a la creación de "un sindicato intelectual" latinoamericano– le envió materiales para la naciente *Amauta.* Poco después llegó a La Habana con una carta de presentación de Ricardo Güiraldes en la que éste explicaba que el motivo del viaje era crear un "programa de unificación literaria hispanoamericana".[3] Todo estaba listo para que Cuba se insertara en el proyecto vanguardista continental. Faltaban apenas algunos referentes y ciertos mecanismos legitimadores de carácter intelectual y repercusión pública. Y no se hicieron esperar. En 1926 apareció *La poesía moderna en Cuba (1882-1925),* de Félix Lizaso y José A. Fernández de Castro, primer proyecto editorial del grupo, que estableció el canon poético nacional; en 1927 vio la luz la *revista de avance,*[4] órgano de la vanguardia cubana que nucleó a casi todos los

[3] Las citas son tomadas de Celina Manzoni, *Un dilema cubano. Nacionalismo y vanguardia,* La Habana, Casa de las Américas, 2001, p. 20; Raúl Antelo, "Cronología", en *Obra completa* de Oliverio Girondo, ed. Raúl Antelo, Nanterre: ALLCA, XX, 1999, p. 355, y Rose Corral, "Notas sobre Oliverio Girondo en México", *ibid.,* p. 455.

[4] El uso de las minúsculas, por cierto, formaba parte de todo un programa. "Nos emperrábamos contra las mayúsculas", confesaba Jorge Mañach, uno de los líderes del grupo y uno de los pensadores más prominentes de la República, "porque no nos era posible suprimir a los caudillos, que eran las mayúsculas de la política".

más notables intelectuales de la "segunda generación republicana", y que fue el equivalente cubano de revistas como *Contemporáneos, Amauta* y *Martín Fierro.*

Quiso el azar que en esos años aparecieran dos de los grandes renovadores del cuento cubano, y que ambos hubieran nacido en Galicia. El primero fue Carlos Montenegro, dueño, él mismo, de una vida digna de ser novelada, que lo llevó de grumete en diversos barcos a la cárcel en Tampico, de un homicidio en La Habana a trece años de prisión (en la que se descubren sus dotes literarias), de corresponsal de guerra en España y militante izquierdista a enemigo de la Revolución de 1959. Montenegro se mueve con pareja soltura en una impresionante gama literaria que va de los cuentos rurales, y sobre la guerra de independencia o la vida en el mar, a la novela carcelaria *Hombres sin mujer* (1938). "El caso de William Smith", un relato no muy conocido, condensa en pocas páginas un mundo en que se mezclan el *suspense* y la crónica roja con elementos de una fuerte connotación política. El otro renovador del cuento cubano fue Lino Novás Calvo. A él debe la literatura cubana una novela y dos libros de cuentos excepcionales. Como Montenegro, abandonó temprano la literatura y denostó de ella con fervor. Entre sus relatos clásicos sobresale "La noche de Ramón Yendía", suerte de *thriller* psicológico ambientado en La Habana durante la Revolución de 1933, en los días que siguieron a la caída del tirano Gerardo Machado. El tema de la traición y la culpa acciona una trama netamente urbana en la que alternan la morosidad de ciertas escenas con el ritmo vertiginoso de otras. Tal vaivén forma parte del caos reinante; caos que conduce también al absurdo en que se resuelve el relato. Hay una escena inolvidable y terrible que revela, como pocas en nuestra literatura, el cambio de valores que implica una revolución; se trata de aquella en que un colaborador del "antiguo régimen" es perseguido por la turba que intenta lincharlo. Para detenerla, el hombre lanza su dinero al aire, pero resulta infructuoso; consiguen atraparlo y es incinerado vivo. Creo que en esas escasas líneas se resume –por el lado brutal– el cambio de prioridades provocado por la conmoción social.

Si en el último cuarto del siglo XIX autores como Esteban Borrero

Echeverría, Tristán de Jesús Medina y Julián del Casal habían incursionado en temas más o menos cercanos a lo fantástico, en el siglo XX José Manuel Poveda, Alfonso Hernández Catá y Arístides Fernández enriquecerían el género. Pero no sería sino hasta la década del cuarenta, esa década marcada, al menos en el ámbito de la lengua española, por las apariciones de la *Antología de la literatura fantástica* de Borges, Bioy Casares y Silvina Ocampo, y de *La invención de Morel,* del propio Bioy, cuando la literatura fantástica cubana y el cuento mismo alcanzarían su etapa más gloriosa. En 1944 Alejo Carpentier publicó el relato que iniciaría su madurez, "Viaje a la semilla", y que sería incluido en varias antologías de literatura fantástica dentro y fuera del país. Quince años antes –según una escena imaginada por Carlos Fuentes– tres jóvenes latinoamericanos, arrastrados por la revolución surrealista pero distanciados de ella, se habían reunido en el *Pont des Arts,* sobre el Sena, y habían acordado "fundar" la nueva novela hispanoamericana. Los dos primeros eran Miguel Ángel Asturias y Arturo Uslar Pietri. El tercero no se sintió a gusto con la novela que escribió tras ese acuerdo; ahora, con "Viaje a la semilla", comenzaba verdaderamente su carrera.[5] El relato, que es tal vez el más conocido de cuantos han sido escritos por un autor cubano, se ubica en la Cuba de la aristocracia azucarera del siglo XIX. Su hallazgo más deslumbrante es el de esa narración regresiva anunciada en el título, que presagiará narraciones futuras del propio Carpentier y de su visión de América.

Pero 1944 no fue sólo el año de "Viaje a la semilla"; fue también el de la fundación, por José Lezama Lima, de *Orígenes,* la mejor revista de la Cuba republicana, en torno a la cual se reunió el grupo más importante –en materia de poesía– del siglo XX cubano. En 1946, Eliseo Diego dio a conocer los breves textos recogidos en *Divertimentos* (libro al que pertenece "Del objeto cualquiera"). En su caso sorprende, por un lado, que perteneciera al grupo Orígenes, lo que significa que integraba su interés por lo fantástico a una de las poéticas más sólidas de la literatura nacional (cosa que también haría el líder intelectual y

[5] En su discutido volumen *El canon occidental,* Harold Bloom coincide en señalar a Carpentier –ahora junto a Borges y a Neruda– no ya como fundador de la nueva novela, sino de "la literatura hispanoamericana del siglo XX".

espiritual del grupo, José Lezama Lima); por el otro, que aunque sin duda influido por el reciente *boom* de lo fantástico y por la figura de Borges, Diego reconociera que *Divertimentos* era heredero directo de *El libro del Conde Lucanor,* de manera que lo sacaba de la órbita borgiana y de la línea fantástica habitual para vincularlo con la más rancia tradición castellana. Fue una manera hábil de disminuir el carácter contingente del libro y de la propia literatura fantástica, para otorgarles a ambos un pasado y un peso tan enormes como el de la misma literatura de nuestra lengua. Pronto, nombres como los de Virgilio Piñera y Enrique Labrador Ruiz se agregarían a los ya mencionados y otorgarían a la literatura fantástica nacional una densidad envidiable.

Labrador es autor de una narrativa sui géneris y de un cuento magistral, "Conejito Ulán", con el que ganó en 1946 el Premio Hernández Catá, el más reconocido de los galardones de su tipo otorgados por entonces. "Conejito Ulán" narra el drama real y el onírico de una mujer solitaria, en el que se confunden el mundo exterior y su propia imaginación. Labrador Ruiz le otorga una dimensión psicológica y fantástica al cuento rural, y su obra parece no generar continuadores. Virgilio Piñera, en cambio, se convertirá, con el paso de los años, en uno de los escritores más influyentes de la literatura cubana y un auténtico tótem de la cultura de los años noventa. Fue un excelente cuentista y poeta, y tal vez el mejor dramaturgo de nuestro siglo XX. En el imaginario nacional, uno solo de sus versos, el primero de "La isla en peso" ("La maldita circunstancia del agua por todas partes...") parece resumir para muchos el dilema cubano. Simplificaciones aparte, Piñera fue un auténtico pionero del absurdo y autor de varios cuentos clásicos. El más conocido y antologado de ellos, el brevísimo "En el insomnio", encontró sitio entre los *Cuentos breves y extraordinarios* seleccionados por Borges y Bioy Casares en 1955. Hemos optado, sin embargo, por incluir aquí un cuento menos conocido pero que revela como pocos el universo piñeriano con toda su dosis de absurdo y su interés por lo inexplicable, el papel del escritor, el tema de la mutilación, etc. Piñera ganó merecida celebridad no sólo con su obra, sino también con su vida. En Buenos Aires, donde vivió varios años y padeció los mismos apuros económicos que en su patria, se alió al polaco Witold Gombrowicz y entre ellos y otro grupo de amigos que se reunían cada tarde en el Café Rex de la calle Corrientes, tradujeron al español la novela de Gombrowicz *Ferdydurke.* Es digna de un cuento suyo la imagen de ambos discutiendo en francés (la única lengua común que dominaban) las sutilezas de una traducción polaca al español. Pero Piñera, además de ser un iconoclasta, sabía pelearse con sus amigos de forma estentórea; de modo que su ruptura con Lezama Lima no pasó inadvertida y cuajó en un proyecto editorial que fue fruto de una azarosa disputa a la cual era ajeno. Con motivo de severas discrepancias en el seno de *Orígenes,* su codirector y sostén económico, José Rodríguez Feo, rompió relación con Lezama y fundó *Ciclón* (a la que Piñera estaría plenamente vinculado) en 1955. Ya desde el primer número la revista abrió fuego contra su predecesora: "...borramos a *Orígenes* de un golpe. A *Orígenes,* que como todo el mundo sabe, tras diez años de eficaces servicios a la cultura en Cuba, es actualmente sólo peso muerto". Y para no dejar lugar a dudas, ese mismo número reprodujo un fragmento de *Las 120 jornadas de Sodoma,* con una introducción del propio Piñera; en el número siguiente éste lamentaría el "horrible infortunio" por el que atravesaba la literatura cubana, y en el número 5 hizo una lectura *gay, avant la lettre,* del poeta Emilio Ballagas. Dos años después, sin embargo, *Ciclón* desaparecería por la misma razón que la *revista de avance* un cuarto de siglo antes: por la ausencia de un clima propicio y por el predominio de una situación política convulsa. Dieciocho meses más tarde –el 1° de enero de 1959– una revolución popular derrocaría al tirano Fulgencio Batista. Se iniciaba una época radicalmente distinta en la historia de Cuba.

Con la Revolución llegaron, tras los barbudos de la Sierra Maestra, grandes cambios sociales y políticos, muchísimas esperanzas y decenas de proyectos culturales. Algunos –como el suplemento literario *Lunes de Revolución,* el Instituto Cubano de Arte e Industria Cinematográficos (ICAIC) y la Casa de las Américas– fructificaron de inmediato. *Lunes...,* novedoso en sus temas y en su diseño, alcanzó un tiraje de delirio (cien mil ejemplares); el ICAIC dio un vuelco absoluto y afortunado al cine cubano, y la Casa de las Américas no demoró en convocar un premio literario –ganado por varios de los antologados aquí– y en editar una revista que pronto se convertirían en punto de referencia continental, y ayudaron a configurar lo que sería conocido como *boom* de la literatura latinoamericana.

Después vendrían proyectos más ambiciosos como la campaña de alfabetización y la fundación de la Imprenta Nacional, que darían carácter masivo a la edición de libros y a los lectores. Se hacía claro que las libertades, la justicia y la dignidad proclamadas por la Revolución dependían, en gran medida, de que ellas fueran realidades en el ámbito cultural. Pero si el anverso de la moneda mostraba la lustrosa imagen de un mundo nuevo, por el reverso pasaban enormes contradicciones y traumas. En primer lugar, los que generó de inmediato la Revolución misma en el choque con los intereses norteamericanos en la isla, y con una burguesía nacional que veía desmoronarse todo su universo. Varios cuentos de esos primeros años ("El caballero Charles", de Humberto Arenal, sería un buen ejemplo) dan fe de la crisis de valores que provocó el cambio social. Otros, como "El paseo", de Calvert Casey, acuden al ámbito prostibulario para mostrar, desde detalles en apariencia nimios, un mundo que se venía abajo. A mediados de la década anterior, en *Aquelarre* (1954), Ezequiel Vieta había diseccionado la realidad con unos cuentos raros que siempre parecen hablar de "otra cosa", como en esa variante costumbrista que es "El ostión".

En medio del convulso magma que siguió al triunfo revolucionario, el año 1961 permitió dejar claras las reglas del juego. Por un lado, el gobierno de los Estados Unidos, que poco antes había roto relaciones con Cuba, apoyó una invasión a la isla (la de Playa Girón o Bahía de Cochinos) que fue derrotada en menos de tres días. No quedaban dudas, pues, de la decisión norteamericana de aplastar la Revolución por cualquier medio (lo que se ratificaría al año siguiente durante la llamada Crisis de Octubre o Crisis de los Cohetes, que estuvo a punto de desatar una guerra nuclear), ni de la de los cubanos de defenderla al costo que fuera necesario. En el terreno internacional y militar, pues, las cartas ya estaban sobre la mesa. Fue en ese mismo 1961, a escasos meses de la victoria de Girón, cuando el ambiente cultural se enturbiaría con un hecho cuyas consecuencias repercutirían en el futuro.

Un cortometraje sobre momentos de la vida nocturna en La Habana, titulado *PM,* fue el detonante. Visto hoy resulta inexplicable la desproporcionada atención que recibió el documental. Pero *PM,* dirigido por Orlando Jiménez Leal y Sabá Cabrera Infante, tenía dos inconvenientes: en tiempos dignos del género épico, se regodeaba en un tipo de vida desvinculado del nuevo proyecto social; por si fuera poco, la película, producida por *Lunes de Revolución,* fue un peón en el fuego político cruzado entre diferentes facciones que se disputaban el poder cultural. El hecho es que al sacar la película de circulación, comenzó a flotar, por primera vez de manera preocupante, el fantasma de la censura a la libertad de creación. Ese fantasma provocó un encuentro de varios días de la intelectualidad con la dirección del país y especialmente con Fidel Castro. En su intervención final, conocida como "Palabras a los intelectuales", Fidel pronunció una frase que resumía el espíritu de su discurso y que se convirtió en el lema rector de la política cultural cubana: "Dentro de la Revolución todo, contra la Revolución nada". Vistas retrospectivamente, tal vez hayan sido una novela de 1965 y su versión cinematográfica de 1968, *Memorias del subdesarrollo,* las que mejor expresan los conflictos generados entonces por la transformación de la sociedad cubana. La novela de Edmundo Desnoes y la película de Tomás Gutiérrez Alea no eluden ni la despiadada crítica a una burguesía dependiente en materia económica y moral, ni la mirada irónica a esa entelequia llamada "pueblo". Sin embargo, ambas, novela y película, apuestan por la Revolución. Lo demás no parecen ser más que contingencias en el camino hacia el porvenir.

La fuerza de tales temas no impide que continúen desarrollándose otros caminos. En una espléndida charla que Julio Cortázar ofreció en La Habana a principios de la década del sesenta, y que luego sería conocida bajo el título de "Algunos aspectos del cuento", con el que apareció en *Casa de las Américas,* recordaba una idea de Emmanuel Carballo según la cual "en Cuba sería más revolucionario escribir cuentos fantásticos que cuentos sobre temas revolucionarios". Lo cierto fue que la época, contrario a lo que pudiera sospecharse y siguiendo de forma involuntaria el consejo de Carballo, fue pródiga en textos fantásticos o dedicados al tema. Mil novecientos sesenta y seis, que pasaría a la posteridad como el año de la aparición de *Paradiso,* de José Lezama Lima; de *Biografía de un cimarrón,* de Miguel Barnet; del primer número de *El Caimán Barbudo,* y del inicio –con *Los años duros,* de Jesús Díaz– de la llamada "narrativa de la violencia", fue también el año en que la revista *Bohemia,* el semanario de mayor circulación en el país, dedicó un *dossier* a la literatura fantástica (30 de septiembre de 1966, pp. 28-29 y 32-34), muestra del interés que ella despertaba y de la fuerza que había comenzado a adquirir. Dos años antes había visto la luz el volumen *Cuentos de ciencia ficción,* con textos de tres autores cubanos, paso notable en el desarrollo de esa otra zona de la literatura. Pero fue en 1968 cuando aquélla alcanzaría un punto culminante con la aparición de dos antologías decisivas preparadas por Rogelio Llopis: *Cuentos fantásticos* y *Cuentos cubanos de lo fantástico y lo extraordinario.* La primera recoge textos de cuarenta y dos escritores, y en ella conviven, junto con los clásicos de todos los tiempos, cinco autores del patio: Eliseo Diego, José Lezama Lima, José Lorenzo Fuentes, el propio Llopis y José Manuel Poveda. La segunda, mucho más reveladora, logra antologar textos de treinta y dos autores que en rigor van más allá del fantástico puro e incursionan también en el realismo mágico y la ciencia ficción. Al año siguiente Óscar Hurtado, quien ya había preparado una separata sobre la novela gótica para la revista *Revolución y Cultura,* dio a conocer otra antología de *Cuentos de ciencia ficción* que incluía, entre veintiséis autores de todo el mundo, a tres compatriotas. Coincidiendo con ella, y como parte de un ciclo de conferencias ofrecidas por diversos intelectuales en la Casa de las Américas, Noé Jitrik abordó el tema "Realismo y antirrealismo", mientras Ángel Rama disertaba sobre "Fantasmas, delirios y alucinaciones". Ambas fueron recogidas en el volumen que la propia institución publicaría en 1970 con el título de *Actual narrativa latinoamericana.* Todas estas publicaciones y reflexiones revelan el interés en la literatura de corte "imaginativo" durante la primera década de Revolución. A finales de la década, en 1979, aparecieron unos nuevos *Cuentos fantásticos cubanos* que, lejos de marcar un repunte en la literatura fantástica cubana, fueron un tardío canto de cisne.

Sin embargo, el papel de esa literatura (tradicionalmente considerada "evasiva") nunca ocupó un primer plano, opacada por el canon realista; y ello, pese al reconocimiento que obtuvieron, por ejemplo, "Estatuas sepultadas", de Antonio Benítez Rojo, y los primeros cuentos de María Elena Llana. La literatura característica del momento, o más aún, la literatura de la Revolución era, por antonomasia, esa otra vertiente ya citada, la "narrativa de la violencia". Fue la crítica la que de algún modo silenció la presencia de la literatura fantástica. Tal vez el "espíritu de la época" se revele en el contradictorio hecho de que, por una parte, un volumen como *Los años duros,* considerado –desde su título– el libro emblemático de una generación, contenga un cuento eminentemente fantástico como "El polvo a la mitad", mientras que, por otra parte, ese mismo cuento fuera casi "borrado" por las expectativas que la época y el propio libro generaban. Lo cierto es que la narrativa de la primera década revolucionaria fue prácticamente reducida a un puñado de libros de cuentos, los más citados de los cuales han sido el volumen de Díaz; *Condenados de Condado,* de Norberto Fuentes, y *Los pasos en la hierba,* de Eduardo Heras León. "El capitán descalzo" y "La noche del capitán", tomados del segundo y el tercer títulos, respectivamente, se centran en la confrontación directa de la lucha contra los "alzados" en las montañas del Escambray (el caso de Fuentes) y de las infiltraciones de grupos armados por las costas cubanas (el caso de Heras). Ellos –pese a introducir matices que van más allá del blanco y negro– conformarían esa "literatura viril" cuya presencia obsesionaría a los críticos cubanos, así como cuarenta años antes, en circunstancias más o menos similares, había obsesionado a los mexicanos. Fueron ellos en última instancia, y no los maestros, quienes escribieron la "crónica" revolucionaria que las circunstancias –y la crítica– estaban exigiendo.

Si el cuento de los sesenta gozó de una salud comparable a aquella que en los cuarenta había disfrutado con Carpentier, Novás, Montenegro, Labrador, etc., otra sería la historia en los setenta. Esa década, que vio morir a Lezama en 1976 y a Piñera en 1979, comenzó bajo malos auspicios. En 1971 el poeta Heberto Padilla, cuyo libro *Fuera del juego* había provocado una sonada polémica en 1968, fue detenido durante un mes, al cabo del cual realizó una confesión autoincriminatoria en la sede de la Unión de Escritores y Artistas de Cuba. La inmediata repercusión de sus palabras provocó el cisma más estruendoso en la intelectualidad latinoamericana, que hasta entonces había apoyado de manera casi unánime e incondicional a la Revolución cubana. Era inevitable que la radicalización del proyecto político y social cubano provocara escisiones, pero el "caso Padilla" precipitó esa ruptura. A raíz de la polémica generada en torno a él, la política cultural del país se endureció y tanto de manera sutil como desembozada creció la censura y decenas de escritores padecieron alguna sanción en virtud de sus ideas, sus creencias religiosas o sus preferencias sexuales. Cambió la propia noción de intelectual, extendida de tal modo a todo aquel que trabajara con el intelecto, que su propia y tradicional función fue neutralizada. A partir de ese momento, mientras buena parte de la vida cultural languidecía, la literatura policial irrumpió violentamente en el ámbito literario cubano con todo el apoyo institucional. En el propio 1971 fue publicada la "primera" novela policial cubana, *Enigma para un domingo,* de Ignacio Cárdenas Acuña.[6] Y aunque el Cuento ya había dado desde varias décadas antes algunos magníficos frutos (piénsese, por ejemplo, en las narraciones policiales de Lino Novás Calvo), no sería sino hasta ahora, con el auge y el apoyo recibido por la Novela, cuando aquél disfrutaría de un nuevo impulso. Inmediatamente después del libro de Cárdenas Acuña, el Ministerio del Interior convocaría el premio Aniversario de la Revolución, el cual estimuló de tal modo la creación en ese género que –de ser casi inexistente a comienzos de la década– la novela policial cubana pasó a ocupar en pocos años un protagonismo en el continente sólo comparable con la argentina y la mexicana.[7] Fue una forma sabia, y no exenta de obras de calidad, de proponer (e imponer) un modelo de literatura estética y políticamente "correcta". La literatura policial aportaba además, pese a su carácter formulaico, un realismo no evasivo. Irónicamente, el género exquisito e intelectual por excelencia –al menos en sus orígenes– devino en paradigma de la literatura comprometida.

[6] En rigor, la primera fue la novela colectiva *Fantoches 1926*, más un divertimento vanguardista que una incursión, con deseos de apertura, en el género.

[7] *Cf.* Amelia S. Simpson, *Detective fiction in Latin America,* Londres-Toronto, Associated University Presses, 1990.

Aunque las secuelas del oscurantismo de entonces duró años, e incluso décadas, lo cierto es que a partir de 1976, año en que se funda el Ministerio de Cultura, las nubes comenzaron a disiparse y, con ellas, lo que algún crítico denominó Quinquenio Gris de la cultura cubana. A partir de la segunda mitad de esa década comenzaron a aparecer algunos libros de cuentos que anunciaban el cambio que se estaba produciendo de manera silenciosa. Los libros de Rafael Soler, Miguel Mejides, Mirta Yáñez, Senel Paz y Abel Prieto, entre otros, introdujeron una nueva mirada; de la épica se pasó al intimismo, del adulto al niño o al adolescente, del campo de batalla a las "becas" o internados de estudiantes. Era obvio que no sólo una nueva generación estaba accediendo a la literatura; también lo estaba haciendo un nuevo personaje, más cercano cronológica y moralmente al Hombre Nuevo soñado por el Che Guevara.

Pero si en 1980 comenzaba la década más apacible y próspera de la Revolución, su inicio mismo estuvo marcado por el éxodo del Mariel, por el que abandonaron Cuba más de cien mil personas, y no pocos escritores, como Reinaldo Arenas y Carlos Victoria, de los incluidos aquí. Poco antes habían comenzado a visitar masivamente el país, por primera vez desde que se habían marchado, multitud de exiliados. Empezaba a atenuarse la incomunicación tematizada por un brevísimo y temprano cuento como "La llamada", de Roberto G. Fernández. Tendrían que pasar años, sin embargo, para que fuera posible un relato como "La ronda", del propio Victoria, que vuelve sobre el milenario tema del regreso, pero esta vez a la isla, por alguien que se exilió después de vivir la experiencia carcelaria. De modo que aun dentro de lo espinoso del asunto, la idea misma del regreso es posible. Lo cierto es que poco después del éxodo de Mariel, Edmundo Desnoes había publicado un volumen titulado *Los dispositivos en la flor. Cuba: literatura desde la Revolución* (1981), en que reunió fragmentos de discursos políticos de Fidel y el Che, con cuentos, poemas y canciones, tanto de escritores residentes en la isla como de exiliados radicales, entre los que se incluían Cabrera Infante y Arenas. La intención fue incomprendida dentro y fuera del país. Pasaría mucho tiempo antes de que esa conjunción –de la cual forma parte esta misma antología– resultara natural para la mayoría de los escritores y lectores. De todos modos, el proceso de acercamiento ya había comenzado. Precedida por el inesperado Premio Casa de las Américas que en 1976 recibiera el chicano Rolando Hinojosa y que puso de manifiesto en Cuba el empuje de la literatura de origen hispano en los Estados Unidos, fue premiada también, el mismo año de *Los dispositivos en la flor,* la cubano-americana Lourdes Casal. Los versos finales de su poema "Para Ana Velfort" sintetizan el drama del emigrante, de su identidad y su lugar en el mundo, y complejizaron, desde el punto de vista humano, lo que el discurso político parecía haber simplificado. Es el momento en que confiesa sentirse "demasiado habanera para ser newyorkina, / demasiado newyorkina para ser, / –aun volver a ser– / cualquier otra cosa".

Uno de los textos de este volumen, escrito al año siguiente, narra de otra manera ese mismo drama. Me refiero a "Final de un cuento", de Reinaldo Arenas. El relato, sin duda uno de los más desgarradores de la literatura cubana, revela como pocos la (po)ética de Arenas. La historia misma del amigo suicida presagia el final de la vida del autor. Arenas resuelve del modo más dramático el conflicto terrible del desarraigo, de la inadaptación y hasta del rechazo a ese mundo de "cerdos castrados e idiotizados" en que vive; y espanta al fantasma de la nostalgia con otro más terrible: "porque mi odio", afirma, en un desesperado recurso de sobrevivencia, "es mayor que mi nostalgia". En cierto sentido, el amigo muerto es un álter ego del narrador, ese otro yo que se debate entre el deseo y la imposibilidad de regresar a la patria. Leído así, el cuento puede ser entendido como un prematuro testamento literario, y su invocación al mar para que devuelva a la tierra natal las cenizas del amigo, como el deseo de Arenas de que sus propias cenizas simbólicas, es decir, su memoria, retornen al lugar "lejos del cual no pudo seguir viviendo". El tema de la difícil asimilación del exiliado a su nuevo entorno reaparecerá en fechas recientes. Mucho menos dramático, aunque muy poco complaciente, es, por ejemplo, "La reencarnación de los difuntos", de Manuel Cachán. Lo son también, con no pocas dosis de humor y hasta de picaresca, "Isla tan dulce", de Julio E. Miranda, y "El pianista árabe", de Jesús Díaz.

A mediados de los ochenta comenzaron a ser publicados en Cuba algunos de los escritores más notables muertos en el exilio (Novás Calvo, Mañach, Lydia Cabrera), como parte de un proceso de cambios paulatinos motivados por la certeza de que la cultura cubana es una, y de que excluir del corpus de la literatura nacional a cualquier escritor por razones políticas es empobrecerla. También por entonces aparecieron algunos cuentos que anunciaban transformaciones. Un reportaje titulado "El caso Sandra", de Luis Manuel García, hizo del dominio público el tema de la prostitución y las redes que se tejen en torno a ella. Mientras tanto, un libro de cuentos con el que Reinaldo Montero ganó el Premio Casa de las Américas en 1986, *Donjuanes* (al que pertenece "'Happiness is a warm gun', Cary says"), dio una visión poco frecuente de la realidad. El cuento mismo involucra al lector (con el leitmotiv "¿Qué harías tú...?") en una historia turbia de la que logra hacerlo cómplice. Aquí el personaje ya no pertenece a la épica ni es el joven inmerso en los valores de la nueva realidad, sino que sin proponérselo y prácticamente sin darse cuenta, forma parte de un submundo que ni siquiera alcanza a entender. En 1988 la revista *Letras Cubanas* dedicó un número a la joven narrativa y lanzó nuevas señales del cambio que estaba produciéndose. Entre los cuentos recogidos aparece "¿Por qué llora Leslie Caron?", de Roberto Urías, y con él uno de los temas tabúes por excelencia de nuestra narrativa: la homosexualidad. Antes había sido escasamente tratado, pero en los noventa, e impulsados por el cuento de Urías, así como por "El cazador", de Leonardo Padura, y por "El lobo, el bosque y el hombre nuevo", de Senel Paz, dominaría como pocos el heterogéneo discurso de la narrativa cubana. De hecho, el erotismo y el cuerpo cobrarían un protagonismo que era inimaginable años atrás.[8] Aquel mismo año ganó el Premio David para escritores inéditos el volumen *Adolesciendo,* de Verónica Pérez Konina, cuyos protagonistas son unos peculiares *outsiders,* más seducidos por el embrujo del sexo, las drogas y el *rock,* que por la construcción de la nueva sociedad.

[8] Varios estudios y antologías dan cuenta del fenómeno. Cabe destacar aquí, como botón de muestra, *La maldición, una historia del placer como conquista* (1998), de Víctor Fowler, algunos de los ensayos recogidos en su *Historias del cuerpo* (2001), así como un par de estudios de Alberto Garrandés en *Síntomas. Ensayos críticos* (1999), y la antología *El cuerpo inmortal. 20 cuentos eróticos cubanos* (véase bibliografía), preparada por el propio Garrandés.

Aunque ya los cambios venían anunciándose, fue en 1989 cuando se produjo la sacudida más grande en la sociedad y, por extensión, en la literatura cubana. Con el muro de Berlín se desplomaron también montones de certezas y de esperanzas. En medio de esa atmósfera obtuvo el Premio Juan Rulfo de Radio Francia Internacional el que tal vez sea el cuento más célebre de la etapa revolucionaria: "El lobo, el bosque y el hombre nuevo", cuya merecida fama se potenció con la versión cinematográfica *(Fresa y chocolate)*. Es obvio que aunque Diego, el personaje homosexual, se roba la atención del lector, el "mensaje" de reconciliación entre él y David, el joven comunista, va más allá de esa anécdota. Nadie duda de que "El lobo..." es un cuento bisagra en nuestra narrativa. Ya he tenido ocasión de señalar que si bien algunos lo ven como el que abre una nueva época, en verdad parece sellar el fin.[9] El título mismo deja claro que a pesar de los escollos (el lobo, el bosque) es posible ver surgir aún la imagen del hombre nuevo. Los narradores siguientes se distanciarán de esa concepción en la que aún queda espacio para la utopía. De hecho, creo que después del cuento de Paz se perfila lo que he denominado narrativa del desencanto. Sus autores, nacidos antes de la Revolución, pero educados en ella y llegados por lo general a la literatura en la década del ochenta, han vivido en sus propias obras el tránsito que va de una sociedad mejor que parecía alcanzable, al quiebre de esa esperanza. Ese sentimiento, más o menos similar, se produce también, desde luego, en los autores del exilio. Algunos, como Rafael Zequeira Ramírez, en el beligerante tono de "La trágica muerte del doble nueve"; otros, como Antonio Vera León, desde la reescritura (y consecuente resemantización) del cuento de Pablo de la Torriente Brau, "El héroe".

"Dorado mundo", de Francisco López Sacha, vuelve desde otra perspectiva a aquel momento histórico en que Filiberto Blanco ve desplomarse, atónito, el muro de Berlín, la lealtad de su esposa y la taza del baño, y sabrá que no está preparado para enfrentar el mundo que se le viene encima. Escrito en el angustiante e incierto 1992, "Bola, ban-

[9] "La narrativa cubana entre la utopía y el desencanto", *La Gaceta de Cuba* 5 (2001), 38-45. Aprovecho aquí algunas otras ideas expuestas en ese ensayo.

dera y gallardete", de Arturo Arango, ofrece una imagen apocalíptica de la sociedad cubana, en que las ciudades deben ser evacuadas como último y desesperado intento de sobrevivencia. Lo más interesante, desde mi punto de vista, es el hecho de que la protagonista, a punto de cumplir cien años, rememora los tiempos de la intervención norteamericana de finales del XIX, y establece así un paralelismo con la situación que dio pie a un cuento como "El ciervo encantado". De este modo, el relato de Arango tiende un puente a un momento clave de la historia del país, y también de la literatura.

Finalmente, pocos cuentos expresan tanto con tal economía de medios como el que sirve de colofón. Collazo, un caso raro de la literatura cubana, comenzó como escritor de ciencia ficción en los años sesenta; en 1973, durante el Quinquenio Gris, escribió una *nouvelle* exquisita titulada *Onoloria,* y al final de su vida incursionó en la línea realista a la que pertenece "En candela". El mundo entre proletario y lumpen escasamente abordado por nuestra narrativa aparece aquí en la extraña situación de unos diálogos muy concretos y referenciales y al mismo tiempo alucinantes. Todo es dicho, y el mundo entero queda apresado en apenas dos palabras.

Con ellos y con ese espíritu se cierra el siglo. Es, como anuncié, un sentimiento similar a aquel con que lo había iniciado Esteban Borrero en "El ciervo encantado". Las causas de la frustración son otras, pero el sentimiento de que algo por lo que se había luchado y parecía tangible se evaporaba, marca a sangre y fuego la narrativa finisecular. Releyendo el corpus del cuento cubano del siglo XX, creo que la centuria se cierra allí. De Esteban Borrero a los narradores del desencanto, el cuento cubano traza un arco que –con los previsibles vaivenes– se define por la tensión entre los deseos y la realidad, entre lo que pudo ser y no fue.

No puedo detenerme aquí y pasar por alto que, también a principios de los años noventa y coexistiendo con aquellos autores, apareció en la isla otra generación nacida, ella sí, después de 1959. Aunque había venido anunciándose desde antes, su primer gran punto de referencia fue la antología *Los últimos serán los primeros* (1993), preparada por Salvador Redonet. Fue éste quien los entendió como grupo, los reunió y los bautizó, sucesivamente, como novísimos, posnovísimos, etc. Después aparecerían otros narradores y –sin depender de gurúes, de los que carecen–, tomarían caminos diferentes, incursionarían con oficio y desparpajo en los temas más disímiles, romperían tabúes, y dotarían al cuento cubano de una heterogeneidad, un empuje y un nivel altísimos. Pero ellos no pertenecen ya al siglo XX. Lo dice, a su modo, la narradora de "El viejo, el asesino y yo", de Ena Lucía Portela, cuando marca las diferencias entre ella y el "viejo": "Porque su época, según él, es la anterior a la caída del muro de Berlín; la mía es la siguiente. Todo cuanto escriba yo antes del XXI será una obra de juventud". Y creo que sí, que a pesar de la calidad de muchos de ellos y de los premios obtenidos, la obra de casi todos apenas comienza; en cualquier caso, sus preocupaciones son las de otra época. Nacidos a la literatura en los años noventa, cuando del muro de Berlín sólo quedaban escombros e imágenes fantasmales, en medio de una profunda crisis conocida como Periodo Especial, no parecen desencantarse de nada, porque nunca llegaron a escribir obras marcadas por el encanto. La mayor parte de ellos realiza, más bien, una literatura posrevolucionaria, en el sentido de que la historia y el destino de la Revolución misma no parecen preocuparles. Antes, a favor o en contra, desde el entusiasmo, la desolación o el improperio, desde Alejo Carpentier hasta Reinaldo Arenas, la narrativa estaba ligada a aquellas preocupaciones. Los narradores posrevolucionarios, en cambio, optan por otros ámbitos, otros héroes, otros placeres y otra razón de ser. Si para los narradores de los sesenta, como para Godard, el *travelling* era una cuestión moral, para éstos la moral es, en buena parte de los casos, una cuestión de *travelling*. En eso no se diferencian demasiado de sus colegas de esa otra patria que es la lengua. Y tal vez ahí radique su fuerza y su debilidad.

Parece irónico que fuera el más célebre de los escritores de la derecha latinoamericana, Octavio Paz, quien reflexionando sobre el colapso del socialismo en Europa del Este afirmara que "las respuestas han cambiado, pero las preguntas se mantienen intactas". Si los narradores cubanos del desencanto, aun en medio de la desorientación y con poquísimas respuestas en la mano, no renuncian a algunas preguntas claves que a veces dan la sensación de tener el peso de lo ontológico

(¿a dónde vamos?, ¿qué sentido tiene lo hecho?, ¿qué pasará mañana?), los narradores posrevolucionarios establecen otras prioridades. Siendo los escritores del siglo XXI no son, necesariamente, los que más se preocupan por el futuro.

El narrador venezolano José Balza ha dicho que la buena literatura de su país no excede de un "pequeño volumen de mil páginas, con letra grande y acentuados espacios en blanco". Aun aceptando que la literatura cubana ha gozado de mejor fortuna y de un puñado de autores y textos capaces de ocupar un sitio en el más exclusivo canon, podría hacerse una selecta lista de títulos perdurables que no excedería las dos o tres mil páginas. Todos los cuentos antologados aquí aspiran a esa condición. No todos, desde luego, podrán alcanzarla.

Esta antología ha debido enfrentar varias dificultades. La primera, inherente a la mayoría de ellas, tiene que ver con la inevitable camisa de fuerza del espacio. Reducir a un volumen de pocos centenares de páginas la cuentística cubana de un siglo implica exclusiones –e incluso injusticias– inevitables. Por lo pronto elegimos, con una sola excepción, cuentos que ya hubieran aparecido en libro con anterioridad. Más de una vez debimos renunciar a nombres que por derecho propio pudieron haber ocupado un sitio en estas páginas, en un intento de proponer cierta representatividad, dar a los lectores la opción de acceder a autores menos difundidos y beneficiar la producción de los años noventa. Eso explica, por ejemplo, las ausencias de algunos muertos ilustres como Luis Felipe Rodríguez, Alfonso Hernández Catá, Severo Sarduy y José Lezama Lima (cuya creación como cuentista, reivindicada en los últimos años, es escasa y de menor peso que la que realizó como poeta, ensayista y novelista). En algunos casos hemos preferido seleccionar textos poco conocidos o difíciles de ser ubicados en otras antologías, antes que los refrendados por todos, pero en otros no hemos podido ni querido eludir la reiteración de los clásicos. Suponemos que algunos lectores, sobre todo fuera de Cuba, pueden desconocerlos o hallarles un sentido distinto en este contexto. Casi todos han sido ordenados por su año de aparición; a veces, sin embargo, los hemos ubicado en el sitio en que pueden ser mejor entendidos. El ejemplo más claro es el de Lydia Cabrera, cuyo cuento, de 1971, tiene el mismo espíritu que animó sus precursores *Cuentos negros de Cuba*. De cualquier modo, en las fichas de los autores se consigna el año y la fuente de cada uno de los textos.

Sorprenderá la escasa presencia de mujeres en la selección. Si bien en los últimos años se ha producido un *boom* en la narrativa femenina nacional y la reflexión en torno a ella, la mayoría de las escritoras en activo pertenece a esa generación más reciente no incluida aquí. Un hito en la configuración de un corpus de mujeres cuentistas fue la selección *Estatuas de sal*, preparada en 1996 por Mirta Yáñez y Marilyn Bobes. La ausencia de mujeres en el canon nacional se debe no sólo a su carácter minoritario hasta hace unos años, sino también a que ellas, en tiempos de una crítica (y una realidad) obsesionada con aquella literatura "viril" que exigía volcarse sobre el espacio público, el realismo y la épica, prefirieron refugiarse en el espacio privado, la literatura fantástica y la lírica.[10]

La otra dificultad radica en el proyecto y el sentido mismo de la antología. El interés de la editorial, asumido desde el inicio por los antólogos, era el de reunir a escritores de la isla y de la diáspora, lograr que sus voces se entrelazaran o chocaran y que los lectores pudieran percibir el diálogo o el desacuerdo entre ellos. En Cuba (o fuera de ella, pero preparadas por autores residentes en la isla) se han venido publicando desde hace una década antologías que incluyen autores exiliados, pero se trata por lo general de escritores que se dieron a conocer como tales en la isla y de cuentos escritos aquí.[11] Por eso los antólogos de este volumen, uno desde Miami y el otro desde La Habana, se dieron a la tarea de ubicar textos que hubiera sido difícil localizar desde una sola de las orillas. El diálogo entre ellos, que nun-

[10] Véase Zaida Capote Cruz, "Cuba, años sesenta. Cuentística femenina y canon literario", *La Gaceta de Cuba* 1 (2000), 20-23.

[11] Son los casos, por ejemplo, de *El submarino amarillo* (1993), realizado por Leonardo Padura, y *Aire de luz* (1999), de Alberto Garrandés. En cambio, dedicadas por entero a autores de la diáspora que escribieron o escriben en ella toda o la mayor parte de su obra, son *Memorias recobradas* (2000), de Ambrosio Fornet, que recoge cuentos, poemas y ensayos reproducidos anteriormente en una sección de *La Gaceta de Cuba* coordinada por él mismo, y un volumen preparado por Carlos Espinosa, en proceso de publicación por la editorial Letras Cubanas.

ca se basó en imposiciones o cuotas de ningún tipo, se sostuvo sobre la base de ofrecer una gama amplia y diversa del cuento cubano, aun a riesgo de que algunos de los textos pudieran resultar irritantes para unos u otros lectores. Lo importante, en todo caso, es que esta antología sea posible. Su diversidad –que no es sino una muestra de lo que fue el convulso y dramático siglo XX cubano– justifica el empeño.

JORGE FORNET

La Habana, julio de 2002

NOTA: En el plan inicial de esta antología se tuvo la intención de incluir los cuentos "En la ciénaga", de Onelio Jorge Cardoso, y "Josefina, atiende a los señores", de Guillermo Cabrera Infante, pero por razones ajenas al editor no fue posible.

El ciervo encantado

Esteban Borrero Echeverría

Hace de esto más de veinte mil años; y el hecho puede interesar sólo a los que rastrean en el pasado del hombre y, guiados de la ciencia antropológica, los primeros asomos de nuestra vida moral, que, a pesar de la leyenda del paraíso, puede muy bien no haber sido desde los principios de nuestra existencia histórica tan perfecta como es hoy; después, sobre todo de las grandes enseñanzas que en el campo de esa vida nos dieron en su día los epicúreos, y de las que, más cerca de nosotros y en el mismo sentido, nos proporcionó amablemente el gran Hobbes.

Sea de esto último lo que quiera, lo cierto es que los sucesos a que me refiero han sido puestos recientemente en claro por uno de esos grandes investigadores que, en busca de la verdad, escudriñan no ya los secretos que encierran los viejos ladrillos caldeos, los papiros y pirámides egipcios y los amarillentos pergaminos, sino los que esconde y solapa el gran libro geológico en sus capas, estratos y yacimientos, que son, a los ojos del sabio, como otras tantas hojas impresas llenas de noticias curiosas, escritas allí con caracteres muy legibles en el gran infolio de la tierra. Labor que está muy por encima de la que, ayer, como quien dice, realizaron los logógrafos y mitógrafos de la Grecia y deja a cien leguas por detrás la obra de los Herodotos y Teopompos, y aun la del mismo Tácito.

Es, pues, el caso (y no es posible que, para declararlo en su evolución cósmica, étnica, religiosa, política y sociológica, entremos en pormenores enojosos como aquellos que descubrió y describió Gulliverio en la persona de las damas de honor de Brodignac a las cuales les veía hasta los poros de la piel y los capilares de los ojos), es el caso, decimos, que se sabe de ciencia cierta que en aquellos tiempos que he dicho y cuando todavía era el Mediterráneo un gran lago, existía en el confín oriental más remoto de ese mar, que fue muchos miles de años después teatro del movimiento comercial de los fenicios y cartagineses, una isla de regular tamaño fértil y bien proporcionada, que parecía hecha a pincel por las manos del mismo Platón, que, como se sabe, fue gran maestro en el arte de hacerlas y pintarlas y un gran soñador por añadidura, como dijo tan bien Voltaire, que tuvo tanto talento, que supo tantas cosas y no llegó nunca a entender la Historia.

Esta isla que decimos no fue Taso, ni Samotraki, ni Imbro, ni Estalimcue, ni Negroponte, ni Naxos, ni Lemnos, ni Escolepo, ni Esquiro, ni Esquiatos, ni ninguna de las Cícladas; ni Coluri, ni Egina, ni Hidra, ni Psara, ni Chio, ni cualquiera, tampoco, de las Esporadas; ni Rodas, ni Escarpanto, en el gran mar Egeo, ni se cuenta entre las Jónicas, porque no fue Zefalonia, ni Corfú, ni Zante; ni Ogigia (en donde habitó, como es sabido, Calipso), ninguna de las cuales islas pudo haber existido entonces porque aún estaba unida por una cadena de montañas la Europa al Asia; y las más altas cimas de esa gran cordillera más tarde sumergida, no representaban el papel geográfico que centurias después habían de representar y aún representan.

Conjetúrase que la ínsula de que hablamos tuvo el mismo geológico origen que tuvieren las Afortunadas y las de Pancaya, que siglos de siglos más tarde habían de descubrir aquellos grandes navegantes del Océano de la Imaginación que se llamaron Iambulo y Evhemere. Es cierto, además, en todo caso, que no fue la de los Hiperbóreos, porque esta isla había de caer, como cayó más tarde, bajo la constelación de la Osa, un poco más allá del punto en que sopla el viento que le da su nombre.

La isla, que figura con el nombre de Nauja en los mapas de los Toscanelli y otros cosmógrafos de aquellos remotos días, estaba poblada y había alcanzado un grado de civilización muy considerable para los tiempos que corrían; y se supone que su gente procedía de la raza *cheleenne* (cheleana, diremos) que ocupaba por aquel entonces el occidente meridional de Europa, la cual raza dio de sí el gran dolicocéfalo inteligente, alto y fornido que se pintaba de minio la cara y estaba dotado de una gran combatividad además, como convenía a quien había de disputar la vida al gran *Félix Spelea,* al león, que era un niño de pecho al lado de éste, al gran oso de las cavernas y a otras bestezuelas por el estilo. Era un poco nocturno y tenía sus toques felinos entonces el *homo sapiens* y andaba armado de una macana, a cuyo lado la de Hércules hubiera parecido un mondadientes; y portaba, a todo evento, además, una azagaya capaz de pasar de claro en claro, lanzada por su hercúleo brazo, un unicornio y hasta dos, como los cogiese apareados. Un animal, como si dijéramos, doméstico, de entonces, era el gran *Cervus Elaphus,* cuya presencia impondría hoy a la más brava domadora de leones de cualquier Barnum.

Este animal, más ligero de suyo que el viento, más grande que un alce moderno, temible, porque estaba armado de formidable ornamenta y no tenía el corazón de un corderillo, era presa fácil del hombre, su contemporáneo, que tenía en la carne de la gran bestia el mejor bocado de su mesa; como tenía en el *auroch* (un toro grandísimo y endiablado de entonces), su proveedor de paño para vestido y abrigo, que de él los sacaba, arrancándole la piel, después de haberlo muerto en la caza, por supuesto; que el desollar a los animales y a los hombres vivos empezó en el mundo más tarde, con los amigos de San Bartolomé.

¿Y quién les dice a ustedes que un ciervo de aquéllos fue causa de que la existencia hasta cierta hora plácida y tranquila de aquellos isleños se perturbase, accidentase y dramatizase hasta no poder más, y acabase en el mayor desconcierto social hasta entonces entre hordas humanas conocido? ¿Quién les dice a ustedes que un ciervo de aquéllos?... Pero no adelantemos los sucesos...

La narración anticipada de ellos pudiera no ser todo lo puntual que la Historia exige; y es bien que se esté, para su inteligencia, en antecedentes de cierto orden, al origen, carácter y vicisitudes de aquel pueblo concernientes; y, sin las cuales, en cualquier caso, no se sabría nunca nada de cierto. El hombre está, como sabe hace siglos de siglos, en plena posesión de la verdad histórica; y el que hace este cuento no puede pasar sin ella ni sabría defraudar, ocultándola, los intereses, a este respecto sagrados, de la inteligencia humana.

¡Paciencia, y barajemos!

La primera carta que en este barajar topemos nos dirá, y esto es esencial, que aquellos hombres no habían nacido en aquel lugar como hongos, ni cayeron del espacio, ni de una isla aérea como alguno pudiera sospechar. Primero, porque la generación espontánea no había sido todavía descubierta por los Holbach, ni las islas flotantes habían sido aún inventadas por los Swift. Aquellos hombres procedían del Continente, y habían arribado a la isla (nadie sabe si a nado o embarcados en grandes canoas) en una época que los más antiguos de ellos fijaban cuatro siglos atrás, y con intención de colonizarla.

Si alguna cosa se sabe en Historia es que pueblos y razas diversos inmigrantes se sucedieron en la Europa Occidental y en la Central, extendiendo la civilización, que de Oriente traían, a los extremos del Continente y a las islas que la rodeaban y rodean. Los pueblos que son como colmenas (no hay que darle vueltas) han enjambrado desde el principio del mundo, como enjambraron desde entonces las abejas. Eso es cosa sabida también, y aquí está el quid de tanto trasiego de gente sobre la tierra. Demos, pues, por cosa averiguada, que nuestros robinsones se habían desprendido de un grupo continental más numeroso y más fuerte también.

Ni memoria tenían aquellos contemporáneos del Mammouth de vida mejor que la que allí, señores de la tierra, hacían, ni aspiraban a más de vivir hartos. Un instinto, sí, les dominaba: el cinegético, que en el género de vida que llevaban se les había hipertrofiado en el alma y se la llenaba a todos ellos; y por aquí se verá cómo nacían desde entonces en lo humano de las propias virtudes los defectos. Pieza ojeada, pieza muerta, era allí como el evangelio de la vida moral estrecha, pero intensa, que hacían; y así lo atestiguaba, primero, la existencia de aquella sociedad, y, luego, las osamentas de toda clase de animales feroces que como columnas de triunfo se alzaban por todas partes en la Isla, así en el llano, como en los claros de las selvas, en lo más espeso de los bosques y en lo más lóbrego de las cavernas, en donde aún puede hallárselas.

Pero, he aquí que un día el más acreditado cazador de aquella subraza llega, jadeando, anochecido ya, a su caverna y cuenta a los viejos y a los jóvenes que en ella le aguardaban, el hecho por todo extremo insólito de habérsele escapado un ciervo tras el cual corrió desde antes del alba. Si faltaba con ello en el hogar la carne, faltaba también lo que ya desde entonces era más caro que todo a nuestra especie: el honor.

Oír el cuento y armarse todos fue uno, y juntos, por tácito acuerdo, salieron a perseguir, apasionados y con salvaje energía, la fugitiva res. ¡Ni por ésas! Con el alba entraron en su cavernoso asilo todos al siguiente día, desesperados, sudorosos, sombríos, mudos de sordo rencor los cazadores. Todos habían visto el ciervo, todos habían creído tenerlo acorralado, todos habían disparado sobre él a tiro y sobre seguro sus vibrantes azagayas; y el animal no parecía ni muerto ni vivo, cuando, contando con la presa ya en la mano, se abalanzaban a cogerla. ¡Nada! El ciervo se les desvanecía en el aire, para reaparecer un instante después triunfador, burlón, como desafiándolos, a cien toesas del lugar que había hollado primero; y allí, vuelta al acecho, a la persecución y al acorralamiento, al ataque frustrado y a la fuga de la bestia y al fracaso del hombre. Aquella gente, como toda gente ruda, hablaba poco; pero la gran taciturnidad en que estaba sumida en los momentos en que los vemos juntos, tenía la taciturnidad poblada de amenazantes rumores que precede en la naturaleza al huracán.

Bebieron agua en el hueco de la mano, tomándola de un manantial que en la vera misma de la gruta tenía su nacimiento, y se dispararon juntos como una tromba a través del intrincado bosque en un claro del cual hacían su guarida; y fueron caverna por caverna, por todos los ámbitos de la ínsula, comunicando la humillante nueva a todo dolicocéfalo capaz de manejar una maza; y, casi sin palabras, se entendieron. Eso tiene lo trágico, su mutismo expresivo es más elocuente que el discurso más acabado. Además, y sin que supieran darse cuenta de ello, aunque lo sentían, flotaba, por decirlo así, en la atmósfera con inconsciencia penetrante el espíritu sombrío de los días calamitosos de los pueblos. Y arrolló aquel huracán de bípedos, injertos de Argos y de Hércules, rabiosamente activos, cuanto se opuso a su paso en la pesquisa feroz que emprendían; y el ciervo, cien veces visto, con proporciones gigantescas ya (apocalípticas, diríamos, si no fuese allí anacrónico el adjetivo), les burló otras cien. Panteras, osos, leones a quienes despreciativamente esquivaban, se paraban con asombro feroz e imbécil, y los veían pasar sin comprender nada, sin explicarse aquella vertiginosa batida.

Días y días pasaron así, presa del vértigo cinegético, trasponiendo sierras, vadeando ríos, saltando torrentes, recorriendo llanuras, explorando valles, sondeando quebradas, cañadas, precipicios y simas; y en todas partes veían o columbraban al fantástico animal, sin que asirlo pudieran, hasta que, agotadas sus energías, cayeron rendidos en un grandísimo llano que en medio de la Isla se hacía y en donde tenían sus asambleas y fiestas en épocas normales de la vida.

Allí mismo, pocas horas después y un tanto convalecidos de la fatiga, celebraron consejo. Agotados los recursos de la fuerza brutal, casi mecánica, de que el hombre como las fieras dispone, desde entonces, resolvieron, por lo que se echa de ver, apelar a los de la inteligencia.

Después de muchos ¡Lloó!, ¡Lloó!, que era entre ellos una interjección muy significativa, y tras mucho hablar, el Néstor de la asamblea propuso que para coger el ciervo pidiesen auxilios y recursos a la Metrópoli que, como se sabe, estaba situada en el continente vecino. Ahuecaron seguidamente el tronco de un boabab diez veces centenario que de allí a pocos pasos crecía, y que en un decir Jesús habían derribado; y ya tienen ustedes embarcados en la canoa que hicieron al Jasón y al Ulises de aquella gente. Uno iba como piloto, gobernando el barco; el otro, como diplomático, para conducir y manejar aquel asunto en la Corte; y,

Itli robur et oex triplex
circa pectus erat qui fugitem truci
commisit pelago ratem
Crimus...

allí los tienen ustedes navegando bravamente, rumbo al nordeste.

Perdidos iban ya entre la bruma, y aún creían percibir los *vales* de sus amigos, aquellos ¡ay! que en aras de una gran pasión cinegética arriesgaban la vida emprendiendo el primer periplo que realizaron los hombres.

No todavía el áureo vellón de la piel de una oveja, sino el cuero de un ciervo iban buscando. Mas, ¡por algo se empieza!

Volvieron al cabo de dos años con las manos vacías aquellos *agrícolas de mares,* como el Góngora de entonces los llamaba, y dijeron que en la Metrópoli habían puesto, con el recado que llevaron, el grito en el cielo: que hasta se habían airado, y que contestaron que harto harían del lado de allá con perseguir su ciervo; que también tenían uno que coger; y, además (y en son de paternal aviso), que la carne de ciervo era manjar indigesto y que se guardasen, no digo de comerla, que eso ¡nunca!, sino de apetecerla siquiera.

Así las cosas, y flacos y desmedrados los isleños, minada su moral cinegética, además, por la desesperanza y por las inútiles correrías que, en pos de la bestia en que cambió Diana a Acteón, de cuando en cuando emprendían siempre, se dividieron en dos bandos. Unos, los cansados y más flojos, decían que a aquel animal había que cogerlo por las buenas; y otros, los más radicales, que carne de bestia tan montaraz y arriscada no sabía bien sino comiéndola a la fuerza y adobada por los propios jugos, auras, emanaciones, efluvios y acres vahos de la libertad en que había nacido y vivía. ¡Digo, y que el animal, con la gimnasia a que lo habían sometido, y con la edad, porque era todo un macho adulto, estaba entonces más grande y vigoroso que un megaterio y más salvaje e intangible que nunca! Aquí hubiéramos querido ver nosotros a San Huberto, a Favila, a Jules Gerad, al Caballero de los Leones y al mismo Tartarín en persona. Pero, ¿qué quieren ustedes? Ninguno de esos personajes de la Historia y de la novela habían nacido todavía.

Otra fue la industria de que en aquella extremidad se valieron: pidieron entonces auxilio a una gran nación vecina de quien era fama que había cogido hacía años *su ciervo,* y la invitaron a que los ayudase, por el amor al arte cinegético, a coger el que por espacio de casi media centuria habían vanamente perseguido, y sin el cual, así lo declaraban a gritos, no podían vivir. No se prestaron de momento los poderosos vecinos a tal propósito; pero desazonados al cabo por la gran agitación que en la Isla, muy próxima a ellos, reinaba, y por el ruido de las correrías de los isleños que no les dejaba dormir en paz su siesta, resolvieron acceder, buscándole un soslayo, a la histórica súplica, y helos allí en campaña, trasladados en son de caza a la Isla convulsiva, y en pos del asendereado y codiciado ciervo, que cayó, a la postre, de puro cansado ya, en sus manos.

¡Qué alegría, qué regocijo, qué embriaguez la de aquellos insulares en aquel instante! Ni cuando vinieron al suelo los muros de Jericó, ni cuando Godofredo tomó la Ciudad Santa, ni cuando tomaron e hicieron polvo los franceses la Bastilla, ni cuando arrojaron antes de esto los españoles al último moro, con Abu Abdilá, tras ocho siglos bélicos, de la península, ni cuando (por no olvidar a los griegos) cayó Troya o remató Hércules el último de sus doce trabajos, quedaron los hombres y héroes que tales empresas persiguieron tan contentos y satisfechos y gloriosos como nuestros cazadores isleños en aquel punto.

Pegaron carreras, cantaron himnos, postráronse, y dieron gracias al cielo y se inundaron, cuerpo y alma, en la divina al par que viril beatitud del éxito, tal como culmina en lo cívico, militar y cinegético dentro de esta alma humana que da de sí tela para cortar un Nemrod, un Espartaco y un Mazzini, como la da también para cortar un Sancho; no el Bravo, sino su paisano, el de las Zancas.

Pero, he aquí que, pasado el primer momento casi siempre estuporoso del triunfo, divídense en cinco o seis grandes grupos los isleños, y sin haberle visto todavía un pelo al ciervo, empiezan a disputar sobre la mejor manera de guisarlo para comérselo; y dando cada grupo exclusiva preferencia a su cocina, encónanse los ánimos y tiran todos a acabar, no sólo con la cocina, sino con la existencia del grupo contrario.

Ese ciervo ha de comerse en salsa de ajos con limón, y asado en barbacoa, en una pieza, decían unos. ¿Qué asado?, ¡cocido!, decían otros. Ni asado ni cocido, sino hecho cecina a modo del jamón de Westfalia, y lasca a lasca, vociferaban muchos. Vosotros no sabéis de cocina, argüían éstos. Ni tenéis gusto vosotros, replicaban aquéllos. Mi salsa es la buena, mi procedimiento el mejor, gritaban en la nueva algarabía todos; y cada uno juntaba candela por su lado y llevaba leña, como podía, a su fogón, quemándole de paso la ropa o la piel al contrario con quien topaba.

A ésos, ni el agua ni la sal, proferían despreciativamente unos. A aquéllos, ni la luz del sol, vociferaban coléricos los otros. Los vecinos, auxiliares de los isleños que, so pretexto de desbravar la bestia y de enseñarla a cabestrear, se habían quedado con beneplácito de todos en la Isla, viendo esto, dijeron en cifras al gobierno de su tierra:

—Esta gente no quiere coger ya el animal, ni saben de eso; y hasta es probable que nosotros, hartos como estamos, tengamos que comérnoslo, porque no se huya y vuelva a provocar con su persecución nuevos escándalos. Lo mejor para nosotros hubiera sido dejar a esos isleños agotar en la persecución del ciervo sus energías; capaces como son, por lo que se ve, de la persecución, pero no de la posesión de la pieza. Aquí están dejándola en nuestras manos, dispuestos a matarse antes que a ir juntos, como debieran, a adueñarse todos de ella.

Tal pudiera una manada de hambrientos lobos, que persiguiese en los bosques a un jabalí, abandonar la caza al percibirlo; y, rabiosos del anticipado celo de la posesión, caer unos sobre otros y devorarse; sin acordarse ya en su ciega gula de la soñada presa, que huye libre al cabo, gruñendo de salvaje goce. Pero no hay memoria de que los lobos sean tan torpes.

A cara descubierta, pues, ante esa orgía de insanos apetitos isleños, los vecinos llegaron a señalar en la res los pedazos que de ella se atrevieron a apetecer, y aun dijeron que harían de ellos un buen *roastbeef*, en lo cual estuvieron todos de acuerdo. Mandaron los matarifes para cuando llegara el caso, y dieron instrucciones a sus cocineros; temerosos en el fondo de que los isleños se resistiesen a ello, y alguno creyó que, despiertos ante la amenaza de mayor ultraje, acudiesen unidos a apoderarse del ciervo aún en pie y vivo los que tanto lo persiguieron.

¡Temor y creencia vanos! Allá, más enconados que nunca unos contra otros, permanecieron perfeccionando las recetas de sus respectivos platos los diversos grupos que se disputaron el derecho de cocinar el ciervo a su modo; asegurando que, en triunfando cualquiera, no dejaría sentarse a la mesa del festín a isleño alguno que no perteneciese a aquella escuela gastronómica; y, aún así, ¡quién sabe!, al freír, decían, será el reír. Alguno se dolía ferozmente de no estar él solo para devorar solo toda la res y roerle después hasta el último hueso y chuparle los tuétanos. ¡Vano sueño de salvaje glotonería! Ebrios todos en su furor, aquellos hombres no sintieron (¡qué habían de sentir!) el ruido que hacía con sus ásperas escamas al arrastrarse por el país un terrible boa constrictor, el voraz *Piton Aureus* de los naturalistas cheleanos, que habían traído consigo y soltado los extranjeros, y que ahogaba a los empobrecidos y desmoralizados propietarios de los pastos en que pudo vivir el ciervo.

Pero digo que alguno de aquellos isleños llegó a vender sus predios a vil precio para comprar leña que ofrecer a los gloriosos lúculos de Nauja. Uno a uno los poseedores de la tierra se ofrecían como fascinados a la sierpe, que lanzándose sobre ellos como sobre la mísera prole de Laocoón,

> *dans un cercle d'écaille sasit sa faible proie,*
> *l'enveloppe, l'étoffe; arrache de ses flancs;*
> *d'affreux lambeaux, suivis, de longs ruisseaux de sangs;*

y aquí no hubo padre solícito que acudiese en defensa de los hijos en peligro y que supiese morir con ellos. Todos fueron ahogados; y el mejor día se vieron los supervivientes sin pastos para el ciervo y sin ínsula y sin ciervo también.

Enrojecidos de la sangre de sus insanos apetitos los ojos, buenos así sólo para contemplar al ser odiado; ni vieron ni previeron, y hay quien dice que en su torpe coraje intestino ni siquiera se dieron cuenta de su mengua, o que dieron por bien empleado que el ciervo pasase al corral de los avisados vecinos extranjeros.

–Mejor –decían–: con eso no lo probará ninguno de mis contrarios.

Dueños ya así del territorio los cuerdos y sagaces aliados de un día, impusieron, naturalmente, en la Isla su gobierno, industria, costumbres y habla, y no hay para qué decir que los aborígenes quedaron de por sí recluidos de la vida social que allí se impuso y que fue próspera y feliz para los señores de la tierra. Los hijos del país formaron una casta inferior, apta sólo para los oficios más bastardos. Unos servían de mozos de labor, para lo más menudo e insignificante en los predios rústicos que un tiempo fueron propiedad suya. Otros se agregaban, como lacayos, a las familias dominantes que los toleraban con despectiva lástima y les arrojaban, para que se sustentasen, los relieves de las mesas.

Ninguno tenía, al parecer, conciencia del rebajamiento en que habían caído: habían perdido con la razón la memoria. Pero lo que más despertaba la curiosidad de los ocupantes, y les sirvió por largo tiempo de cómica diversión, fue el espectáculo que dieron los jefes de cocina isleños que, sin percatarse del cambio operado en la ínsula, permanecían tenaces al pie de sus viejos fogones, en cuclillas, soplando febrilmente las cenizas ya frías y espiando dementes el brote de una chispa que no surgió nunca. Inútil fue cuanto se hizo por apartarlos de aquellos lugares. Allí se disecaron, y cayeron al cabo muertos de extenuación entre los negros tizones apagados. ¡Oh, la cocina!

Todavía hay quien dice que los habitantes autóctonos de aquella Isla no pertenecían a nuestra especie, sino que eran, sencillamente, *yahous,* extraños seres antropoides de que habla en la narración de sus viajes Gulliver, y a quienes vio en el país de los *Houyhanhnms,* sirviendo a éstos como esclavos; pero esa circunstancia, por ser tan vieja esta historia, no ha podido puntualizarse como alguno quisiera. Y, mejor es así, decimos nosotros: ¡siempre es consolador pensar que pudieran no haber sido hombres como nosotros los cubanos, por ejemplo, los cuasi fabulosos habitantes de Nauja, desatentados perseguidores del Ciervo Encantado!

La agonía de "La Garza"

JESÚS CASTELLANOS

VUELTO A MI PLAYA QUERIDA, pregunté por los míos. Mi playa es esa costa chata y riscosa que se duerme en línea temblona más allá del gran boquete de Cárdenas. Los míos son toda aquella población ruda y sincera: Lucio el pescador de agujas, Josefa la vieja tejedora de mallas, Anguila el chico que preparaba la carnada, Pío el carbonero, Gaspar el brujo.

–¿Pío?... ¿Gaspar?... ¿Pero no sabe usted lo que les pasó?... ¡Pos si hasta los papeles hablaron de eso!...

Y en un ángulo del bodegón, entre dos tragos de aguardiente, me contaron el terrible episodio que huele a marisma, a vientre de monstruo, a carne atormentada. "En el nombre del Padre"... Perdonad que me persigne.

Fue el mismo Pío quien lo contó a algunos hombres de mar cuando su razón, como un ave desenjaulada, se escapaba ingrata de su cerebro. Aquel Pío no tenía más apellidos, tal vez ni recuerdo de padres, como si de aquellos manglares verdes hubiese brotado. Su edad acaso madura, por el tono amarillento de su barba arisca, parecía joven por la recia arquitectura de sus hombros. Vivía lejos de toda población, y frente al viento del Norte que pasaba iracundo sobre aquella tierra muda y desolada, apilaba sus hornos de carbón, en espera de los arrieros que hasta allí se aventuraban de mes en mes. Cerca de su bohío, al canto de un gallo, otro carbonero, el negro Gaspar, apilaba también sus leños secos de mangles, de hicacos, de peralejos retorcidos; y menos mal que en su choza reían las voces de la parienta y los dos chiquillos ayudándole en la faena. Y más allá el desierto, y en redor el silencio. Sobre el paisaje simple, donde muy alto a lo lejos azuleaban montañas como una promesa de salud, ascendían lentas las dos columnitas de humo; y eran suaves, y eran trémulas, y eran humildes, como plegarias aldeanas.

Era una época mala. Aquel mes no se oyeron cencerros por los uveros de la playa. En las tiendas lejanas a donde llevaban Pío y Gaspar las alforjas alguna vez, oyeron hablar de crisis, de que la seca había empobrecido a todo el mundo. Tal vez. Y lo aceptaban como una cosa inexplicable, porque para ellos el aire se hacía oro más allá de aquellas montañas de esmalte. Vieron pasar iguales otros dos meses, mientras el mar comenzaba a mugir y a empenacharse, recibiendo el otoño. Había que ir a Cárdenas, ¡qué remedio! "La Garza", la vieja balandra de Gaspar, herida en los costillares, haría el viaje, y en ella irían todos para que ningún hombre tuviera que esperar el retorno... Se remendó la vela; se calafateó con copal y espartillo. Los negritos enseñaban los dientes como pulpa de coco.

Aprovechando el terral que los empujaba hacia afuera echaron toda la vela frente al sol que se desleía en púrpuras violentas. A proa, junto al palo, habían metido los treinta sacos de carbón; y en el centro se acurrucó Pío, con la negra y los chicos, mientras Gaspar, la escota a la mano, daba con su cabezota una mezcla esponjosa y negra a la arena ambarina de la playa. Eran aguas de estero, dóciles y sin ruido, y "La Garza", limpios los fondos por la prolongada carena, saltaba ágil, haciendo gemir el mástil flojo en la calinga. La vela y el foque se ennegrecían sobre la tapicería oriental del horizonte, como las alas abiertas de un alcatraz errante.

Pero más allá del estero, guardado por la barra de islotes muertos como enormes cocodrilos, una línea blanca de espuma les esperaba. Las olas fueron haciéndose gruesas, pesadas, olas de almidón cocido, y "La Garza" adelantaba poco, casi reculando ante el instinto de un peligro. Al fin tomaron una pasa estrecha entre dos puntas mordidas por las espumas, de donde se levantaron graznando bandadas de gaviotas. Una ráfaga de aire salitroso les saludó brutalmente y la chalupa crujió hincando la proa, en una tosca reverencia. La palpitación enorme del mar libre se dilataba hasta el horizonte, dando temblores de fiebre a los encajes de cada ola. De pronto se hizo calma, un minuto apenas; y ya fue un noroeste húmedo, desigual. Se hizo más difícil remontar el mar para entrar directamente en la gran bahía. Gaspar, recortando el trapo, comenzó a voltijear junto a la playa.

Cerró la noche a mitad de aquellos esguinces. A lo lejos una luz rasando el agua comenzó a parpadear dando trazos geométricos a las olas cercanas. Era el faro de Bahía de Cádiz clavado del otro lado de la línea azul. Casi en el mismo instante una gaviota puso su mancha fugaz sobre el punto de luz.

–¡Jesús! –gritó la negra, santiguándose–: ¿Qué desgracia vendrá?

Los demás no hablaron. Gaspar miraba a las nubes. Pronto comenzaron las rachas duras que acometían bruscamente a la vela. Hubo que ponerle rizos. Mas no bastó; una ráfaga súbita abofeteó el trapo por la banda de babor.

–¡Larga la escota! –gritó Pío.

Pero la cuerda enredada en la cornamusa resistió un segundo, y allá fue rodando, infeliz, sin fuerzas, la vela con la gente y la carga. Por fortuna la escota rodó al fin y el mástil chorreando agua se irguió de nuevo. "La Garza", aullando por todas sus viejas heridas, cojeando con el peso de los lingotes corridos a una banda, volvía a dar la cara al mar; pero los treinta sacos de carbón habían rodado al abismo negro. El mar, ávido y despótico, se había tragado en un sorbo el trabajo de tres meses miserables.

Pío soltó un juramento y Gaspar no pudo contener dos lagrimones, ante los ojos desbordados de los negritos, calados de agua.

–Vamos pa atrás –masculló imperiosamente, amarrando de nuevo la lona.

Un momento creyeron haber perdido el rumbo en la negrura de la noche ya cerrada. Pero el faro les envió desde allá abajo un guiño protector. Tomaron el viento a un largo, entre terribles bordadas que arrancaban gritos a la negra y a los negritos.

–¡A remo! ¡Vamos a remo!

La negra, hecha a tostarse en las solanas de la pesca, comenzó a temer a las sacudidas crecientes. Pero Gaspar se obstinaba en aferrar la vela. Y he aquí que en uno de los golpes de viento un quejido agrio recorrió el palo y doblándose por su base se recostó sobre el agua con todo el peso de la vela. Y fue la decisiva. Una ola enorme favoreció la vuelta, y a poco, lentamente, en golpes convulsivos como las náuseas de un enfermo, fue girando el casco hasta poner al aire la quilla mojada, llena de mataduras. Braceando desesperados cinco cuerpos flotaron en su torno hasta coronar la quilla, como inundados que esperan la muerte sobre el caballete de sus casas.

Y comenzó el capítulo dantesco. Al ruido del agua, al olor de la carne humana que se prodigaba, un remolino pequeño se produjo allí cerca y, rasgando el moaré negro, asomó visible, siniestra, terrorífica, una espoleta cartilaginosa. Nadie chistó, pero por todos los poros brotó un sudor frío. El tiburón, más temible que los huracanes y los incendios, estaba allí, esperando... Y al primer remolino siguió otro, y otros, y en breve hubo un radio pequeño en que una tribu de monstruos, mantas, tiburones, rayas, se disputaba a dentelladas la presa futura, siguiendo las oscilaciones de una caja rota en medio del mar, adornada con cinco espectros a manera de cresta.

Sobre el bote volcado, todo era un mundo de temblores. El faro, inmutable e irónico, les saludaba mostrándoles todavía la energía del hombre, dominadora del mundo. Pero la familia de monstruos se impacientaba y sus feroces tumultos súbitos esparcían sobre las espumas un hedor acre. Acaso el hambre les dio ánimo y uno de los escualos, sacando su masa blancuzca sobre el agua, acometió un costado de la barca. Del grupo salió un aullido múltiple, y uno de los muchachos, desmadejado, se deslizó sin ruido de junto a su madre.

—¡José!... Condenao, ¿dónde estás? —gritó la negra.

Un ruido brusco de huida, y después un barboteo del agua, al otro lado, les contestó. Gaspar se incorporó convulso: una tintorera, ágil como una anguila, saltaba sobre el muchacho; y fue un clamor agudo como el de un cuerpo apuñaleado... Las fauces chapotearon, las aletas chocaron con fofo rumor...

Gaspar el negro perdió la razón en aquel minuto: salvaje, vuelto a su gallardo abolengo africano, se lanzó al agua, puñal en mano, abrazando frenético un lomo pizarroso que le huía. Seis, ocho, diez tiburones *engodados,* codiciosos, se repartieron sus pedazos poniendo un charco tibio y rojo en la gran masa de agua fría.

Los tres que quedaban eran tres idiotas. Habían asistido a la escena como en sueños, hipnotizados, sólo conscientes para prenderse a la quilla carcomida enterrando las uñas en la madera. La noche siguió reinando sobre sus cabezas, y el viento, harto tal vez, empezó a amainar aquietando poco a poco el crepitar fúnebre de las olas.

Pasaron los minutos; tal vez fueron horas. Los tiburones, después de rozar muchas veces el casco hueco con tenaz avidez, fueron abandonando el ojeo. De pronto un ligero estremecimiento de la barca los sacó de su estupor; el muñón del mástil tocaba fondo seguramente. Una lucecita débil se encendió cerca, tal vez a pocas brazas. ¡Salvados! Un egoísmo feroz, ese egoísmo desenfrenado de los náufragos, les hizo olvidar a los muertos.

—¡Auxilio! —demandaron a las sombras circundantes.

El negrito, con la bella inconsciencia de sus doce años, no dio tiempo a que lo pensaran, y probando primero con un leve manotazo en el agua si en verdad habían desaparecido los tiburones, se lanzó al agua hasta tocar la arena del fondo. Era una playa sin duda: la vela subía hasta la superficie y el chico podía tenerse en pie y caminar hacia adelante. La negra trató de retenerlo en vano...

Pero pasaron los minutos y el chico fundido entre las sombras no contestó a los gritos de su madre.

—¡Yeyo... Yeyooo! —gemía llorosa.

—Espera —murmuró Pío—; él vuelve.

Los ojos de la negra no veían nada: sólo aquella luz agujereando la noche como para abrir una salida a su desesperación, la fascinaba. Torpe y lenta, dejó ir balbuceando lamentaciones como un niño su grasa hacia el agua, irguiendo en balance súbito la proa donde Pío se acurrucaba; el agua dormida le abrió paso... Y debió recibirla con amor, porque a poco sus respuestas fueron débiles; y luego nada; luego sólo la noche callada y el quejido doliente de la barca vieja.

Pío, el carbonero, pudo ver crudamente toda su situación de abandono. A corta distancia tal vez había una tierra donde todos dormían sosegados, seguros de su suelo y de su techo; no muy lejos tampoco surcaban el mar enormes transatlánticos punteados de luces, atestados de gente feliz, de marinos que formaban su porvenir y ricachones que se hacían el amor sobre los mimbres de popa. Los talleres hervirían aún palpitando de fuerza, y en los lupanares correría sin frenos la orgía. Sólo él, en medio de la humana cadena que se deseaba y se apoyaba, en mutuo esfuerzo, era el eslabón perdido que a nadie hacía falta. Y de ningún puerto saldría a buscarlo una barca de salvamento. Levantando el puño en alto lanzó una imprecación a las estrellas, testigos irónicos de su agonía; y en el cerebro le iba penetrando algo negro como tinta.

–¡Acabemos! –se dijo, arrojándose al mar frente a aquella luz que parecía alumbrar la ruta de la muerte. De repente le faltó el terreno.

–¡Aquí es! –murmuró.

–¡Mi madre!...

Pero pudo rehacerse y ganar su posición anterior. Un corte de la roca submarina, a ángulo recto, cerraba allí la tierra alfombrada de arena en que habían varado. Junto al cantil resbalaba violenta y terrible una corriente profunda, que no habían podido vencer seguramente la negra y su hijo.

De pie en el borde escarpado, sin avanzar ni retroceder, sin vestigios del casco destrozado, se detuvo allí el náufrago hasta el alba, sonriente como una querida largo tiempo esperada. La marea subiendo poco a poco le hizo muchas veces cerrar los ojos y rezar un padre nuestro para morir. Y hubo unos minutos en que ahogándose tuvo que levantar la barba para que sobrenadase la cara como una medusa flotadora...

A la madrugada lo recogieron los obreros de una draga que trabajaba frente a la bahía, a muchas millas de la ciudad. Después apagaron tranquilamente la luz de una lámpara de señales, de una lámpara que tuvo aquella noche un gran papel y fue homicida sin saberlo.

Cuando pudo hablar Pío y contar este relato se vio que lo mezclaba con palabras incoherentes. A los pocos días hubo que ponerlo en observación.

Aletas de tiburón

ENRIQUE SERPA

FELIPE TUVO LA OSCURA SENSACIÓN de que el estrépito del despertador lo perseguía, como un pez vertiginoso, entre las aguas del sueño. Notó apenas, no bien despierto aún, que su mujer, acostada a su lado, se revolvía en el lecho. Abrió entonces los ojos. Y, al advertir que un rayo de luz caía cual una pita dorada del dintel de la puerta, saltó al suelo con los pies desnudos. A tientas buscó el pantalón y la camisa, colocados sobre un cajón, junto a la cabecera de la cama. Se calzó después unos zapatos desprovistos de cordones y se encasquetó una gorra mugrienta. Extrajo del bolsillo de la camisa una caja de fósforos y encendió el farol de petróleo.

Asfixiaba en el cuarto una atmósfera pesada y acre, hecha de olor a humedad, sudores agrios y miseria. Felipe se volvió. Y sus ojos opacos, distraídos, reposaron en el cuerpo de su mujer. Se hallaba tendida boca abajo, con la cabeza entre los brazos cruzados. La tapaba a medias unas sobrecama de falsa seda azul, descolorida y sembrada de costurones. Mostraba al descubierto una pantorrilla, sobre la cual, después de revolotear un instante, se posó una mosca. A su lado, un recién nacido dormía con las piernecitas dobladas y los bracitos recogidos sobre el pecho, en la posición que guardara en el claustro materno. Los otros tres muchachos estaban arracimados en una colombina, delante de la cual, para evitar que rodasen al suelo, se alineaban tres sillas desvencijadas. Uno de ellos, después de removerse, inició un canturreo inarticulado. Felipe, afelpando en increíble suavidad su mano ruda, lo meció lentamente, sobándole las nalgas. El niño exhaló un largo suspiro. Luego se calló.

El solar comenzaba a ponerse en pie, al llamado de la mañana. Se oyó el rechinamiento de una puerta metálica, abierta de un violento empujón. Después, a la distancia, el chirrido de un tranvía. Y enseguida, a un tiempo mismo, el ronquido de un motor y el grito estridente de un claxon. Un hombre se dobló en una tos áspera y desgarrada, para concluir gargajeando groseramente. Al través de la puerta cerrada se filtró el claro chaschás de unas chancletas. Una voz infantil sonó alegremente y le respondió la de un hombre. Se abrió una pausa. Y la voz infantil tornó a sonar con jubiloso asombro: "Papá, mira cómo mira la perra pa ti".

Felipe tomó la canasta que guardaba sus avíos de pesca –las pitas, los anzuelos, las plomadas, un galón para el agua– y se la puso debajo del brazo. Dirigió una última mirada a la colombina en que yacían sus hijos y salió del cuarto.

En la puerta del solar saludó a una vieja tan vieja, arrugada y consumida, que era apenas la sombra de una mujer:

–¿Ambrosio cómo sigue? –le preguntó.

La vieja deformó su rostro en una expresión de angustia:

–Mal, m'hijito, muy mal. Mersé buscó anoche al médico de la casa de socorros, porque estaba muy malo; pero no quiso venir, porque dice que no sé qué, que no le tocaba; pero que ahora por la mañana vendría otro, que aquí lo estoy esperando. Yo creo que se muere, m'hijito.

–Eso nadie lo sabe. A lo mejor se pone bueno y nos entierra a to's –dijo Felipe, impulsado por el deseo de reanimar a la vieja.

La evocación circunstancial de la muerte, sin embargo, entenebreció sus pensamientos. Y, de súbito, al reanudar su camino, advirtió que estaba recordando un incidente del cual había sido protagonista la tarde anterior. Provocado por uno de esos actos abusivos que trasforman en homicida al hombre más pacífico y ecuánime, pudo haber tenido consecuencias trágicas. La cuestión había surgido por unas aletas de tiburón. Desde hacía mucho tiempo, Felipe, como los demás pescadores de La Punta y Casa Blanca, evitaba pescar la citada clase de escualos. Un decreto del presidente de la república había concedido el monopolio de tal pesca a una compañía que, en la imposibilidad de realizarla por su propia cuenta, trató de explotar inicuamente a los pescadores particulares. Hasta entonces la pesca del tiburón había sido el sostén de numerosas familias pobres del litoral. Un asiático, comerciante de la calle Zanja, compraba, para salarlas y exportarlas a San Francisco de California, aletas y colas de tiburón, que constituyen, con el nido de golondrina y la sopa de esturión, los manjares más preciados de la cocina china. Pagaba dos pesos por el juego de aletas. Lo cual resultaba un buen negocio para los pescadores, habida cuenta de que se beneficiaban, además, con el resto del animal: el espinazo, con el cual fabricaban curiosos bastones, que parecían de marfil; los dientes, pregonados como amuletos contra la mala fortuna, y la cabeza que, una vez disecada, era vendida como *souvenir* a los turistas americanos.

Y he aquí que, inesperadamente, habían dictado aquel maldito decreto, que, como un ariete, empujó al comerciante chino fuera del negocio. El asunto, sin embargo, no pareció excesivamente malo al principio, cuando sólo era dable atenerse a la teoría. Arribaron al litoral unos agentes de la Compañía Tiburonera y formularon una oferta que los pescadores, sin poder aquilatarla convenientemente, juzgaron razonable. Les comprarían los tiburones, pagándoselos de acuerdo con lo que midieran. Hablaban tan elocuente y rápidamente aquellos hombres, que los pescadores aceptaron la proposición, jubilosos y hasta con un poco de gratitud. Pero enseguida pudieron constatar que habían sido engañados. La cosa no era como la pintaran los agentes de la compañía, y para que un *bicho* valiera un peso debía tener proporciones que escapaban de las medidas corrientes. Además, era preciso entregarlo completo, sin que le faltase la cola, ni una aleta, ni un pedazo de piel siquiera.

Los pescadores, sabiéndose defraudados, comenzaron a protestar, reclamando un aumento en el precio. Pero la compañía, sin pararse a discutir, les impuso temor, hablándoles del decreto presidencial que la amparaba y amenazándolos con la cárcel. Comenzó entonces a ejercer tiránicamente su derecho. Y, para no ser burlada, tuvo a su disposición la policía del puerto, que estimulada por un sobresueldo subrepticiamente abonado por la compañía, derrochaba más celo en sorprender a los pescadores furtivos de tiburones que en perseguir a los raqueros y contrabandistas. Aquello resultaba una intolerable injusticia, agravada por el hecho de que la compañía todo lo aprovechaba en el tiburón. Vendía las aletas a los chinos, los huesos a una fábrica de botones y la piel a las tenerías. Del hígado extraía un lubricante excelente, expendido en el mercado como aceite de ballena. Y, como si eso todo fuera poco, salaba los cazones –tiburones de pocas semanas de nacidos– para venderlos bajo el rubro de "bacalao sin espinas".

Todo ello hizo que, al cabo de cierto tiempo, los pescadores determinaran no pescar tiburones. Y si, a pesar de sus propósitos, alguno se prendía al anzuelo cuando estaban *agujeando,* preferían matarlo y abandonarlo descuartizado en el mar, antes que cedérselo a la compañía por treinta o cuarenta centavos.

Felipe, naturalmente, había imitado la conducta de sus compañeros. Pero, como él decía: "Cuando las cosas van a suceder..." Hacía ya tres días que estaba yendo al *alto* y no había logrado pescar un pargo, ni un cecil, ni siquiera un mal coronado que, aunque propenso a la ciguatera, encuentra siempre compradores entre fonderos sin escrúpulos que, a cambio de ganar unos centavos, se arriesgan a intoxicar a sus clientes.

Y de pronto, un tiburón había venido a rondar su bote. Era un *cabeza de batea,* de unos quince pies de largo, con las aletas grandes y anchas como velas de cachucha. Instintivamente Felipe inició un movimiento hacia el arpón, pero sintióse inmediatamente frenado por la idea de que no debía pescar tiburones. Y se puso a contemplar el escualo, que semejaba un gran tronco oscuro y flexible. Eso era: un tronco, un verdadero tronco. ¿Cuánto podría valer? Felipe calculó que cualquier chino de Zanja daría, sin discutir, dos pesos por las aletas y la cola. En realidad, debía tomar aquellos dos pesos que el mar le deparaba generosamente en unos momentos de penuria extrema. Dos pesos eran tres comidas abundantes para sus famélicos hijos. Pero, ¿y la policía? ¿Y los agentes de la Compañía Tiburonera? En el Malecón vigilaba siempre alguno de aquellos malos bichos, en espera de que regresasen los botes pesqueros, para ver si traían tiburones o aletas. Y si bien a veces se conformaban con decomisar la pesca, otras veces, y no raras, por cierto, se obstinaban en arrestar a los pescadores. Y después, ya era sabido: cinco pesos de multa en el juzgado correccional, donde ni siquiera les permitían hablar para defenderse. No, no era cosa de "buscarse un compromiso" sin necesidad. Total, "no iba a salir de pobre". Dos pesos, sin embargo, eran dos pesos. Y por mucho que se afanase era posible que aquel día su mujer no pudiera encender el fogón. Al fin y al cabo la pesca es casi un juego de azar y no siempre la suerte corresponde al esfuerzo. ¡Si dependiera de uno el que los peces picaran! ¡Y aquellas aletas allí, al alcance de las manos! Como si dijera, dos pesos...

Bruscamente, Felipe se decidió. Eran dos pesos a su disposición, ¡qué diablo! Rápidamente, para entretenerlo mientras armaba el arpón, arrojó a la voracidad del escualo unos machuelos casi podridos, dos carajuelos blancos, una pintada, toda la carnada que tenía a bordo. El tiburón asomó fuera del agua sus rígidas aletas dorsales, haciendo relampaguear al sol su vientre blancuzco. Engulló uno tras otro, entreabriendo apenas sus fauces de acero, los machuelos, los carajuelos, la pintada. Cuando hubo terminado, se zambulló mansamente, para reaparecer, pocos minutos más tarde, junto a la popa del bote.

El arpón, certeramente disparado por Felipe, fue a clavarse en la nuca del escualo, que se debatió en convulsivos temblores, en tanto su cola frenética zapateaba entre un torbellino de espuma. Unos golpes de porriño en la cabeza fueron bastante para aquietarlo. Y un cuarto de hora después, su cuerpo, limpio de las aletas y la cola, se hundía, girando sobre sí mismo, para servir de pasto a sus congéneres en el fondo del mar. Tras el cuerpo mutilado quedó, como una protesta muda y fugitiva, una estela de sangre.

Felipe, después de ensartar las aletas y la cola en un trozo de pita, bogó hacia la costa. Le era preciso arribar al Malecón lo más pronto posible, para ir temprano al barrio chino, en busca de un comprador. Acaso con Chan, el dueño del Cantón, pudiera llegar a un acuerdo. En último extremo, le cambiaría las aletas por víveres.

Y de súbito había llegado la fatalidad enfundada en un uniforme azul. Apenas acababa Felipe de amarrar su bote al *muerto*, cuando lo sobresaltó una voz áspera y zumbona:

—Ahora sí que no lo pué's negar; te cogí con la mano en la masa.

Y al volverse, con el corazón sobrecogido, vio a un policía que, sonriendo malignamente, apuntaba con el índice las aletas del tiburón. Tras un instante de silencio, el guardia agregó:

—Voy a llevármelas.

Se inclinó para coger las aletas. Pero no llegó a tocarlas, porque Felipe, dando un salto, las levantó en su diestra crispada.

—Son mías... mías... —barbotó convulsamente.

El policía quedó un momento estupefacto, al tropezar con aquella conducta inesperada. Pero inmediatamente reaccionó, anheloso de rescatar su autoridad en peligro:

—Vamos, trae p'acá, o te llevo p'alante a ti con las aletas.

Felipe lo observó entonces detenidamente. Era un hombre de menguada estatura, flaco y desgarbado. Su físico precario contrastaba violentamente con su voz estentórea y la actitud de gallo de pelea que había asumido. Felipe contrajo involuntariamente el ceño y los bíceps. Y al sentir el vigor y la elasticidad de sus músculos, se dijo, mentalmente, "que aquel tipejo no era media trompá de un hombre".

En torno a Felipe y el policía, entretanto, se había formado un corro de curiosos.

—Dámelas, o te va a pesar.

—Dáselas, Felipe —le aconsejó, con voz insinuante, un viejo pescador de tez cobriza. Y cambiando el tono—: ¡Ojalá que le sirvan pal médico!

Felipe sintió como un peso abrumador las miradas de innumerables ojos fijos en él. Y su dignidad de hombre, rebelde a la humillación injustificada, presintió las sonrisas burlonas y las frases irónicas con que después habrían de vejarlo los testigos de la escena. Además, la sensación neta y atormentadora de que era víctima de una intolerable injusticia, lo concitaba a la desobediencia, "pasara lo que pasara".

—Te estoy esperando. ¿Me las vas a dar o qué?

La apremiante voz del policía era una vibración de cólera y amenaza.

—Ni pa usté ni pa mí —declaró Felipe, dócil a una resolución súbita. Y, tras de haberlas revoleado sobre su cabeza, lanzó las aletas al mar.

El policía, trémulo de indignación, lo conminó a que lo acompañase a la capitanía del puerto. Pero Felipe, en parte porque lo trastornaba el furor y en parte por amor propio, se negó a dejarse arrestar. Nadie presumía el desenlace que podría tener la escena. Pero, afortunadamente, un oficial del ejército, que se había acercado, intervino. Con voz autoritaria le indicó al policía que se tranquilizara y a Felipe que se dejara conducir a la capitanía:

—Lo mejor es que vaya. El vigilante tiene que cumplir con su deber.

Pero Felipe protestó. Y expuso razones. Aquel policía parecía dispuesto a maltratarlo:

—Y yo no se lo voy a consentir. Si me da un palo... ¡bueno! —y en su reticencia tembló implícita una amenaza.

Al cabo transigió con una fórmula: se dejaba arrestar por el teniente, pero no por el guardia. El militar, que era, por excepción, hombre comprensivo, accedió. El policía aceptó también aquella solución, aunque con visible desgano, porque al aceptarla consideraba mermado el principio de autoridad. Y durante todo el trayecto, hasta la misma capitanía del puerto, estuvo mascullando amenazas. De cuando en cuando alimentaba su cólera mirando de través a Felipe.

Y ahora, mientras caminaba hacia el Malecón, Felipe recordaba todo aquello. Pensó que acaso el policía no hubiese quedado satisfecho. No, seguramente que no estaba satisfecho, y en cuanto pudiera se la cobraría. Mal negocio se había buscado por una porquería de aletas.

Al llegar a la bodega de Cuba y Cuarteles vio al padre del Congro, con quien se había puesto de acuerdo para salir juntos al mar. Le preguntó por él:

—¡Uuuh, ya está en la playa, hace rato!

Apresuró el paso. Y de repente, al doblar por la antigua Maestranza de Artillería, le llenó los ojos la visión de un uniforme azul, erguido sobre el Malecón. "Ya se enredó la pita —pensó—. Ése debe ser el guardia." Lo dominó un instante el propósito de volver sobre sus pasos. Y no era que tuviese miedo. De que no tenía miedo a nadie ni a nada, ni a hombre alguno en la tierra ni al mal tiempo en el mar, podían dar fe cuantos lo conocían. No tenía miedo, no; "pero lo mejor era evitar". La idea de que había pensado huir, sin embargo, lo abochornó, asomándole al rostro un golpe de rubor. Y avanzó entonces resueltamente, con paso firme, casi rígido, con una tensión nerviosa en que, pese a todo, velaban la expectación y la angustia.

Poco después pudo constatar que su intuición no lo había engañado. Allí estaba el policía del incidente, con su actitud despótica y provocativa, engallado como un quiquiriquí. Ya el Congo había aconchado el bote contra el Malecón y estaba colocando el mástil para desplegar la vela. Felipe, al acercarse, notó que el policía lo miraba de reojo.

–...Son boberías –afirmó el Congo, continuando su conversación con el vigilante.

Y éste:

–¿Boberías...? ¡Ninguna bobería! Yo soy aquí el toro. Mira ése, a la primera que me haga, le doy cuatro palos.

Felipe, sintiendo en lo más hondo la vejación de la torpe amenaza, tuvo la intención de abofetearlo, "pa que le diese los palos". Pero se contuvo:

–Compadre, déjeme tranquilo. ¿No le basta lo de ayer?

–¿Tranquilo? –su voz era sarcástica, aguda como la punta de un bichero–. Tranquilidad viene de tranca. Vas a saber lo que's bueno cuando menos te lo figures. Te salvaste ayer por el tenientico ese... Pero a la primera que me hagas, te doy cuatro palos.

Felipe logró dominarse aún, tras un enérgico esfuerzo de voluntad. Dirigiéndose al Congo, se lamentó:

–¡Mira qué *salasión* tan temprano!

El policía se burló.

–¡Ahora estás mansito!, ¿eh? ¡Como no hay gente para defenderte!

Había tal sarcástico desprecio en su voz, que Felipe, perdido ya de cólera, saltó:

–¡Pa defenderme de usté... de usté que...!

La frase se le quebró en la garganta, destrozada por la ira. Transcurrió un minuto que le pareció un siglo. Trató de hablar; pero la cólera era un nudo en su garganta. Un coágulo de sangre espesa que le impedía hablar. Y entonces, incapaz de articular una palabra, tuvo la impresión clara de que su silencio sería tomado por cobardía. Tal idea lo estremeció como un golpe en la quijada. El coágulo de sangre le subió de la garganta a los ojos, de los ojos a la cabeza. Y, ciego y mudo de furor, avanzó hacia el policía con los puños en alto.

Una detonación seca turbó la quietud de la mañana. Felipe, sin comprender cómo ni por qué, se sintió bruscamente detenido; luego, caído sobre el Malecón, con los ojos náufragos en el cielo. Advirtió, destacada contra el azul diáfano, una nube alargada y resplandeciente. "Parece de nácar", pensó. Y rememoró, con extraordinaria claridad, las delicadas conchas que habían decorado sus años de niño menesteroso. Las escogía cuidadosamente junto al mar. Unas eran de blancura perfecta; otras, de un color más tierno: un rosa pálido maravilloso. Tenía muchas conchas, innumerables conchas, guardadas en cajas de cartón, cajas de zapatos casi todas. "Y ahora tengo que comprarles zapatos a los muchachos, que andan con los pies en el suelo." Este pensamiento, hiriéndolo de súbito, lo devolvió a la realidad. Recordó, en vertiginosa sucesión de imágenes, su disputa con el policía. ¡Diablo de hombre, empeñado en desgraciarlo! ¿Había llegado a pegarle? Una indecible laxitud, suerte de fatiga agradable, le relajaba los músculos. Un inefable bienestar lo adormecía. Y de repente tuvo clara conciencia de que se estaba muriendo. No era laxitud, ni bienestar, ni cansancio, sino la vida que se le escapaba. ¡Se estaba muriendo! ¡Y no quería morir! ¡No podía morir! ¡No debía morir! ¿Qué iba a ser de sus muchachos? Tenía que defender su vida, que era la vida de sus muchachos. Defenderla con las manos, con los pies, con los dientes. Tuvo deseos de gritar. Pero su boca permaneció muda. ¡Muda, muda su boca, como si ya estuviese llena de tierra! ¡Pero aún no estaba muerto, aún no estaba muerto! Y sintió, como una tortura, el ansia de ver a sus hijos. Verlos. ¡Verlos aunque fuese un instante! Sus hijos. ¿Cómo eran sus hijos? Intentó concretar la imagen de sus muchachos, que se le fugaba, desdibujada y fugaz. Oyó lejanamente, opacada por una distancia de kilómetros, la voz del Congo. Y otra voz. Otras voces. ¿Qué decían? No lograba concretar la imagen de sus hijos. Veía los contornos vagos, borrosos, de una fotografía velada. Los párpados de plomo se le fueron cerrando pesadamente. Su boca se torció en un afán desesperado. Y, al cabo, acertó a balbucir.

—Mis… hijos… mis… mis…

Lo agitó súbitamente un brusco temblor. Después se quedó inmóvil y mudo, quieto y mudo, con los ojos contra el cielo.

En el pecho, sobre la tetilla izquierda, tenía un agujerito rojo, apenas perceptible, del tamaño de un real.

El caso de William Smith

CARLOS MONTENEGRO

¿QUIÉN NO RECUERDA EL ASESINATO DE WILLIAM SMITH, el oficial maquinista del *Monte* de la Panama Pacific Line? Fue uno de los casos más inflados por las cadenas de periódicos americanos, y mientras no llegó el de Lindbergh podía discutir con cualquier otro el primer puesto en la gran crónica roja del Norte.

Cuando William Smith, según todos los periódicos del día 4 de septiembre de 1917, apareció ahorcado en el primer farol del ángulo este de la Battery Place, la opinión pública se exaltó, se apasionó de una manera inusitada. La indignación se desbordó, adquiriendo proporciones norteamericanas. Hearst publicó en todos sus periódicos una fotografía sensacional lograda en horas de la madrugada, donde la víctima aparecía colgada, con la cabeza tiernamente inclinada sobre un hombro en el que se destacaban, plateadas, las insignias de oficial de la Marina.

¡Aquello era demasiado! Brisbane lo dijo: era más que el cadáver de un hombre lo que pendía de aquel farol del Battery. Era todo el orden, toda la jerarquía. En aquellos heroicos momentos de Chateau Thierry era más aún, era la patria misma ajusticiada por los "boches", por los traidores. Un paisano no hubiera dicho nada, pues en tiempos de guerra la propaganda bélica excluye toda cotización sobre el varón uniformado. Ese mismo día veinte magacines publicaron simultáneamente la historia del oficial linchado; la Panama Pacific Line declaró que al siguiente día lo iba a ascender; se movilizó a toda la policía del Estado, y un profesor, que se declaró autor del crimen, fue detenido.

Pero a pesar de toda la explosión de la noticia, ésta se produjo normalmente, y no fue sino hasta el siguiente día que la verdadera noticia sensacional estalló, cimbreó en el aire como una espada sacada violentamente de su vaina. Todos recordaréis ese caso y habréis sufrido la misma impotencia ante el misterio que yo, que participé en el linchamiento, voy ahora a descubrir.

No se crea que esta historia la hago para vanagloriarme. Al fin se verá que no; a partir de ese día abandoné mis ideas sobre los beneficios que reporta esa justicia; su eficacia en las luchas político-sociales es más que dudosa, aparte de que el terrorista llega a convertirse en un ente peligroso que supedita todo otro sentimiento a la necesidad de destruir. Empero, si las circunstancias se repitiesen, veríais de nuevo al oficial Smith balanceándose suavemente en el farol del Battery, a pesar de todos los aspavientos de Hearst, Brisbane y Compañía.

No se sabe exactamente qué día, a fines de la primera semana o a principios de la segunda del mes de octubre de 1927, William Smith, oficial maquinista, en su recorrido de la primera guardia nocturna, descubrió en la carbonera de estribor a Brai, Etanislao Brai, polizón. Si esta narración la hiciera para los miembros de las asociaciones radical-revolucionarias de Pensilvania o para los elementos trabajadores del litoral neoyorquino, no sería necesario decir más sobre la personalidad del compañero Brai. Pero no escribo para ellos; incluso si esto cae en sus manos, más de uno fruncirá el ceño y llegará harto inquieto hasta el fin de estas líneas, temeroso de que haya sido demasiado pródigo en la relación de nombres propios. Pero tengo mucho apego a la vida para no ser prudente. A Brai ya no le puedo perjudicar pues está muerto; el otro nombre citado, el de William Smith, tampoco traerá complicaciones entre ellos y yo. Y el otro... Bueno, no voy a caer precisamente en el hoyo que trato de evitar, no le voy a hacer el juego a la política norteamericana, aunque realmente no sé de qué podrían herirse mis antiguos camaradas cuando ya *el otro* murió también, y ahorcado, en el primer farol del ángulo este de la Battery Place.

(¡Qué respingo dará frente a su mesa de acero el comisionado Durland si alguien le traduce estas líneas!)

Para los que no conocen a los dirigentes de las asociaciones obreras más activas de los Estados Unidos, diré sencillamente que Etanislao

Brai, polizón, era nada menos que el secretario de la Sección Latinoamericana de la IWW. (Trabajadores Industriales Internacionales), la que precisamente en el año 1917 sufrió la más activa y sangrienta de las persecuciones, después de haber sido lanzada a la ilegalidad bajo el dicterio de que sus miembros eran agentes germanófilos (en Alemania se les tituló agentes de los Aliados). Brai tuvo que abandonar la Unión y se pasó seis meses en el puerto de Tampico, donde organizó la célula local y dirigió inmediatamente la huelga petrolera más importante del periodo de la guerra, que fue ahogada en sangre por el general Diéguez, vendido al dinero de Wall Street. Una vez más el compañero Brai se vio obligado a huir y embarcó hacia Cuba, donde los portuarios –la vanguardia del proletariado de todos los países– se organizaban pese a la traición de su secretario general y al látigo y soborno del gobierno menocalista.

Brai se embarcó, como una paletada de carbón más, en la carbonera del *Monte.* A partir de ese día el diario de navegación reporta dificultades con la gente de máquinas; fue precisamente en la víspera de la llegada a Santiago de Cuba que el oficial Smith descubrió al compañero Brai en la carbonera y le atribuyó las huelgas –"movimientos revolucionarios" en tiempo de guerra– de los fogoneros. El porqué el fiscal de la Audiencia de Oriente radicó la causa de William Smith de homicidio por imprudencia es un misterio, o más claro, su fenómeno imperialista. Si el fiscal o el juez se hubieran tomado el trabajo de llegarse al barco y asomarse a la puerta del pañol de máquinas teniendo éstas levantado el vapor, no hubieran podido ignorar el asesinato, pues con el calor que había en el pañol se podía cocer un huevo. La propia declaración del oficial, asegurando que sólo tuvo encerrado al polizón media hora, y que pasada ésta era ya cadáver, lo prueba. Para que un hombre muera abrasado en media hora por exceso de temperatura hace falta que ésta sea tan elevada que la posibilidad de su muerte no pueda pasar desapercibida a nadie y menos a un técnico.

Pero bien, eso no nos causó mayor indignación cuando lo supimos. Estábamos acostumbrados a participar de los beneficios de la justicia en forma, y más de una vez habíamos tenido necesidad de modificar sus fallos. Así fue que cuando el buque llegó a Nueva York, el camarada..., bueno, le llamaremos "el otro", recibió la orden de enrolarse en él y hacer que el oficial Smith sufriese un accidente que liquidase la deuda.

El hecho de que se hubiese elegido "al otro" y no a uno de la célula de Pensilvania, donde Etanislao Brai contaba con muchos amigos adictos, no tuvo mayor importancia, pues hasta después de la salida del "Monte" no se acusó de reformista a la célula neoyorquina, dominada por los portorriqueños, que aceptaron con alborozo la ciudadanía americana y como consecuencia su participación en la guerra.

Cuando el *Monte* llegó a La Habana no se reportó ningún accidente a su bordo, sin que esto despertase aún inquietud alguna en nuestro grupo de acción; después pasaron Progreso, Veracruz, Tampico, antes de que se manifestase claramente la desconfianza. Sólo cuando el *Monte* partió, ya de regreso a Nueva York, recibimos nosotros la orden de movilizarnos e impedir que el oficial Smith siguiera sin castigo.

Estaba claro que "el otro" había recibido contraorden y que nosotros tendríamos que proceder por nuestra cuenta. El día 3 de noviembre a eso del mediodía montamos nosotros la guardia de los docks de la Panama Pacific Line. Éramos cuatro y estábamos decididos a terminar en seguida. Todos conocíamos a Brai, y yo incluso le debía mi puesto en la South Bethlehen, y en La Habana había vivido en casa de mi familia.

Una hora después hablábamos con el aduanero de turno. No conocíamos al oficial Smith, pero sabíamos que tendría que mostrar su carnet al salir y que eso lo pondría en nuestras manos. Al miembro de acción de la célula neoyorkina –"el otro"– tampoco lo conocíamos personalmente, y aunque pensamos en darle una paliza si se nos ponía a tiro, desechamos la idea por no complicar las cosas y provocar una posible delación.

Pasadas las cuatro atracó el *Monte,* y dos horas después, cuando el aduanero fue relevado, aún no había desembarcado nuestro hombre. A las ocho las cosas seguían lo mismo. Ya a partir de esa hora únicamente los oficiales podían dejar el barco y nosotros comenzamos a temer que el nuestro no lo hiciese. Teníamos la seguridad de que se hallaba a bordo, y aunque no estaba "chequeado", parecía difícil que, acabado de llegar a puerto, no se decidiese a saltar a tierra. A lo mejor lo tenía demorado alguna reparación y a nosotros no nos parecía mal que escogiera la noche avanzada para salir, siempre que lo hiciera, aun a riesgo de hacernos sospechosos con tan larga estancia en los muelles. Habíamos acordado esperar hasta las once, y ya pasaban unos minutos de esa hora cuando sentimos pasos y distinguimos el uniforme blanco de un oficial de la Marina.

–Buenas noches, amigo: oficial William Smith –dijo, alargándole al aduanero su carnet de identificación.

A mí se me enfriaron las manos como cuando tuve que tirar de la manivela del transportador aéreo para dejar caer una tonelada de hierro sobre... sobre... Nos había traicionado. No olvido su ademán de terror cuando mirando para lo alto se vio bajo la lluvia de raíles. Pero ése fue otro caso.

Cuando William Smith salió, dos de los nuestros ya habían comenzado a andar; yo y mi otro compañero esperamos unos instantes antes de seguir al hombre. Bajamos los cinco por South Street hasta llegar a la estación de los ferries de Brooklyn, y allí el oficial atravesó diagonalmente la explanada hacia Battery, en donde nosotros lo alcanzamos.

El hombre se paró en seco, interrogante y muy nervioso.

–¿Te acuerdas de Etanislao Brai, compañero? –preguntó el que había hecho pareja conmigo.

Él de pronto se echó a reír estrepitosamente, como si se considerase entre amigos:

–¿Compañero, eh? Caramba, costó un trabajo del demonio, pero ese pañol de máquinas vale un capi...

No dijo más; el *black-jack* trabajó unos instantes. Después el oficial, con su uniforme impecable, se balanceaba en el farol.

Hasta el día siguiente, es decir, el cinco de noviembre, la noticia sensacional no cimbreó en el aire como una espada sacada violentamente de su vaina: por segunda vez apareció el cadáver del oficial maquinista William Smith, esta vez el verdadero, en el pañol de máquinas del *Monte*. Por error ajusticiamos a nuestro compañero, que se había disfrazado de oficial para poder salir de los muelles después de la hora reglamentaria, una vez ejecutada la misión que se le había confiado.

La aversión que desde entonces le tomé a la justicia terrorista hizo que se me expulsase de la IWW.

El héroe

Pablo de la Torriente Brau

El panorama

Desde la tarde anterior habíamos llegado al ingenio y, ahora, almorzábamos con apetito de guajiros debutantes, en el portal del *bungalow* que tenían los ingenieros. Cien metros al frente, paralelas a la línea de casas del batey, se extendían las vías del ferrocarril en una longitud aproximada de cuatrocientos metros, perdiéndose por un extremo en una gruta de árboles, y por el otro, en la traición de una curva.

Eran las doce.

El viento, como un perro jíbaro, había huido hacia el monte. En el cielo, página fulgurante, el sol semejaba la palabra de fuego de una maldición de luz. Los carriles eran como de plata y fulguraban como relámpagos cautivos.

Eran las doce en el campo, en Cuba.

El personaje

El paradero, que nos quedaba casi enfrente, un tanto a nuestra izquierda, estaba, contra la costumbre de todos los pueblecitos, solitario.

El viejo telegrafista, sentado en un taburete que se recostaba a la criolla en la puerta de entrada, fumaba tranquilamente. De pronto se levantó y fue hacia la mesa de los puntos y rayas (¡una tan sólo de las muchas estatuas a Morse!).

Un muchacho fue a cambiar el chucho de un desviadero de grúa.

A lo lejos, intermitentes e imperiosos, sonaron varios pitazos. "Un tren con vía libre" –dijo alguien.

El telegrafista, con esa calma peculiar en los viejos empleados de ferrocarriles, que nos desespera a los que hemos leído en las novelas y visto en las cintas, toda la veloz ceremonia que requiere el paso vertiginoso de un tren por los paraderos intermedios, apareció en el andén con una banderola roja en la mano cuando ya la máquina atacaba velozmente la curva, envuelta en humo y como salpicando chispas.

La tragedia

El viejo empleado se acercó al borde del andén para coger los papeles que le tirarían al pasar, pero su mala suerte le hizo dar un traspié y cayó violentamente a la línea.

La locomotora, con un rugido de conquista, avanzaba incontenible y a los veinte metros era una montaña que rodaba…

Nos sentimos oprimidos y angustiados igual que en una pesadilla insoportable. Yo, que casi lo era, me sentí niño y hubiera llorado por evitar aquello… Como en algo posible, pensé en que el tiempo y el espacio debían acabar en aquel segundo interminable y que todo quedara como en el vacío, con la locomotora perpetuamente a igual distancia del pobre viejecito, antes que permitir a mis ojos el tormento de verlo aplastado por la máquina.

Pero… ¡todo inútil!… El hombre, que se había dado un serio golpe al caer, no pudo sacar una pierna de entre los polines, y a pesar de los esfuerzos titánicos del maquinista, la locomotora llegó hasta él patinando rabiosamente sobre los raíles llenos de centellas.

El héroe

Llegamos en silencio, como ante los muertos tendidos. El maquinista tenía la enorme mano soldada en la palanca del freno, y con los ojos muy grandes, miraba como por primera vez el mecanismo inexplicable de la caldera o la insoportable angustia del paisaje. Y mientras, de sus ojos caían lágrimas, como campanadas de reloj...

Dimos la vuelta con temor. Allí estaba el viejo con las manos apoyadas en la tierra, y el busto erguido ¡y con cara tranquila!... "Que den para atrás" —nos dijo y, luego, al ver nuestro asombro, una risita nerviosa y espeluznante hirió nuestros oídos y quedó en ellos para siempre.

Pensé, ante aquella muestra de valor espontáneo y tranquilo, cuán despreciables eran las hazañas famosas de todos los héroes fanfarrones de la historia.

Y como si empezara a aburrirse, dijo luego, con una voz llena de urgencia: "Vamos, den marcha atrás, que no voy a estar aquí toda la vida..."

El maquinista por fin hizo retroceder la máquina, y los crujidos de los huesos rotos se oían en medio del fragor del coloso, lastimeramente, como el llanto de un niño que despierta durante una ovación en el teatro.

¡Qué profunda pena y qué profunda admiración sentí entonces hacia aquel viejecito valeroso!...

Cuando el monstruo negro dejó libre el espacio entre el andén y las vías, ¿nos acercamos o fuimos atraídos? No lo sé... Ya el telegrafista estaba en pie, pálido pero tranquilo, recostado al muro de cemento, con su pierna rota en la vía, y nos dijo con calma: "Vaya, vaya, ¡por Dios!, dejen esa cara. No ha sido nada. La pierna era de palo; la original está enterrada en el campo de batalla de Ceja del Negro..."

¡Las cosas raras!

ARÍSTIDES FERNÁNDEZ

¡LAS COSAS RARAS! Me acuerdo cómo murió Samuel Grant, fue algo extraño, inexplicable.

Samuel era inglés y bebía como un bruto; siempre estaba borracho.

Por desgracia para él aquella noche nos encontramos en un bar; aquella noche fue la última de Samuel Grant.

De pie ante el mostrador estuvimos tomando copa tras copa, insensibles al tiempo. A las tres, hora en que cerraban el bar, nos pusieron en la puerta. Los dos, borrachos como cubas, una borrachera alegre, risueña.

Cogidos del brazo anduvimos por los dormidos portales. La noche había refrescado y no se veía un ser por las calles, acaso algún somnoliento policía.

La luna, de color de queso, seguía nuestros movimientos con algo trágico en sus rayos apagados por la neblina que caía sobre la ciudad. Las bombillas eléctricas jugaban ante mis ojos. Caminamos largo rato, vagando por intrincadas callejuelas hasta que nos extraviamos, tan borrachos que de nada nos dábamos cuenta.

La aurora comenzaba a teñir el cielo cuando fuimos a dar en una plaza –así lo creía yo al principio–. Algo así como un patio inmenso, cruzado por líneas férreas.

Vagamente pensé que estábamos cerca de la estación del ferrocarril; pero en aquella maldita noche yo no podía pensar mucho.

El silbido de una locomotora sonó lejano. A lo lejos el reflector de un tren iluminó el terreno; el punto luminoso marchaba hacia nosotros, el ojo eléctrico se acercaba; un estremecimiento, un jadeo de bestia monstruosa llenaba el aire.

En la semiclaridad que precede a la mañana, vi que Samuel caminaba unos quince pasos delante de mi vacilante persona. En ese momento me senté en el suelo con la intención de abrochar los cordones del zapato izquierdo, que en mi dudoso andar los iba pisando. Verdaderamente, no me acuerdo si fue el izquierdo o el derecho; pero para el caso es lo mismo. La tarea era difícil dado mi estado.

La locomotora se acercaba despacio, Samuel caminaba en la misma dirección, dándole las espaldas al monstruo de acero. El suelo era una red intrincada de vías, una maraña de cintas de acero.

Samuel Grant caminaba por los polines de la línea paralela a la que ocupaba el tren; de eso estoy seguro. En los momentos en que yo recogía los cordones de mi zapato vi cómo Samuel volvió la cabeza y se cercioró de que la locomotora pasaría muy cerca, pero sin peligro para su persona. Yo juro por todos los dioses que vi claro, a pesar de mi borrachera, que la vía ocupada por mi amigo estaba libre de todo peligro. ¡De eso estoy seguro!

Lo que después pasó fue obra del diablo.

En los momentos en que el tren iba a cruzar por el lado de Samuel bajé la cabeza, intentando hacer el lazo de mi zapato. No había aún terminado de bajar la cabeza cuando míster Grant lanzó un grito desgarrador; sentí que un cuerpo era lanzado contra el suelo primero y triturado después, por las poderosas ruedas; sentí los frenos de aire chirriar sobre las llantas; sentí la imprecación que lanzó el maquinista; sentí el resoplido de la bestia detenida en su carrera. En el aire vibraron gritos y maldiciones. Varios hombres corrieron, parecían fantasmas con los faroles colgados y bamboleantes en las manos.

Samuel Grant era un pingajo, un ser descoyuntado, informe, entre las ruedas salpicadas de sangre y residuos blancos.

El maquinista juraba que aquel hombre caminaba por la otra vía; yo también lo juré y me llamaron borracho. Y hoy sigo jurando que todo fue obra del diablo, que quiso me encontrara aquella noche, para su perdición, con Samuel Grant.

La porfía de las Comadres

LYDIA CABRERA

PORFIABAN DOS COMADRES JICOTEAS.

—Yo soy peor que tú.

La otra, con benevolencia:

—Quizá más pretenciosa.

—¡Hum...!

—Usted no es más pícara ni más malvada que yo.

—¡Cuidado, mi Comadre, que se ha envanecido usted demasiado y eso debilita!

Duró bastante la porfía, y aunque la tempestad no quiso echar raíz en aquel momento, cuando las Jicoteas se separaron, cada una llevaba el propósito de jugarle a la otra una mala partida. Cada una por su lado iba riendo a solas.

Era la hora del mercado.

Una de las Jicoteas, que sabía de sobra que su Comadre —como ella— era ladrona, corrió a buscar un apetitoso pedazo de carne. Le atravesó un anzuelo y lo dejó en el umbral de la puerta de la Seña Jutía, cuya casa, recién pintada de azul y blanco, estaba en un callejón que desembocaba en la plaza.

Del anzuelo partía un cordel largo y resistente que la Jicotea disimuló en la junta del muro y el suelo; se metió en una charca y, oculta en un macizo de Santa Elena, en el terreno baldío contiguo a la casa de la Jutía, esperó que pasara la Comadre: la cuerda bien sujeta, llamándola fuertemente con el pensamiento, tendiéndole el camino.

La Comadre, con su cesta al brazo, fue de compras. Por otra calle hubiese llegado mucho antes al mercado, pero se dejó conducir inocentemente por sus pies, y sus pies por el camino, mientras soñaba, sin precisar nada –tiempo había para tramar muchas diabluras–, en una trastada que dejaría corrida para siempre a su Comadre.

–¡Jactanciosa, que si más pícara, si más bribona! No me queda más remedio que darle una lección. Ya verá quién es peor.

Y esto se iba diciendo cuando, al pasar frente a la puerta de Jutía, vio el tentador trozo de carne.

–Pero ¿qué es esto? A la caserita mi amiga Jutía se le ha caído la compra.

Antes de echarle mano le dio un bocado al filete, y la otra Jicotea, desde su escondite, tiró prontamente del cordel. ¡La pescó! Arrastrada, tira que tira, se lleva a la Comadre hasta la charca.

–¿Quién es más pícara?

–¡Ya lo sabrás algún día! –replica la burlada, esforzándose por sonreír con su boca fendida.

–Confiesa que soy peor, o, al menos, que esta vez has perdido.

Como se negara a admitirlo, atada de pies y manos –ahora para curarle la altanería– la metió en la cesta y la exhibió a varios transeúntes, contándoles entre risas lo sucedido. Así, la otra sufrió el bochorno de que en tal tesitura la viera Chere-Chere-Pajarito, la chismosa del pueblo, que iría pregonándolo por puertas y ventanas.

–Ahora te llevaré a casa de Madrina –dijo la Comadre vencedora a la Comadre vencida, poniéndose en camino.

La Madrina vivía en pleno campo, lejos del pueblo. Ya en las afueras, gritó la Jicotea cautiva:

–¿Y vamos a llegar allá sin un presente para Madrina?

–No había reparado en ello. Tienes razón.

No muy distante chachareaba a solas consigo misma una Gallina.

–Comadre –dijo al oírla la Jicotea que iba presa–, si me desamarras te enseñaré cómo se apodera uno de lo que necesita, con más arte y más caletre que tú –y alzando la tapa del cesto con la cabeza, señaló, alargando el pescuezo, en dirección a la Gallina.

–¿Ves aquella Gallina gorda? Si me sueltas te prometo que será nuestra.

–¿Y si escapas?

–No escaparé. Se trata de llevarle un regalo a Madrina. Ahora pon atención y niégame cuanto te diga.

Cuando Jicotea se halló libre, empezó a dar vueltas y más vueltas en derredor de la cesta vacía gritando:

–¡No, no, no puede ser!

–¡Sí, sí puede ser! –respondió la otra.

–Te aseguro que es imposible.

–No tiene nada de imposible.

–Estás discutiendo sin razón; yo te repito que no puede ser.

–Estoy convencida de que en este caso me sobre la razón.

–En fin... ¡quién sabe! Eso se vería. Pero no. ¡Qué disparate! Ni pensarlo. Repito que no-puede-ser.

–Hermana, te equivocas.

–Me consta que NO...

–Me consta que SÍ...

–¡NO!

–¡SÍ!

Gritaban tanto que la Gallina se les acercó intrigada por saber qué era aquello que podía y no podía ser.

–¿De qué se trata, Jicotea? ¿Por qué la chamarasca? ¿Se puede saber qué se discute con tanto calor?

–¡Ay, mi señora Gallina, bienvenida sea! Mi Comadre es muy terca. Tan terca que yo pierdo la paciencia y hasta la urbanidad –contestó la Jicotea que decía siempre que sí–. Usted resolverá este pleito, señora Gallina.

–Para que yo gane.

–Para que tú pierdas.

–Veamos, veamos –dijo la Gallina conciliadora y dándose importancia.

–Dice mi Comadre que en esta cesta no cabe una gallina. Yo sostengo que hay espacio de sobra...

–¡No!

–¡Que sí!

–¡Ya lo creo que cabe! Se lo demostraré ahora mismo –afirmó la Gallina acomodándose en la cesta sin la menor dificultad–, y aún queda hueco para una de ustedes.

—¿Lo ves, Comadre? ¡Otra vez vuelvo a ganarte! —pero la Jicotea que decía que no, la que había sido pescada con el anzuelo por su Comadre, lanzó a la otra dentro de la cesta, al espacio sobrante que indicaba la Gallina.

—Ahora, un momento, Seña Gallina —a su vez las ató a ambas. Ligó el pico de la Gallina, atónita; amordazó con su pañuelo rojo a la Comadre, y luego aseguró la tapa de la cesta amarrándola fuertemente. No había modo de escapar ni de pedir socorro. La bribona echó a andar. Como pesaba mucho la cesta y se hacía sentir el sol, al cabo de un rato de marcha, Jicotea se sentó a descansar a la orilla del camino. Providencialmente pasó el negro pordiosero "Tañumiendo", que de noche era cantador de clave. Mendigaba porque el trabajo le daba mucho sueño; de todas partes lo echaban. Invariablemente, al menor descuido, lo sorprendían a media faena, tendido en el suelo y roncando. El capataz lo zarandeaba y él despertaba con un quejido:

—¡Ay, tá ñumiendo! (Estoy durmiendo.)

Aunque se llamaba César Honorio, sólo era conocido por Tañumiendo, y él mismo no recordaba ya su verdadero nombre.

Con toda su miseria, el manguindó solía decir que moriría rico; de eso estaba seguro. Un adivino, por reírse de él, le había augurado el hallazgo de un tesoro. Cualquier día daba un tropezón y a flor de tierra asomaba el borde brilloso de una tinaja. La arrancaba de un tirón y la tinaja, generosa, le vomitaba su oro en las manos.

Jicotea, como si no lo viera, empezó a llorar y a lamentarse.

—¡Ay, desgraciado el hijo que tiene que cargar el cadáver de su propia madre! ¡Ay de mí! ¡Quién me ayudará, para que a su hora le ayude Yewá! ¡Si alguien pasara por este camino y me socorriera, yo le diría dónde encontrar un tesoro que está dentro de una ceiba y le enseñaría la oración que abre el tronco! ¡Alma mía, se lo diría!

Lo que al oír Tañumiendo, como tenía la cabeza llena de fantasías y era tan guaso y credulón, creyó de buena fe que Jicotea, toda a su dolor, no lo había reparado, y se le acercó compadecido.

—¿Por qué lloras así, Jicotea?

Ella le explicó, tragándose las lágrimas:

—Iba con mi madre al pueblo, ¡ay, Tañumiendo! Y la pobrecita, sin más ni más, se me murió de repente. La he metido en la cesta que entre las dos, llena de cosas buenas, hubiéramos cargado al regreso. Y ahora pesa demasiado; estoy rendida y me faltan las fuerzas para llevarla hasta casa. Nuestra casa está lejos, a paso de Jicotea, a más del cantío de un gallo, y el tiempo me será escaso para tenderla, avisarle a los parientes, a las Comadres, a los ahijados. Porque mi pobrecita madre ha de tener el velorio que se merece. Con estas piernas cortas, el caparazón y mi quebradura, ¡no adelanto, hijo!

—Tranquilízate, Jicotea, yo cargaré el cadáver. Dime adónde vamos.

—¡Adelante! ¡Que Changó te dé fuerzas y te libre de la candela! ¡Yalodde te procure las mujeres más lindas; que Mamá Azul cuide tu vientre y no permita nunca que un daño entre en tu cuerpo! No te pesará, negro de corazón noble, lo que hoy haces por mí en este día de mi tristeza. ¡No te pesará! ¡Juré por todos los santos cuál sería mi recompensa si en este camino desierto me tropezaba con un alma caritativa, y apareciste tú, Tañumiendo!

Tañumiendo colgó de un brazo la fúnebre cesta; con el otro cargaba a la doliente. Pensaba en el tesoro mientras Jicotea suspiraba hondo, haciendo de vez en cuando alguna triste reflexión.

—En vez de golosinas… ahí dentro… ¡Señora Mamita difunta!

En otros momentos decía:

—Hijo, no te olvides; donde veas una ceiba me avisas. No lejos, un poco antes de llegar a casa.

En tanto, la otra Jicotea, que todo lo había oído sin poder chistar, acabó por reírse en sus adentros. Sin resentimiento, conviniendo que ella hubiera actuado igual, admiró y se enorgulleció, como de cosa propia, de la desfachatez y del ingenio de la Comadre.

Abrasaba el sol, que era mediodía, y Tañumiendo se defendía del sueño heroicamente, anda que andarás, sintiendo que sus ojos se le iban derritiendo a lo largo del blanco camino resplandeciente. Y las Comadres, una mecida en la cesta y la otra acomodada en el brazo del negro, hubieran llegado sin la menor fatiga hasta casa de la Madrina, si la Seña Gallina, tan emotiva, no hubiese puesto un huevo intempestivamente. En un tumbo que dio Tañumiendo se meneó con tal brusquedad el cesto, que adentro, contra la coraza de la Jicotea chocó el huevo, se partió y salió el Pollo.

Pollo no hace más que nacer y se sacude: Chakuré, pío, pío. Ve a su madre –gran perifollo color mordoré– boquiabierta, patiatada en aquel cachuflí que se balancea y comienza a pitirrear pidiendo explicaciones.

Tañumiendo se desmodorra y frunce el ceño, sintiendo que algo vivo rebulle y suena en el interior de la cesta.

–Jicotea, ¡algo le está pasando al cadáver! –tartamudea y se detiene perplejo.

–No hagas caso, las Jicoteas bailan muertas...

¿Brujería? Un repentino estremecimiento recorrió el cuerpo de Tañumiendo, que se apresura a poner la cesta en tierra. El pollito piaba con todas sus fuerzas.

"¡Jesús! ¿Qué oigo?", pensó la Jicotea. "¿Qué habrá hecho allí dentro mi Comadre?" Y volviéndose a Tañumiendo, que oía y miraba el cesto con los pelos de punta, le dijo con sonrisa de triste complacencia:

–¡Mamita está haciendo como pollo!

Pasado el primer estupor, una duda se presentó al espíritu de Tañumiendo, ya completamente despierto. Recordó de pronto cuánto malo se sabía y decía de las Jicoteas: cazurras, traicioneras, burlonas, maestras consumadas en el arte de la zanga-manga, brujas, rebrujas desde los tiempos del chozno, del chozno del rebisabuelo de su tatarabuelo, apenas fue Mundo el Mundo. ¿No me engaña Jicotea? Si no hay aquí madre difunta, ¿qué diablos lleva en esta canasta? Y exclamó con firmeza:

–¡Jicotea, destapa la cesta que quiero ver a esa muerta!

–¡No, qué atrocidad, ahora no! Sería ofender a Mamita. Aprieta el paso, hijo mío –protestó la Jicotea santiguándose escandalizada.

–Jicotea –insistió Tañumiendo sacando un vozarrón terrible que rebombó como el trueno en la hora desierta–. ¡Enséñame a la muerta!

Y sin hacer caso de sus protestas y jesuseos de vieja marrullera, desató el nudo, alzó la cubierta y vio... ¡una gallina, un pollo, otra Jicotea...!

La Jicotea amordazada guiñó sus ojillos. Toda la picardía del mundo se alojaba en ellos, provocativa, triunfante.

–¿Farsa o brujería?

Tañumiendo desligó el pico de la infortunada Gallina: ésta, queriendo explicarlo todo cacareaba atropelladamente, como una mujer histérica, su indignación y su miedo. Tañumiendo no le entendió nada, pero sí comprendió, cuando librando a la otra Jicotea de su mordaza, ésta le gritó:

–¡Idiota!

Allá en su casucho, la santera Madrina de las Comadres está sentada en su estera hablando con sus caracoles. Eleguá se lo cuenta todo; lo que habían hecho las Comadres y el paso en que se hallaban en aquel instante. La Madrina también se ríe; se le llenan de agua los surcos de su cara infantil y vieja, siempre alegre.

Eleguá le dice que la gallina y el pollito que le llevan de regalo las ahijadas, corren peligro...

A un signo de la Iyalocha, un látigo forrado de rojo sale disparado por la ventana, a vuelo, latigueando.

–¡De mí no se ríe nadie! –vociferaba ahora encabritado Tañumiendo–. ¡Se están burlando de mí!

–Yo te prometo...

–¡Tu corazón te lo hizo el diablo! Pero no me quejo. ¡Bastante pone hoy en mis manos el Ángel de mi Guarda! Con Jicotea haré una buena sopa, y gallina asada es ricura que no desprecia Tañumiendo. ¡Todas al cesto!

Mas aquí –fuim, fuim, fuíquiti, fuítiqui y chíquiti, cháquiti fuim– apareció el fuete revoloteando, restellando rojo, sobre los animales y el hombre. Llovió copioso sobre las Comadres repartiéndoles su castigo en la misma proporción. Tañumiendo, que vio esta cosa inaudita –un látigo venido por los aires y azotando por su propia voluntad–, huyó con las aves carretera abajo.

–¡Ataja! ¡Chucho, al ladrón que nos roba la Gallina! –gritaron las Jicoteas entre cuartazo y cuartazo.

El látigo se enderezó como una culebra y emprendió el vuelo en dirección a Tañumiendo, quien soltó gallina y pollo y corrió cuanto pudo.

Las dos Comadres se abrazaron y besaron, ya del todo reconciliadas, sin sombra de rencilla.

Con el látigo delantero, el pollo y la gallina, que gimoteaban: koko, koko, pío, pío, llegaron a casa de la Madrina cuando empezaba a deshojarse el cielo de la tarde.

–¡Bribonas! –les dijo la vieja, y les dio su bendición–. ¡Bribonas de una misma talla, porque ni la una vale más, ni la otra vale menos!

La noche de Ramón Yendía

Lino Novás Calvo

Ramón Yendía despertó de un sueño forzado con los músculos doloridos. Se quedara rendido sobre el timón, todavía andando el automóvil, rozando el borde que separaba la calle del placel. A la izquierda se sucedían las casas: una fila de casas nuevas, simétricamente yuxtapuestas y apretadas unas contra otras. Algunas estaban todavía por terminar; otras eran habitadas por gentes nuevas –pequeños burgueses; grandes obreros–, que todavía no se sentían afirmadas en el lugar; por tanto, menos agresivas. Por instinto, o por accidente, Ramón buscó este lugar para el descanso. Desde hacía cuatro días no iba a su casa; dormía en el carro, en distintos lugares. Una noche la pasó en la piquera misma de los Parados. Fuera precisamente allí donde todo se enyerbara. Tuvo miedo, pero se esforzó por dominarse, por demostrarse a sí mismo que podía ahora hacer frente a la cosa. No quería huir; sabía, oscuramente, que al que huye le corren atrás –salvo, desde luego, que alguien protegiera su fuga. Estos cuatro días habían sido, cada minuto, una sentencia de muerte. La veía venir, la sentía formarse, como una nube densa, cobrar forma, salirle garfios. Ramón no podía huir, lo sabía; quizás pudiera quedarse, ocultarse, o simplemente esperar. En todo terremoto queda siempre alguien para contarlo. Es un juego terrífico, pero luego, la vida es toda ella un poco juego. La segunda noche, sin embargo, fue a parar a las afueras, junto a una valla; y la siguiente se detuvo junto a la casa de un revolucionario. Conocía a aquel hombre, aunque probablemente no fuera conocido por él. "Acaso me alquile", pensó. Si lo hacía, tal vez pudiera pasar la borrasca inadvertido. De algún modo presentía que la borrasca tenía que venir, y que pasaría. Sus "clientes" se habían ausentado ya; luego, esto se hundía.

Ramón no tenía experiencia en estas luchas. Había caído como en un remolino. Hacía tres años que era chofer, y cuatro que le había nacido la primera niña –ahora eran tres, las tres hembras, ninguna sana. La mujer hacía cuanto le era posible. Dejaba la menor en una cunita, amarrada con cintas, y se iba a pegar badanas al taller. Pero esto era ahora; antes no tenía siquiera taller.

Durante estos cuatro días no fue él a casa sino dos veces, y eso furtivamente. Vivían aún en aquel cuarto de Cuarteles, con puerta al patio y a la calle. Estela había suspirado por una casita suya –un bohío que fuera. Les habían ofrecido una de madera en un "reparto", con cien pesos en mano solamente. Los hubieran podido tener reunidos, de no ser por la enfermedad y muerte del niño, que era el mayor, y que los dos lucharon desesperadamente por salvar. Ahora comenzaban a levantarse de nuevo. Ramón tenía un buen carro, por el que pagaba tres pesos. También él suspiraba por un carro suyo –un Ford que fuera. Tenía buenos clientes, trabajaba dando rueda hasta quince horas, pues además de su casa, tenía que ayudar a Balbina, la mujer pródiga, con sus ocho hijitos de tres hombres. Todo era penoso. El carro bebía gasolina como agua. Era un seis en línea, pero Ramón no tenía paciencia para aguantar en la piquera. Ahora, cuatro días antes, había cambiado de carro y de garaje. Era un hombre nervioso, de grandes ojos castaños, que captaba antes que muchos los mensajes. A veces, sin que hubiera ninguna manifestación exterior, veía venir las cosas. Los choferes reían; lo hacían espiritista.

El día seis por la noche fue a guardar temprano, y al otro día no volvió por aquel garaje. El día ocho se fue al de Palanca y sacó un carro más nuevo. Ya no había en la calle ninguno de sus marchantes habituales; sin duda también ellos se habían olido la tolvanera. Hacía más de un año que le alquilaban, todos los días. Buena gente, después de todo, al menos para él. Hablaban con calor humano y familiar en la voz, y parecían creer en lo que hacían. No eran cazadores; su misión era informar y nada más. Y Ramón, también, los había ayudado; él les había prestado sus servicios.

Esta mañana del doce el "mensaje" se le hizo apremiante; lo recibió como un sueño doloroso. Hasta las tres de la mañana, había estado dando rueda o parado en "academias" o cabarets. No había sido un mal día; en esto, apenas se notaba nada insólito. Antes de retirarse, detuvo el carro junto a un farol, cerca de Capitolio, y pasó balance: había seis pesos y centavos. En ese momento, pasó un individuo a su lado y lo miró detenidamente; era un joven, con aire de estudiante, y llevaba una mano en el bolsillo del saco. Ramón pensó en ir a su casa a llevar el dinero; dio un rodeo y se paró en la calle paralela, y caminó hasta allí; se acercó por la transversal, cruzó por el patio y entró sigilosamente. Hizo funcionar su lámpara de pila –se la había regalado uno de sus clientes, y era una prenda excelente–, como un ladrón o como un policía, más bien que como un perseguido. Nada le daba a entender todavía que él fuese un perseguido; lo presentía, simplemente. No se atrevió a encender la luz, porque la luz revela el blanco, y él entraba allí a escondidas. Enfocó la lámpara sobre las camas; dos de las niñas, las jimaguas, dormían, con las caritas juntas, en una colombina; estaban desnuditas sobre la sábana, y tenían las manos abiertas en torno a los hombros. En la otra colombina dormían Estela y la menor; la tercera colombina era la suya y estaba vacía. Nadie se despertó. Estela tenía puesta una camisa de dormir, y las manos, palma hacia arriba, a ambos lados de la cara. A pesar de los trabajos pasados, era aún bella; era joven, tenía la nariz fina, los ojos grandes, el pelo copioso, la barbilla saliente, los labios gruesos y la boca grande y golosa; Ramón adivinó su fuerte fila de dientes, algo botados; sus ojos despiertos color de miel; su mirada avispada. La contempló un instante; luego puso el dinero sobre la mesa –allí estaba, esperándolo, la comida– y salió. No había nadie en torno al automóvil; todo parecía normal, pasaban demasiados automóviles y a demasiada velocidad; había luces encendidas en varias casas: eso era todo –¡bastante!

De retirada pasó frente a la estación central de Policía. Se advertía una agitación interior inusitada; le pareció que la pareja de guardia había hecho, al sentir su auto, un movimiento nervioso con las armas. Él dobló por la primera calle a la derecha, sin pensar en si era o no dirección contraria. En la siguiente esquina se detuvo, dudando hacia dónde dirigirse; pero su pensamiento se había remontado varios años atrás, y viejas imágenes se reprodujeron ante sus ojos, como evocadas por un proyector de cine. Por aquella fecha había prendido en él una especie de fiebre revolucionaria; no sabía exactamente por qué; nunca había podido someter sus emociones a un examen frío y analítico. Quizás se hubiese contagiado, simplemente. No solía leer gran cosa, y no pertenecía a ningún grupo donde se le hubiesen inculcado principios o aclarado posiciones propias. Había llegado del campo doce años antes, con todos sus hermanos, después que su padre, perdidos sus ahorros en la quiebra bancaria, se había ido, manigua adentro, con la cabeza echada hacia atrás, rígido como un cadáver. Nadie lo había visto jamás desde entonces. El contagio le vino sin aviso; estaba en el aire. Todavía no habían tenido ninguna de las niñas, y el niño crecía fuerte y bello. A Ramón no le iba mal en la calle; tenía suerte para los clientes fijos, quizás porque tenía buen pulso al timón, y sabía correr y, a la vez, sabía ir despacio.

Fue así la cosa. Casi a diario le alquilaban tres o cuatro jóvenes, a veces juntos, otras separados. Él no sabía aún quiénes eran; sabía tan sólo que eran revolucionarios y que manejaban alguna plata. Ser revolucionario era un mérito; la palabra resonaba a gesta nacional de independencia; la había oído desde niño, a los de arriba y a los de abajo; era moneda nacional de buena ley. Luego, estaba bien. En casa había un poco de luz; los clientes le tomaron cariño, les inspiró confianza; hablaban con él y, gradualmente, su tono, sus frases, su entusiasmo, lo impregnaron. Hablaba ya como ellos en la piquera, en el garaje –casi todo el mundo empezaba a hablar así. Aún no parecía haber en ello mucho peligro. Se hablaba en voz alta y se hacían visitas rápidas, a veces, a la alta noche. En ocasiones, él mismo servía de enlace, con su máquina, sin nadie dentro. Le pagaban regularmente; no le pagaban mal. Al fin, Ramón era uno de ellos.

Cambió entonces la marea. Justino, el niño, se enfermó. Estela estaba encinta, y también algo alterada. Vinieron las jimaguas, la penuria, y –¿quién sabe?– la duda. Ramón podía encenderse, emocionarse; creer con firmeza, no. Vio entonces que ser revolucionario no era tan llano. Una noche –una noche como ésta, a principios de agosto, de sobremañana– le alquilaron dos hombres. Al instante notó que había algo anormal. Podían ser Expertos; otras veces le habían alquilado así, y una vez dentro le habían dicho: "Vamos a la estación". Una vez en la estación descubría que estaba circulado, que había desobedecido la luz roja, que se le había ido el pie en el acelerador, u otra cosa por el estilo. Un abuso, desde luego, pero la Sociedad ponía la fianza, y a veces había un juez tan benigno que le condonaba la multa. Estos dos hombres no eran tampoco pasajeros de los que pagan; dijeron también "a la estación", pero la revelación fue distinta.

Ramón aguantó la primera. Lo pasaron a un cuarto pelado, con el piso y las paredes garapiñados de cemento; le golpearon en la cara, en el estómago, en los fondillos. Lo insultaron con las frases más injustas y más soeces; le ensuciaron con palabras todo lo que más quería; lo amenazaron con hacerle cosas a su mujer. Lo aguantó todo. Para su sorpresa, tras esta prueba, lo pasaron por la carpeta, y el teniente lo puso en libertad. Subió entonces a su automóvil y con gran trabajo lo llevó hasta el garaje. Aquella noche no fue a su casa, pues tenía los labios rotos y echaba sangre por la boca. Podía decir que había chocado; en la misma estación le recomendaron que diera en casa esta disculpa. Gracias; no hacía falta: él no iría a su mujer con más disgustos. Sus mejores clientes andaban huidos en estos días, y apenas había podido llevar a casa dos pesetas cada día. Durmió en el garaje, y al día siguiente salió temprano. Fue a su casa y dijo a su mujer que había estado alquilado toda la noche, si bien todo se lo habían quedado a deber. Una de las niñas estaba enferma; la madre creía que era la dentición, pero él temía otra cosa; la niña lloraba constantemente, y estaba como un hilo. En los días siguientes no vio ninguno de los clientes significados, y tuvo la sensación de que había por todas partes ojos que lo vigilaban. En el término del día y la noche le pusieron dos multas; y al día siguiente, tres multas. El cuarto día lo volvieron a llevar a la estación, repitiendo la prueba, más dura aún que la anterior. Entonces lo dejaron ir de nuevo y le echaron de "diplomático" a otro chofer que él conocía –un tipo resbaloso, que él veía trabajando siempre de noche, boteando por los hoteles y los cabarets, o parado en las piqueras. Éste comenzó la carga con vaselina; poco a poco, lo fue impresionando con la idea de que los políticos sólo trabajaban para sí, para ser ellos los mandones. Le hizo varios cuentos. Ramón veía cada vez más oscuro aquel cuarto donde vivía; más anémica y suplicante la gente que lo habitaba. Luchó consigo mismo antes de ceder, pero el otro tenía un argumento persuasivo. Le dijo que, en fin de cuentas, era asunto de políticos contra políticos. ¿No tenían "aquéllos" dinero para alquilarle? Así comenzaban todos, y al cabo se olvidaban de los que les habían servido de peldaño. No, Ramón era un imbécil si seguía así. Podía, desde luego, seguir sirviendo a sus clientes. Lo único que se le pedía era que obedeciera ciertas indicaciones de él, y le diera ciertos informes.

Tal fuera el cómo y el por qué. Se vio acosado y cedió; se le perdonaba todo y se le ayudaría. Fue entonces cuando Estela, al tiempo que luchaba por salvar a las niñas, soñaba con la casita de madera, y él con el carro propio. El médico dijo que las niñas necesitaban alimento y aire libre. Lo de todos; no hay un hijo de obrero que no necesite eso; las suyas acaso llegaran a tenerlo. Ramón era un hombre humano, después de todo; no se movía, como otros, por esas venas frías que, de vez en cuando, laten en el alma de las gentes. Cedió entonces, por los suyos, por sí mismo. ¿Qué hacer, si no? ¿Dejarse prender, estropear, dejar morir a Estela y a las niñas? Luego se lo preguntaba a sí mismo, justificándose. Sabía que estaba procediendo mal, esto le remordía, y necesitaba hacer un enorme esfuerzo y desdoblamiento de su voluntad. Para calmarse, apelaba siempre a sus fines: quizás hiciera mal, pero lo hacía por bien. ¿Sería mejor haberse negado, haberse dejado aniquilar?

Sufrió mucho desde entonces. Adelgazó, se tornó más nervioso y sombrío, cada vez necesitaba más fuerza de voluntad para ocultar a su mujer el drama que lo roía por dentro. Sabía que varios de los que él había delatado penaban en presidio, que acaso alguno hubiese sido asesinado. Ante esto, sólo le aliviaba el pensamiento de que, después de todo, ninguno era tan pobre como él; todos tenían por lo menos familiares y amigos que podían algo y no los abandonarían. A él, en cambio, nadie le echaría una mano. Tenía que depender solamente de sí mismo. Si un día no podía llevar las tres pesetas a casa, los suyos no comerían; si un día no pagaba la cuenta, le quitaban el carro; si se enfermaba, ni siquiera le darían entrada en el hospital. Luego, era justo y humano defenderse, a costa de quien fuese. Constantemente necesitaba echar mano de estos argumentos para acallar su alma, pero dentro de sí llevaba a la vez la acusación, que lo torturaba y perseguía. Cada nuevo día, sentía más cargado su ánimo. Presentía que un día u otro algo tendría que estallar. La atmósfera se cargaba; sus mejores clientes habían desaparecido ya, y sospechaba que los otros habían comenzado a desconfiar de él. Temía, incluso, una agresión, y esto lo obligó a ir armado y a sentirse en lucha. Llevaba siempre el Colt al alcance de la mano; su contacto parecía tener un efecto sedante sobre sus nervios.

Finalmente, los mismos que lo dirigían –el otro chofer, dos o tres secretas– parecieron abandonarlo. Tenían demasiado consigo mismos y, por otro lado, ya les servía de poco. Se le habían cerrado todas las puertas entre los revolucionarios; se sentía inmovilizado, sin poder avanzar ni retroceder. Esta tensión duró algunos meses, y no podría sobrellevarla por mucho tiempo. Cuando vio venir la furia, cuando la vio desatarse y comenzar a cundir, sintió una especie de alivio. "Salgamos de esto", se dijo, y esperó.

Pero ese alivio, producido por el cambio de postura, dio pronto paso a una nueva angustia. Se sentía rodeado, copado, bloqueado; sabía que en alguna parte y a alguna hora, ojos que acaso no hubiese visto lo buscaban; o acaso esperaran tan sólo la ocasión más propicia que se acercaba. Y entonces, la situación sería la misma, aunque al revés, que cuando lo habían llevado por primera vez a la estación –sólo que ahora todo cobraría una forma más violenta y decisiva. Ahora era un acabar y nada más. Si estaba descubierto –y él creía que lo estaba– y si "los nuevos" ganaban –y él sabía que estaban ganando–, entonces no había salida. Sólo quedaba una cosa: agacharse y esperar; y otra: saltar y defenderse.

Las dos eran malas. Ahora, mientras esperaba conciliar una decisión sobre dónde debía ir, pensó si no habría un tercer camino. Tenía imaginación, pero le faltaba fe para creer en la posibilidad de sus propias imágenes. Sin embargo, ahora era cuestión de probar algo. A Estela no le harían nada; ella no tenía la culpa; lo más que podía pasarle era padecer todavía más miseria; se le morirían las niñas, ella misma, quién sabe... Pero si él se salvaba, algún día volvería por ella. ¿Podía salvarse?

Pensó que sí. Puso el automóvil en marcha, y lo dejó ir lentamente, no sabía exactamente a dónde. Pensó que lo llevaría al garaje, y que de allí se iría a pie o como pudiera al campo. En Nuevitas habría aún gente que lo recordara, o que recordara a su padre. Podían darle amparo, esconderlo, y esperar. Ahora bien –se le ocurrió de pronto–, este levantamiento sería general, y meterse en un pueblo era ponerse aún más a descubierto, y en aquel pueblo no los querían bien. Sólo tenían dos o tres familias amigas, tan pobres como ellos. Aquí, en La Habana, por lo menos había mucha gente, muchas casas. Mudaría de garaje nuevamente. ¡Si pudiera mudar de casa! Con esta idea se fue en busca de aquella fila de casas, frente al placel, donde estaban fabricando, pero de pronto le había sobrevenido una terrible fatiga, y estaba dormido antes de que el auto se detuviera completamente.

Y ahora, despertaba en esta mañana de agosto en que todo había estallado ya. Ramón se dio cuenta de que ya no había nada que hacer.

Dos hombres entraban, revólver al cinto, en una de estas casas donde no parecía haber nadie. En ese momento, otro asomó a una de las ventanas, todavía sin ventana; los de abajo le hicieron una seña de complicidad, y el de arriba bajó corriendo, también armado. Ramón se había apeado y fingía estar arreglando el motor, con la cabeza hundida bajo el capó. No conocía a ninguno de aquéllos, pero ellos podían conocerlo a él. Los tres siguieron, sin embargo, a paso ligero, calle arriba, con porte vencedor. En situación normal no se hubieran atrevido a ir así –porque Ramón estaba seguro de que éstos eran revolucionarios, y de que iban en busca de alguien. No eran obreros como él; vestían bien –aunque ahora iban sin saco–, y lucían bien nutridos. La lucha era entre ellos, entre los de arriba. ¿Por qué tenían que haberlo comprometido a él, primero los de un bando y luego los del otro? Sin embargo, así era; inútil ya evadirse. Primero lo hubieran aniquilado los "viejos"; ahora, lo rematarían los "nuevos". ¿O no?

Tal vez. Todavía llameaba en él una esperanza, aunque no sabía en qué fundamentarla. Por de pronto, resolvió no separarse del automóvil. No iría a guardar. Tenía aún dinero para ocho galones de gasolina. Por de pronto, se le ocurrió ir a explorar las salidas de la ciudad; pero al entrar en la calzada notó, de lejos, que había una especie de guardia de control de Aguadulce. Dobló por la primera esquina y se sumergió de nuevo en plena ciudad.

La vida se había desatado. La huelga se había roto. Las calles estaban llenas de gente a pie. Pasaban automóviles llenos de civiles y soldados. Gritaban, vitoreaban, voceaban, saltaban, esgrimían armas. Ramón quitó el "alquila", pero fue inútil. En seguida se le metieron en el automóvil cuatro hombres de aspecto respetable. Salían de una casa de la calle San Joaquín, y le ordenaron que los llevara al Cerro. En Tejas había un remolino de gente; un hombre forcejeaba por desprenderse de los que lo aprehendían, y éstos eran azuzados por los espectadores. Había hombres y mujeres. Ramón aprovechó un claro para seguir adelante, pero alguien puso la mirada en el interior de su coche. Un grupo se lanzó en su persecución, disparando; una de las balas entró por la ventana posterior del fuelle y salió a través del parabrisas. Ramón se detuvo; sus pasajeros se tiraron del auto, y emprendieron una carrera loca, por las calles laterales, perseguidos por varios jóvenes; entre éstos, algunos eran casi niños –uno, no mayor de quince años–, pero llevaban grandes revólveres y disparaban hacia adelante. Ramón esperó arrimado a la acera, pensando: "Ahora vienen por mí", pero nadie pareció pensar en él. Algunos espectadores excitados llegaron hasta él, preguntándole dónde lo habían alquilado. Ramón dijo la verdad, y el grupo se disolvió, yendo en dirección a la calle San Joaquín. Ramón había dado hasta el número de la casa de donde habían salido los pasajeros, pero acaso no viviesen allí; lo más probable era que se hubiesen escondido de noche en una de aquellas escaleras. ¡Quién sabe lo que les ocurría ahora a los que habitaban allí! Todo el mundo llevaba armas a la vista, y buscaba alguien contra quien hacerlas funcionar.

Ramón puso de nuevo el coche en marcha, y regresó por el mismo lugar. "Me sumergiré en ellos –se dijo, casi en voz alta–; haré que me crean de los suyos; esto les despistará." Después de todo había sido de los suyos. Pero en seguida le entraron dudas en cuanto a su sangre fría. Se miró en el espejo del parabrisas, y se encontró demudado, barbudo, como un fugitivo. Solamente aquella cara bastaba, en casos así, para hacerse sospechoso. Pero al tiempo que pasaba Cuatrocaminos, vio otro grupo de hombres corriendo, con armas en las manos, y algunos de ellos iban tan barbudos y descompuestos como él. Sin duda, eran hombres que habían estado escondidos en los últimos meses, o que habían sido libertados de presidio. Él podía parecer lo mismo; en todo caso, nadie lo tomaría por uno de los que se habían beneficiado con el régimen caído. Siguió andando, y algunas cuadras más adelante, otro molote perseguía frenéticamente a un hombre solitario, que se precipitaba, furiosamente, en zigzag, al tiempo que arrojaba puñados de billetes a sus perseguidores. Éstos pasaban por encima de los billetes sin recogerlos, disparando. Ramón se detuvo, interesado, a ver el final. Por fin, el hombre, que ya venía herido y dejaba tras sí un reguero de sangre, cayó de bruces, a poca distancia del lugar donde Ramón había detenido su carro. Uno de los perseguidores, al verlo caído, se dirigió a Ramón revólver en mano, y lo conminó a que le diera una lata de gasolina. Ramón obedeció, sacándola del tanque con una goma. El otro cogió la lata y roció al caído, que todavía se retorcía, al tiempo que algún otro le prendía fuego. Ramón volvió la espalda.

Las calles estaban llenas de gente, civiles y soldados. Ramón puso de nuevo su carro en marcha; unos metros más allá, se le llenó de jóvenes armados, que lo tuvieron varias horas dando vueltas, sin un propósito aparente. A veces se apeaban, hacían entrada en una casa, y volvían a salir. Pasando junto al garaje a que pertenecía su carro, notó que había sido allanado. Se detuvo y pidió que le llenaran el tanque de gasolina; viéndolo alquilado por jóvenes armados, el que estaba al cuidado del surtidor hizo lo que se le pedía; Ramón siguió con sus "pasajeros" sin ocuparse de pagar. Al cabo de una hora más, los jóvenes lo mandaron parar frente a una fonda, y lo invitaron a comer.

Era más de mediodía. Ramón se sentó a la mesa con aquellos desconocidos. Le sorprendió que ninguno de ellos se ocupara de hacerle ninguna pregunta; aparentemente, daban por supuesto que era de los suyos, que no podía ser otra cosa –él, un simple chofer de alquiler. Mientras comían, aquellos jóvenes hablaban en un tono sibilino y con intensa excitación. Comieron apresuradamente, y salieron a la calle, olvidándose, aparentemente, de él. En vez de tomar de nuevo el auto, siguieron acera abajo, y a poco se perdieron entre el gentío, que invadía esta zona más densamente que ninguna otra. Se hallaban en el corazón mismo de la ciudad. Ramón subió al pescante y se quedó un rato allí, pensando qué decisión tomar. Se sentía fatigado; hacía tanto tiempo que no comía, que el estómago parecía ya desacostumbrado. Sin embargo, la fatiga no conseguía dominar su zozobra interior. Ahora tenía plena conciencia de hallarse en un mundo al que no pertenecía, en el cual posiblemente no hubiera lugar para él. Las relaciones que se adquirieran en este momento no tenían valor; nadie conocería uno con el cual hubiese cometido un asesinato horas antes, si con él no tenía relaciones anteriormente. Estos jóvenes que le habían alquilado lo desconocerían unas horas después. Todo el mundo parecía andar mirando demasiado alto o demasiado bajo; nadie al nivel natural. Sin embargo –llegó a pensar–, esto podía tener una ventaja; la gente parecía poseída de una euforia mística y frenética que tal vez le impidiera controlar las cosas.

De este sueño despierto salió Ramón al ver que un hombre lo miraba insistentemente desde la acera de enfrente. Aquel hombre lo observaba con una mirada fría y atenta cuyo significado no podía descifrar. Pero estaba seguro de que había intención en ella. Hizo un esfuerzo por dominar la inquietud. Se apeó, y, con toda calma y la soltura posible, fingió examinar algo en el motor. Montó de nuevo, pisó el arranque sin abrir la gasolina, como dando a entender que no funcionaba bien –como si toda su preocupación estuviera en esto–, y luego arrancó, dando tirones. El hombre sacó un papel del bolsillo y apuntó el número de la chapa. Quizás no estuviese seguro. Ramón podía ser para él una de esas imágenes que no nos gustan, pero que no recordamos, de momento, exactamente dónde nos hemos encontrado con ellas. De lo contrario, hubiera procedido allí mismo. Ramón estaba seguro. Contaba de antemano con que, en alguna parte, y por personas que desconocía, se había decidido, al menos mentalmente, su suerte. Escapar fuera de este remolino le parecía totalmente imposible; ni siquiera se atrevía ya a intentarlo, pues ello daría lugar a sospechas. Si alguna salvación había, estaba en el centro mismo de la vorágine.

Las calles estaban por aquí intransitables. La ciudad entera se había volcado a ellas. Ramón dobló por una calle transversal, y al llegar a la esquina de Prado, se detuvo. Le pareció que éste era un buen sitio para no parecer sospechoso. Para que no lo alquilaran, desinfló una goma, y montó aquella rueda sobre un gato. Además, abrió la caja de las herramientas, y comenzó a hurgar en el motor. Le sacó la tapa, desmontó el carburador, desmontó una válvula. Luego desmontó las otras válvulas y comenzó a esmerilarlas. Notó que tenían mucho carbón, y cuando le tocó su turno descubrió que el carburador estaba sucio y casi obstruido. No en balde daba tirones y cancaneaba. Este trabajo aplacaba un tanto sus nervios. No miraba para nadie ni para nada fuera de su carro, y esto contribuía también a que nadie se fijara en él. Se había quitado el saco. Como puesto allí a propósito, descubrió que en la caja posterior había un overol viejo de mecánico. Se lo puso, y se tiznó la cara con grasa. Entonces se subió al pescante, pisando el arranque, pero mirándose al espejo al mismo tiempo. Pensó que difícilmente lo conocerían en aquella facha, salvo que lo miraran muy de cerca y con intención. Sin embargo, su cara tenía algunos rasgos difíciles de olvidar. Tenía los ojos grandes, pardos y un poco prendidos a los lados; tenía una pequeña cicatriz sobre uno de sus grandes pómulos; y los labios describían una línea curiosa, que lo hacían siempre a punto de sonreírse –con una sonrisa amarga. "Risita-de-conejo", le pusieron en un garaje. En conjunto, sus rasgos se pegaban de un modo persistente. Nunca se le había ocurrido pensar en que esto tuviera importancia.

Se apeó del pescante y siguió trabajando. Ahora sacó el acumulador, le limpió los bornes, lo volvió a su lugar. Cuando hubo terminado de montar todo lo desmontado, era ya bastante más de media tarde. Este tiempo se le había ido menos penosamente que ningún otro desde que comenzara la huelga. Este trabajo lo había aliviado, y el carro funcionaba también con más soltura que nunca. Ramón le había revisado las cuatro cámaras, comprobando que estaban nuevas. Tenía aceite y gasolina. Antes de ponerlo en marcha, sacó el revólver de la bolsa de la puerta delantera y lo examinó; era un Colt nuevo; con él tenía una caja de balas. Le quitó las del tambor y lo martilló seis veces, verificando que funcionaba bien. Cuando lo hubo vuelto a cerrar, descubrió que dos o tres muchachos lo estaban observando, con mirada codiciosa. Cualquiera de ellos hubiera dado cuanto poseía por un arma así. Para ellos, estos revolucionarios eran hoy los seres más felices del mundo. Y Ramón –pensarían– era uno de ellos.

El automóvil se puso nuevamente en marcha. Sin saber cómo, minutos después se encontró Ramón a una cuadra de su casa. Se detuvo. Sintió un impulso irresistible de volver allí, a hacerles una breve visita; pero en aquel momento vio venir un gran gentío por la calle transversal. Traían trofeos en alto, daban vivas y mueras. Los trofeos eran pedazos de cortinas, adornos de camas, retratos, un auricular de teléfono, jarrones... Ramón no tuvo tiempo de mirar más. Se metió en la primera bodega y volvió la espalda a la multitud. Cuando hubieron pasado, levantó de nuevo el capó del automóvil, y a uno de los niños que se acercaron a mirar, le dijo: "Ve al número doce de esa calle, y dile a cualquiera que esté allí que venga un momento". El niño desapareció rápidamente, contento de que se fijaran en él; volvió a los dos minutos, diciendo que no había nadie en casa. "Habrán ido a casa de Balbina –pensó Ramón–; Estela se debe haber dado cuenta." Como pensar: "Estela sabe que soy hombre muerto, y ha ido a consultar con Balbina sobre lo que hará, para que las niñas no se le mueran".

De nuevo puso en marcha el automóvil. Siguió, sin propósito, por la misma calle hasta desembocar en la Avenida de las Misiones, y de allí dobló hacia el mar; pero en seguida dio vuelta, temiendo alejarse del centro. Le paecía que tan pronto se viera en un lugar desolado, lo atacarían, y no habría siquiera un testigo que lo contara. ¿Servían todavía los testigos? Desde luego que no; pero Ramón no quería morir, ser asesinado, sin que al menos alguien pudiera dar fe. No importa si no podían socorrerlo; por lo menos, el acto quedaría grabado en sus ojos, en su memoria, y serviría de algún modo como acusación. "Ningún crimen conocido queda por castigar", dijera una vez, en su casa, un loco pariente de su mujer. No estaría tan loco, cuando decía cosas tan profundas.

Se ponía el sol cuando volvió a encontrarse en el centro de la ciudad, andando despacio. Parques y paseos estaban inundados de gente, que gritaba y corría excitada; oficiales y soldados se mezclaban en una tremenda exaltación de triunfo. Todos los automóviles estaban en movimiento; gentes y vehículos se movían en remolinos, de los cuales sólo se advertían impulsos ciertos de venganza. Sonaban tiros, pero altos; y todo el mundo andaba con los ojos encendidos, inyectados, a caza de algo. Era esto lo que más le angustiaba: todo el mundo tenía, en sus ojos, una intención de caza. El menor motivo, la menor justificación, hubieran bastado para hacer salir aquella cólera que él veía asomada a todos los ojos. Al caer la noche los movimientos de masas humanas parecieron adquirir un nuevo propósito, en direcciones ciertas. Se veían grupos que marchaban con paso unánime y decidido, y cruzaban entre los demás, amorfos y blandos, como escuadras de hierro. En seguida vio Ramón que, en medio de la excitación y la exaltación general, eran estos grupos de compañeros los que realmente tenían una automisión de ejecutar algo.

Muchas veces se había preguntado en los últimos días qué habría sido de Servando, el chofer que lo había iniciado a él en la traición. Había dejado de ir a la piquera; había dejado su auto en el garaje –era propiedad suya–, y nada sabía de él. Ahora se hallaba Ramón parado justamente en la misma piquera que el otro solía ocupar; rodando al azar, había venido a parar aquí sin saber cómo ni por qué. Pocas veces solía detenerse en este lugar. Un carretón asomó entonces por la calle del tranvía; venía cargado, aparentemente de sacos de azúcar; lo conducía un carrero solo, con un par de mulas viejas y amatadas. En el momento que cruzaba frente a la piquera, salió de un portal un grupo de ocho o diez jóvenes, que se dirigieron al carrero y le hicieron parar las mulas. Seguidamente comenzaron a echar sacos al suelo, y cuando habían descargado una buena cantidad, saltaron de debajo tres hombres. Los tres se tiraron a la calle, y se precipitaron ciegamente en dirección al Prado. Uno de ellos consiguió llegar hasta el primer molote de gente y desaparecer; otro dobló por la siguiente calle, perseguido de cerca por algunos de los jóvenes, que le disparaban a quemarropa; Ramón no tuvo tiempo de ver el fin. El tercero cayó allí mismo. Apenas había saltado sobre la acera, iniciando el impulso hacia el portal, cuando se enderzó súbitamente, giró sobre los talones, y se desplomó. Ramón asomó la cabeza por la ventanilla, y pudo ver la cara del hombre al tiempo que, al girar, se volvía sobre el hombro, en una mueca de espanto. Era Servando.

Por entonces se había hecho completamente de noche. El gentío comenzó a despejarse, quedando sólo aquellos que parecían ir a alguna parte. Ramón distinguía perfectamente entre estos dos grupos o clases de gente: los que iban a alguna parte; los que no parecían tener adónde ir. Estos últimos se recogieron temprano, dejando las calles libres a los otros. "Ahora sólo quedamos ellos y nosotros", pensó Ramón. Todavía siguió un rato en la piquera. Era el único allí; ahora no se atrevía ya a moverse, pues el centro de la ciudad estaba abierto, y las calles tenían portales oscuros y esquinas aviesas. Su suerte estaba echada, pensó. Servando había caído primero: le correspondía. Él tenía el mismo delito; estas gentes enfurecidas no estaban ahora para disquisiciones: no preguntarían si los motivos habían sido éstos o los otros; sólo preguntarían si él era Ramón Yendía. Pronto empezarían a aparecer los fantasmas de sus vendidos.

Pensando esto advirtió que un peatón solitario se detenía en la esquina y miraba de reojo hacia él. Habían retirado ya el cadáver de Servando, y no había agitación por este lugar. El peatón atravesó la calle, en sesgo, pasando a su auto y mirando de lado. Al subir a la acera de enfrente le dio en la cara una luz que manaba del interior de aquel edificio, donde unos obreros empujaban unas bobinas de papel. Instantáneamente reconoció Ramón la cara de aquel hombre; era justamente uno de sus primeros marchantes –de los menores–; había sido uno de los primeros en desaparecer, cuando Ramón comenzó a informar a la Policía. Mala suerte, sin duda. Ahora era el primero en reaparecer. Detrás vendrían los otros que aún quedaran con vida. Lo cercarían; acaso estuvieran ya montando guardia en todas las bocacalles por donde tuviera que salir, dispuestos a cazarlo; lo tenían allí; lo dejaban estar, como a un cimarrón emboscado, al que se han cortado todos los caminos; pronto le lanzarían los perros.

¿Qué perros? Éste que pasó mirándolo era uno de ellos –estaba seguro. Minutos después, vino otro –desconocido éste– que lo miró también con insistencia. Ramón comprendió ahora que los ejecutores estaban allí, y que la plaza estaba comprendida en aquel cuadrado formado por dos manzanas. Imaginativamente vio a los que lo esperaban apostados, armas al brazo, en las seis esquinas. ¿Por qué no venían ya por él?

Esta idea fue como un golpe de espuela en sus nervios. No se quedaría allí; no se dejaría matar pasivamente, encogido en el pescante. Correría, lucharía, por lo menos, con las fuerzas que le restaran. ¿Quién sabe? La vida está llena de imprevistos, y el que pelea llama a la suerte.

Con esta decisión pisó el arranque y arrancó en segunda. Salió a buena velocidad por la primera calle, concentrado solamente en la conducción. El ruido del motor, la velocidad en crescendo, le dio un alivio total y repentino. Instantáneamente dejó de pensar con angustia, para sentir con acción. Desapareció el peligro, la tortura, la previsión, y sólo existía una cosa: aquella decisión de cruzar por entre sus enemigos y vencer. Al acercarse a la bocacalle donde suponía que lo esperaban, alargó la mano y, guiando con la otra, levantó el revólver a nivel de la ventanilla. Para su sorpresa, nadie lo molestó; nadie parecía esperarlo. Siguió adelante algunos metros, por la calle ancha del tranvía, y entonces moderó velocidad. Había poca gente por las aceras, y los que pasaban no parecían reparar en él. Nadie pensaría que un condenado a muerte pudiera andar ahora, suelto, por la ciudad, manejando un automóvil. Quizás ni sus probables ejecutores. Sin embargo, aquellos tipos lo habían mirado significativamente, y uno de ellos –no había duda– era de los que tenían algo contra él. ¿Por qué no lo había atacado allí mismo? Tal vez porque no era de los que ejecutan; probablemente no estaría hecho de esa materia. Hay hombres que, no importa lo que sientan, son incapaces de hacerlo. Algunos, ni siquiera de ordenarlo. Éste habría ido a dar el aviso, y el otro probablemente no tendría nada que ver con Ramón.

Había detenido el auto justamente delante de uno de los faroles que alumbran el parque. Alzando la vista hacia un letrero luminoso, tropezó con un reloj; el tiempo se había ido con demasiado velocidad; sumido en su drama, no lo había sentido pasar; eran ya las nueve. Ahora sí no quedaban ya en la calle sino los que tenían algo que hacer. Se veía en su porte y en su paso; pero ninguno le prestaba a él una atención especial, aunque le parecía que todos ocultaban alguna desconfianza, o bien que se les hacía excesivamente visible. Su carro era el más visible de cuantos rodaban entonces por la ciudad. Pensó que si lo tenía parado, se haría más de notar.

Comenzó entonces una marcha lenta y penosa. Le pareció a Ramón que estas horas eran las últimas de su vida, y que muy pronto –quizás antes del día– todo lo que veía con sus ojos y oía con sus oídos habría desaparecido, se habría disuelto en un vacío de eternidad. Como si nada hubiese existido jamás en el mundo; como si él mismo, Ramón Yendía, no hubiese nacido jamás; como si cuanto había amado, sufrido, gustado, no hubiese tenido jamás realidad. Las imágenes de su vida comenzaron entonces a desfilar por su mente, como por una pantalla: claras, precisas, exactas, sin prisa y sin pausa. La misma realidad presente cobraba un sentido que jamás había tenido; era una realidad de sueño, donde se ven muchas cosas a la vez, sin que por eso se interpongan o confundan. Todo –pasado, presente, gentes, cosas, sentimientos– tenía un sentido neto, transparente y seguro. Y sin embargo, todo esto pasaba como en una procesión, sin que uno solo de sus detalles se le escapara. Las calles estaban bastante despejadas, y no había policías de tránsito. Ramón manejaba como si el auto marchara solo sobre rieles, o como si flotara en el aire. Sin saber por qué, fue recorriendo todos los principales lugares que habían estado ligados a su vida. Se llegó primero a la casa donde él y sus hermanos –sus dos hermanas y sus dos hermanos– habían pasado la primera noche, en casa de Balbina. Fue luego al taller donde trabajaba ésta, y a continuación pasó por la casa donde Lenaida, su hermana mayor –¿qué sería de ella?– había vivido con el español. Después se pasó por delante de la casa del chino que se había casado con su hermana Zoila y, siguiendo hacia las afueras –se olvidaba ahora que pudiera haber guardias de control– se llegó a la casuca de madera donde había muerto la menor. En aquel mismo barrio había conocido él a Estela, primero en un baile y luego detrás de la gallera. En lugar de la terraza de bailes había ahora una fábrica, y a la puerta un sereno armado de fusil. Ramón pasó sin que lo molestaran. Los mismos soldados que guardaban la salida de la ciudad le dieron paso después de cerciorarse de que no iba nadie dentro. Al volver, ni siquiera lo registraron. Volvió a pasar por los lugares conocidos, por los teatros, los cines, los cabarets, las casas secretas, todos aquellos lugares donde había llevado gente a divertirse. Nunca se le había ocurrido pensar que la vida tuviera, realmente, tantos encantos. ¿Sería por estos encantos por los que luchaban y se mataban los hombres? Sin embargo, no se conformaban con ellos; querían siempre más; querían subir, lucirse, soñar, poder, mandar, ser, regir, poseer. Querían subir unos sobre otros, por el hecho mismo, y no solamente por esas cosas: músicas, mujeres, bebidas, tiempo, lisonajas, servicios, manjares, salud –¡salud!

Este concepto le hizo salir repentinamente de su ensimismamiento. Su coche seguía como por sí mismo. No había interrupciones ni paradas; nadie se atravesaba en el camino; además, él llevaba cinco años manejando, y hubiera podido hacerlo un día entero, en medio del tránsito más denso y más nervioso, sin tener su atención despierta en lo que hacía; podía pasarse horas y horas pensando en otras cosas, viendo otras cosas imaginativamente, y sin embargo respetar todas las leyes del tránsito. Ahora esto era más fácil; pero de pronto concentró todos sus sentidos en una cosa: su mujer, sus niñas. Por ellas, después de todo, había hecho lo que había hecho, y se veía ahora así. ¿Cómo se veía? Se dio cuenta de que en ese momento pasaba justamente frente a la estación central de Policía, el sitio donde lo habían "persuadido" a cambiar de bando. Sin haberlo notado, había pasado a una cuadra de su casa, y subía ahora Monserrate arriba. A la puerta había golpe de soldados y civiles; dentro se notaba mucha actividad. Frenó un poco para tomar una nueva decisión: quería volver todavía a su casa, y ver si Estela había vuelto, y cómo seguían las niñas. Dejaría el carro a cierta distancia; allí mismo, a la vuelta, frente a Palacio, era buen sitio.

Antes de que llegara a la esquina, con intención de doblar, un auto ligero pasó casi rozando su guardafango. Por la ventanilla asomó una cara, fue como un fogonazo. La cara asomó sólo un instante y apenas pudo revelarse por la luz de uno de los faroles más próximos, pero fue más que suficiente. Ramón quiso salir adelante, enganchando rápidamente la segunda, pero antes de que lo consiguiera, la otra máquina, más nueva y pronta, se le había atravesado delante. Ramón "le mandó" entonces la marcha atrás, dio un corte maestro, y partió, en dirección al mar, a toda la velocidad que daba su auto.

Y así empezó la persecución. La otra máquina, del último modelo, partió tras él con la misma furia. Otras dos máquinas nuevas y ligeras puestas repentinamente en movimiento, se lanzaron en su ayuda, yendo al atajo, por otras calles, sin tener en cuenta las flechas del tránsito. Ramón había reconocido aquella cara; antes de que hubiera podido emprender la fuga, dos balas de revólver le habían pasado junto a las orejas. Cosa extraña, no sintió miedo; nunca nadie le había tirado, a dar, tan de cerca; sin embargo, no fue miedo lo que sintió. Y ni siquiera se sintió oprimido. De un golpe, aquel encuentro había hecho desaparecer la terrible angustia que lo envolvía. Su cerebro, a punto de estallar, solicitado por mil hilos, torturado por mil alambres, comenzó a funcionar claramente y en una sola dirección. Como el aviador que se encuentra, a mil pies, en un duelo singular, sólo tenía un propósito: sobreponerse a sus enemigos, aunque fuera sólo burlando su caza. Antes de llegar al mar, el primer Ford se le "había ido encima"; había conseguido tenerlo a tiro y en línea recta. Inmediatamente sus ocupantes –debían de ser tres o cuatro– abrieron fuego, con fusiles y revólveres, pero ninguna de las balas dio en las gomas ni en el conductor. Una de ellas le pasó rozando justamente el casco de la cabeza; se había agachado instintivamente. Pero al salir a la avenida, abrió el escape, giró rápidamente y le fue abriendo, gradualmente, toda la gasolina. Entonces apartó el pie del freno y concentró todos sus sentidos en el timón y en el acelerador.

El otro siguió de cerca. Uno de sus auxiliares, al verlos doblar a lo lejos, cortó a salir al paseo del Malecón algunas cuadras más allá, pero Ramón dobló allí mismo, y subió por la Avenida de las Misiones. Sin que tuviera tiempo de pensarlo, sabía que en las curvas tenía ventaja; en los regateos se había distinguido siempre por su habilidad en los virajes cerrados, cerrando la gasolina al entrar en la curva y abriéndola de golpe al salir de ella; además, él era el condenado, y huía por su vida: los de la velocidad eran peligros menores. El primer perseguidor viró también rápidamente, y le "cayó atrás", dispuesto a no perderlo de vista. La carrera se inició entonces en las calles céntricas. Ramón, al llegar al Parque Central, se disparó como una flecha hacia la ciudad antigua, donde la estrechez de las calles le daba ventaja. Además, en este dédalo de calles, mil veces recorridas por él, podría maniobrar constantemente, despistando a los autos auxiliares. Ramón no tenía, desde luego, tiempo de hacerse estas reflexiones. El hombre ensimismado que era él rompía de pronto a la acción dirigido y empujado por un ser oculto en él mismo, que era el que asumía el mando. Viéndolo descender por Obispo, uno de los auxiliares se lanzó a atajarlo por una calle lateral, pensando que doblaría hacia la derecha. En esto acertó; a las dos o tres cuadras, Ramón dobló por una transversal a la derecha, y, sintiéndolo venir, el otro intentó atravesársele en el camino; pero Ramón seguía con tal velocidad, que el otro montó la acera, y se fue de cabeza contra una puerta de madera, irrumpiendo en el interior de una casa nocturna. Éste quedaba eliminado, por el momento.

Los otros dos continuaron la caza, de cerca y sin ceder un punto. Sólo girando constantemente conseguía hurtarles el blanco. Lo veían un instante, allá a lo lejos, abrían fuego contra él, pero en ese momento había llegado a la bocacalle, y doblaba rápidamente. Las gomas rechinaban sobre el pavimento; a veces retiraba por un instante el pie del acelerador; otras, seguía pisando fuerte, y a todo riesgo. La gente se apartaba, ya de lejos, sintiendo la carrera. Un hombre se subió a un poste de la luz, como un gato, y a una velocidad increíble, en el instante en que Ramón salía al parque Cristo, y viraba –"como un rayo", dijo el hombre– en dirección a Muralla. De algún modo, el segundo auxiliar presintió también que Ramón querría salir por la parte de la Estación Terminal, y mandó dos o tres autos más a ocupar aquella salida. Pero antes de desembocar en tal punto, el ser oscuro que ahora guiaba a Ramón le hizo dar la vuelta. Bajó, a todo lo que daba el carro, por la calle San Isidro; desembocó en la Alameda de Paula, subió a Oficios, y finalmente, por Tacón, salió a la Avenida del Malecón. Ahora su propósito era otro, distinto al de esquivar los tiros de sus perseguidores en calles estrechas. De pronto se le ocurrió que, saliendo a campo abierto, podía lanzarse del carro, dejar que éste siguiera adelante, y emprender él una fuga a monte traviesa.

Pero la salida al monte no podía ser por calles anchas, donde sería blanco fácil, de modo que en seguida dobló hacia el corazón de la ciudad, y de allí, a través de la parte alta, partió en busca de una salida. Ahora eran más de dos los que corrían tras él, pero todavía no habían conseguido ganar la desventaja con que habían iniciado la persecución. Su ventaja estaba en las armas que llevaban, en el número de hombres que iban dentro, y en que, si a uno se le acababa la gasolina, los otros seguirían. Él, en cambio, no podría poner gasolina; esta idea fue, acaso, la que le hizo tomar la decisión de salir al campo.

Después de algunos minutos zigzagueando por las calles altas, tomó la decisión de hacer la salida. Al fin, habría que tomar una calle ancha, al menos por un buen tramo. Era un albur que había que correr. Su intención primera era tomar la avenida de Carlos Tercero, ir en demanda de Zapata, pasar junto al cementerio, y precipitarse entonces más allá del río. Pero antes de tomar definitivamente este camino, le saltó a la conciencia una idea peregrina, que se planteó a sí mismo en un instante: no saldría al campo; llegaría hasta el hospital, metería el carro contra una esquina y, herido –si no lo estaba se heriría a sí mismo–, entraría en el hospital y pediría auxilio. Puede que sus persecutores no lo siguieran hasta allí, y lo buscaran, en cambio, por las casas más próximas al lugar donde hallaran el auto. Al mismo tiempo pensó que acaso con el día viniera algún remedio. No sabía de cierto qué remedio podía ser, pero, de algún modo, muy vaga y oscuramente, todavía lo esperaba. Ignoraba, desde luego, que también el hospital estuviese tomado por los que ahora eran sus enemigos.

Pensando esto, se precipitó a su ejecución. En un segundo previó el lugar exacto en que estrellaría el auto, y la velocidad que llevaría para que quedara inutilizado y sin embargo pudiera él salir con vida. La idea del hospital le vino por puro accidente. Pasando por una esquina donde años antes había arrollado a un niño, recordó que lo había llevado al hospital; había sido una de las más terribles angustias de su vida. Mientras esperaba la intervención del médico, se había puesto tan pálido, tan desencajado su rostro, tan despavoridos sus ojos, que otro médico se había detenido delante de él y había mandado que le dieran no sabía qué medicina. Después lo habían llevado a una sala con muchos aparatos blancos y extraños, y le habían examinado el corazón, y le habían hecho varias preguntas. Para su asombro, Ramón no padecía ni había padecido ninguna enfermedad; aquella expresión descompuesta le venía tan sólo de su conciencia. Los mismos médicos le habían pedido a la madre del niño –que por fortuna se había salvado– que no fuera severa en sus acusaciones. Era una mujer muy pobre, y ni siquiera lo acusó; luego, Ramón lo iba a ver cuando podía y le hacía algún pequeño regalo. Recordó siempre aquella atención de los médicos como una de las más amables de su vida. Y ahora, en el trance supremo, cuando todo lo había puesto en salvarse, pensó en ellos –o en otros– como sus posibles protectores.

Puso entonces toda la intensidad de su empeño en alcanzar el hospital. Se hallaba todavía en el centro de la parte superior de la ciudad y tendría que cruzar una ancha plazoleta antes de poder alcanzar el sitio donde esperaba estrellar el auto. Timoneando constantemente, dando cortes y virando sobre dos ruedas, consiguió por fin acercarse a su meta, pero cuando estaba a punto de desembocar en la ancha vía, advirtió de pronto que dos autos, nada menos, se le habían atravesado a la salida. Probablemente estarían allí parados. Ramón frenó lo más lentamente posible, montó una de las aceras y dio la vuelta. Los de delante abrieron fuego contra él; una de las balas le atravesó la muñeca izquierda, pero él apenas sintió más dolor que el de una picada de alfiler. Al volverse, notó que su inevitable perseguidor venía calle arriba, como un torpedo hacia él, y disparando. Sus balas dieron en el coche, pero ninguna consiguió inutilizarlo. Ramón abrió toda la gasolina, y se precipitó, en línea recta también, hacia el otro. Por un instante pareció inevitable un choque mortal para ambos; el perseguidor vio venir el auto de Ramón sobre el suyo y frenó, justamente antes de salir a la penúltima bocacalle; por ésta dobló entonces Ramón, sin moderar velocidad, atravesando una cortina de balas. El persecutor perdió unos segundos en volver a imprimir velocidad a su coche, pero otra bala había alcanzado a Ramón, ésta, justamente sobre la sien. Le había pasado raspando, como el hierro de un arado que levanta la corteza vegetal de la tierra. No le dolía, pero la sangre le obligaba a cerrar el ojo y le escocía en él. Así, con un solo ojo y con una muñeca taladrada, perdiendo sangre, continuó la carrera, sin disminuir velocidad, y con el propósito más resuelto aún de llegar al hospital. Otra vez se lanzó Ramón en demanda de aquel lugar, pero por distinta dirección. Habiendo ganado alguna ventaja, pudo llegar a la calle de San Lázaro, y doblando por ella emprendió una carrera recta, con el acelerador enterrado hasta el final.

Pero esta salida estaba también cerrada. Tres automóviles se habían atravesado en una de las últimas bocacalles y abrieron fuego; lo hicieron, sin embargo, demasiado pronto, pues Ramón tuvo tiempo de doblar a la derecha y salirse de su línea. El primer persecutor ganó entonces el tiempo perdido y se le fue encima.

Ramón se encontró ahora proa a la ciudad, en la ancha avenida del Maine. Había perdido bastante sangre y, con ella, sin duda parte de las energías y de la agudeza mental que le permitieran continuar aquel duelo desigual. Comenzaba a sentirse desfallecido; su pulso vacilaba sobre el timón. El auto siguió corriendo por el medio de la avenida, pero ya no con la constante seguridad de antes. Su persecutor lo advirtió. A veces moderaba la velocidad, como si fuera a parar, y a continuación volvía a lanzarse a toda máquina. Además, ya no corría con un ritmo estable. A veces se iba sobre un lado, otras sobre el opuesto, como si llevara la dirección torcida. Tres máquinas más se emparejaron al primer persecutor. El perseguido perdía velocidad. ¡Ya lo tenían!

Sin embargo, no se le acercaron inmediatamente; temían una emboscada. Dentro del auto iba –sin duda– alguien más que el chofer. Si no, ¿a qué venía la persecución? Uno de los que ocupaban el primer auto aseguraba haber visto, al empezar la caza, cómo un hombre se tiraba al suelo dentro del auto de Ramón. Sin embargo, nadie había contestado a sus disparos; tan sólo aquel chofer loco, huyendo como un desesperado. El mismo chofer tenía que ser culpable; de otro modo, no se explicaba que se expusiera de modo tan extraño. Lo siguieron a distancia, ya sin disparar, pero sin acercarse demasiado. El perseguido perdía, visiblemente, velocidad, estabilidad. A veces parecía que iba a detenerse definitivamente, pero cobraba un nuevo impulso y seguía, aunque a tirones. Lo tenían ya, no sólo al alcance de los fusiles, sino de los revólveres. Gradualmente se fueron acercando. Con las fuerzas que le quedaban, Ramón llegó de nuevo hasta la Avenida de las Misiones y dobló hacia la ciudad –¡quién sabe con qué intención! Repetidamente, sin embargo, volvía a esta zona, donde se hallaban, a la vez, su casa y la estación de Policía, donde había comenzado la persecución. Los que le seguían adivinaron que intentaba llegar a la estación. Toda su atención estaba ahora en evitar que se le escapara el que se suponía ocupaba el asiento posterior del auto. Las dos máquinas de los lados tomaron precauciones en este sentido, encañonando los costados de la de Ramón, mientras que la del centro se iba acercando por detrás.

Frente al Palacio, el auto de Ramón llegó casi a detenerse, pero cobró un nuevo y breve impulso, y siguió adelante, como remolcado por una fuerza invisible. Los otros guardaron la distancia; se fueron aproximando. Ramón se detuvo, nuevamente, en el mismo sitio de donde había partido.

Dentro de la estación continuaban las luces encendidas; entraba y salía gente; el aire parecía lleno de un rumor lejano, un rumor filtrado y amortiguado a través de un denso muro de fieltro. Las voces distintas se hicieron un solo murmullo igual desvaneciente. Ramón volvió la mirada hacia el edificio, cuya iluminación interior brotaba por las ventanas, y su cabeza se inclinó sobre el hombro izquierdo, se dobló, se derribó. Todavía aquel rumor apagado y desvaneciente, a lo lejos, muy a lo lejos...

Los tres autos se pararon, pareados, en medio de la calle. Varios hombres armados se tiraron de ellos; otros, salidos de la estación, rodearon el auto de Ramón. Uno abrió la puerta delantera, y el chofer se desplomó sobre el estribo, todavía con los pies en los pedales. Simultáneamente, otros hombres abrían las puertas posteriores, y buscaban dentro con sus lámparas de bolsillo. Luego se miraron unos a otros asombrados. ¡No había nadie dentro! Uno de los principales se inclinó entonces sobre el chofer, que había quedado derribado, el cuerpo retorcido, con la cabeza colgando y los ojos cerrados. Le enfocó la lámpara; lo miró despacio; apagó la lámpara y se quedó pensando, como tratando de recordar; nuevamente volvió a bañar su rostro con la luz de la lámpara, y otra vez se quedó pensando. Todos en derredor se habían quedado callados, esperando una explicación. El hombre dijo: "¿Lo conoce alguno?"

Nadie lo conocía. De la estación vinieron más hombres. Se sacó el cuerpo, todavía caliente, y se le condujo al interior. Y a la luz eléctrica, podían distinguirse bien sus facciones; no eran rasgos vulgares: cualquiera que lo hubiese conocido, lo reconocería. Pero allí nadie lo reconocía. Se llamó al primero que había disparado contra él.

–¿Qué viste tú ahí dentro? –preguntó el oficial de guardia.

–Estoy seguro de que vi un hombre; asomó por la ventanilla y se escondió. Entonces miré al chofer, y éste, instantáneamente, intentó escapar. Por eso lo seguí; y él, allá abajo contestó a los tiros.

Se buscó en el auto, pero no había ningún arma. Ramón no había disparado; alguien lo había hecho, sin duda, de alguna de las casas. Además, su revólver había sido robado de la bolsa de la puerta derecha delantera, posiblemente en la piquera, mientras se fijaba en uno de los hombres, que lo había mirado con insistencia. Nadie había visto nada más. El único testimonio era el de aquel muchacho, que creía haber visto un hombre en el asiento posterior. Pero, ¿por qué habría huido el chofer? ¿Qué interés podía tener él, un simple fotinguero? Se examinó su título; se preguntó a la Secreta, a la Judicial. Su nombre no figuraba en ninguno de los archivos. En tanto, el cuerpo seguía allí, tendido sobre una mesa. Lo habían dado por muerto, aunque en realidad sólo estaba desangrado, pero antes de dos horas, su cuerpo se había tornado rígido y frío. Junto con su título estaba su dirección; un agente fue a su casa, despertó a Estela y le hizo preguntas. Nada. La mujer, atemorizada, temblando, no aclaraba nada. Vivía en medio de la mayor pobreza; era imposible que hubiese un agente especial del Gobierno tan mal pagado.

Todos los que habían tomado parte en la persecución rodeaban ahora el cuerpo con aire de perplejidad. ¿Por qué la carrera, por qué la persecución, por qué aquella víctima? Nadie podía aclarar nada. Era imposible que el pasajero, si lo hubiera, se hubiese tirado del auto. No había tenido tiempo; no lo habían perdido de vista y en ningún momento había ido a tan poca velocidad que pudiese hacerlo. Respecto al chofer, en el garaje nada habían podido aclarar. Todos lo conocían como un buen muchacho; nadie sabía que tuviese concomitancias políticas –evidentemente, le habían dado poca importancia; la única persona que podía dar fe era su jefe inmediato, el otro chofer, y ése había sido silenciado para siempre, y no dejaba ningún dato impreso, pues todo lo llevaba en la memoria. Por fin, hacia la madrugada, un hombrecito uniformado, antiguo policía convertido en ordenanza, se abrió paso entre los presentes y se quedó mirando fijamente al cadáver. Miró luego en derredor, al tiempo que se mesaba los caídos bigotes tabacosos.

–¿Por qué han matado a éste? –preguntó–. Si es uno de los suyos... Yo lo recuerdo. No sé quién es, ni cómo se llama, pero lo he visto traer aquí, hace bastante tiempo, y golpearlo. Era, según decían, un revolucionario. ¡Y tenía que ser de los bravos! Dos o tres veces lo metieron ahí, y le dieron golpes de todos colores, sin que pudieran hacerlo hablar. Luego no volvió más...

Se miraron unos a otros. El viejo dio la vuelta, se abrió de nuevo paso por entre el gentío, volvió a su trabajo, doblegado por los años y por las experiencias.

Viaje a la semilla

ALEJO CARPENTIER

I

–¿QUÉ QUIERES, VIEJO...?

Varias veces cayó la pregunta de lo alto de los andamios. Pero el viejo no respondía. Andaba de un lugar a otro, fisgoneando, sacándose de la garganta un largo monólogo de frases incomprensibles. Ya habían descendido las tejas, cubriendo los canteros muertos con su mosaico de barro cocido. Arriba, los picos desprendían piedras de mampostería, haciéndolas rodar por canales de madera, con gran revuelo de cales y de yesos. Y por las almenas sucesivas que iban desdentando las murallas aparecían –despojados de su secreto– cielos rasos ovales o cuadrados, cornisas, guirnaldas, dentículos, astrágalos, y papeles encolados que colgaban de los testeros como viejas pieles de serpiente en muda. Presenciando la demolición, una Ceres con la nariz rota y el peplo desvaído, veteado de negro el tocado de mieses, se erguía en el traspatio, sobre su fuente de mascarones borrosos. Visitados por el sol en horas de sombra, los peces grises del estanque bostezaban en agua musgosa y tibia, mirando con el ojo redondo aquellos obreros, negros sobre claro de cielo, que iban rebajando la altura secular de la casa. El viejo se había sentado, con el cayado apuntalándole la barba, al pie de la estatua. Miraba el subir y bajar de cubos en que viajaban restos apreciables. Oíanse, en sordina, los rumores de la calle mientras, arriba, las poleas concertaban, sobre ritmos de hierro con piedra, sus gorjeos de aves desagradables y pechugonas.

Dieron las cinco. Las cornisas y entablamentos se despoblaron. Sólo quedaron escaleras de mano, preparando el salto del día siguiente. El aire se hizo más fresco, aligerado de sudores, blasfemias, chirridos de cuerdas, ejes que pedían alcuzas y palmadas en torsos pringosos. Para la casa mondada el crepúsculo llegaba más pronto. Se vestía de sombras en horas en que su ya caída balaustrada superior solía regalar a las fachadas algún relumbre de sol. La Ceres apretaba los labios. Por primera vez las habitaciones dormirían sin persianas, abiertas sobre un paisaje de escombros.

Contrariando sus apetencias, varios capiteles yacían entre las hierbas. Las hojas de acanto descubrían su condición vegetal. Una enredadera aventuró sus tentáculos hacia la voluta jónica, atraída por un aire de familia. Cuando cayó la noche, la casa estaba más cerca de la tierra. Un marco de puerta se erguía aún, en lo alto, con tablas de sombra suspendidas de sus bisagras desorientadas.

II

Entonces el negro viejo, que no se había movido, hizo gestos extraños, volteando su cayado sobre un cementerio de baldosas.

Los cuadrados de mármol, blancos y negros, volaron a los pisos, vistiendo la tierra. Las piedras, con saltos certeros, fueron a cerrar los boquetes de las murallas. Hojas de nogal claveteadas se ecajaron en sus marcos, mientras los tornillos de las charnelas volvían a hundirse en sus hoyos, con rápida rotación. En los canteros muertos, levantadas por el esfuerzo de las flores, las tejas juntaron sus fragmentos, alzando un sonoro torbellino de barro, para caer en lluvia sobre la armadura del techo. La casa creció, traída nuevamente a sus proporciones habituales, pudorosa y vestida. La Ceres fue menos gris. Hubo más peces en la fuente. Y el murmullo del agua llamó begonias olvidadas.

El viejo introdujo una llave en la cerradura de la puerta principal, y comenzó a abrir ventanas. Sus tacones sonaban a hueco. Cuando encendió los velones, un estremecimiento amarillo corrió por el óleo de los retratos de familia, y gentes vestidas de negro murmuraron en todas las galerías, al compás de cucharas movidas en jícaras de chocolate.

Don Marcial, Marqués de Capellanías, yacía en su lecho de muerte, el pecho acorazado de medallas, escoltado por cuatro cirios con largas barbas de cera derretida.

III

Los cirios crecieron lentamente, perdiendo sudores. Cuando recobraron su tamaño, los apagó la monja apartando una lumbre. Las mechas blanquearon, arrojando el pabilo. La casa se vació de visitantes y los carruajes partieron en la noche. Don Marcial pulsó un teclado invisible y abrió los ojos.

Confusas y revueltas, las vigas del techo se iban colocando en su lugar. Los pomos de medicina, las borlas de damasco, el escapulario de la cabecera, los daguerrotipos, las palmas de la reja, salieron de sus nieblas. Cuando el médico movió la cabeza con desconsuelo profesional, el enfermo se sintió mejor. Durmió algunas horas y despertó bajo la mirada negra y cejuda del Padre Anastasio. De franca, detallada, poblada de pecados, la confesión se hizo reticente, penosa, llena de escondrijos. ¿Y qué derecho tenía, en el fondo, aquel carmelita, a entrometerse en su vida? Don Marcial se encontró, de pronto, tirado en medio del aposento. Aligerado de un peso en las sienes, se levantó con sorprendente celeridad. La mujer desnuda que se desperezaba sobre el brocado del lecho buscó enaguas y corpiños, llevándose, poco después, sus rumores de seda estrujada y su perfume. Abajo, en el coche cerrado, cubriendo tachuelas del asiento, había un sobre con monedas de oro.

Don Marcial no se sentía bien. Al arreglarse la corbata frente a la luna de la consola se vio congestionado. Bajó al despacho donde lo esperaban hombres de justicia, abogados y escribientes, para disponer la venta pública de la casa. Todo había sido inútil. Sus pertenencias se irían a manos del mejor postor, al compás de martillo golpeando una tabla. Saludó y le dejaron solo. Pensaba en los misterios de la letra escrita, en esas hebras negras que se enlazan y desenlazan sobre anchas hojas afiligranadas de balanzas, enlazando y desenlazando compromisos, juramentos, alianzas, testimonios, declaraciones, apellidos, títulos, fechas, tierras, árboles y piedras; maraña de hilos, sacada del tintero, en que se enredaban las piernas del hombre, vedándole caminos desestimados por la Ley; cordón al cuello, que apretaba su sordina al percibir el sonido temible de las palabras en libertad. Su firma lo había traicionado, yendo a complicarse en nudo y enredos de legajos. Atado por ella, el hombre de carne se hacía hombre de papel.

Era el amanecer. El reloj del comedor acaba de dar las seis de la tarde.

IV

Transcurrieron meses de luto, ensombrecidos por un remordimiento cada vez mayor. Al principio, la idea de traer una mujer a aquel aposento se le hacía casi razonable. Pero, poco a poco, las apetencias de un cuerpo nuevo fueron desplazadas por escrúpulos crecientes, que llegaron al flagelo. Cierta noche, Don Marcial se ensangrentó las carnes con una correa, sintiendo luego un deseo mayor, pero de corta duración. Fue entonces cuando la Marquesa volvió, una tarde, de su paseo a las orillas del Almendares. Los caballos de la calesa no traían en las crines más humedad que la del propio sudor. Pero, durante todo el resto del día, dispararon coces a las tables de la cuadra, irritados, al parecer, por la inmovilidad de nubes bajas.

Al crepúsculo, una tinaja llena de agua se rompió en el baño de la Marquesa. Luego, las lluvias de mayo rebosaron el estanque. Y aquella negra vieja, con tacha de cimarrona y palomas debajo de la cama, que andaba por el patio murmurando: "¡Desconfía de los ríos, niña; desconfía de lo verde que corre!" No había día en que el agua no revelara su presencia. Pero esa presencia acabó por no ser más que una jícara derramada sobre vestido traído de París, al regreso del baile aniversario dado por el Capitán General de la Colonia.

Reaparecieron muchos parientes. Volvieron muchos amigos. Ya brillaban, muy claras, las arañas del gran salón. Las grietas de la fachada se iban cerrando. El piano regresó al clavicordio. Las palmas perdían anillos. Las enredaderas soltaban la primera cornisa. Blanquearon las ojeras de la Ceres y los capiteles parecieron recién tallados. Más fogoso, Marcial solía pasarse tardes enteras abrazando a la Marquesa. Borrábanse patas de gallina, ceños y papadas, y las carnes tornaban a su dureza. Un día, un olor de pintura fresca llenó la casa.

V

Los rubores eran sinceros. Cada noche se abrían un poco más las hojas de los biombos, las faldas caían en rincones menos alumbrados y eran nuevas barreras de encajes. Al fin la Marquesa sopló las lámparas. Sólo él habló en la obscuridad.

Partieron para el ingenio, en gran tren de calesas –relumbrante de grupas alazanas, bocados de plata y charoles al sol. Pero, a la sombra de las flores de Pascuas que enrojecían el soportal interior de la vivienda, advirtieron que se conocían apenas. Marcial autorizó danzas y tambores de Nación, para distraerse un poco en aquellos días olientes a perfumes de Colonia, baños de benjuí, cabelleras esparcidas, y sábanas sacadas de armarios que, al abrirse, dejaban caer sobre las losas un mazo de vetiver. El vaho del guarapo giraba en la brisa con el toque de oración. Volando bajo, las auras anunciaban lluvias reticentes, cuyas primeras gotas, anchas y sonoras, eran sorbidas por tejas tan secas que tenían diapasón de cobre. Después de un amanecer alargado por un abrazo deslucido, aliviados de desconciertos y cerrada la herida, ambos regresaron a la ciudad. La Marquesa trocó su vestido de viaje por un traje de novia, y, como era costumbre, los esposos fueron a la iglesia para recobrar su libertad. Se devolvieron presentes a parientes y amigos, y, con revuelo de bronces y alardes de jaeces, cada cual tomó la calle de su morada. Marcial siguió visitando a María de las Mercedes por algún tiempo, hasta el día en que los anillos fueron llevados al taller del orfebre para ser desgrabados. Comenzaba, para Marcial, una vida nueva. En la casa de altas rejas, la Ceres fue sustituida por una Venus italiana, y los mascarones de la fuente adelantaron casi imperceptiblemente el relieve al ver todavía encendidas, pintada ya el alba, las luces de los velones.

VI

Una noche, después de mucho beber y marearse con tufos de tabaco frío, dejados por sus amigos, Marcial tuvo la sensación extraña de que los relojes de la casa daban las cinco, luego las cuatro y media, luego las cuatro, luego las tres y media... Era como la percepción remota de otras posibilidades. Como cuando se piensa, en enervamiento de vigilia, que puede andarse sobre el cielo raso con el piso por cielo raso, entre muebles firmemente asentados entre las vigas del techo. Fue una impresión fugaz, que no dejó la menor huella en su espíritu, poco llevado, ahora, a la meditación.

Y hubo un gran sarao, en el salón de música, el día en que alcanzó la minoría de edad. Estaba alegre, al pensar que su firma había dejado de tener un valor legal, y que los registros y escribanías, con sus polillas, se borraban de su mundo. Llegaba al punto en que los tribunales dejan de ser temibles para quienes tienen una carne desestimada por los códigos. Luego de achisparse con vinos generosos, los jóvenes descolgaron de la pared una guitarra incrustada de nácar, un salterio y un serpentón. Alguien dio cuerda al reloj que tocaba la Tirolesa de las Vacas y la Balada de los Lagos de Escocia. Otro embocó un cuerno de caza que dormía, enroscado en su cobre, sobre los fieltros encarnados de la vitrina, al lado de la flauta traversera traída de Aranjuez. Marcial, que estaba requebrando atrevidamente a la de Campoflorido, se sumó al guirigay, buscando en el teclado, sobre bajos falsos, la melodía del Trípili-Trápala. Y subieron todos al desván, de pronto, recordando que allá, bajo vigas que iban recobrando el repello, se guardaban los trajes y libreas de la Casa de Capellanías. En entrepaños escarchados de alcanfor descansaban los vestidos de corte, un espadín de Embajador, varias guerreras emplastronadas, el manto de un Príncipe de la Iglesia, y largas casacas, con botones de damasco y difuminos de humedad en los pliegues. Matizáronse las penumbras con cintas de amaranto, miriñaques amarillos, túnicas marchitas y flores de terciopelo. Un traje de chispero con redecilla de borlas, nacido en una mascarada de carnaval, levantó aplausos. La de Campoflorido redondeó los hombros empolvados bajo un rebozo de color de carne criolla, que sirviera a cierta abuela, en noche de grandes decisiones familiares, para avivar los amansados fuegos de un rico Síndico de Clarisas.

Disfrazados regresaron los jóvenes al salón de música. Tocado con un tricornio de regidor, Marcial pegó tres bastonazos en el piso, y se dio comienzo a la danza de la valse, que las madres hallaban terriblemente impropio de señoritas, con eso de dejarse enlazar por la cintura, recibiendo manos de hombre sobre las ballenas del corset que todas se habían hecho según el reciente patrón de "El Jardín de las Modas". Las puertas se obscurecieron de fámulas, cuadrerizos, sirvientes, que venían de sus lejanas dependencias y de los entresuelos sofocantes, para admirarse ante fiesta de tanto alboroto. Luego, se jugó a la gallina ciega y al escondite. Marcial, oculto con la de Campoflorido detrás de un biombo chino, le estampó un beso en la nuca, recibiendo en respuesta un pañuelo perfumado, cuyos encajes de Bruselas guardaban suaves tibiezas de escote. Y cuando las muchachas se alejaron en las luces del crepúsculo, hacia las atalayas y torreones que se pintaban en grisnegro sobre el mar, los mozos fueron a la Casa de Baile, donde tan sabrosamente se contoneaban las mulatas de grandes ajorcas, sin perder nunca –así fuera de movida una guaracha– sus zapatillas de alto tacón. Y como se estaba en carnavales, los del Cabildo Arará Tres Ojos levantaban un trueno de tambores tras de la pared medianera, en un patio sembrado de granados. Subidos en mesas y taburetes, Marcial y sus amigos alabaron el garbo de una negra de pasas entrecanas, que volvía a ser hermosa, casi deseable, cuando miraba por sobre el hombro, bailando con altivo mohín de reto.

VII

Las visitas de don Abundio, notario y albacea de la familia, eran más frecuentes. Se sentaba gravemente a la cabecera de la cama de Marcial, dejando caer al suelo su bastón de ácana para despertarlo antes de tiempo. Al abrirse, los ojos tropezaban con una levita de alpaca, cubierta de caspa, cuyas mangas lustrosas recogían títulos y rentas. Al fin sólo quedó una pensión razonable, calculada para poner coto a toda locura. Fue entonces cuando Marcial quiso ingresar en el Real Seminario de San Carlos.

Después de mediocres exámenes, frecuentó los claustros, comprendiendo cada vez menos las explicaciones de los dómines. El mundo de las ideas se iba despoblando. Lo que había sido, al principio, una ecuménica asamblea de peplos, jubones, golas y pelucas, controversistas y ergotantes, cobraba la inmovilidad de un museo de figuras de cera. Marcial se contentaba ahora con una exposición escolástica de los sistemas, aceptando por bueno lo que se dijera en cualquier texto: "León", "Avestruz", "Ballena", "Jaguar", leíase sobre los grabados en cobre de la Historia Natural. Del mismo modo, "Aristóteles", "Santo Tomás", "Bacon", "Descartes", encabezaban páginas negras, en que se catalogaban aburridamente las interpretaciones del universo, al margen de una capitular espesa. Poco a poco, Marcial dejó de estudiarlas, encontrándose librado de un gran peso. Su mente se hizo alegre y ligera, admitiendo tan sólo un concepto instintivo de las cosas. ¿Para qué pensar en el prisma, cuando la luz clara de invierno daba mayores detalles a las fortalezas del puerto? Una manzana que cae del árbol sólo es incitación para los dientes. Un pie en una bañadera no pasa de ser un pie en una bañadera. El día que abandonó el Seminario, olvidó los libros. El gnomon recobró su categoría de duende; el espectro fue sinónimo de fantasma; el octandro era bicho acorazado, con púas en el lomo.

Varias veces, andando pronto, inquieto el corazón, había ido a visitar a las mujeres que cuchicheaban, detrás de puertas azules, al pie de las murallas. El recuerdo de la que llevaba zapatillas bordas y hojas de albahaca en la oreja lo perseguía, en tardes de calor, como un dolor de muelas. Pero, un día, la cólera y las amenazas de un confesor le hicieron llorar de espanto. Cayó por última vez en las sábanas del infierno, renunciando para siempre a sus rodeos por calles poco concurridas, a sus cobardías de última hora que le hacían regresar con rabia a su casa, luego de dejar a sus espaldas cierta acera rajada —señal, cuando andaba con la vista baja, de la media vuelta que debía darse para hollar el umbral de los perfumes.

Ahora vivía su crisis mística, poblada de detentes, corderos pascuales, palomas de porcelana, Vírgenes de manto azul celeste, estrellas de papel dorado, Reyes Magos, ángeles con alas de cisne, el Asno, el Buey, y un terrible San Dionisio que se le aparecía en sueños, con un gran vacío entre los hombros y el andar vacilante de quien busca un objeto perdido. Tropezaba con la cama y Marcial despertaba sobresaltado, echando mano al rosario de cuentas sordas. Las mechas, en sus pocillos de aceite, daban luz triste a imágenes que recobraban su color primero.

VIII

Los muebles crecían. Se hacía más difícil sostener los antebrazos sobre el borde de la mesa del comedor. Los armarios de cornisas labradas ensanchaban el frontis. Alargando el torso, los moros de la escalera acercaban sus antorchas a los balaustres del rellano. Las butacas eran más hondas y los sillones de mecedora tenían tendencia a irse para atrás. No había ya que doblar las piernas al recostarse en el fondo de la bañadera con anillas de mármol.

Una mañana en que leía un libro licencioso, Marcial tuvo ganas, súbitamente, de jugar con los soldados de plomo que dormían en sus cajas de madera. Volvió a ocultar el tomo bajo la jofaina del lavabo, y abrió una gaveta sellada por las telarañas. La mesa de estudio era demasiado exigua para dar cabida a tanta gente. Por ello, Marcial se sentó en el piso. Dispuso los granaderos por filas de ocho. Luego, los oficiales a caballo, rodeando al abanderado. Detrás, los artilleros, con sus cañones, escobillones y botafuegos. Cerrando la marcha, pífanos y timbales, con escolta de redoblantes. Los morteros estaban dotados de un resorte que permitía lanzar bolas de vidrio a más de un metro de distancia.

—¡Pum...! ¡Pum...! ¡Pum...!

Caían caballos, caían abanderados, caían tambores. Hubo de ser llamado tres veces por el negro Eligio, para decidirse a lavarse las manos y bajar al comedor.

Desde ese día, Marcial conservó el hábito de sentarse en el enlosado.

Cuando percibió las ventajas de esa costumbre, se sorprendió por no haberlo pensado antes. Afectas al terciopelo de los cojines, las personas mayores sudan demasiado. Algunas huelen a notario –como Don Abundio– por no conocer, con el cuerpo echado, la frialdad del mármol en todo tiempo. Sólo desde el suelo pueden abarcarse totalmente los ángulos y perspectivas de una habitación. Hay bellezas de la madera, misteriosos caminos de insectos, rincones de sombra, que se ignoran a altura de hombre. Cuando llovía, Marcial se ocultaba debajo del clavicordio. Cada trueno hacía temblar la caja de resonancia, poniendo todas las notas a cantar. Del cielo caían los rayos para construir aquella bóveda de calderones –órgano, pinar al viento, mandolina de grillos.

IX

Aquella mañana lo encerraron en su cuarto. Oyó murmullos en toda la casa y el almuerzo que le sirvieron fue demasiado suculento para un día de semana. Había seis pasteles de la confitería de la Alameda –cuando sólo dos podían comerse, los domingos, después de misa. Se entretuvo mirando estampas de viaje, hasta que el abejeo creciente, entrando por debajo de las puertas, le hizo mirar entre persianas. Llegaban hombres vestidos de negro, portando una caja con agarraderas de bronce. Tuvo ganas de llorar, pero en ese momento apareció el calesero Melchor, luciendo sonrisa de dientes en lo alto de su botas sonoras. Comenzaron a jugar al ajedrez. Melchor era caballo. Él era Rey. Tomando las losas del piso por tablero, podía avanzar de una en una, mientras Melchor debía saltar una de frente y dos de lado, o viceversa. El juego se prolongó hasta más allá del crepúsculo, cuando pasaron los Bomberos del Comercio.

Al levantarse, fue a besar la mano de su padre que yacía en su cama de enfermo. El Marqués se sentía mejor, y habló a su hijo con el empaque y los ejemplos usuales. Los "Sí, padre", y los "No, padre", se encajaban entre cuenta y cuenta del rosario de preguntas, como las respuestas del ayudante en una misa. Marcial respetaba al Marqués, pero era por razones que nadie hubiera acertado a suponer. Lo respetaba porque era de elevada estatura y salía, en noches de baile, con el pecho rutilante de condecoraciones; porque le envidiaba el sable y los entorchados de oficial de milicias; porque, en Pascuas, había comido un pavo entero, relleno de almendras y pasas, ganando una apuesta; porque, cierta vez, sin duda con el ánimo de azotarla, agarró a una de las mulatas que barrían la rotonda, llevándola en brazos a su habitación. Marcial, oculto detrás de una cortina, la vio salir poco después, llorosa y desabrochada, alegrándose del castigo, pues era la que siempre vaciaba las fuentes de compota devueltas a la alacena.

El padre era un ser terrible y magnánimo al que debía amarse después de Dios. Para Marcial era más Dios que Dios, porque sus dones eran cotidianos y tangibles. Pero prefería el Dios del cielo, porque fastidiaba menos.

X

Cuando los muebles crecieron un poco más y Marcial supo como nadie lo que había debajo de las camas, armarios y bargueños, ocultó a todos un gran secreto: la vida no tenía encanto fuera de la presencia del calesero Melchor. Ni Dios, ni su padre, ni el obispo dorado de las procesiones del Corpus, eran tan importantes como Melchor.

Melchor venía de muy lejos. Era nieto de príncipes vencidos. En su reino había elefantes, hipopótamos, tigres y jirafas. Ahí los hombres no trabajaban, como Don Abundio, en habitaciones obscuras, llenas de legajos. Vivían de ser más astutos que los animales. Uno de ellos sacó el gran cocodrilo del lago azul, ensartándolo con una pica oculta en los cuerpos apretados de doce ocas asadas. Melchor sabía canciones fáciles de aprender, porque las palabras no tenían significado y se repetían mucho. Robaba dulces en las cocinas; se escapaba, de noche, por la puerta de los cuadrerizos, y, cierta vez, había apedreado a los de la guardia civil, desapareciendo luego en las sombras de la calle de la Amargura.

En días de lluvia, sus botas se ponían a secar junto al fogón de la cocina. Marcial hubiese querido tener pies que llenaran tales botas. La derecha se llamaba *Calambín*. La izquierda, *Calambán*. Aquel hombre que dominaba los caballos cerreros con sólo encajarles dos dedos en los belfos; aquel señor de terciopelos y espuelas, que lucía chisteras tan altas, sabía también lo fresco que era un suelo de mármol en verano, y ocultaba debajo de los muebles una fruta o un pastel arrebatados a las bandejas destinadas al Gran Salón. Marcial y Melchor tenían en común un depósito secreto de grageas y almendras, que llamaban el *Urí, urí, urá,* con entendidas carcajadas. Ambos habían explorado la casa de arriba abajo, siendo los únicos en saber que existía un pequeño sótano lleno de frascos holandeses, debajo de las cuadras, y que en desván inútil, encima de los cuartos de criadas, doce mariposas polvorientas acababan de perder las alas en caja de cristales rotos.

XI

Cuando Marcial adquirió el hábito de romper cosas, olvidó a Melchor para acercarse a los perros. Había varios en la casa. El atigrado grande; el podenco que arrastraba las tetas; el galgo, demasiado viejo para jugar; el lanudo que los demás perseguían en épocas determinadas, y que las camareras tenían que encerrar.

Marcial prefería a Canelo porque sacaba zapatos de las habitaciones y desenterraba los rosales del patio. Siempre negro de carbón o cubierto de tierra roja, devoraba la comida de los demás, chillaba sin motivo, y ocultaba huesos robados al pie de la fuente. De vez en cuando, también, vaciaba un huevo acabado de poner, arrojando la gallina al aire con brusco palancazo del hocico. Todos daban de patadas al Canelo. Pero Marcial se enfermaba cuando se lo llevaban. Y el perro volvía triunfante, moviendo la cola, después de haber sido abandonado más allá de la Casa de Beneficencia, recobrando un puesto que los demás, con sus habilidades en la caza o desvelos en la guardia, nunca ocuparían.

Canelo y Marcial orinaban juntos. A veces escogían la alfombra persa del salón, para dibujar en su lana formas de nubes pardas que se ensanchaban lentamente. Eso costaba castigo de cintarazos. Pero los cintarazos no dolían tanto como creían las personas mayores. Resultaban, en cambio, pretexto admirable para armar concertantes de aullidos, y provocar la compasión de los vecinos. Cuando la bizca del tejadillo calificaba a su padre de "bárbaro", Marcial miraba a Canelo, riendo con los ojos. Lloraban un poco más, para ganarse un bizcocho, y todo quedaba olvidado. Ambos comían tierra, se revolcaban al sol, bebían en la fuente de los peces, buscaban sombra y perfume al pie de las albahacas. En horas de calor, los canteros húmedos se llenaban de gente. Ahí estaba la gansa gris, con bolsa colgante entre las patas zambas; el gallo viejo del culo pelado; la lagartija que decía *urí, urá*, sacándose del cuello una corbata rosada; el triste jubo, nacido en ciudad sin hembras; el ratón que tapiaba su agujero con una semilla de carey. Un día, señalaron el perro a Marcial.

–¡Guau, guau! –dijo.

Hablaba su propio idioma. Había logrado la suprema libertad. Ya quería alcanzar, con sus manos, objetos que estaban fuera del alcance de sus manos.

XII

Hambre, sed, calor, dolor, frío. Apenas Marcial redujo su percepción a la de estas realidades esenciales, renunció a la luz que ya le era accesoria. Ignoraba su nombre. Retirado el bautismo, con su sal desagradable, no quiso ya el olfato, ni el oído, ni siquiera la vista. Sus manos rozaban formas placenteras. Era un ser totalmente sensible y táctil. El universo le entraba por todos los poros. Entonces cerró los ojos que sólo divisaban gigantes nebulosos y penetró en un cuerpo caliente, húmedo, lleno de tinieblas, que moría. El cuerpo, al sentirlo arrebozado en su propia sustancia, resbaló hacia la vida.

Pero ahora el tiempo corrió más pronto, adelgazando sus últimas horas. Los minutos sonaban a glissando de naipes bajo el pulgar de un jugador.

Las aves volvieron al huevo en torbellino de plumas. Los peces cuajaron la hueva, dejando una nevada de escamas en el fondo del estanque. Las palmas doblaron las pencas, desapareciendo en la tierra como abanicos cerrados. Los tallos sorbían sus hojas y el suelo tiraba de todo lo que le perteneciera. El trueno retumbaba en los corredores. Crecían pelos en la gamuza de los guantes. Las mantas de lana se destejían, redondeando el vellón de carneros distantes. Los armarios, los bargueños, las camas, los crucifijos, las mesas, las persianas, salieron volando en la noche, buscando sus antiguas raíces al pie de las selvas. Todo lo que tuviera clavos se desmoronaba. Un bergantín, anclado no se sabía dónde, llevó presurosamente a Italia los mármoles del piso y de la fuente. Las panoplias, los herrajes, las llaves, las cazuelas de cobre, los bocados de las cuadras, se derretían, engrosando un río de metal que galerías sin techo canalizaban hacia la tierra. Todo se metamorfoseaba, regresando a la condición primera. El barro volvió al barro, dejando un yermo en lugar de la casa.

XIII

Cuando los obreros vinieron con el día para proseguir la demolición, encontraron el trabajo acabado. Alguien se había llevado la estatua de Ceres, vendida la víspera a un anticuario. Después de quejarse al Sindicato, los hombres fueron a sentarse en los bancos de un parque municipal. Uno recordó entonces la historia, muy difuminada, de una Marquesa de Capellanías, ahogada, en tarde de mayo, entre las malangas del Almendares. Pero nadie prestaba atención al relato, porque el sol viajaba de oriente a occidente, y las horas que crecen a la derecha de los relojes deben alargarse por la pereza, ya que son las que más seguramente llevan a la muerte.

Conejito Ulán

ENRIQUE LABRADOR RUIZ

MAITÉ TENÍA CUARENTIPICO DE AÑOS, no fue casada nunca, no conoció hombre jamás. Sola en el mundo, sin otros bienes que el pedazo de tierra que le dejó su padre, don Porfirio Zuaque, quien llegó a teniente en el 95 gracias al filo de su machete, de vez en cuando se pasea delante de su talanquera evocando al veterano.

Bien lo veía; bien... Con su paga y algunos ahorros, muerta su pobre mujer, encerróse en el conuco cerca de La Habana, muy bonito con sus tablas de yuca, su punta de maíz y la hortaliza que era un contento. Poca cosa, ¿pero qué más quería para ellos solos? Picado por la viruela, el rostro de su padre era imponente. De sus labios pendía una vieja cachimba, chamuscada en varios trechos, roída aquí y allá, francamente rota hacia la punta, y allí se estuvo hasta que él la trocó por cherutos mogolleros del chinchal del pueblo. Era aprensivo y tomó terror a seguir fumando en ella no bien supo que un vecino de Guatao, muy amigo, había muerto de un cáncer en la boca por tener siempre su pipa colgando con ahínco, según atestiguaban, de la comisura de sus labios.

Tuvo su padre siempre muy mala voluntad a los vecinos, especialmente a aquellos de su tiempo que no hicieron la guerra como él. Los llamaba despectivamente "pacíficos", cuando no cargaba el acento en lo de "guerrilleros" y demás abominaciones que se le venían a la lengua.

Impasible, Maité no intentaba hacerle callar; hubiera sido estéril. Recogía ella sus flores con toda dignidad pensando en su padre; a lo mejor era un poco exigente, pues no todos los hombres tienen semejante temple ni están hechos a una misma medida. Con ojos benévolos miraba a sus vecinos y esa delicadeza de su carácter fue lo que evitó al viejo más de una bronca gorda por su irrefrenable malapalabrería.

A la hora de su muerte dijo a Maité el viejo:

–Hija mía: nunca te cases con "pacíficos", ya sabes cómo me caen. Pero si no encuentras un veterano, un veterano de verdad, por lo menos que sea gente macha. No quiero, ni muerto, en mi familia, flojos o arrastraos… ¡Qué vainas! ¡Valiente calamidad!

Por oír y obedecer muy bien este consejo Maité quedó soltera. Tenía cuarentipico de años, trabajaba en la hortaliza, araba la tierra, acarreaba el agua, se desvivía por mejorar sus crías y cuidar de las bestias. Tiempo para otras cosas no tuvo. Sólo que por las tardes, algunas veces, evocaba al viejo, allá cerca de la talanquera, mirando con mucha atención la puesta del sol, por si al viejo se le ocurría asomarse y ver cómo ella se conducía.

Que se conducía muy bien…, eso era lo cierto. ¡Muy bien! Porque no se me negará que el rechazo aquel al vecino de "La Rosita", don Sabino Cruz, camaján de argolla de la política rural y eterno pretendiente a finas y blancas manos…, con algo dentro, estuvo de primera; y el portazo en las narices al bachiller Estrada, que ni siquiera leía de corrido; y el franco repudio al espigado Trino, le echaba flores, le componía décimas, gustaba de letras y rusticanas hembras y con el alcohol en la cabeza una vez se atrevió a decir: "Me voy a casar con Maité". Pero Trino no era hombre al cual su padre hubiera autorizado a tanto; por una u otra razón. Trino andaba a trotimoche con las mujeres, a regañamientos con el trabajo y sus pretensiones de hacha no había que ser tan lince para averiguarlas. ¡Cuántas desvanecidas memorias!

Pasaban los años, y su hermosa mata de pelo, lo comprendió Maité, se iba poniendo mustia. Aquel madejón lustroso perdió brillo; su azul metálico tornóse borroso y triste. Y se decía Maité: "Parece que ya no me voy a casar". Era una pena; una carcomilla. Sólo que su buen corazón se compensaba con los animalitos, cosa que es, según se dice, como doblar a lo bueno por atajo. ¡Qué manera de tenerles ley a los animalitos! No hubo pájaro alirroto, perro con moquillo, caballo con muermo ni vaca con cangrina o mazamorra que ella no curara enérgicamente. Piantes y mamantes dábanle infinita lástima, y el aceite de ricino, las hojas de yagruma, raíces de mastuerzo y otros remedios, hubo temporadas que se movieron tanto de la casa al corral como jícara en velorio.

En un tris limpia mataduras, cose heridas, aprieta vendajes; medía su voluntad con los buenos deseos de acertar. Enemiga del ocio, no hubo trabajo pesado que le asustase, y después de la faena del día el tiempo le alcanzó para los lujos de hacer injertos, trasplantes y domesticación de las selváticas guías de la enredadera. Su honra y buena fama, como la espuma. Pero, ¡ay Señor!, que se le ocurría decirse ahora que aquél, su cuerpo virginal, se mustiaba como un tubérculo ruin; que las manos se le volvían pedregosas y el rectángulo de piel de su escote de un nefasto color. Echándose talco, después del baño en palangana, vinieron otras consideraciones con su filo de incongruencia y sintió, como nunca, seco el ánimo. "Maité –se dice–, tú te quedas para vestir santos. Te quedas de todos modos. Estás lista."

Lloraba; vueltas y más vueltas dentro del cuarto le hacían que su cabeza vacilase. Por ahuyentar el atroz presagio se repetía: "Voy a planchar un poco; llevo tarea atrasada". Allí no había nada en tal forma, si se piensa bien, excepto, por supuesto... Miró por la ventana, sus verdes ojos medio cerrados: "El mái –dijo– se ve ya pollonsito. Y tan bonito que es el mái, así..."

No se estaba volviendo vieja sino que se había aviejado. Avivando el anafe para la plancha, sintió ganas de regalar juguetes a no sabía cuáles niños; muchos juguetes. Algo no previsto la tornaba tierna y maternal. "Desde muchacha –pensó– me enterré aquí; he espantado a todos con mi carácter; ya ni siquiera se toman el trabajo de mirarme; ¡y para qué!, con esta fama que tengo, ¡oh papá!, y estos ojos que se me están apagando por momentos."

A veces sentíase renacer con vivo ímpetu, se llenaban de fuego sus venas, le sudaba un poco el labio superior y mirándose al espejo se hacía concesiones piadosas: "Si todavía llegase alguno con vergüenza. Si todavía un hombre, lo que se llama un hombre..."

Puesta a buscar mariposas para sus búcaros se contoneaba en el jardincillo, quebraba brotes por andar apresuradamente, quería tener más flores, cuando oyó que uno con su bandurria iba cantando:

Alégrate, corazón,
aunque sea por la tarde:
corazón que no se alegra
no viene de buena sangre.

Y se sintió herida; herida en medio del pecho.

Entró a la casa, temblorosa. Le asustaba el tono, la musiquita, la intencionada letra. Pata a la llana se dijo: "Va conmigo, ¿eh? Pulla directa..." Y salió por la puerta del fondo y se puso a espantar el chichinguaco, porque si bien come a la garrapata de los bueyes, no es la garrapata después de todo tan mortificante que digamos, y, en todo caso... Lo cierto es que le repugna y no quiere el espectáculo ante los ojos.

—¡Fuera, totí feo, fuera! Comiendo bichos vivos...

¿Pero qué tenía que ver todo esto con esa apretazón que se le formaba por minutos en el pecho? Un nudo tonto, que a veces desaparecía, pero que a veces se plantaba ahí en medio, con inusitada furia, y no le dejaba alientos, ni respirar apenas. ¿Son los años? ¿De veras, de veras son los años? ¿O serían fiebres, calenturas malas? Estas ambigüedades le traían a considerar que si se hubiese unido a un hombre, pues ahora..., ahora las cosas no serían así. Porque un hombre, si éste es bueno y entero como debe ser, pues siempre viene bien y compone y arregla las malezas del cuerpo y del alma y los estropicios de la tierra y hasta del cielo. "De verdad —concretó—; no hay otra mejor verdad."

Achacando al flato todas cuantas acaloradas imaginerías prosperaban en su mente era el modo de echar atrás la presunción de que su alma estaba bastante desunida de su cuerpo, lo que parece un enfático hecho. ¡Qué pena! Pero, quién va a saber cómo, también esperaba que una rútila aguja le cosiese, el día menos pensado, el evidente desgarrón.

II

–Me se pierden las manos –reía ella–. Apenas me las hallo. ¡Tan contenta estoy! Contenta…

No salía de su asombro, teniendo buen cuidado en disimularlo.

¡Oh! Ulán, con su bozo rubio, señorea la casa. Afuera se iba en días buenos a los quehaceres del conuco, y entre gritos de "¡tesia…, tesia!", se le podía imaginar trajinando con los bueyes. Aprovechaba la fresquita en el aporqueo de rigor.

Aparentemente tenía veinte años; era fuerte, ágil, escurridizo, y tal vez con algo de solapado en la mirada. ¿Qué podía ser? ¿Recelos? ¿Celos? ¿De quién? Lo cierto es que en ocasiones la memoria del veterano se levantaba furiosa: "No quiero en mi familia, ni muerto, pacíficos o…" Temblaba Maité y se decía: "Tendré muchas flores este año para su aniversario; no se va a quejar".

Moros y cristianos le gustaban mucho; buenas cazuelas de harina, no menos, y si se le interfería en la faena manducatoria lanzaba chillidos atroces. Jamás pudo Maité hacerle comprender el uso de los cubiertos; de fuertes manotazos despachaba el plato; ríe; se limpia en los velludos muslos. Luego, romantiza a favor de cualquier sueño lejano, pierde horas haciéndose mejorar las uñas, torciéndose pelillos del bigote, y como un tirano colérico y alevoso exige sumisiones a sus caprichos.

"Quiero, quiero, quiero", ésa era su eterna cantaleta; su continuo decir; ¡ah!, lo que ella imperativamente extraía de lo más profundo de su ser allí donde las capas de limo inmemorial son tan oscuras y densas.

"Quiero, quiero, quiero."

Y cuando menos lo esperaba se acostó en su cama; ¡no pudo evitarlo! Más tarde, media noche por medio, pasó algo. Y en breve se pobló su soledad; creyó tener hijos; noche y día anduvo con tales pensamientos. Del fondo de este abismo sólo saca esta reflexión: "He de comprar, de todos modos, unos espejuelos…, pero estos hijos son como tienen que ser, según es de hábito secular, y el resto, envidia del mundo". Sin embargo…

Con aire dubitativo se dice a menudo que sus raros esponsales envuelven algo más que una simple unión: este padre mantiene, a todas luces, una viva elocuencia reproductiva y una indiferencia absoluta con respecto a la cronología de su prole. ¿No se le ha quejado ella en sobresalto y susto, en vista de la anormalidad del caso, y él, volviendo el rostro en la almohada con éxtasis pánico adopta la forma última del deliquio? Si algo dijo, su ardentísimo significado, habrá que confesarlo, será lo que le hizo perder el juicio del todo sin remediar nada.

Estas violentas traslaciones y otros constantes equívocos como era hacer el aposento un serrallo adusto o bien un extraño templo escandaloso, le cercan de firme. Suele preguntarse también, sin precisar la dimensión de todo lo que se pregunta: "¿hasta cuándo va a durar esto?", y la malicia de que se armaba para no hacer caer la tremolante dicha, andando entre los féferes de su alcoba se le hacía en este punto más aguda: "¿Qué traje me pondré hoy? ¿Le gustará que me pinte? Y un perfumito suave, ¿no puede ser que le complazca?"

Muy preocupada la tiene un asunto. Por nada del mundo Ulán prueba bocado de puerco, ni de jutía, ni de venado. El pobre Ulán, de verdad, es imposible... Odia el tasajo, la lisa salada, el pollo, la res. Y aunque su linda hortaliza enantes era muy fructífera (y con ello habría para la mejor mesa) ahora encuentra a menudo –¡oh improsulto!– roídos misteriosamente nabos y remolachas. A lo largo de los costurones de tierra alzada, también, algunas veces, un fino pelillo rubio se escarola culpablemente.

¿Quién trajina por allí en la noche? Escrutó las posibilidades: inútil, na da pie. Esta nueva anomalía le hace preparar celosas trampas, que vigile con ahínco o se eche la escopeta al hombro. Ulán se mete a su cama cuando le place, con todos los derechos de marido puesto que es el marido. Un viento malo sopla por aquella vuelta de un tiempo a esta parte, trae la sombra del veterano, quien por encima de la cerca de piedra se pone a maldecir con virulencia de lo que siempre maldijo y de si, ni muerto, quería para su hija...

–¡Sola vayas! –vocea Maité por las lechuzas que salen de su nido y por algo secreto que le daba calofríos–. Voy a encender una vela al ánima sola... pa que descanse.

Un día llegó gente armada preguntando:

—¿No anda por aquí un tal Ulán..., o Julián?

—Ulán Cabezas —dijo el cabo—. Uno que recoge huevos..., que cambia billetes por huevos. Bajito: con el labio partío...

Ulán se había colocado detrás de la arpillera de yute. Ella, sacada de quicio, molesta:

—Mejol es que busquen polotro lado. Esos malsines, el muengo y su compadre, pueden sabel. Y si no saben, lo inventan. Ai andan mirando las lagartijas; sin tirar un chícharo; en el chisme.

—Bueno... —dijeron ellos—. Veremos a vel. Vamo a vel si lechamo el guante, ¿no cree?

Maité se repuso.

—Ya lo creo. Y entonces, adió, ¿veldá?

El cabo dijo:

—¿Y no habrá un poco de café por ai?

Y el otro con rintintín:

—Ni siquiera noa brindao.

Imposible... Si entran y se ponen a dar ojo; si tienen sospechas. Si saben algo —pensaba rápidamente, porque la arpillera de yute, vamos a ver, ¿qué cosa oculta?

—No tengo café —dijo—. Hace días no voy a la tienda. A la güerta quién sabe.

—Doña, ¿de veldá que no tiene?

Miróles de un modo tan enérgico que ellos, alzando el chopo, requintándose los sombreros, diciendo: "hasta la güerta, doña", enfilaron el camino con la habitual parsimonia de siempre, y esta certeza absoluta: "Está perdía".

Por su parte, ella no hacía más que repetirse: "¡Mentiras, mentiras! Éstas son combinaciones de la rural. Un tipo que se llama Ulán Cabezas, que cambia huevos por billetes, que tiene el labio partío. ¡Ulán Ulán! Y le quieren echal el guante, hijos de los demonios. Éstas son combinaciones..."

Así estuvo rumiando hasta que los perdió de vista. Luego se puso a cavilar: "¿Pero por qué? ¿Había hecho algo de malo Ulán? ¿Buscaban, de cierto, a este Ulán? ¿Qué cosa? ¿Un crimen? ¿Acaso había robado a alguien? ¿O eran denuncias de vecinos, chismes..., por lo que estaba sucediendo?"

Lo que estaba sucediendo es que la casa se pobló de súbito de más ruidos y rumores infantiles. En breve tiempo, en menos que zumba un mosquito, en menos que canta un gallo..., pues, ¿cómo diré?, surgieron cinco varones, los cuales, pensaba Maité, servirían bien pronto de ayuda eficaz. Fuertes, nerviosos, crecían desaforadamente, y si no hubiese sido por aquel labio leporino que todos ostentaban, se hubieran dicho perfectos. Pedro, Pablo, Chucho, Jacinto y José...

Con implacable sorna el viento le devolvía estos nombres y algunos canturrieros de la zona se obstinaban en sacarles brillo a fuerza de repetirlos, con música y todo. *Pedro, Pablo, Chucho, Jacinto* y *José*... Eran cinco cachorros, retozones y malignos; daba gusto verles cómo trepaban por todas partes, cómo metían bulla y algazara y cómo, de un día para otro, tomaban altura y fisonomía atolondradora. Eran cinco soles que en el firmamento mustio de Maité brillaban con esplendor inusitado.

Propusieron una vez ir a bañarse al cañadón. Maité saltó:

—En el cañadón, no. Allí está el güije. ¡El güije! Se figuran ustedes... Nada de baño.

El padre alegó que los hombres no tienen que temer a nada; que deben ser duros como cuyují, aunque él personalmente...

La mirada de Maité tradujo: "¿Quién tea dao vela en este entierro? Haz el favor..." Él calló, se anduvo en el bigote, contempló sus uñas.

Hay que decir que Ulán se había ido quedando atrás, atrás, según los otros avanzaban. Dominan la casa, la vida de la casa, todas las cosas de la casa, estos muchachos, ahora. Maité, atando cabos, al rato preguntó a Ulán:

—Personalmente..., ¿qué querías, Ulán, decir?

—Pues na... ¡Psh, na!

Y alzó sus hombros.

Personalmente, lo que hubiera querido decir (y se alegró mucho de no haberlo dicho) era que el sentir perros atraillados es lo único que le pone inquieto; lo único. Ni siquiera los guardias y sus escopetas; ni siquiera los gruesos alertas de la remonta ni oír hablar de mortales artimañas que antiguas viláticas contienen. Pero, eso sí, perros atraillados...

Ella lo comprendió en un relámpago; le vio carne de gallina; lo adivinó tembloroso, acogotado. Dijo, calculando el efecto:

–No te desesperes por tan poca cosa; no te angusties, Ulán.

Y después de una pausa intencionada, con cruel regocijo:

–¿O es que se te antoja, bribón, irte de cacería?

¡Qué imprudencia! Tales palabras le pusieron lívido, mas era tarde ya. Hasta el fondo lo comprobaba Maité y casi se apenó. ¡Qué idea tuvo! Nunca se le hubiera ocurrido, antes, alusión de este jaez. ¿Por qué se le ocurrió de repente, así..., de un tirón?

Femenino instinto. Pues aun cuando para él no existía pasado alguno y su vida comenzaba normalmente con los besos por encima de la cerca de piedra, ¿no esperaba ella ver en sus ojos algo infinitamente tímido, atrozmente conturbado y en tropel? ¿No lo sabía?

III

Lo de ellos había sido así... Comprimida como pasó la mitad de su existencia y abortada, al cabo, por ese linaje de opresión, la otra, un mezquino día, atisbando tras la cortinilla de tarlatana de su cuarto, Maité acertó a ver una cosa que saltaba de modo irregular sobre la yerba, junto a la cerca de piedras. Era como una esponja, gris, eléctrica, malamente constituida. Y fue a verificar lo visto.

Por el camino se iba diciendo, no bien le descubrió patas y orejas: "¿Pero cómo es posible que haya llegado este infeliz hasta aquí? ¡Tiene timba!"

Cuando le tuvo entre sus manos, le sobó y dijo: "No es feo. Y se parece a aquél... ¿Dónde estará?"

Acoquinado, el pobre animalito le miraba con ojos dulces. Volvió a sobarle; lo besó briosamente; le pasó la mano con infinita dulzura por sobre el lomo rubio. "Conejo... Pero si por aquí nunca ha pasado un conejo... ¿Quién me lo mandará?"

Y besándolo con renovado fogaje, a media voz:

—Ssst... Le voy a poner...

Se acordaba de alguien, era seguro. No había más que verla. Y dijo sin titubeos, pero también sin energía:

—Sst... ¡Hombre! Conejito lindo... Ya está: tú te llamas de ese modo, no me repliques.

En seguida lo envolvió en un pañuelo de bayajá que llevaba en la cabeza y pensó que, cuando fuera al Guatao... "¡Yodo!" Solía hacer sus compras, para el botiquín, personalmente. "Yodo" resume estas compras. (A su perro *Muerdijuye* le temblaban los bembos. De buenas ganas le hubiera desnucado. Artero intruso...)

Una pobre vecina que padecía güito, muy enferma y muy vieja, salió a su encuentro. La estaba esperando siempre para pedirle remedio contra su mal, porque ella era muy conocedora de remedios.

—Maité, lo que me tiene ofresío... Pal mal.

No daba señales de vida; no la miró siquiera, cayendo en la ignominia de volver espaldas a un doliente de su vecindad.

—Conejito Ulán... ¡Conejito mío! —y echó a correr hacia la casa, sin mirar a parte alguna.

El muengo y su compadre, de camino, frente a la talanquera, vieron la escena, ojos guiñados; luego oyeron cómo la vecina zumbó con sorna: "Becina, pol Dios, que no es pa tanto...", y se comunicaron, no muy alto, pero sí como para que Maité lo pudiera adivinar:

—¡Cómo le gusta crial *animalito!*

Y el otro desde su malicia:

—Parece que no le gugta mag que *animalito...*

Maité les gritó desde allá:

—Arreen, ¡vagos! Arreen, malsines. ¡Que el diablo se los consuma!

Vozarronearon entonces:

—¡Solterona!

—¡Segata!

En medio de la bullanga el conejo le miró con dulces ojos, de una manera... Para darse golpes de pecho puede que hubiera nacido, pero aldabonazos de esta resonancia, ¿cómo se resisten? Podría decirse que su corazón se llenó de felicidad. Fue al corral en busca de leche y en un rito absurdo bendijo el buen norte de su alma.

El pobre animalito traía una pata rota. Anduvo con sus menjunjes, le puso yodo livianamente, a que no le escociese, y una venda de trapos limpios. Será menester anotar cuanto arrumaco le deparó y con qué singular solicitud le estuvo animando y mirando, porque pasa de medida. A sangre caliente quería hacerle entrar por la puerta de la salud y, si no fuese una profanación, se diría que lo trataba como a gente bautizada. "¿Qué quiere mi conejito Ulán? ¿Qué quiere mi amor? ¿Qué quiere mi vida?" Bailándole mucho los ojos y la cintura no ancha aún, el alma llena de extraña dulcedumbre, arrobada, comíale a bocados.

No bien comenzó a sanar le obligó a estarse quietecito largas horas en su regazo, y si él brincaba al punto Maité deshacíase en tientos y ternezas: "Alma mía, apriétate a mi carne; no te separes de mí. Alma mía de mi alma, ¿tú me quieres?"

Lo cierto es que este excesivo cuidado no le dejaba lugar vacante. Una dulce fatiga, sí; una redoblada congoja feliz. Pasaba largas horas con los párpados entornados y so pretexto de la luz, del chorro de sol, de sus ojos, aguantaba sed por no salir al patio sino en última necesidad. En medio de la somnolente atmósfera de la casa veía candelas, visiones, portátiles cosas bailantes.

¿Sus quehaceres? Con las manos en cruz las horas se le iban en desvanecimiento, atenta sólo a una voz fuerte que le golpeaba con alas de ángeles la bóveda de su conciencia. Esa laxitud creció y aun cuando no quería rendirse a la molicie, ¿quién gasta tiempo en darse ánimo para lo que no precisa? De suerte que si no privaciones, algunas estrecheces, aunque a gusto: ya no le importó tener buena mesa sino a quién servir buenos trozos de vegetales crudos.

Quería su tiempo para soñar en algo imprevisto, sorprendente, y todo lo despacha en instantes yendo a dar en seguida besos al turbador enfermo: "Conejito Ulán, eres mi rey. ¿Quién quiere mucho al conejito Ulán? Di tú..."

Después de estos ensanches emotivos, después que quedó bien urdida la tela que alguien le destina, una noche soñó que había viajado en una guagua hacia Oriente; un carro sucio lleno de tipos que se sentaban sobre cajones puestos en el estrecho pasillo, y a su lado un negrito estudiante que conducía en sus manos un hueso al cual llama "esfenoides". Este joven, de lentes y muy circunspecto, con frecuencia decía: "¡Qué lejos está Santiago! ¿Cuándo llegaré a Santiago?" Sus vacaciones de Navidad ni siquiera le hacían sonreír, porque el esfenoides augura una quincena de preocupación y cuidado. Luego vio el relicario que una incierta persona le había traído de no sabía dónde; un relicario comprado, según su padre, en un sitio horrendo. La dama que en él se hospeda ahora le da su mano, le ayuda a subir peldaños de una escalera muy empinada. La dama, y es lo de no tener fin aunque sea en sueños, le ofrece blancas camelias, magnolias caprichosas y hasta unas dalias como nunca viera. Luego venían tortugas verdes a comer los rótulos que llevaban en sus corolas; luego el esfenoides se volvía un piano y grandes acordes firmados por Dahl, Camelli y Magnol, estremecían más, mucho más con sus nombres que con sus giros, los miserables cáncamos de la ventana.

¿Por qué no le pusieron a ella –se preguntaba en medio del jadeo del sueño– Magnolia, Camelia o Dalia? Este Maité...

Al amanecer reventó la lluvia, agua densa que estuvo rondando tres días, que cargó la atmósfera e hizo estallar el trueno. Por darle escolta el viento aniquila en la cañabrava un estruendo de mil demonios como si quisiera llevárselo todo en la golilla, diez leguas a la redonda. Azules remolinos electrizados la despertaron con frío y temblor. "Algo tiene el agua cuando la bendicen –creyó oír–. Algo tendrá –repitió–. Algo, algo..."

Pero, ¿se podrá saber... ¡oh!, quién lanzaba ese quejido de angustia que le abría las entrañas en canal? La enredadera, vuelta selvática, por los intersticios del tabique metía sus flecudos gajos. Pensó cortarla al día siguiente; pensó arreglar su jardín; pensó ocuparse de sus cosas. Sólo que el quejido se volvió a oír y ya no tuvo más que una idea.

Fue al cuarto, donde el conejito yacía sobre yerbas: quedó en suspenso: no estaba. Buscó por los rincones; bajo las mazorcas de maíz; entre las calabazas que maduran, las yaguas por cuna; en el hoyo de la pared de concreto: no estaba. Cuando volvió a su aposento, el alma en el suelo, medio muerta de desesperación, él, como un niño, con los verdaderos gestos de un niño, pedía lo sacaran de su encierro; que si una pena es grande ésa es la de estar preso; que mejor era morir que seguir así; que en el fondo, ¡ay!, también él tenía sus sentimientos... ¿O no lo había notado?

Esta monstruosa perspectiva cuyos contornos aterran le fue, hay que decirlo, bastante agradable. Y aunque de azogue se volvía su sangre, dio pasos hacia atrás, como quien mide el vacío que resuelve salvar de un brinco.

—No seas mala... Sácame de esto —y dijo por último—: ¡Anda ya!

—Maité se pellizcaba. ¿Qué sueño era ése? ¿Qué informe deformidad? ¿Qué tremenda uña le estaba arañando la conciencia? ¿Qué poderosa concentración no haría falta para mitigar, sin insensatez, esa desdicha? Se decidió. No cabía duda; muchacho majadero..., ¡pobrecito!

Pero este muchacho majadero que pedía le sacasen de aquel estado salvaje, de pronto se volvió hombre. Creció y creció hasta vérsele rubios bigotes y en el semblante una travesura de mozo pervertido. Oyó Maité esta súplica imperiosa:

—Dame tus pechos, ¿oyes bien? Quiero ser el que beba de tus pechos, Maité, el sabor de la vida. ¡Anda ya!

Potencializó de tal modo este deseo, que ella, echando a un lado la amenazante visión de su padre, con ufanía se rasgó el vestido. Quedó desnuda. Tuvo que amarrar el perro.

Una música agreste impregnó la escena de luz y buenos olores y redujo para siempre el espacio que mediaba entre ellos. Tras el breve forcejeo creyó oírle:

—Lo que nos hace falta. Maité, es no separarnos jamás. ¿Quieres tú? —declaró con acento entre mojigato y atrevido. Ella meditó: "¿Es legítimo este querer? ¿Es cristiano?" Y parece que le respondieron:

"¡Tómalo! Es tu bienquerer, Maité".

Manaba felicidad de una cicatriz oculta.

IV

Todo cuanto más tarde sucedió, se sabe: "Me se pierden las manos —reía ella—. Apenas me las hallo. ¡Estoy tan contenta!" No salía de su asombro, pero, en fin, lo disimulaba.

Esta fantástica existencia vino a quebrarse cierta madrugada en que se oyeron por la trocha del fondo tiros dispersos, perros atraillados. Maité se asustó y salió a ver. "¿Quién va...? ¡Cero!" Pero el escurrumpio era evidente.

Ulán, bajo el ladrido de los perros, decreció de momento, tomó miedo inenarrable, se acurrucó aún más en la silla donde ahora le ponían a dormir y se echó a temblar. Los estigmas iban a aparecer.

—Ulán, ¿qué te sucede? Dime... No es lo que tú crees eso que te asusta. Tranquilízate, Ulán. Nunca quise hacerte daño al hablarte de esas cosas, ¡te lo juro! Perdóname... Y cuando vaya al Guatao... —él seguía decreciendo, temblando, mudo, mirando para el corral, ansioso y abatido.

Turbada, perdida, Maité profirió:

—Perdóname aquello, Ulán. Perdónamelo tú, conejito Ulán, conejito mío de mi alma. Perdónamelo...

Y como si el más replegado subsuelo del mundo le atrajese irremisiblemente a su profundo seno, en este punto la tenaz falacia se deshizo y moviendo puntiagudas orejas se echó de pronto a olisquear la tierra, prodigio vuelto polvo, nudo desatado ya.

Felpudo, con los brillantes ojos como dos cuentas, a los llamados de Maité nada respondía. Con elásticos movimientos y ciertos resoplidos característicos, pero jamás recordado, quiso ganar la puerta, bebió el vasto aroma del campo y abandonando todo resto de forma humana, por entre las rendijas de la pared se escabulló. Una exhalación le seguía, chisporroteante, quemadora, y dejó surco que iba hasta el cañadón y que más allá del cañadón daba vueltas y vueltas, aventando el pasmo.

Atónita, suspirante, Maité rompió a reír atropelladamente; luego lloró y se rasgó la piel. Echada en el suelo, de pronto le pareció que muchos escombros le cubrían; que le daban sepultura entre infinitas pirámides de caramelo; que una lluvia de azufre, en función expiatoria, le refregaba de pies a cabeza.

De esta completa oscuridad, de esta penuria de su mente, ¿quién vendría a sacarla? Un grito único bulle en su corazón. ¿A dónde fue? No cabe en su corazón ese barbotar.

Hizo otro esfuerzo, sin embargo. Lamentó no tener todavía sus lentes; se frotó. ¡Qué angustia de tuerta, y de tartamuda, y de manca, y de coja! Se frotó aún más los pobres ojos llorosos. ¡Qué angustia de sorda, y de paralítica, y de mujer estéril! Los ojos se le vaciaban en las manos.

¿Quién se va a atrever a decir que había inferido, en un minuto de lucidez, desde la selva de su instinto, por sobre todas las cercenadas alternativas, que él corría, ínfimo y glorioso, en busca de su destino, a vivir para siempre entre los suyos sin más suplantación, después de haber consumado una felicidad de la que nunca supo?

Pero daban ganas de pensarlo... Daban ganas.

Y la casa volvió a quedar enteramente a solas, vaciada de los ultramares de su fantasía, como cuando su padre murió, sino que ahora más triste y fea. ¡Qué de lágrimas corriendo! La enredadera la aprisionaba en su mayor parte.

Maité salió al patio a mirar el mundo que le quedaba, el mundo abstracto de árboles y piedras. Con sañudo gesto se acercó al pozo; palpó la rondana; se echó sobre el brocal.

Comprendió que aquello se le había vuelto monte firme. El caballo, la vaca, ¿a dónde habían ido? Por ahí andarán, por ahí..., y se puso a espantar el chichinguaco, porque si bien come la garrapata... El perro la seguía.

Con sus caurentipico de años, con su viudez horrible, ¿qué iba a hacer? Se dijo que aunque no hubiese chichinguacos... Las crías, ¿dónde estaban? Por ahí andarán, por ahí... De las siembras, ni hablar. ¿No tocará a somatén para ella el viejo dondequiera que esté? ¿No vendría en su defensa?

Entró de nuevo a la casa. Por los rincones, papeles, latas vacías, hojas secas, basura. "Un día de éstos –pensó–, voy a ponerme a limpiar todo. No me gusta que esté así..." Abrió una puerta del cuarto y la cerró en seguida, suspirando: "Ni siquiera tengo un retrato..." Desposeída, pero no adormecida, su imaginación cumple los términos fatales de su órbita.

Abrió otra puerta como quien desprende a tirones frutos de un árbol; la madera dejó escapar un ruido. "También se queja –musitó–. Todos nos quejamos y nadie nos ayuda."

Frente a la cerca de piedra platicaban el muengo y su compadre. El perro les aulló. Cuál de ellos repuso:

—¡Arrrza, perro! ¿Qué sitiá perdío?

Y el otro con un palo en la mano:

—¿Tu dueña...? ¡Ponte bobo y verá!

Ella no podía oír. Solamente deseaba espantar el chichinguaco y, si a mano viene, dormir largo, largo...

(Dormir no es la palabra.)

Días más tarde volvieron a pasar en busca de unos capullos de rosa, para las fiestas del pueblo. El muengo pegó la hebra:

—¿Y cómo andará la loca? Mía pa esto: se la güelto tóo pura manigua... Me dijeron en el Guatao...

—Ni mejol ni peol —respondió el compadre—. ¡Iguar! Siempre iguar... Pero... M-m-m-m-m... ¡Tienta!

Ponía las narices en alto.

—¡Joh! Diantre... A bicho raro jiede; bicho muelto.

—Bien puede. Y como siempre le dio la ventolera a Maité por estalse en grima, ¿no será que ya lalgó el piojo, la muy ostiná..., y ai la tenemo, tendía..., pudriéndose, ella solita?

Del objeto cualquiera

Eliseo Diego

Un ciego de nacimiento tropezó, por casualidad, con cierto objeto que llegó a ser su única posesión sobre la tierra. No pudo nunca saber qué cosa fuese, pero le bastaba que sus dedos lo tocasen en un punto y, a partir de este principio, recorriesen el maravilloso nacer las formas unas de otras en sucesivos regalos de increíble gracia. Pero en realidad no le bastaba, porque la parte que sabía no era más que la sed de lo perdido, y comprendiendo que jamás llegaría a poseerlo enteramente, lo regaló a un sordo, amigo suyo de la infancia, que lo visitó por casualidad una tarde.

"¡Qué hermosas muchachas!", vociferó el sordo.

"¿Qué muchacha?", gritó el ciego. "¡Ésas!", aulló el sordo, señalando el objeto. Al fin comprendió que no se entenderían nunca de aquel modo y le puso al ciego el objeto entre las manos. El ciego repasó el peso familiar de las formas. "¡Ah, sí, las muchachas!", murmuró. Y se las regaló al sordo.

El sordo se las llevó a la casa. Eran tres muchachas, cogidas de las manos. Gráciles e infinitas respondíanse las líneas de los cabellos, los brazos y los mantos. Eran de marfil casi transparente. Vetas de lumbre atravesábanlas por dentro. El sordo, cuyos ojos eran de águila, sorprendió en el pedestal un resorte. Al apretarlo comenzaron a danzar las doncellas. Pero luego el sordo comprendió que jamás llegaría a poseerlas enteramente y regaló las tres danzantes a un amigo que vino a visitarlo.

"¡Qué hermosa música!", dijo el hombre, señalando a las doncellas. "¿Cómo?", dijo el sordo. "¡La música de la danza!", explicó el hombre.

"Sí –dijo el sordo–, música entendí, pero no sabía que la hubiese." Y regaló al hombre las tres danzantes.

El hombre se las llevó a la casa. Era la música como el soplar del viento en las cañas: agonizaba y nacía de sí misma, y su figura eran las tres danzantes. Maravillado el hombre contemplaba la perfecta unidad de la figura, la música y la danza. Pero luego comprendió que jamás llegaría a poseerlas enteramente y las regaló a un sabio que vino a visitarlo.

"¡Las Tres Gracias!", exclamó el sabio. "¿Sabe usted lo que tiene? ¡Son las Tres Gracias que hizo Balduino para la hija del Duque de Borgoña!" El hombre comprendió que aquéllos eran los nombres del misterioso apartamiento que había en los rostros de las danzantes. "Usted piensa en ellas", confirmó, señalándolas. Y el sabio se llevó las Tres Gracias a su casa.

Allí, encerrado en su gabinete, las hacía danzar y les pensaba en alta voz los nombres verdaderos, las secretas relaciones de sus cuerpos en la danza y de la danza y los sonidos, el mágico nacimiento de sus cuerpos, hijos de la divinidad y el amor del artesano. Pero a poco murió el sabio, llevándose la angustiosa sensación de que jamás, por mucho que viviese, las poseería enteramente.

Su ignorante familia vendió las Tres Gracias a un anticuario, no menos ignorante, que las abandonó en el escaparate de los juguetes. Allí las vio un niño, cierta noche. Con la nariz pegada al vidrio se estuvo largo tiempo, amargo porque jamás las tendría. Así había de ser, porque, a poco de marcharse el niño a su casa, un incendio devoró la tienda, y, en la tienda, las Gracias.

Esa noche el niño las soñó al dormirse. Y fueron suyas, enteras, eternas.

El ostión

EZEQUIEL VIETA

QUE VENDÍA OSTIONES ÉRASE UN CHINO.

Iba la mulata a ver al limpiabotas: un negro: Su marido.

El gallego también, pero, todo sudor, todo esperanza.

Y otros... Los demás: Todos.

¿Teatro? *¿Nuestro teatro?* Sí. Teatro.

Allí, se detenían las guaguas o marchaban. Y aún los tranvías hacían de cunas viejas soldadas en rieles. En cada rincón el polvo –celoso, desvalorado– engordando. Y el mural. Bueno... Mural. Trepando hasta casi el techo; con una gran india gorda de dientes postizos y pelo tan engomado; a una esquina, los colores patrios. Otros motivos. Sacrílegamente, añadido al conjunto, la cara filantrópica y serena de un político: Fulano: para senador: Su primo-hermano: Gobernador. Las cucarachas muy debilitadas por un lugar nunca oscuro. Una mujer desnuda semitapada con una cajetilla de cigarros; los mejores del mundo.

La mano, nudosa, agrietada, violentaba el voluntarioso beso de las valvas. Un ostión más. Ostión millón. El cuerpo sin ropa, el alma, se apilaba en la ya baba sabrosa de la copa. Acaso gastara el chino gafas negras. Un poco calvo: sin razón para ello.

–Pero ¿y quién es el hombre universal?

–Pues, el hombre de acción. Ahora, acción gratuita ¿eh? Que en su bolsa no tiene capacidad suficiente o con los músculos de las piernas superdesarrollados. Es el movimiento comiendo al espacio, y, por lo tanto, al tiempo.

–¡No, no! ¡De ésa no! Sácame, gallego, de la que tienes escondida.

–Todo aquí es legítimo.

–Sí, pero, la mezcla legítima sabe mal. ¡Gallego bandolero!

–El universal ha de ser oriental de materia con anhelos de occidental. El oriental sólo puede ser una caricatura del occidental, nunca una creación del occidental.

–Todo se resolvería con un poco de decencia. ¡Ay, pero qué difícil es la decencia!

–Y, ¿si la tuviéramos? ¿Qué se iba a hacer con ella?

La india de pared parecía interesarse en la bandera a la esquina izquierda. Atrás, un indio comiendo casabe.

–¿Lo quiele con picante?

Una guagua se había metido a curiosear en una vidriera. Una señora dentro se echaba fresco. Al chofer el timón le había hundido un número de costillas.

–¡El veintinueve mil ocho! Muerto chico.

Las campanas de los tranvías sonaban a cascabeles. Invierno tropical que dura un año. No había llegado el policía; atendía un asunto importante.

–¿Por qué tienes llave para el servicio, gallego? Sigue apestando. Gallego, ¿en Galicia lo hacen en el suelo?

–¡Chino animal! ¿Qué pasa con los ostiones?

El chino era un animal.

–Si todo el mundo fuese honrado…

–Grave injusticia social para con el infierno. ¡Todo el mundo honrado! ¿Y para qué?

La pulpa de un ostión resbaló al suelo. Humedad entre colillas. El chino miró aquello durante muchos meses.

–¡Aquí, por fin…! Chino, ¿tú eres hermano de Chancaichec? Igualito, ¿verdad?

–Es posible. Por parte de madre.

–Gallego, cabezón. No te debo tanto. Te vas a perjudicar… Otra cerveza.

El manatí del mural empezó a nadar.

Y al pasar junto al chino la mulata de nalgas libres, le murmuró a la oreja:

—Tú me gujta, paisano.

El negro metió el dedo hasta el fondo del betún.

—La mulata tiene cuatro puntos de referencia muy sobresalientes.

—Representaré el color por distintos sonidos. Será un fenómeno puramente objetivo. Siempre habrás visto que una palabra puede sugerir algo determinado. Fenómeno subjetivo. A veces una conjunción armónica de palabras produce una sensación especial. Subjetivo también, aunque no lo parezca. Así podrás ver los colores, que no serán más que retazos de intestinos o partículas de sustancia gris, o gironcillos, gironcillos digo, de corazones obesos, eufóricos y extravertidos. Todo esto conduce, indudablemente, a una hipertrofia del espíritu; aunque esa partícula de cerebro se hubiera entrenado en la gimnasia de la razón pura, que aplicada al Arte no es más que flirteo; sí, flirteo. Y no me lo discutas, ¿eh?

—El capitalismo está en crisis.

—Y la crisis está en crisis de la crisis.

—En el fondo, todo es una cuestión de aritmética.

—La otra ve que t'vea con mi mujé... ¡te pico, chino!

El ostión es un molusco acéfalo marino que vive asido a las rocas. Muchos ostiones valen un real.

—Alguien le ha dicho que el chino tiene ciertas cualidades... Curiosidad femenina.

Se había cortado un dedo con la cuchilla. Nexo de parentesco entre la sangre y el catsup.

—La Literatura ha producido hasta ahora en sólo tres pisos: estómago, corazón, cerebro. Pero siempre ha partido de allí para volver allí, ¿comprendes? Yo voy a ofrecer lo trans-humano, lo objetivo, para que la gente, masticándolo, lo haga subjetivo, o sea, lo cree mientras lo recrea. El color en concubinato con el sonido, que, en sí, son los únicos posibles elementos vitales: espacio y tiempo. Si logro parearlos y hasta confundirlos, te juro que me como a mí mismo con dientes y todo.

—Este chino me está cayendo mal. Yo creo que tiene cara de japonés. Oye, chino, ¿verdad que tú eres japonés?

El chino era japonés.

El manatí del mural estaba jugando con los caimanes; la india tenía una mirada maternal.

—¡Veinticuatro mil setecientos ochenta y tres! ¡Se juega pronto!

—La vida hay que vivirla. Sólo exterminándola conscientemente se vive. ¿No crees?

—¡Jey! Un agua mineral con gas.

—La Universidad está perdida. No hay nada.

—La Universidad está a la altura de las circunstancias.

—¡Vete a pedir a otra parte! No mantengo ni al hijo de mi padre.

—La base acústica que ha de producir la combinación a la cual me refiero es de una simpleza que aterra. Consiste en la agrupación armónica de ya sea oraciones o frases, que, por una distribución precisa de las palabras tónicas y subtónicas, nos den un determinado color. Esta agrupación será todo un cuadro de color-sonido, es decir, espacio-tiempo.

La mulata esta vez rozó al chino levemente:

—¿Cuándo viene a velme, chinito?

El chino se acurrucó en el fondo del cubo del hielo.

Alguien había sacado ya la guagua de la vidriera; volvieron a la vida social los martillos y serruchos de la ferretería.

La Policía le cerró el puesto al chino por antihigiénico. ¿Cuál de los dos?

Abrió la venta enseguida. Arreglo con la Policía. Comprensión mutua. No hay problema.

—Oye, bofe, ¡me caes tan remal que estoy por romperte la jeta! A ti, chino, te echaron al río cuando naciste, pero eres tan bruto, que sabías nadar.

—Sí. Dicen que se toma el caldo de gallina con palitos.

—¡De imbécil que es!

Sobre el estante aguardaba toda una hilera de copas gordas refrescándose. Seguían laborando las manos nudosas y amarillas. Pensaba que pronto no habría más gente. Se iría allá.

—Pero, ¡es tan pesao que creo que es pájaro! ¿Qué pasa, viejo? ¿No entiendes el español? Todavía no me he fajado con un chino... ¿Me dicen que vives con el gallego? Seguro que en tu país de mierda no...

¿Sería antihigiénica la mulata?

Secó el chino las manos en el delantal. Un día más. Un día menos. Las uñas más negras. Las uñas más afiladas. Las uñas más curvas.

–Pero lo más importante es la armoniosa distribución de los colores, los planos distintos que se consiguen con ellos, el... ¿Qué?... No, no me empeño en una Acústica Pictórica. ¿Cómo es que no puedas comprenderme? Si te empeñas en endilgarle un nombre, llámalo, si quieres, Psicología Matemática, aunque, la expresión no cubre todas las posibilidades evidentes.

Sobre las palmas del mural el broche negro de un aura se había enganchado. La mujer de la guagua estrellada persistía en abanicarse. Pasaron unos niños patinando.

Si pasas por la noche,
ven a verme,
si por la mañana,
no te equivoques.

–¡Están estrangulando al chino!

–Negro, ¿es que te vas a desgraciar por un chino?

La navaja cortó una vena muy inflada. Catsup caliente que manaba. El chino era catsup.

–No hay como taparse cuando se tiene frío.

–¿Quieres ver al color amarillo haciéndose un autorretrato?

–Freud habló de la libido sin conocer lo nuestro.

–Por eso. Si hubiera venido aquí habría descubierto que el subconsciente es una casa de inquilinato.

Tiempo atrás hubo balcones, macetas y claveles en los altos.

El chino frotaba los brazos con los ostiones; luego la cara. Se prendió uno a la nariz y uno en cada oreja. Si hubiese sido negro como el limpiabotas habría aparentado un lindo africano.

¿Arroz? No; él no comía arroz.

No tenía importancia. Alguno le dio un puntapié al chino. Por divertirse. Estaba alegre.

Los nudos de las manos del chino se hincharon como cuentas óseas.

Las pupilas se le cayeron una vez en una de las copas y un consumidor se las tragó sin advertirlo.

—Macho es el mejor pícher.

—Te crees tú eso.

—Sé de pelota cuando tú no habías nacido.

—¿Es que te acuerdas?

—¿Qué!... Tu madre me lo dijo.

La india se había sentado ya. Los caimanes abrían y cerraban las mandíbulas llevando un compás. El aura de las palmas se había colado en la vidriera de la ferretería: ahora era otro útil. Un hombre sin piernas pasó arrastrándose sobre cubiletes de cuero: Todo orgullo.

—Hijo de...

El aficionado había sacado una pistola oscura y pulida. Un disparo. Un borracho. Sólo el espejo. El manatí, los caimanes, la india, el casabe, la bandera, las palmas, se estremecieron. Nada más que eso.

¡Que se olvida uno! Algo más: el chino estaba en el suelo. Un hueco entre las cejas. El pelo muy lacio. La boca... ¿Para qué la boca? Nuestro chino está hecho de una sola pieza.

Atropellándose los ostiones en las copas alineadas, frescos y casi vivos, siguen el recorrido de la flecha redonda.

¡Treintaicinco mil ochenta y ocho! ¡Muerto grande! ¡Se juega hoy! ¡Se juega todos los días! Hay que meterse la suerte en un bolsillo.

Un ostión.

Tobías

FÉLIX PITA RODRÍGUEZ

UNO PUEDE CLAVARSE LAS COSAS en la cabeza o en el corazón. De las dos maneras está bien y son ya de uno, le pertenecen. Hay, sin embargo, una pequeña diferencia: las que se clavan en la cabeza, aquí dentro, donde la luz de Dios se mete en palabras y nos sirve para comprender un poco lo que nos rodea, ésas, pueden aflojarse con la humedad del tiempo, como las estampas en la pared. Y una ventana abierta cuando hay viento afuera, un poco de arena muerta que se desprende, y la estampa cae, o se olvida uno de lo que parecía tan bien clavado. Sería loco pensar que está bien o está mal. Y más loco todavía decirlo, porque la mayor locura es ésa: decir cosas y creer que pueden servir a los demás porque en ese momento son para nosotros como el zapato al pie. ¿Qué es lo que tiene uno para garantizar algo?

Y aquí es donde está la diferencia entre las cosas que uno se clava en la cabeza y las que se clava en el corazón. Porque el corazón no entiende de razones, ni tiene nada que hacer con las palabras, pero está hecho de un material que debe ser hermano de aquel con el que se hizo, en la mañana más clara del mundo, la carne, única que no puede ser morada de gusanos, del mismo Dios. Vayan mirando bien, y digan luego lo que se les antoje, que eso no va a cambiar en nada lo que estoy diciendo. Ésa es otra de nuestras locuras: creer que con las palabras que son de uno, que no pueden ser más que de uno, sea posible convertir en otras las palabras que encierra la luz de Dios metida en la cabeza ajena. Pero de esto no vamos a hablar ahora. El caso es que hay una diferencia entre las cosas clavadas en la cabeza y las cosas clavadas en el corazón. Y que en el corazón, los clavos se doblan por la punta y hacen un garfio. Y como no hay arena, sino del puro material de la carne de Dios, las cosas no pueden caerse, si no es cuando el mismo corazón se deja ir de un lado o del otro, para quedarse quieto después. Eso es lo que pasa con la historia del viejo Tobías; que se me clavó en el corazón, hizo un garfio, y ya no se irá de lo de adentro de mí, mientras el corazón no se incline de un lado o del otro, para quedarse quieto después. Y no sé, no sé. Tal vez todavía, cuando todo lo que yo soy ahora comience a hervir allá abajo, por donde las raíces buscan su camino para encontrar el jugo con que se hacen las flores y las frutas, tal vez todavía luego, lo que me contó el viejo Tobías siga clavado con su garfio, quién sabe hasta cuándo.

Fue en la cochina cárcel de San Pedro Sula y allá por el año veintiséis, un año feo para mis huesos. De tumbo en tumbo, y como con los ojos cerrados, yo había ido dando traspiés y recibiendo patadas en el trasero. Ustedes no pueden saber. Una patada en el trasero siempre lo pone a uno mal por dentro y con ganas de hacer daño. Pero el escozor pasa y se puede cargar a la cuenta de las injusticias de la vida. No queda nada dentro de la botella y la sonrisa no se pierde. Pero cuando un puntapié llega cuando todavía el otro no ha dejado de doler, y a ése viene como de cola otro, y luego otro, y otro más, la desolladura llega hasta dentro y entonces uno no sabe claramente si lo que tiene allí es un perro sarnoso, una serpiente, o un tigre.

Primero yo llegué a pensar que lo mío por dentro era un perro sarnoso, de esos que huyen hasta de su sombra flaca. Pero un par de puntapiés más me sacaron al tigre. Y se me fue el cuchillo en el garito de un tal Ambrosio Esquivel. Había un hombre delante y que Dios le perdone sus pecados.

Por eso me tenían allí, esperando la hora de mandarme no sé a dónde. Era como un agujero entre cuatro muros, con la tierra debajo de los pies y un olor a demonio metiéndose por las narices. No había más luz que el chorro que caía desde un ventanuco alto y con barrotes, cuando el sol estaba en medio del cielo. Y por eso era de día en la mitad del calabozo, cuando en la otra mitad era como de noche. Y luego al revés.

Había dos indios, sentados una hora tras otra en un rincón, con las cabezas clavadas en el pecho y muy juntos, como si el sentirse vivir mutuamente les diera ánimo para resistir. A veces se cogían de la mano y se miraban. Y nada más.

Y estaba Tobías.

No se puede saber si un hombre lo es de veras, mientras no le haya pasado por encima la rueda del sufrir. Se pueden hacer historias, y contarlas, y hasta contarlas tan bien que los demás se quedan pensando que el que habló fue un hombre. Pero cuando uno estuvo una vez en la cochina cárcel de San Pedro Sula y conoció a Tobías, a ése no se le pueden contar historias rellenas de paja, como las cajas de botellas. Yo lo sé.

El gendarme, un indio con cara de cabra y los calzones en hilachas, borracho como un perro, me hizo entrar a cuatro pies con el empujón. Cuando levanté la cabeza, vi a Tobías. Para decir mejor, le vi los ojos, porque eso era lo que lo agarraba a uno en su cara cuando lo miraba: dos moneditas azules, cortadas por el párpado muy abajo, por la costumbre de estar evitando el humo del cigarrillo. Dos moneditas azules y como vistas por la ranura de una alcancía. Si yo hubiera querido decir por qué en aquel momento, no hubiera podido, pero el caso fue que me gustó enseguida. Luego, el hablar largo durante meses, me explicó la simpatía. Pero en aquel momento, cuando me estaba levantando después del empujón del gendarme con cara de cabra, no había razón. Y sin embargo, fue. Él estaba haciendo algo con una cuchillita en un pedacito de tronco de Campeche. Después, pero mucho rato después, fue cuando vi que era un velero de dos palos, con bauprés y cordajes, y un hombrecito del tamaño de un frijol parado en la cubierta. Y todo no más grande que la palma de su mano. Porque Tobías no era capaz de vivir mucho tiempo lejos del mar, y aquélla era la única manera de lograrlo, allí dentro del calabozo, en la cárcel de San Pedro Sula. Pero todo esto lo supe después, y hay que ir por orden paa que las cosas queden claras, en las historias como en todo. También esto lo aprendí con Tobías.

"Apenas uno ha nacido y ya se empieza a morir. Cincuenta, sesenta, ochenta años, pero todo es agonía, todo es irse muriendo poco a poco, como se gasta un jabón, sin que se caigan los pedazos. De pronto un ramito de espumas se desprende y permanece. Son los recuerdos. No están en ninguna parte, no tienen cuerpo ni alma, nadie puede verlos, y son duros como el hierro. Si queremos saber de qué madera estamos hechos, hay que mirarse en ellos como en un espejo." Así me dijo Tobías y añadió: "Gracias a que sabemos cómo fuimos, es que somos. Si no fuera por los recuerdos, no estaríamos aquí ni estaríamos en ninguna parte. El camino recorrido ése es camino. El que estamos recorriendo no es más que un pedazo de tierra debajo de los pies".

Esto me dijo al cuarto día de haber llegado yo a la cárcel de San Pedro Sula, cuando terminó de labrarle el ancla al velero con la punta de un alfiler. Yo me estaba quejando de lo que había pasado en el garito de Ambrosio Esquivel, pero no por el muerto, que a fin de cuentas ni era mi hermano ni lo hubiera podido ser nunca.

—Un muerto no sería más que un hombre que se sale del baile y no vuelve a entrar —dijo Tobías alejando en la palma de su mano el velero para verlo mejor—. No sería más que eso si no fuera por los recuerdos, que se quedan dando vueltas alrededor del hueco que dejó en el aire el hombre muerto. Ahí está lo malo, en esos recuerdos a los que no se puede matar. Entonces es cuando uno se da cuenta de lo que significa un hombre. Uno estaba creyendo que no era más que eso: una cabeza con lo que está dentro de ella asomando por los ojos, unas manos moviéndose como ramas delante del pecho, y unos pies que sirven para no estar siempre mirando lo mismo. Y no era así. No era así, porque todo aquello empieza a convertirse en carroña quieta, y, sin embargo, el hombre sigue vivo —con su sonrisa y sus hambres, y su modo de decir que tiene frío o que le gusta fumar en ayunas—, en los recuerdos de la gente. Tú no puedes matar el modo que tenía aquel hombre de poner la mano sobre la cabeza de sus hijos, mientras queden las cabezas de los hijos caminando por el mundo. Ni puedes matar al modo con que agarraba el cigarrillo entre los labios, y que su mujer sigue viendo, como si él estuviera allí, fumando.

—Bueno, Tobías —le dije—, todo eso debe ser verdad, aunque yo no lo comprendo muy bien. Pero eso no saca al muerto del cementerio.

—No —me contestó como si estuviera lejos—, no, desde luego. Pero lo que yo estoy diciendo no entra en el cementerio con el muerto. Se queda fuera y sigue viviendo.

Se me llenó la cabeza de ideas extrañas, porque aquel diablo de Tobías tenía un modo de decir las cosas, que parecía que estuviera pintando con palabras de colores delante de uno, y uno viera las imágenes saltando frente a los ojos, como en un cuadro. Y me creí muy listo cuando le respondí:

–Pero si fuera así, Tobías, el mundo sería chiquito para que cupieran en él todos los muertos que no están muertos. Ponte a pensar, desde Adán para acá. ¿Cómo lo explicas?

–Acuéstate boca arriba en un prado, una noche de muchas estrellas, y ponte a pensar en lo que se te está metiendo en los ojos. Ponte a pensar en las nubes, y en las estrellas, y en todo ese hueco sin nada que está arriba de ti y verás si puedes explicarte algo mejor.

Me dejó como un barril vacío al que le están pidiendo que siga soltando aguardiente.

–Bueno, bueno, Tobías...

–Si quieres enderezarte todos los alambres que tienes debajo del pellejo, tienes primero que tener un alicate para hacerlo. Si no tienes el alicate y quieres hacerlo, pierdes el tiempo. Así andaba yo cuando era grumete en el "María Victoria" y salía a pescar en el Golfo. Y luego, cuando pasé a marino y me hicieron el primer tatuaje en un brazo, igual. No tenía alicate y los alambres se me hacían una maraña endemoniada cada vez que quería explicarme algo.

Se puso a retocar el mástil del velero raspándolo con la cuchillita y pensé que aquello era el punto final. Todavía yo no sabía que dentro de la cabeza de Tobías, las palabras no dejaban nunca de nacer y reunirse y formar cosas, aunque Tobías se estuviera callado. Al rato lo comprendí.

–Un día, ya no sé por qué, me puse a pensar en eso de los recuerdos. Y se me fue ocurriendo poco a poco que estaba como ciego para ver las cosas que valen la pena. El mar me ayudó mucho en aquel momento y en todos los momentos que siguieron. ¿Tú no sabes que hay por ahí libros que dicen que el primer hombre era un animalito del mar, tan chiquito como la punta de la pata de una mosca? Debe ser por eso que el mar nos llama tanto.

El humo del cigarro que me estaba fumando, se me fue por el camino equivocado con la risa y me hizo toser.

–A la verdad, Tobías, que nunca se me había ocurrido pensar que mi abuelo fue un calamar.

–Tu abuelo fue tu abuelo y no tiene nada que hacer aquí. Yo te estoy hablando de los tiempos en que Adán estaba todavía muy lejos de mudarse para el Paraíso. Pero bueno, hay que ir con orden si queremos ver aunque no sea más que por una rendija. Y estoy sacando los pies del plato. Te quería decir que fue mirando el mar, mientras era marinero en el "María Victoria", cuando se me ocurrió que nadie se moría por entero, pero no como dice el cura, porque el alma sale de su almario y la agarran allá arriba y la etiquetan y le dan una entrada para los depósitos de almas del cielo, sino porque se queda en los recuerdos, y tal vez de alguna otra manera que yo no sé, dando vueltas alrededor del hueco que dejó su cuerpo en el aire, cuando lo acostaron debajo de ocho palmos de tierra.

–Bueno, Tobías, pero ¿y lo del alicate? Eso no me entra en la cabeza con claridad.

–El alicate fue aquello, el modo de ver las cosas. No se ve igual desde un lado que desde el otro. Uno tiene que aprender a colocar los ojos para mirar. Aunque escoja el lado malo, no importa. La cosa es no andar saltando para tratar de abarcar más, porque entonces se tienen siempre los pies en el aire. Cuando a mí se me ocurrió que un muerto no podía ser más que un hombre que sale del baile para no volver a entrar, ya había encontrado una grieta para poner los ojos. Lo demás vino luego, poco a poco.

Empezó a sacar hilos de su chaqueta raída para trenzarlos y hacer con ellos los cordajes de su velero. Yo me salí de sus palabras que seguían zumbándome en los oídos, para ponerme a pensar en lo que iban a hacer conmigo a causa del muerto en el garito de Ambrosio Esquivel.

–Mira –oí de pronto sus palabras otra vez–, si no hubiera sido así, yo no estaría aquí ahora, trenzando las cuerdas del velero.

No se me había ocurrido imaginar por qué estaba Tobías en la cárcel de San Pedro Sula, y se lo dije.

—Por una muerte —dijo.

Me le quedé mirando alelado. No había dicho: "Maté a un hombre". O "Maté a una mujer". Había dicho: "Por una muerte". Era lo mismo pero me sonó tan diferente en las orejas, que era como si hubiese dicho otra cosa. Por una muerte. Aquello alejaba al muerto, lo borraba, oscurecía la forma del hombre y dejaba sola a la muerte, como si fuera una muerte sin hombre en el medio. Pero todo esto lo pensé después. Lo primero que me vino a la cabeza fue una confusión, una pelea entre la tuerca y el tornillo, entre el zapato y el pie. ¿Cómo imaginar a Tobías, que estaba allí, calibrando con el ojo entornado a su velero de tronco de Campeche, cómo imaginarlo con un cuchillo en la mano, saltando sobre un hombre con la furia de matar en el corazón? Se me desajustaba el pensamiento y no podía reunir a Tobías con lo que acababa de decir. Pero ya Tobías estaba hablando otra vez.

—Yo iba camino de la costa después de unos meses tierra adentro. No tenía prisa y me iba comiendo los maizales con los ojos. Eran lindos y el cielo arriba, liso como un papel azul, descansaba y hacía feliz. Con esto te quiero decir que estaba contento. Cuando llegué frente a la cabaña de Villalba, debía ser mediodía. Era un viejo, pequeñito y delgado, como gastado por el vivir. Del indio que andaba por su sangre, no le quedaba más que el ojo chino y levantado hacia la sien. Me dio la bienvenida en el nombre de Dios y en seguida se puso a prepararme unas tortillas con no recuerdo qué, como aquel que sabe que cuando un hombre llega al final de un camino, tiene que tener hambre. No más que de mirar un poco dentro de la cabaña, supe que vivía solo, en medio de su maizal. Cuando le oí hablar al sinsonte que gorjeaba en la jaula, colgado de la viga, junto a la puerta, me convencí de su soledad.

—A lo mejor usted viene de Tegucigalpa.

Esto fue lo primero que me dijo, después de la bienvenida y el ofrecimiento de las tortillas. Parece nada, ¿verdad? Pues allí en aquellas palabras que no eran siquiera una pregunta, estaba toda su vida.

—Pues no —le dije—, no de tan lejos. Vengo de los potreros de La Estrella. Andaba de faena por allá.

—¡Ah, de La Estrella!

No entonó las palabras con tristeza, no las dijo de un modo o de otro, y sin embargo, me di cuenta de que le había causado pena. Es tremenda la fuerza de las palabras cuando son del corazón. Me le quedé mirando callado, por temor a lastimarle otra vez aquello que yo no sabía lo que era.

–Siempre pregunto lo mismo, usted sabe. Los caminantes vienen a veces de muy lejos y a lo mejor llega uno que venga de Tegucigalpa.

–¿Tiene algo que saber de por allá? –me atreví.

–Pues sí, tengo allá a Gilberto.

Parece mentira, pero yo no necesité preguntarle para saber que Gilberto era su hijo. Había dicho "tengo", y aquello me fue bastante para comprender en seguida. Por los ojos en aquel momento, le adiviné la nostalgia y el sueño y algo que era como tristeza sin serlo de una vez.

–Se fue ya va para diez años. Andaba cumpliendo los veinte cuando me dijo que quería estudiar y salir de la esclavitud de los maizales. Remigio, el hijo de don Suárez, fue quien le dio la idea por tanto hablarle de Tegucigalpa. ¿Cómo iba yo a decirle que no, si estaba queriendo mejorar su vida? ¿No le parece?

–Claro, claro –le dije.

Se sentó en el petate, a mi lado, después de ponerme el plato en las rodillas.

–Hubiese hecho mal si no le dejo. Por no quedarme solo, le hubiese cortado su vida. Si uno echa una semilla en la tierra, no tiene derecho a ponerle encima una piedra que no la deje salir al aire y convertirse en planta, ¿verdad? Eso fue lo que pensé.

–Estoy seguro de que hizo bien –le dije–. Cuando se piensa con la buena intención, siempre se hace lo mejor.

–¿Verdad que sí? –su pregunta era alegre y en la mirada estaba él contento–. La prueba está en que arregló su vida y se me hizo un señor por allá. No lo veo y desde hace mucho tiempo no tengo una carta, pero ganó la pelea, estudió, y hoy es hombre de mucha importancia. ¡El doctor Villalba! ¿Se imagina?

Me pareció que crecía con el orgullo.

–Claro que yo estoy aquí solo y me gustaría darle un abrazo y hablar con él un poco antes de morirme, pero comprendo. ¡Un doctor es un hombre atareado! No tiene tiempo para escribir cartas, pero yo sé que no me olvida y que el día menos pensado voy a saber de él y hasta a lo mejor viene a verme.

Oyéndole, yo pensaba en el doctor Villalba, pensaba en Tegucigalpa, tan lejos de aquella tierra de maizales, pensaba en que me gustaría estar frente a él, para decirle de mala manera que él era la semilla y que su padre había quedado sin corazón, por no ponerle encima una piedra que le estorbara el salir al aire y convertirse en planta. Pero claro que no le dije nada de esto. Seguimos hablando un rato y siempre de aquel hijo que no estaba allí y que sin embargo llenaba la cabaña, cubría todo el maizal, ocupaba como el viento todo el hueco enorme entre la tierra y el cielo. Hablando estábamos, cuando la puerta se movió dejando entrar una cinta de sol y apareció aquel hombre. Con verle los ojos y el mover de los labios mientras pedía a Villalba algo de comer, bastó para que no me gustara. Dijo que iba hacia la costa y que llevaba muchos días de camino. Pedir no es feo cuando uno necesita, pero hay muchas maneras de hacerlo. Y él pedía de un modo que parecía que estaba poniéndose de rodillas y diciendo que le tuvieran lástima. No lo decía, pero era así. Villalba hizo como conmigo. Le preparó un plato con los restos de su fogón y en seguida le preguntó si por un azar no vendría de Tegucigalpa.

–No –le dijo aquel hombre–, vengo de Santa Bárbara. Tuve un lío por allá y me encerraron tres meses. Cosas del aguardiente. Pero estuve en Tegucigalpa hace ahora un año.

Vi en los ojos del viejo un resplandor de alegría tan fuerte, que era como si de pronto volviera a tener veinte años.

–¡Oh! –le dijo–, entonces usted tiene que saber de él. Todo el mundo lo conoce allá en Tegucigalpa.

–¿A quién? –preguntó el hombre.

–A mi hijo. Al doctor Gilberto Villalba. Es un abogado famoso, de mucho nombre por allá.

Yo tengo una manera de sentir las cosas, que nunca he podido explicármela. Es como si alguien me dijera por dentro lo que va a pasar. Pues bien, cuando vi la cara de aquel perro mientras el viejo le explicaba, tratando de acercarle la imagen del hijo para ayudarle en el recuerdo, sentí que algo malo iba a pasar. Y no me equivocaba.

–Gilberto Villalba –dijo sonriendo–, Gilberto Villalba. Bueno, conocí a uno de ese nombre, y ha de ser el mismo porque en la cárcel le decían el doctor.

–¿En la cárcel? –la voz del viejo se rompió en la pregunta, pero en seguida se volvió atrás, sonriendo.

–No. Ése no puede ser. Mi hijo es un abogado de mucho nombre. En su última carta me decía que era hasta amigo del señor Presidente.

Yo empecé a temblar por dentro y me hubiera muerto gustoso si con ello hubiese podido cerrar la boca de aquel hombre. Pero una cosa es lo que uno quiere y otra lo que pasa.

–Tiene que ser el mismo –decía el hombre–. Tiene que ser el mismo. Ese nombre no abunda y además, ya le digo que le apodaban el doctor, porque era astuto y pícaro como un picapleitos.

–Mire, amigo –le corté la palabra–, mire que Villalba es un apellido que abunda en Tegucigalpa. Y ese hombre del que usted habla no puede ser el hijo del señor.

–Podrá no serlo –me dijo sonriendo, pero lo de que abunde no es verdad. Y sería demasiada casualidad que le dijeran el doctor.

–Ése no puede ser Gilberto –opuso débilmente el viejo–, no puede ser.

Yo hice un esfuerzo desolador para arreglar las cosas.

–Bueno –le dije–, aun suponiendo que lo fuera. La política lleva a muchos hombres a la cárcel. Y los que valen tienen enemigos.

Lo dije mirando a los ojos del hombre y poniendo en la mirada todo lo que tenía por dentro, para que comprendiera, pero su respuesta fue una carcajada.

–¡La política! ¡Qué cosas se le ocurren, amigo! El doctor estaba allí por haber matado a un hombre, que ya era el tercero en su cuenta. Y en sus papeles del juzgado había de todo además. Robos, estafas, escándalos por el aguardiente, juego prohibido… ¡Cuando yo les digo que es una joya el doctor!

Hacía la lista de las condenas con un gozo, que me arrancó la última esperanza de poder arreglar las cosas. Pero además, ya era tarde. El viejo Villalba se había vuelto como de piedra y estaba allí, más pequeñito y consumido que nunca, embrutecido por el dolor. ¿Ves tú? Cuando me tropiezo con hombres como aquél es cuando pienso que el hombre no comenzó siendo un animalito del mar, tan pequeño como la punta de la pata de una mosca, sino que nació entero y ya hecho hombre, de la entraña sucia del tigre. La naturaleza no puede haber trabajado tanto para eso. Pero bueno, la sangre me estaba ardiendo en las venas con la rabia, cuando él sacó su último argumento como un puñal. Y lo soltó sonriendo.

–Mire, para aclarar de una vez, ¿no tenía su hijo un lunar, grande como un centavo, aquí mismo, en el cuello, por el lado derecho?

Las fuerzas de Villalba no le alcanzaron para responder con palabras, pero movió la cabeza de arriba abajo, afirmando.

–¡Pues ya ve, es el mismo! ¡Mire usted que venir a encontrarme aquí con el padre del doctor! –dijo soltando la risa–. Si alguna vez me lo vuelvo a encontrar por ahí, se lo contaré.

–¡No –salté yo, ya con el cuchillo en la mano–, no le vas a contar nada a nadie, maldito perro de los caminos! Ya contaste más de lo que le está permitido contar a un hombre en este mundo.

Tobías calló y se puso a retocar con el alfiler el ancla del velero. Yo le miraba a las manos que acariciaban el pedacito de tronco de Campeche y me sentí contento por dentro.

–Se llamaba Juan Aguinaldo –dijo Tobías al cabo de un momento.

–¿Quién? –le pregunté.

–Aquel perro –me dijo–. Y no me lo explico, porque es un nombre muy bonito para que lo llevara encima aquella carroña sucia, que entró con el sol en la cabaña de Villalba. ¿No te parece?

–Verdad que sí –le dije–, verdad que sí. Juan Aguinaldo es un nombre muy bonito para que lo usara semejante puerco.

–Bueno, ya no lo usa –terminó Tobías atando los últimos cordajes al bauprés–, ya no lo usa. Y a lo mejor lo recoge cualquier día un hombre, que no sea capaz de entrar en la cabaña de un viejo y romperle con sus zapatos sucios, todas las cosas hermosas que tenga dentro de su cabeza.

No se puede saber si un hombre lo es de veras, mientras no le haya pasado por encima la rueda del sufrir. Se pueden hacer historias y contarlas, y hasta contarlas tan bien, que los demás se queden pensando que el que habló fue un hombre. Pero cuando uno estuvo una vez en la cochina cárcel de San Pedro Sula y conoció a Tobías, a ése no se le pueden contar historias rellenas de paja, como las cajas de botellas. Yo lo sé.

La cara

VIRGILIO PIÑERA

UNA MAÑANA ME LLAMARON POR TELÉFONO. El que lo hacía dijo estar en gran peligro. A mi natural pregunta: "¿con quién tengo el gusto de hablar?", respondió que nunca nos habíamos visto y que nunca nos veríamos. ¿Qué se hace en esos casos? Pues decir al que llama que se ha equivocado de número; en seguida, colgar. Así lo hice, pero a los pocos segundos de nuevo sonaba el timbre. Dije a quien de tal modo insistía que por favor marcase bien el número deseado y hasta añadí que esperaba no ser molestado otra vez, ya que era muy temprano para empezar con bromas.

Entonces me dijo con voz angustiada que no colgase, que no se trataba de broma alguna; que tampoco había marcado mal su número; que era cierto que no nos conocíamos, pues mi nombre lo había encontrado al azar en la guía telefónica. Y como adelantándose a cualquier nueva objeción, me dijo que todo cuanto estaba ocurriendo se debía a su cara; que su cara tenía un poder de seducción tan poderoso que las gentes, consternadas, se apartaban de su lado como temiendo males irreparables. Confieso que la cosa me interesó; al mismo tiempo, le dije que no se afligiera demasiado, pues todo tiene remedio en esta vida…

—No —me dijo—. Es un mal incurable, una deformación sin salida. El género humano se ha ido apartando de mí, hasta mis propios padres hace tiempo me abandonaron. Me trato solamente con lo menos humano del género humano, es decir, con la servidumbre… Estoy reducido a la soledad de mi casa. Ya casi no salgo. El teléfono es mi único consuelo, pero la gente tiene tan poca imaginación… Todos, sin excepción, me toman por loco. Los hay que cuelgan diciendo frases destempladas; otros, me dejan hablar y el premio es una carcajada estentórea; hasta los hay que llaman a personas que están cerca del aparato para que también disfruten del triste loco. Y así, uno por uno, los voy perdiendo a todos para siempre.

Quedé conmovido, pero también pensaba que me la estaba viendo con un loco; sin embargo, esa voz tenía un tal acento de sinceridad, sonaba tan adolorida que me negaba a soltar la carcajada, dar el grito y cortar la comunicación sin más explicaciones. Una nueva duda me asaltó. ¿No sería un bromista? O sería la broma de uno de mis amigos queriendo espolear mi imaginación (soy un novelista). Como no tengo pelos en la lengua se lo solté.

–Bueno –dijo filosóficamente–. Yo no puedo sacarle esa idea de la cabeza; es muy justo que usted desconfíe, pero si usted tiene confianza en mí, si su piedad alcanza a mantener esta situación, ya se convencerá de la triste verdad que acabo de confiarle–. Y sin darme tiempo para nuevas objeciones, añadió:

–Ahora espero la sentencia. Usted tiene la palabra. ¿Qué va a ser? –murmuró con terror–. ¿Una carcajada, un grito?

–No –me apresuré a contestar–. No lo voy a dejar desamparado; eso sí –añadí–, sólo hablaré con usted dos veces por semana. Soy una persona con miles de asuntos. Desgraciadamente, mi cara sí la quieren ver todos o casi todos. Soy escritor, y ya sabe usted lo que eso significa.

–Loado sea Dios –respondió–. Usted me detiene al borde del abismo.

–Pero –lo interrumpí– temo que nuestras conversaciones tengan que ser suspendidas por falta de tema. Como no tenemos nada en común, ni amigos comunes, ni situaciones de dependencia, como, por otra parte, no es usted mujer (ya sabe que las mujeres gustan de ser enamoradas por teléfono), creo que vamos a bostezar de aburrimiento a los cinco minutos.

–También yo he pensado lo mismo –me contestó–. Es el riesgo que se corre entre personas que no pueden verse la cara... Bueno –suspiró–. Nada se pierde con probar.

–Pero usted –le objeté–, si fracasamos, usted se va a sentir muy mal. ¿No ve que puede ser peor el remedio que la enfermedad?

No me fue posible hacerlo desistir de su peregrina idea. Hasta se le ocurrió una de lo más singular: me propuso que asistiéramos a diferentes espectáculos para cambiar impresiones. Esta proposición, que al principio casi tuvo la virtud de irritarme, acabó por hacerse interesante. Por ejemplo, me decía que asistiría al estreno de la película tal a tal hora... Yo no faltaba. Tenía la esperanza de adivinar esa cara, seductora y temible, entre los cientos de personas que colmaban la sala de proyección. A veces mi curiosidad era tan intensa, que imaginaba a la policía cerrando las salidas, averiguando si no había en el cine una persona con una cara seductora y temible. Pero, ¿puede ser ésta una pista infalible para un esbirro? Lo mismo puede tener cara seductora y temible el mágico joven que el malvado asesino. Hechas estas reflexiones me apaciguaba, y cuando volvíamos a nuestras conferencias por teléfono, y yo le contaba estas rebeldías, él me suplicaba, con voz llorosa, que ni por juego osase nunca verle la cara, que tuviese por seguro que tan pronto contemplara yo su "cara sobrecogedora", me negaría a verlo por segunda vez. Que él sabía que yo me quedaría tan campante, pero que pensase en todo lo que él perdería. Que si yo le importaba un poco como desvalido ser humano, que nada intentase con su cara. Y a tal punto se puso nervioso que me pidió permiso para que no coincidiéramos, en adelante, en ningún espectáculo.

–Bien –le dije–. Concedido. Si usted lo prefiere así, no estaremos más "juntos" en parte alguna. Pero será con una condición...

–Con una condición... –repitió débilmente–. Usted me pone condiciones y me pone en aprietos. Ya me imagino lo que va a costarme la súplica.

–La única que usted no podría aceptar, sería vernos las caras... Y no, ésa nunca la impondría. Me interesa usted bastante como para acorralarlo.

–Entonces, ¿qué condición es ésa? Cualquier situación que usted haya imaginado, será siempre temeraria. Piénselo –me dijo con voz suplicante–. Piénselo antes de resolver nada. Por lo demás –añadió–, estamos tan seguros a través del hilo del teléfono...

–¡Al diablo su teléfono! –casi grité–. Yo tengo absoluta necesidad de verlo a usted. ¡No, por favor! –me excusé, pues sentí que casi se había desmayado—. ¡No, no quiero decir que tenga que verle la cara expresamente! Yo nunca osaría vérsela; sé que usted me necesita, y aun cuando muriese literalmente de ganas de contemplar su cara, las sacrificaría por su propia seguridad. Viva tranquilo. No, lo que quiero decir, es que yo también sufro. No es a usted sólo a quien su cara juega malas pasadas, a mí también me las juega... Quiere obligarme a que yo la vea; quiere que yo también lo abandone.

—No había previsto esto —me respondió con un hilo de voz—. ¡Maldita cara que, hasta oculta, me juega malas pasadas! Cómo iba a imaginar yo que usted se desesperaría por contemplarla.

Hubo un largo silencio; estábamos muy conmovidos para hablar. Finalmente, él lo rompió: "¿Qué hará usted ahora?"

—Resistir hasta donde pueda, hasta donde el límite humano me lo permita..., hasta...

—Sí, hasta que su curiosidad no pueda más —me interrumpió con marcada ironía—. Ella puede más que su piedad.

—¡Ni una ni otra! —casi le grité—. ¡Ni una ni otra!... No es que haya sido "exclusivamente" piadoso con usted. También hubo de mi parte mucho de simpatía —añadí amargamente—. Y ya lo ve, ahora me siento tan desdichado como usted.

Entonces él juzgó prudente cortar la tensión con una suerte de broma, pero el efecto que me produjo fue deprimente. Me dijo que ya que su cara tenía la virtud de "sacarme de mis casillas", él daba por concluidas nuestras entrevistas, y que, en adelante, buscaría una persona que no tuviera la curiosidad enfermiza de verle la cara.

—¡Eso nunca! —imploré—. Si usted hiciese tal cosa, me moriría. Sigamos como hasta ahora. Eso sí —añadí—, hágame olvidar el deseo de verle la cara.

—Nada puedo hacer —me contestó—. Si fracaso con usted, será el fin.

—Pero al menos déjeme estar cerca de usted —le supliqué—. Por ejemplo, le propongo que venga a mi casa...

—Usted bromea ahora. Ahora le toca a usted ser el bromista. Porque eso es una broma, ¿no?

—Lo que yo le propongo —aclaré— es que usted venga a mi casa, o yo a la suya; que podamos conversar frente a frente en las tinieblas.

–¡Por nada del mundo lo haría! –me dijo–. Si por teléfono ya se desespera, qué no será a dos dedos de mi cara…

Pero lo convencí. Él no podía negarme nada, así como tampoco yo podía negarle nada. El "encuentro" tuvo lugar en su casa. Quería estar seguro de que yo no le jugaría una mala pasada. Un criado que salió a atenderme al vestíbulo, me registró cuidadosamente.

–Por orden del señor –advirtió.

No, yo no llevaba linterna, ni fósforos: nunca hubiera recurrido a expedientes tan forzados, pero él tenía tal miedo de perderme que no alcanzaba a medir lo ridículo y ofensivo de su precaución. Una vez que el criado se aseguró de que yo no llevaba conmigo luz alguna, me tomó de la mano hasta dejarme sentado en un sillón. La oscuridad era tan cerrada que yo no habría podido ver el bulto de mi mano pegada a mis ojos. Me sentí un poco inmaterial, pero, de todos modos, se estaba bien en esa oscuridad. Además, por fin iba yo a escuchar su voz sin el recurso del teléfono, y lo que es más conmovedor, por fin estaría él a dos dedos de mí, sentado en otro sillón, invisible, pero no incorpóreo. Ardía en deseos de "verlo". ¿Es que ya estaba, él también, sentado en su sillón o todavía demoraría un buen rato en hacer su entrada? ¿Se habría arrepentido, y ahora vendría el criado a decírmelo? Comencé a angustiarme. Acabé por decir:

–¿Está usted ahí?

–Mucho antes que usted –me contestó su voz que sentí a muy corta distancia de mi sillón–. Hace rato que le estoy "mirando".

–Yo también le estoy "mirando". ¿Quién osaría ofender al cielo, pidiendo mayor felicidad que ésta?

–Gracias –me contestó con voz temblorosa–. Ahora sé que usted me comprende. Ya no cabe en mi alma la desconfianza. Jamás intentará usted ir más allá de estas tinieblas.

–Así es –le dije–. Prefiero esta tiniebla a la tenebrosidad de su cara. Y a propósito de su cara, creo que ha llegado el momento de que usted se explique un poco sobre ella.

–¡Pues claro! –y se removió en su asiento–. La historia de mi cara tiene dos épocas. Hasta que fui su aliado, cuando pasé a ser su enemigo más encarnizado. En la primera época, juntos cometimos más horrores que un ejército entero. Por ella se han sepultado cuchillos en el corazón y veneno en las entrañas. Algunos han ido a remotos países a hacerse matar en lucha desigual, otros se han tendido en sus lechos hasta que la muerte se los ha llevado. Tengo que destacar la siguiente particularidad: todos esos infelices expiraban bendiciendo mi cara. ¿Cómo es posible que una cara, de la que todos se alejaban con horror, fuese, al mismo tiempo, objeto de postreras bendiciones?

Se quedó un buen rato silencioso, como el que en vano trata de hallar una respuesta. Al cabo, prosiguió su relato:

–Este sangriento deporte (al principio, apasionante) se fue cambiando poco a poco, en una terrible tortura para mi ser. De pronto, supe que me iba quedando solo. Supe que mi cara era mi expiación. El hielo de mi alma se había derretido, yo quise redimirme, pero ella, en cambio, se contrajo aún más, su hielo se hizo más compacto. Mientras yo aspiraba, con todo mi ser, a la posesión de la ternura humana, ella multiplicaba sus crímenes con saña redoblada, hasta dejarme reducido al estado en que usted me contempla ahora.

Se levantó y comenzó a caminar. No pude menos que decirle que se tranquilizara, pues con semejantes tinieblas pronto daría con su cuerpo en tierra. Me aclaró que sabía de memoria el salón y que en prueba de ello haría el "tour de force" de invitarme a tomar café en las tinieblas. En efecto, sentí que manipulaba tazas. Un débil resplandor me hizo saber que acababa de poner un jarro con agua sobre un calentador eléctrico. Miré hacia aquel punto luminoso. Lo hice por simple reflejo ocular; además, él estaba tan bien situado que tan débil resplandor no alcanzaba a proyectar su silueta. Le gasté una broma sobre que yo tenía ojos de gato, y él me contestó que cuando un gato no quiere ver a un perro sus ojos son los de un topo... Se puso tan contento con el hecho de poder recibir en su casa, a pesar de su cara, a un ser humano y rendirle los sagrados honores de la hospitalidad, que lo expresó por un chiste: me dijo que como el café se demoraba un poco podía distraerme "leyendo una de las revistas que estaban a mi alcance, sobre la mesa roja con patas negras..."

Días más tarde, haciendo el resumen de la visita, comprobaba que se había significado por un gran vacío. Pero no quise ver las cosas demasiado negras, y pensé que todo se debía a una falta de acomodo con la situación creada. En realidad –me decía–, todo pasa como si no existiese esa prohibición terminante de vernos las caras. ¿Qué importancia tiene, después de todo, un mero accidente físico? Por otra parte, si yo llegara a verla, probablemente me perdería yo, perdiéndolo a él de paso. Pero, en relación con esto, si su alma actual no está en contubernio con su cara, no veo qué poder podría tener ella sobre la cara del prójimo. Porque supongamos que yo veo al fin su cara, que esta cara trata de producir en mi cara un efecto demoledor. Nada lograría, pues su alma ¿no está ahí, lista para parar el golpe de su cara? ¿No está ahí, pronta a defenderme, y lo que es más importante, a retenerme?

En nuestra siguiente entrevista le expuse todos estos razonamientos; razonamientos que me parecieron tan convincentes, que ni por un momento dudé que iba a levantarse para inundar de luz su tétrico salón. Pero cuál no sería mi sorpresa al oírle decir:

–Usted ha pensado en todas las posibilidades, pero olvida la única que no podría ser desechada...

–Cómo –grité–, ¿es que existe todavía una posibilidad?

–Claro que existe. No estoy seguro de que mi alma vaya a defenderlo a usted de los ataques de mi cara.

Me quedé como un barco que es pasado a ojo por otro barco. Me hundí en el sillón y más abajo del sillón, hundido en el espeso fango de esa horrible posibilidad. Le dije:

–Entonces, su alma, ¿no está purificada?

–Lo está. No me cabe la menor duda, pero ¿y si mi cara asoma la oreja? Ahora bien, si la cara se mostrase, no sé si mi alma se pondría contra ella o a favor de ella.

–¿Quiere decir –vociferé– que su alma depende de su cara?

–Si no fuera así –me respondió sollozando– no estaríamos sentados en estas tinieblas. Estaríamos viéndonos las caras bajo un sol deslumbrador.

No le respondí. Me pareció inútil añadir una sola palabra. En cambio, dentro de mí, lancé el guante a esa cara seductora. Ya sabía yo cómo vencerla. Ni me llevaría al suicidio ni me apartaría de él. Mi próxima visita sería quedarme definitivamente a su lado; a su lado, sin tinieblas, con su salón lleno de luces, con las caras frente a frente.

Poco me queda por relatar. Pasado un tiempo, volví por su casa. Una vez que estuve sentado en mi sillón le hice saber que me había saltado los ojos para que su cara no separase nuestras almas, y añadí que como ya las tinieblas eran superfluas, bien podrían encenderse las luces.

Trenes desde abajo

ANTONIO VERA LEÓN

EN ESTO HAY QUE ESTAR MUY CLAROS. Yo no digo que sea falso lo que él contó. Pero el problema, indudablemente, es, precisamente, ése. Es decir, ¿qué fue, o es, lo que él contó? Claro, ahora, yo, sentado aquí, en Nueva York, puede parecer muy fácil que llegue y cuente todo esto. Pero lo cierto es que se trata de algo que llevo casi cincuenta años rumiando, sin decírselo a nadie, porque nunca pude hablar con él. No pude contar esto antes. Usted conoce lo que él escribió, así que no tengo que hablar de eso.

Yo lo vi llegar al paradero. Aunque él no lo dijo en su momento, estaba trajeado. Él de traje, yo no. Yo era un telegrafista. Sí contó lo que vio, o lo que creyó ver, pero no dijo nada sobre sí mismo, simplemente él era el que estaba allí observando, mirándolo todo. Ahora puede parecer increíble, pero entonces no, y por eso andaba de traje pero sin sombrero. Era alto, fuerte. Un tipo muy elegante. No se me olvida que tenía puesta una corbata que parecía un cuadro de Miró. Tenía unas líneas blancas que a primera vista daban una impresión de desorden, pero si uno las seguía mirando se asentaban sobre el fondo negro de la corbata. Había allí un diseño en las líneas medio que recordaba la forma de unas flechas que se doblaban sobre sí haciéndose circulares. Era linda la corbata, aunque, claro, para lo que nos interesa a nosotros ahora la corbata no tiene importancia.

Creo que venía de La Habana. Muy sudado, llegó al andén mirando para todas partes, como buscando a alguien que lo esperara, que allí, en aquel lugar, era muy improbable, aunque uno nunca sabe. Se quitó la corbata, la guardó en la maleta y se puso a fumar. Era muy joven, empezaba, él, a escribir. Sobre todo en periódicos, revistas que llegaban de Santiago, de La Habana. Tenía madera de escritor y después se comprobó, lo que escribió con un tal Mazas Garbayo y que yo vine a leer aquí después de todos estos años, las cosas que escribió en *El Mundo,* los reportajes sobre la prisión. Pero no tuvo tiempo para hacer todo lo que hubiera podido. Pero eso es después. En aquel momento, para ser exactos, cuando estábamos parados en el paradero del tren, estoy hablando del 27, los primeros años de Machado, yo ya había oído hablar de él, y después más, claro. Había leído unas cuantas cosas suyas, cosas muy favorables a nosotros. Claro, él a mí no me conocía. Yo empezaba en la CONC para entonces.

Verlo allí me gustó. Fue lo mejor que me pasó en varios días, porque aquel momento no fue nada bueno. Yo, ¿cómo decirle?, yo estaba hecho pedazos. En la CONC había broncas internas muy grandes. Yo no entendía bien cómo se iban desenvolviendo las cosas. Había confusión. Lo que sí veíamos muy claro era que Machado podía partirnos la crisma. En medio de todo eso mi compañera, una mujer que yo quería como un buey, se me fue con un tipo que después se metió a policía. Yo andaba con una pistola encima, una Browning que me prestó un tipo que le decían el Polaquito, pero que en realidad era medio alemán. Se llamaba Roberto Arturo. Me la prestó y me dijo, te faltaba esto, te traigo lo que te faltaba para poder pensarlo todo y bien, sin esto el cuadro no estaba completo. Ahí la tiene.

Le acepté la pistola. El Polaquito tenía razón porque en cuanto me senté a pensar, arma en mano, vi el asunto con otros ojos. A veces es bueno pensar a la sombra de una pistola. La cosa era matar al tipo o no. Estuve un tiempo completamente loco, lo que se dice loco. Enfermo de rabia, de resentimiento, cavilando todo el día sobre la necesidad de matarlo, sintiéndome abandonado, desprotegido como un perro, imaginando situaciones en las que yo baleaba a ese hombre. Era una locura, una ira que a la vez me iba limpiando y que en esos días me hizo sentir el hombre más importante del mundo, por el tamaño y el peso de los sentimientos, porque sabía que estaba al borde de algo desconocido, inminente, pero también por la risa que yo mismo me daba. ¿Para qué seguir? Era una locura que ya se parecía mucho a la alegría. Y yo siempre he creído que lo más bello e importante es estar alegre. Y querer a alguien. Así que no lo maté. No lo maté por eso, pero también porque tuve la desgracia o la suerte de imaginármelo de niño. Eran dos niños traviesos, ella y él escapándose de mí. Cuando me di cuenta de eso me cayeron encima todos los años que uno puede cumplir. Le devolví la pistola al Polaquito, que entendió mi estado perfectamente. Pero me sentí un hombre en absoluta soledad cuando le conté a mis amigos lo que había hecho. No pudieron hacer otra cosa que tacharme de maricón y tarrudo. Me reí de ellos, pero me quedé completamente solo, cercado por mi destino de paria. Únicamente me fortalecía el desdén que sentía por todos.

Precisamente el día que decidí no matarlo sucedió aquello en el paradero. Pablo, pensé yo, estaba allí porque iría a escribir algo. Por la alegría que sentí esa mañana yo quise regalarle un cuento, algo que él no tuviera más remedio sino que escribir. No recuerdo exactamente lo que sentí al darme cuenta de quién era aquel hombre alto en el andén. Ahora me da ternura. Por él, por mí, por usted. Por todos nosotros. Sí me acordé de una nota muy personal que él había publicado en una revista. Sobre literatura. Hablaba de Salgari, de relatos de aventuras, de la necesidad de vivir la vida antes de aprenderla, falsificada, en los libros. Yo creo, ahora, que la cosa fue que no quise que aquel paradero de tren tan apacible fuera a decepcionarlo. Quise que en el paradero lo sorprendiera la aventura. Aquel tren no podía llegar y él irse sin llevarse algo que escribir.

Es cierto que esa mañana el cielo era una página fulgurante y que el viento se había ido al monte como un perro jíbaro, aunque yo no lo hubiera dicho así porque no soy escritor. Pero es verdad que era así. Después que él lo escribió me di cuenta que podía ser así. Conmigo estaba Jacinto, un muchacho que soñaba con ser maquinista y que se pasaba los días en el paradero conmigo, y yo le iba enseñando a cambiar los chuchos, a darle paso a los trenes. Entonces me llega el mensaje de un tren pidiendo vía libre. Lo cual no era cierto y yo lo sabía. Le dije a Jacinto que se fuera a cambiar el chucho y yo con la banderola roja en la mano me acerqué al andén, respirando hondo, estaba nervioso, oliendo el sol de mediodía, caminando con cuidado para que no se me notara que cojeaba y mirando para la curva por donde iba a venir el tren. Era un tren cañero que hacía el recorrido entre el entronque como a dos lenguas de allí y el ingenio. La máquina quebró la curva y entonces, sin pensarlo, porque aquello yo no lo pensé, ni tengo forma de saber cómo se me ocurrió, de golpe, se me ocurre hacer lo que hice. Me dolía que Elpidio viniera en la máquina y que fuera él quien tuviera que pasar por un momento así, porque era un tipo muy buenote, grande y gordo. Jugábamos dominó, le gustaba mucho el aguardiente. Él se hizo maquinista en los trenes de Oklahoma y había vuelto a Cuba en 1919, por ahí. A todo esto, yo no lo perdía de vista a él, a Pablo, que me estaba mirando desde un banco donde se había sentado para ver pasar el tren por el paradero.

En cuanto la máquina entra al andén, me hago el que tropiezo y me caigo a los rieles. A Elpidio, que venía sonriéndose, saludándome con la mirada, celebrando la broma por telégrafo que pedía vía libre para un tren, se le congeló la cara. Los ojos... bueno... yo nunca he visto una mirada como ésa. No pudo parar. La máquina me pasó por arriba de la pata de palo que yo dejé sobre el raíl, y que él, claro, desde el andén, no tenía forma de saber que era de palo. Yo la había perdido, esa vez sí que de verdad, en un accidente en Regla cuando trabajaba en los tranvías. Elpidio se quedó soldado al freno. Yo tirado allí al lado de aquella máquina, rodeado del olor ése como a grasa y carbón mezclados, pero un olor caliente, oyendo a Elpidio gritar desde la máquina. No hay nada como ver un tren desde abajo.

Él bajó corriendo del andén dándole órdenes a Elpidio de que echara para atrás. Tenía la cara de espanto, blanco como una vela, y los ojos con el terror que uno ve en la mirada de los niños. Y después, al cabo de algunas semanas, leo aquello que él me hace decir en su cuento, "No ha sido nada. La pierna era de palo; la original está enterrada en el campo de batalla de Ceja del Negro".

Ahora después de contarle esto a usted, tengo como una fiebre, tengo la cabeza y la lengua como un bosque incendiado. Porque todo aquello era algo que yo hice para él y que después de todo se me convirtió en una deuda mía con él que no pude pagar. Es decir, contarlo. Hablar con él del cuánto y sobre todo del final. ¿Por qué ese final?

Nunca logré hablar con él. Lo mataron en España. Y como no se lo pude contar me callé. Pensé hacerle la anécdota a Zoe y a Ruth, sus hermanas, cuando las conocí después en La Habana, cuando él se había ido en su segundo exilio y era ya un periodista leído y muy respetado por todos. Pero cuando llega aquella noticia desde España, de su muerte, la verdad es que nos dejó hechos mierda a todos, y con todo lo que vino después entonces sí que me callé. Uno hablaba con la gente y todo el mundo hablaba de cosas grandes, de la pérdida tremenda, y yo callado, sí, pensaba en todo lo otro que preocupaba a todo el mundo, pero más que nada me acordaba de ese día en el paradero, en silencio dándole vueltas a lo que pasó aquella mañana, repitiéndome lo que escribió, su deseo de parar el tiempo, porque yo me sabía de memoria lo que escribió, de que la locomotora se quedara suspendida en el vacío. Sentía una mezcla de ternura y culpabilidad, al pensar esas cosas.

Cuando salí por Mariel llegué a Miami y pensé escribir algo contando esto. Había hasta un grupo de anarquistas que sacaban una revista y creí que a lo mejor a ellos les gustaría publicar algo así. Pero no lo hice y me parece que fue lo mejor. Los pobres, ¿se imagina?, anarquistas que tengan que ir de compras a los *malls* comerciales en Miami. Un destino triste, aunque, pensándolo bien, uno nunca sabe.

Como al mes de lo sucedido en el paradero, veo su cuento en un periódico como le dije. Me lo leí ahogado por la anticipación del final. ¿Usted me entiende? Ceja del Negro. ¡Yo en Ceja del Negro! ¡Un héroe! A ver si puedo explicarme. Sentí orgullo al ver que tuvo que escribir de la emboscada que le preparé en el paradero. Usted mismo tendrá que estar de acuerdo que no es todos los días que uno ve a un hombre caer debajo de un tren. Me felicité por eso. Pero a la vez me sentí decepcionado. ¿Sabe usted cuántas formas hay de que un hombre pierda una pierna? ¿No es verdad? Tantas como destinos hay sobre la tierra. Pero a él lo único que se le ocurrió fue hacerme un héroe en su cuento. Por eso creo que no entendió nada. No vio nada. Un desastre. No me preguntó quién era yo.

Ahora uno lee lo que él escribió y parece imposible. No es que yo lea mucho. Pero sus libros sí que los busqué en la biblioteca pública, estaban y los leí. Hice fotocopias. Oita esto y piense en todo lo que está pasando:

"Los muchachos ya están en la calle, libres, dentro de un pueblo preso. Está preso de temor, de hambre, de miseria y de cansancio. Enfermo de esperanzas cien veces fallidas, acabará por morir sin ellas, si no le quedase siempre la de que los muchachos están libres en la calle..."

¿Qué horror, no es verdad? Parece una condena esa pesadilla recurrente, que sea esa gente los que dicten la vida de uno, que la política sea la cárcel desde donde vemos un mundo que no entendemos. Es como si tuviéramos miradas de presos aunque estemos libres en la calle.

El paseo

CALVERT CASEY

—EN CUANTO ENTRE EL MES —dijo la madre de Ciro— vamos a casa de Anastasio para que te pruebe un par de pantalones largos.

Guardó silencio varios segundos, buscando un poco nerviosa el cucharón de la sopa que descansaba, muy visible sobre el mantel, al alcance de su mano. Cuando lo encontró, lo hundió en el potaje humeante, y lo sacó rebosante de pedazos de vianda hervida, para volver a echarlos en la fuente, sin ningún propósito visible.

Como en las otras ocasiones en que se había mencionado la visita a casa de Anastasio, Ciro se sintió presa de una vaga inquietud, y murmuró impaciente:

—Sí, sí, ya lo dijiste.

La madre de Ciro se rió con una risa breve y un poco ahogada y añadió:

—Ya estás creciendo, ya no eres un niño. No hay más que hablar, en cuanto entre el mes vamos a casa de Anastasio a que te pruebe un buen par de pantalones.

Aparentemente liberada de un gran peso, la madre de Ciro sirvió el primer plato de la comida familiar, un copioso ritual que el calor asfixiante del verano no lograba alterar.

Ciro trató con todas sus fuerzas de no mirar a Zenón, su tío soltero, que estaba sentado al otro extremo de la mesa, pues cada vez que se mencionaba el tema de los pantalones, Zenón se ponía a lanzarle miradas que querían ser confidenciales. Pero acabó por darse por vencido y levantó la vista. Los ojos de su tío le hicieron un guiño al encontrarse con los suyos. Con la servilleta sujeta al cuello alto de la camisa, el tío de Ciro empezó a comer muy despacio, contemplando su plato, transido al parecer de satisfacción. Sólo alzaba la vista para repetir el guiño en dirección de Ciro.

Las tías solteras de Ciro, dos mujeres corpulentas y agradables, se sonrieron.

–Se va a ver de lo más lindo con sus pantalones largos, ya verán –dijo Felipa, la más joven. Y dejó escapar una risita ahogada, mirando a Ciro con una expresión un poco burlona.

–Felipa, Felipa –rogó la otra hermana, que a su vez hacía esfuerzos para mantenerse seria. Desde el semiestupor de la segunda dentición, la hermanita menor de Ciro las contemplaba.

A través de las semanas que a Ciro le parecían interminables, todo fue desarrollándose despacio pero a un ritmo implacable, seguro, como un globo inmenso que inflaran con una bomba de acción lenta. Mientras cumplía con sus obligaciones diarias, salía para la escuela a primera hora de la mañana, o regresaba a la casa después de un día de juego, Ciro comenzó a darse cuenta de que el foco de interés de su familia se había desplazado de la última preñez de su prima mayor para concentrarse en él con una terquedad mortificante. El súbito interés había creado un vacío a su alrededor, en cuyo centro se movía Ciro, confundido por la expresión risueña de su tía más joven y la repentina ternura de su madre. Había un aire de plácida conspiración en la familia, una inteligencia muda, un contento tácito y torpe que todo el mundo parecía compartir. Aunque se trataba de algo muy sutil, a Ciro le parecía que aquello cruzaba los límites de la casa, atravesaba el patio para infiltrase en la de los vecinos, salía por la baranda del balcón y trascendía a todo el vecindario.

A medida que el mes se acercaba a su fin y la visita a casa de Anastasio se hacía más inmediata, una cierta sonrisa de complacencia apareció en las caras de los tíos de Ciro, y hasta en las de sus esposas y parientes políticos.

Ciro pudo observar que, en forma igualmente inesperada y casi imperceptible, la posición de su tío en la familia había sufrido una leve modificación. De un solterón incoloro y apenas tolerado en una larga familia de patriarcas solemnes, su tío había pasado a ser, de la noche a la mañana, una figura querida que todos consideraban con íntimo afecto. Sus cuñadas habían empezado a sentir cierta simpatía por él, tras de haberse limitado a tolerarlo desde que muchos años antes fueran admitidas en el clan. Los domingos por la noche, al subir la escalera que daba acceso a la sala de la casa y a la invariable visita semanal, estas mujeres gordas comenzaron a notar la presencia del solterón, saludándolo con cierta deferencia mientras se secaban las gotas de sudor que se les deslizaban entre los pechos:

—¡Pero si Zenón está aquí!

—Menos mal que se le ve.

—¿Está cambiando, eh?

—Son los años.

Sus hermanos mayores, olvidando el motivo de pasados reproches, le ofrecían tabacos y Felipa a veces se le quedaba mirando y en el movimiento que hacía con la cabeza, que quería ser de reprobación, había un afecto que sólo la mirada de Ciro, muy alerta a cuanto pasaba a su alrededor, hubiera podido discernir.

Un sábado por la tarde, cuando él y su madre, de vuelta de casa de Anastasio doblaron la esquina de la calle donde vivía la familia y comenzaron a subir la cuesta que llevaba hasta la casa, Ciro pudo ver a sus dos tías asomadas al balcón, con los codos apoyados en cojines de brocado. Tuvo que soportar la mirada inquisitiva de las dos mujeres hasta que llegaron casi debajo del balcón. Su madre miró sonriente hacia arriba.

—¿Qué tal? —preguntó la tía más joven.

—De lo más bien —respondió la madre de Ciro—. Dice Anastasio que él mismo traerá los pantalones, mañana por la mañana.

—¿De qué color? —preguntó la otra desde el balcón.

—Azul, de lo más bonitos, azul marino —contestó la madre de Ciro.

En la cara de la mujer de Figueras, la vecina, apareció una expresión de curiosidad incontrolable. Ella y el marido, un hombrecito gordo, estaban de codos en su balcón, frente a casa de Ciro, y era evidente que no habían podido oír lo que se decía. Ciro se alegró de que su curiosidad quedara insatisfecha.

No se dijo nada más del asunto y la comida concluyó sin la menor alusión al atuendo de Ciro. Una gran tranquilidad, no por sutil menos evidente, había descendido sobre toda la familia. Sólo en una ocasión Ciro sorprendió a su madre mirándolo. La mujer desvió la vista y luego volvió a mirarlo.

Anastasio cumplió su palabra. Ese domingo, Ciro se ajustó con bastante rapidez sus pantalones nuevos, que le llegaban hasta el tobillo, y abandonó para siempre los pantalones anchos que su madre le ataba algo más abajo de la rodilla. Se lavó las manos, se peinó y salió a la azotea donde su tío le dijo que lo esperaría después de la siesta, que siempre hacía en un cuarto alto e independiente del resto de la casa.

El aire soplaba seco. Las losas rectangulares de arcilla roja embutidas en el suelo de la azotea se calcinaban al sol. Hacia los cuatro puntos del horizonte se extendía un laberinto de azoteas, interrumpido aquí y allá por una tendedera solitaria que saludaba a lo lejos, y cortado por muros bajos y gruesos. Ciro se sentó en un cajón a la sombra precaria de un cenador de madera al que se agarraban las ramas peladas de una buganvilia, y esperó a su tío.

Zenón apareció a las cinco, impecable en su traje de domingo: zapatos calados de dos tonos, camisa de rayas y corbata, traje blanco de dril, tieso de almidón, y pajilla blanquísimo. En el dedo meñique de su mano derecha brillaba un zafiro azul.

—¿Ya estamos? —preguntó, poniéndole una mano a Ciro en el brazo. Ciro sonrió débilmente, sintiendo la oleada de colonia que se desprendía del cuerpo de su tío y que se expandía por la tarde caliente.

—No vengan tarde a comer —dijo su madre sin mirarlos, desde su esquina del balcón.

—No —contestó Ciro. Cuando bajaron las escaleras y salieron a la calle, Ciro sintió que las piernas le temblaban ligeramente. Se pasó las palmas de las manos por los muslos para secarse el sudor y sintió que una de las manos de su tío, que marchaba a su lado, venía a posarse en uno de sus hombros, entre autoritaria y tierna.

La brisa comenzó a soplar en suaves oleadas a medida que Ciro y su tío avanzaban por las calles medio desiertas, encerradas por paredes blancas de cal y muy quietas en el aire peculiar del domingo. Viejas mujeres sacaban la cabeza por una que otra puerta en un reconocimiento cauteloso de la tarde, y se quedaban mirándolos hasta hacer que Ciro se sintiera incómodo. Ciro y su tío cruzaron un parque cuadrado lleno de polvo, sembrado con muñones de árboles, siguieron un paseo estrecho y penetraron lentamente en la parte más antigua de la ciudad. Las aceras eran muy estrechas y comenzaron a caminar por el centro de la calle.

Ciro contemplaba el barrio por primera vez. Las calles aquí no dormían el pesado sueño del domingo, estaban llenas de gentes que caminaban, hablaban y se reían alto. En ciertas esquinas se congregaban grupos de muchachos jóvenes en mangas de camisa, que hablaban sin cesar. Se llamaban a gritos y a menudo hacían gestos obscenos como para subrayar lo que decían y en seguida miraban en torno para ver si alguien los había visto. Muchachas jóvenes cogidas por la cintura circulaban cerca de ellos, ignorando deliberadamente las conversaciones y los gestos. Ciro vio pequeños cafés llenos de hombres y mujeres sentados alrededor de mesas de mármol, bebiendo café con leche y comiendo pan untado de mantequilla. Algunos parroquianos habían sacado las sillas a la acera, y desde allí ordenaban a voz en cuello a los camareros.

Todo el mundo parecía conocer a su tío, y Ciro apenas podía reconocerlo. Un cambio misterioso se había operado en él al cruzar el paseo. Era un nuevo Zenón. Ciro pensó en el hombrecito cohibido que se sentaba día por día a la mesa familiar, soportando en silencio los chistes tontos que todo el mundo hacía a expensas suyas. Se había transformado, se detenía aquí y allá, daba la mano a todos y se reía muy alto con una risa protectora.

Entraron en un café y se sentaron con varias personas que estaban en una mesa. Eran gente mayor, hombres y mujeres bien alimentados y de una garrulería agradable, y Ciro se sorprendió ante la facilidad con que su tío penetraba en la plácida camaradería que parecía unirlos. Zenón dio un breve informe sobre su salud, y casi inmediatamente Ciro se convirtió en el tema principal de la conversación. Los amigos de su tío le hablaban poniéndole las manos en el hombro, encantados aparentemente de su aspecto físico, le tocaron los bíceps y en general formularon declaraciones terminantes sobre su virilidad. Los que ocupaban la mesa de al lado dirigían a Ciro miradas de admiración, mezcladas con una expresión de vago afecto.

–¿Sobrino tuyo de veras? –preguntó una de las mujeres.

–Sobrino, claro –protestó el tío de Ciro, y añadió–: pero para mí es como un hijo.

–Si es exacto a ti –insistió la mujer–. ¿No será otra cosa?

–Mira que te conocemos –ahora hablaba un hombre muy viejo que ocupaba la silla próxima a Ciro–. Tú siempre tan modesto. Mírame esa cara. La misma cara de Zenón cuando lo conocí.

La mujer que habló primero abandonó su silla mientras el viejo hablaba, se paró al lado de Ciro y agarrándole la barbilla con una mano, proclamó de nuevo el parecido, esta vez con voz enérgica.

–Pero a Dios gracias éste no será como su padre –añadió. Todo el mundo se rió. Ciro miró a su tío, que parecía resplandecer de gusto.

–Pues mira, te equivocas –dijo otra mujer del grupo, gorda y de piel muy oscura–. Con esa cara, va a dejar chiquito al tío.

La risa se hizo general y la atención de todo el café se concentró en la mesa y en Ciro.

–No te pongas triste, Zenón –añadió la mujer, elevando la voz–. La vida es así. Además te va a hacer quedar bien.

La mujer guiñó un ojo y se volvió para comprobar el efecto de sus palabras en el auditorio. El acuerdo fue unánime. La alegría de Zenón era evidente. Con una gran sonrisa, se paró y le dio la mano a todo el mundo. Inmediatamente, entre risas y buenos deseos, Ciro y su tío abandonaron el café.

Durante varios minutos anduvieron por la ruidosa calle. Luego, abruptamente, torcieron por una calle más estrecha y casi vacía, de casas pequeñas de un solo piso. De cada una de las ventanas habían quitado las rejas de hierro, pero las altas puertas con persianas habían quedado, con el objeto aparente de mantener los interiores frescos e impedir el acceso a los intrusos. Detrás de cada persiana reinaba gran actividad.

Ciro y su tío se detuvieron ante una de las casas, decorada con una cenefa de azulejos. El tío tamborileó con los dedos en una de las persianas, la puerta se abrió y entraron.

Dentro de la casa estaba oscuro y el ambiente era fresco. A los pocos instantes, Ciro se dio cuenta de que se hallaba en una habitación bastante grande, adornada con muebles baratos, que consistían en cuatro mecedoras dispuestas alrededor de una mesa y un gran sofá desfondado. En una de las esquinas sonaba una victrola. Sobre la mesa se veían dos búcaros con flores de cera llenas de polvo. De una pared lateral colgaba una gran imagen del Sagrado Corazón. Alguien había clavado sobre el marco una espiga trenzada de guano bendito.

Ciro vio tres muchachas en la habitación. Dos estaban de pie mirando hacia la calle, detrás de las persianas que por dentro protegía una tela metálica, y la tercera, una rubia muy delgada, se arreglaba el pelo con ayuda de un muchacho negro sentado en el brazo del sofá. Las tres usaban ropas muy ligeras, más bien camisas de dormir. A la que peinaban, se le había abierto la camisa y parte de los senos había quedado visible, sin que ello pareciera preocuparla. Ciro desvió la vista rápidamente, sintiendo que la sangre le afluía a la cara.

En una habitación interior había una nevera inmensa, y una vieja arreglaba botellas de cerveza en los compartimientos. Ciro y su tío fueron acogidos con muestras de alegría por las tres muchachas y el que hacía las veces de peluquero, pero los cuatro permanecieron en sus puestos y continuaron lo que estaban haciendo.

—¿Está ahí? —preguntó Zenón a la vieja.

—Está en el cuarto, voy a llamarla. ¿Te pongo cerveza?

Sin esperar respuesta de Zenón, la vieja destapó una botella y llenó un vaso. Luego se quedó mirando a Ciro.

—No gracias —dijo Ciro. Pero a un gesto de Zenón la vieja llenó otro vaso y se lo alargó.

Una mujer alta y muy bonita entró en la habitación desde un patio pequeño adornado con cazuelas y cubos pintados de colores, en los que alguien alguna vez pensó sembrar plantas. La mujer era muy esbelta, aunque algo gruesa, y caminaba con movimientos pausados y cautelosos sobre un par de zapatillas de tacón alto, moviendo los brazos como para impulsarse. Tenía un pelo negro muy hermoso, que se ataba a la nuca en un moño muy apretado, y tenía puesta una bata de casa. La negra masa de pelo negro, tirándole casi de los párpados, parecía a punto de desprenderse.

–¡Pero si es Zenón! –Ciro la oyó decir mientras avanzaba hacia ellos–. Tan maldito. Nos tenías olvidadas.

–Tú sabes que yo nunca las olvido –protestó Zenón. Se abrazaron en forma afectuosa, con palmadas sonoras en la espalda.

–¿Te dieron algo de tomar? –preguntó, y luego volviéndose hacia la vieja–: Vieja ¿qué le diste a Zenón?

–No te preocupes, estamos bien –le aseguró Zenón.

–¿Viste mi nueva compra? –preguntó la mujer, señalando la nevera–. No estaba aquí la última vez que viniste.

Las molduras de metal de la nevera brillaban en la media luz de la habitación.

La victrola sonaba muy alto en la habitación del frente.

–¡Baja eso, Dago, baja eso! –le gritó la mujer al muchacho negro que Ciro había visto al entrar–. ¡Me está volviendo loca!

El muchacho abandonó su puesto en el brazo del sofá y caminó hasta el aparato. Era muy corpulento y parecía muy fuerte, pero había algo cómico en su manera de mover las caderas al andar y en la voz atiplada que salía del inmenso cuerpo oscuro. Había mirado a Ciro con frecuencia desde que éste y su tío entraron en la casa, sonriendo de vez en cuando.

–¿Y este jovencito? –preguntó la mujer alta. Parecía que acababa de darse cuenta de la presencia de Ciro.

–Sobrino mío –anunció Zenón.

–¿Aquél de que tú me hablabas? Pero si está grandísimo, ya es un hombre de veras. Vieras que se te parece. Vieja, sírvele más a éste.

La mujer se movía y hablaba con mucha calma, examinando deliberadamente la cara de Ciro con una mirada muy atenta en la que brillaba una lejana luz burlona. Llevaba una cartera bajo el brazo, lo que daba la impresión, desconcertante a juzgar por el resto de su atavío, de que estaba a punto de partir. Mudó la cartera de brazo y tomó un cigarro encendido que le ofrecía la vieja.

–Qué día infernal –dijo.

–Sí, hace un calor de todos los demonios.

—Donde único se puede vivir es en una bañadera de agua fría.

—Donde único —corroboró Zenón.

La mujer pareció meditar un momento, luego caminó hasta la victrola y volvió a tocar el mismo disco, más alto. El calor era intolerable dentro de la habitación y el volumen insoportable de la victrola lo empeoraba.

Ciro se sentó en una de las sillas, cerca del mostrador construido junto a la nevera. La muchacha rubia y delgada que se estaba peinando cuando Ciro y su tío llegaron vino al poco rato adonde estaba Ciro.

—Vamos a bailar —dijo.

Ciro se paró, la tomó por la cintura y comenzó a bailar con pasos cortos y torpes. Nadie parecía ocuparse de ellos y Ciro se sintió mejor de lo que se había sentido en mucho rato.

—Tienes las manos sudadas —dijo la muchacha.

—Sí —respondió Ciro.

Cuando la música cesó se acercaron a la victrola. Con el rabo del ojo Ciro pudo ver que Dago venía hacia ellos.

—Yo lo cambio —dijo Dago. Le dio vuelta al disco y comenzó a darle cuerda a la victrola con gran fuerza y muy rápidamente. Ciro temió que partiera la cuerda.

—¡Dago! ¡Lárgate de ahí! —gritó la mujer alta desde una de las mecedoras—. ¡Fuera de ahí!

El muchacho se separó de la victrola, riéndose bajo, pero visiblemente mortificado. Se dirigió hacia el mostrador de la vieja y estalló en una carcajada alta e inesparada.

—Dago no está bien —explicó la muchacha a Ciro mientras bailaban otra vez. Ciro no dijo nada. Bailaron un rato y luego dejaron de bailar para beber la cerveza que la vieja de la nevera les había servido. Ciro podía oír a su tío y a la mujer alta hablando en voz baja. La mujer se dio vuelta en su asiento.

—Enséñale la casa —le dijo a la muchacha. Ésta agarró a Ciro por una mano.

—Ven por aquí.

Salieron de la habitación y cruzaron el patio pequeño con los cubos pintados. Cuatro cuartos pequeños daban al patio. En el muro posterior del patio había un fogón de carbón, protegido de la intemperie con una plancha de zinc. Dago y una de las muchachas que Ciro había visto detrás de la persiana conversaban sentados en el quicio de acceso a una de las habitaciones. La muchacha llevó a Ciro hasta el fondo del patio.

–Éste es mi cuarto –dijo–. Es el más fresco de la casa.

Entraron y ella cerró la puerta. Un tabique bajo de madera separaba su habitación de las demás, y Ciro podía oír la conversación entre Dago y la otra muchacha. La victrola había comenzado a sonar de nuevo. La música rajada llegaba por encima de los tabiques hasta donde él estaba.

–Siéntate –dijo ella.

Ciro paseó la mirada por la estrecha habitación. Había una sola silla. Una palangana y una jarra esmaltada descansaban en el asiento. Por el suelo se veían astillas de jabón. Junto a la pared, ocupando casi toda la habitación, había una cama grande de hierro, muy alta por la cabecera y por los pies, y en la cabecera un mosquitero enrollado. De la pared, encima de una mesa de noche sin pintar, colgaba un crucifijo y pegadas a la pared había dos pequeñas litografías de santos, a ambos lados del crucifijo. Un ramo pequeño de rosas blancas y rojas descansaba en un vaso de agua. De una soga colgada entre dos clavos en la pared pendían varios vestidos.

Ciro se sentó en el borde de la cama. La muchacha sacó las flores del vaso, lo vació en la palangana y lo volvió a llenar con agua de la jarra.

–Tengo que tenerlos contentos –dijo mirando a Ciro y luego a los santos, y colocando de nuevo el vaso sobre la mesa–. Son muy buenos conmigo.

–Sí –convino Ciro.

–¿Tú crees en estas cosas?

La muchacha se acercó a Ciro y le cogió una mano.

–Me parece que sí –se contestó a sí misma. Ciro sonrió y no dijo nada.

–Tienes las manos frías –dijo la muchacha.

–Pero hace calor aquí –dijo Ciro.

—Sí, pero ya va a refrescar. Está oscureciendo.

—Sí, está oscureciendo.

La muchacha extrajo un pañuelo pequeño de un bolsillo y comenzó a pasarlo por encima del crucifijo y de las litografías.

—El año pasado estuve muy mala, aquí mismo, en este mismo cuarto. Ellos me salvaron la vida. Por eso siempre les tengo puestas flores frescas.

—¿Te gusta mi vestido? —preguntó a Ciro la muchacha después de una pausa, señalando la pared. Ciro alzó la vista por primera vez desde que habían comenzado a hablar.

—Éste —precisó ella, desprendiendo de un clavo un vestido verde que parecía muy pequeño. Era delgada y tenía buen cuerpo. Sólo la afeaba una quemadura grande color café que se veía en su brazo izquierdo, y que no trataba de ocultar.

—¿Te gusta? —volvió a preguntar—. Me encantan los vestidos nuevos. Mira, huele la tela. ¿Verdad que huele rico?

—Verdad —dijo Ciro.

—Antes yo tenía un traje de noche. Hace mucho tiempo. Mira, te voy a enseñar el retrato.

Abrió la gaveta de la mesa de noche y sacó una billetera de cuero que estaba enterrada en un montón de papeles viejos, rizadores y motas sucias y gastadas. Registró la billetera y por último sacó una fotografía pequeña. Llevaba un vestido largo y se veía mucho más bonita y menos gastada. En el brazo podía verse la quemadura enorme. Ciro reconoció el lugar donde habían tomado la foto. Volvió a mirar a la muchacha y se dio cuenta que ya no era joven.

—Me la tiraron en una fiesta en la playa.

—Conozco el lugar —dijo Ciro.

—Todos los domingos dan baile, hay una glorieta y una orquesta.

—Sí, yo lo he visto.

Ciro estaba encantado con la descripción que hacía la muchacha de los lugares de donde su madre le había recomendado que se apartara y que él había contemplado desde lejos con curiosidad.

—¿Y cómo lo conoces? Eso es para hombres grandes.

—Lo he visto cuando vamos a bañarnos.

—El día que me sacaron el retrato, a un amigo mío se le ocurrió decir que yo sabía cantar y me obligaron a cantar, con orquesta y todo.

Ciro se sintió invadido por una sensación de intenso bienestar. La cerveza, una experiencia completamente nueva para él, lo había puesto en un estado de suave placidez del que no deseaba salir. De vez en cuando cantaba un gallo a lo lejos, en un patio vecino. A través del cristal roto que coronaba la puerta del cuarto, podía ver el cielo.

Ligeramente alzado sobre uno de los codos, Ciro contempló a la muchacha, que se había acostado junto a él y que comenzó a cantar en voz baja, mirando a las vigas del techo. Con los brazos cruzados detrás de la cabeza, tenía una expresión ausente mientras cantaba, más bien para sí misma. Parecía tan absorta que Ciro se preguntó si habría olvidado su presencia. Siguió cantando mucho rato y luego el canto cesó. La muchacha se deshizo el cabello lentamente y luego volvió a atárselo, con la misma lentitud, en una trenza suelta sobre el pecho.

La luz en la habitación había disminuido mucho. Ciro pensó en su tío que le aguardaba, pero no hizo movimiento alguno. Por último, la muchacha se levantó.

—Se está haciendo tarde —dijo—. Tu tío debe estar impaciente.

—Sí, tengo que irme —dijo Ciro.

La muchacha extrajo un gancho de la gaveta de la mesa de noche, lo abrió con los dientes y se ató la trenza. Tenía el cabello muy suave y rubio en la nuca. Caminó sin prisa hacia la puerta y la abrió. Ciro salió al patio y recorrieron de nuevo la distancia hasta la habitación del frente. La muchacha tomó a Ciro por la cintura y entraron lentamente en la sala.

Detrás de las persianas había una sola muchacha. La vieja montaba guardia junto a su nevera. Zenón y la mujer alta y bonita seguían conversando. Se pusieron de pie cuando vieron a Ciro.

—Hay que irse —dijo Zenón—. Es muy tarde.

Fue hasta donde estaba la vieja y le puso varias monedas en la mano. La mujer movió la cabeza a un lado y luego al otro, como avergonzada.

–Para que se compre cigarros –dijo Zenón–. Y cuide la nevera –añadió–. Es una nevera muy buena, muy grande y tiene mucho brillo.

Miró hacia la mujer alta y movió entusiasmado la cabeza.

–Muy buena, te lo digo yo, muy buena.

La mujer sonrió complacida y acompañó a sus visitantes hasta la puerta.

–Ven a vernos con más frecuencia –dijo cuando Ciro y su tío bajaron a la açera.

Luego, mirando a Ciro:

–Cuídamelo mucho.

Ciro y su tío recorrieron nuevamente el barrio viejo, atravesaron el parque polvoriento y torcieron por la calle que conducía hasta la puerta de la casa donde vivían. Había oscurecido casi completamente, pero Ciro pudo ver desde lejos a sus dos tías apoyadas en la baranda del balcón sobre los dos cojines. Minutos después llegaban a la casa, subieron y entraron.

–Llegan tarde, los dos –dijo Felipa. Ciro se sentó en su lugar habitual en la mesa y esperó a que sirvieran la sopa de todos los domingos. Los otros miembros de la familia fueron ocupando sus puestos.

–¿Mucha gente en la calle? –preguntó Felipa–. Como hoy es domingo.

Ciro creyó notar cierta deferencia en su voz.

–Bastante –dijo Ciro. Y frunciendo el ceño añadió–: Las mismas caras de siempre. No cambian.

Terminada la comida, Ciro se sentó en la banqueta que ocupaba habitualmente a un extremo del balcón. La calle estaba desierta. Sólo la brisa murmuraba en las esquinas. Ciro miró el cielo de verano y el inmenso mundo que lo rodeaba, tan misterioso para él, y luego de nuevo la calle, donde los ruidos que se oían eran ya muy escasos.

El caballero Charles

HUMBERTO ARENAL

—AH, AQUELLOS ERAN TIEMPOS MEJORES —dijo el hombre— ¿verdad doña Clarita? Entonces todo era distinto. Como decía la hermana del caballero Charles... ¿Cómo era aquello...? ¿Eh, doña Clarita?

—¿Eh...?

—Lo que decía la hermana del caballero Charles... Aquello de la opu... ¿Opu qué?

La mujer estaba tendida en la cama con los ojos cerrados, casi sin oír lo que el hombre decía. Los párpados le temblaban imperceptiblemente. Los entreabrió un poco:

—¡Qué opulencia y qué riqueza! —dijo y contrajo los ojos. Con una mano se aseguró que la bata de casa estaba bien cerrada y con la otra buscó un pañuelo. Después siguió oyendo la música del radio que tenía a su lado.

—Usted sabe lo que yo digo, ¿eh, doña Clarita? El difunto Charles, que en paz descanse, sabía cómo vivir. ¡Qué trajes aquellos! Dril cien, sí señor, dril cien. ¿Se acuerda de "La viuda alegre", de doña Esperanza Iris? Era toda una dama, una princesa doña Esperanza. ¿Verdad, doña Clarita?

—No tanto —dijo la mujer, abriendo los ojos por un instante. Volvió a cerrarlos y siguió escuchando la música. También sintió el gato de la vecina ronroneando por el pasillo. Había llegado a identificar todos los sonidos de la casa.

Hacía algunos años que Jacinto venía a verla todos los domingos por la mañana y decía las mismas cosas. Al principio le había servido de compañía, ahora le resultaba cargante. Después de un rato se marchaba. Había sido chofer de Charles durante 20 o 30 años; hasta su muerte.

–Yo apenas si salgo. Vengo a verla a usted. Y voy al cementerio a llevarle flores a mi madre –que en gloria esté– y al caballero Charles, y más nada. ¿Para qué?

Se quedó en silencio un instante. La mujer sintió cuando la gata entró en el cuarto; siempre se echaba debajo de la mesa a esperar la comida que ella le daba todos los días.

–¿Se acuerda cuando Caruso cantó en La Habana?

La mujer asintió con la cabeza.

–Todavía me acuerdo. Lo veo clarito, clarito. Usted tenía aquel vestido rojo que tanto le gustaba al caballero Charles. Dicen que para entonces ya Caruso había perdido condiciones. ¿Qué cree usted, doña Clarita?

"Me lo ha preguntado tantas veces que no puedo recordarlas." Le contestó que entonces Caruso conservaba sus facultades.

–Envidias de la gente... envidias de la gente. Había un jardinero gallego allá en la casa del caballero Charles, que decía que Lázaro era mejor cantante que Caruso. ¡Usted que los conoció a los dos; usted que estuvo en las tablas! ¿Qué cree usted doña Clarita?

La mayoría de las preguntas no se las contestaba, así se marchaba más pronto.

–¿Eh, doña Clarita?

La mujer se incorporó. Se miró en el espejo. Estaba gorda y por debajo del tinte asomaban las canas. Ya casi nunca se miraba. Tampoco recordaba el día de su cumpleaños. En un tiempo vivía de recuerdos, de fechas, de momentos del pasado. Ahora le importaba más el presente, el poco presente que le quedaba.

–¿Usted estuvo en Méjico varias veces, verdad doña Clarita?

–Ocho veces –dijo tomando el gato de debajo de la mesa.

–¿Y trabajó allí, verdad doña Clarita?

Él lo sabía pero siempre se lo volvía a preguntar. Sabía detalles de su vida mejor que ella. Tenía álbumes de fotografías y recuerdos de toda su carrera teatral, que Charles había guardado y que al morir él había logrado sacar de la casa sin que la esposa del otro se diera cuenta.

–Sí, yo trabajé allí.

–¿Con doña Esperanza Iris?

–Con la Iris.

–Ay, qué suerte la suya. Yo siempre lo he pensado: usted es una mujer de suerte, de mucha suerte.

Pensó decirle: Qué sabe usted, Jacinto.

En un tiempo ella también creía que era una mujer de mucha suerte. Miró al hombre un instante: observaba la fotografía de Charles que estaba sobre el escaparate. Después ella le pasó la mano por el lomo al gato que ahora comía despacio lo que le había servido. El gato la miró y se relamió el hocico.

–Cuando usted y el caballero Charles se fueron a París y a Madrid y a todos esos lugares allá lejanos, en la Europa, yo los llevé a los muelles. Lo recuerdo clarito. Usted parecía una reina allí en el Packard y el caballero Charles, que era lo que se llama un gentleman, un gentleman de verdad, llevaba unos pantalones de franela blancos y un saco azul. Todo el mundo tenía que ver con ustedes. Doña Eusebia, la hermana del caballero Charles, decía que él se parecía al príncipe de Gales. Todavía tengo en casa la tarjeta que ustedes me mandaron desde París. Yo todo lo guardo… Yo pensaba el otro día…

"En París Charles me prometió que cuando regresáramos se divorciaría y nos casábamos inmediatamente. Después no volvió a hablarme del asunto hasta que seis meses después del regreso de Europa se lo recordé."

–Yo sé, yo sé que te lo prometí, pero ahora vas a tener que esperar. Las cosas en casa no están muy bien. Vas a tener que esperar –dijo entonces.

También le explicó que su hija Alicia ya iba a cumplir 15 años y que él quería ahorrarle un disgusto ahora. Iba a tener que esperar un poco. "Yo no había pensado nunca tener un hijo con él pero desde entonces traté de convencerlo que me serviría de compañía, pero Charles siempre se opuso."

–Usted llevaba una pamela rosa y unos impertinentes color nácar. Todo el mundo tenía que ver con ustedes.

–Ya hace mucho tiempo de eso, Jacinto.

–Para mí no –la miró por primera vez–, yo a veces pienso que no ha pasado ni un minuto –se llevó a la frente la mano y se puso a mirar por la ventana que estaba a su lado, por la que se veía el mar–; mi hermana Eloísa dice que yo sufro mucho por eso, pero yo creo que ella es la que sufre. Yo siempre tengo mis recuerdos. Ella dice que me olvide de todas esas cosas, que eso me hace daño, pero yo no quiero que me las quiten. A veces cierro los ojos y veo todo clarito. A veces oigo la voz del caballero Charles como si estuviera al lado mío. ¿Se acuerda cómo se reía, doña Clarita? Yo recuerdo todas las conversaciones de él y las cosas que me decía. Él me decía: Jacinto, tú eres un negro muy especial; tú eres un negro distinto; tú casi eres blanco... Qué gracioso... Eso me decía, doña Clarita. Yo todo lo recuerdo.

La mujer tomó un vestido del escaparate y entró en el baño.

Antes este hombre era parte de un esquema y ella jamás se fijó en él, ni lo analizó, ni lo juzgó. Era parte inevitable y eficiente de una serie de factores que hacían fácil su vida. Ahora le parecía otro hombre.

Salió del baño y fue al espejo. Mientras ella se empolvaba la cara el hombre seguía mirando por la ventana.

–Yo empecé a trabajar con el caballero Charles en el gobierno del general Menocal –dijo sin volverse–. Cuando las famosas peleas de conservadores y liberales. Cómo ha llovido desde entonces; sí señor. Yo entonces jugaba pelota en el antiguo Almendares. Yo le batié una vez un jonrón al gran Adolfo Luque.

Hizo una pausa y sonrió. Después se volvió para sentarse de nuevo en la silla:

–Me acuerdo como si fuera ahoritica mismo. Había un negrito muy refistolero que jugaba la primera base y me dijo que le habían hablado de un puesto de chofer, que si yo lo quería. Él creo que trabajaba a medias un fotingo en la plaza del mercado con un primo suyo. Y además tenía delirio de jugar en las grandes ligas y todo eso. Decía que si Luque se lo iba a llevar para el Norte, que si para aquí, que si para allá.

La mujer se estaba peinando y lo miró por el espejo. Ahora parecía más interesada.

–Figúrese, yo estaba pasando una canina tremenda. En casa éramos doce para comer y prácticamente lo único que entraba era lo que hacía mi hermana Eulalia que era modista y trabajaba para el modisto Bernabeu, y lo que ganaba mi madre, que no era mucho la pobre, lavando para afuera. Entonces este negrito amigo mío, Genovevo, Genovevo se llamaba, hace rato que tenía en la punta de la lengua el nombre. Genovevo me llevó a ver al caballero Charles.

La mujer había terminado de arreglarse y tomó un bolso que había encima de la cama.

–Jacinto, yo tengo que salir a hacer unas compras, usted me va a perdonar, pero...

–Yo la acompaño, doña Clarita, yo la acompaño con mucho gusto. No faltaba más.

Ella lo miró un instante muy seria, como si fuera a decirle algo importante y por fin dijo:

–Bueno.

Salieron al pasillo.

–El caballero Charles me recibió en su despacho en la Manzana de Gómez y yo le entregué el papelito que me había dado Genovevo y él lo leyó así serio como acostumbraba él. Y yo en seguida me dije que me gustaba aquel hombre.

Y él terminó de leer el papel y...

Pasaron frente a una puerta abierta y una mujer muy gorda vestida de blanco que estaba sentada en un sillón abanicándose lentamente los miró y dijo:

–Oiga vecina, ¿dónde va tan elegante?

–A unas compras –contestó la otra.

–...y después me dijo que empezara a trabajar el lunes. Era un sábado; un sábado o un viernes, no lo recuerdo bien...

–Oiga, Fefa, yo le dí a la gatica un poco de picadillo y un poco de arroz que me sobró del almuerzo.

–Gracias, vecina. ¿Y cómo ha seguido del reuma?

–Mejor, mejor. Creo que me voy a ir a dar unos baños sulfurosos a San Diego con una amiga mía a ver si se me acaba de quitar. He pasado unos días muy adolorida, pero ya estoy mejor –comenzó a caminar–. Hasta luego Fefa, hasta luego.

—Adiós vecina, que se mejore. Si ve a Julito me lo echa para acá que quiero mandar a buscar algo a la bodega.

El hombre se había separado un poco de ella y la observaba sonriente. Bajó la cabeza y dijo:

—Yo le contaba que fue un sábado o un viernes cuando conocí al caballero Charles...

—Fue un sábado Jacinto; ya usted me lo ha contado otras veces.

El hombre pareció no oírla.

—Sacó diez pesos de la cartera y me dijo que me comprara una camisa blanca y una corbata negra y una gorra y que estuviera el lunes a las ocho de la mañana en su casa. Así empecé con el caballero Charles. Yo nunca me olvido.

La mujer caminaba delante, sin oírlo, sin apenas percatarse de él. Él se había puesto la gorra que hasta ahora había llevado en las manos y trataba de alcanzarla.

"El día que le dije a Charles que estaba preñada, se quedó un rato sin decir nada y después dijo:

"—Mira Divina, eso no puede ser. Yo conozco un médico que te puede hacer un curetaje. Es un amigo mío de toda la vida y es un buen médico. Vive aquí cerca en la calle San Lázaro. Yo te voy a llevar esta misma semana. No te ocupes.

"Le pedí dos veces que me dejara tener el hijo, traté de explicarle que yo no tenía nada, que me dejara por lo menos el hijo.

"—Déjate de esas tonterías Divina —dijo él—; tú sabes que eso no es posible. Tú me tienes a mí y tú tienes tu carrera. A ti no te falta nada. Eso hay que arreglarlo en seguida. Lo que se llama nada."

Ella se fue a llorar a su cuarto y él le tocó varias veces la puerta y ella no le contestó y por fin él se marchó. Al día siguiente vino y le dijo que ya había arreglado todo con su amigo el médico y que al día siguiente por la tarde lo irían a ver.

—Yo al principio me ponía un poco nervioso con él. Era un hombre que inspiraba tanto respeto. Yo lo veía con los abogados y con toda aquella gente de dinero de los ingenios y veía con el respeto que lo trataban. El caballero Charles era una persona de pocas palabras, pero cuando hablaba inspiraba mucho respeto. Todo el mundo lo oía.

Ella estaba mirando unas frutas y el vendedor se acercó.

–¿Cómo está señora, cómo sigue de su reuma? –le preguntó.

–Mejorcita, gracias. Estos mameyes... ¿a cómo son?

–Éstos a 25 y estos otros a 40. También tengo aquí unos zapotes preciosos –se agachó y sacó un cesto de debajo del carro–. Están dulcecitos como almíbar, señora.

–El día que enterramos a mi pobre madre –dijo Jacinto– el caballero me llamó y me dijo que no me ocupara de nada, que él iba a correr con todos los gastos. Sin contar el dinero que me había dado para las medicinas por adelantado y que después no me quiso cobrar. Y la corona que mandó. Era la mejor de todas, doña Clarita. La mejor.

Ella tomó uno de los mameyes y se lo dio al vendedor y comenzó a tantear los zapotes.

–Él siempre me dio muy buenos consejos. A él le debo el no haberme enredado con aquella viuda que tuve. Un día yo le conté el asunto y él me oyó todo el cuento y me dijo: "Mira Jacinto, por qué te vas a buscar una viuda con hijos. Búscate una muchacha jovencita igual que tú si quieres casarte y no te compliques la vida. Además, tú estás bien así como estás. No te compliques la vida". Eso me dijo el caballero Charles. Él era un hombre muy bueno. ¿Verdad, doña Clarita?

"Íbamos en la cubierta del 'Santa Rosa'. Un amigo de Charles que era agente teatral me había conseguido un buen contrato para trabajar en Colombia. A Charles le gustaba que yo cantara. Yo creo que lo estimulaba, que lo ponía en contacto con un mundo que a él siempre le había atraído mucho: una vez me dijo que su gran ilusión hubiera sido ser actor. Habíamos planeado el viaje durante varios meses. Charles tenía unos negocios en Colombia y los había tomado como excusa para irse conmigo. Siempre que yo trabajaba fuera de La Habana le gustaba acompañarme, ver quiénes trabajaban conmigo, leer la música que iba a cantar y hasta aprobar el vestuario que iba a usar. Él decía que no me podía dejar sola porque a mí me faltaba malicia y sentido práctico para tratar con esa gente que él decía era muy inmoral y muy astuta. A mí me gustaba ver la aurora. Nos levantábamos muy temprano y nos íbamos a la proa del barco a ver salir el sol. Lo hacíamos casi a diario. Charles me tomaba del brazo y nos quedábamos allí casi sin hablar. Eran momentos de gran placer que nunca olvidaré. Una mañana mientras estábamos allí Charles vio un matrimonio amigo de él y de su mujer paseando por la cubierta. No nos vieron pero Charles, como medida de precaución, no se dejó ver más en público conmigo. Él siempre decía: lo más importante en la vida es guardar las apariencias."

Doña Fefa había vivido durante veinte años al lado de Doña Clarita. En verdad no eran amigas, pero siempre se habían respetado y sentido un afecto mutuo. Doña Fefa era viuda. Su marido había trabajado cuarenta años como tenedor de libros. Nunca tuvieron hijos. Una mañana amaneció muerto a su lado. Ahora sólo hablaba de él cuando iba al cementerio una vez al mes. Siempre lo llamaba "el pobre Faustino". Doña Fefa tenía una gata y un canario a los que hablaba el día entero. Ella afirmaba que entendían todo lo que les decía. A veces doña Clarita llegó a pensar que esto era algo más que una locura, como afirmaban los otros vecinos de la casa.

Doña Fefa estaba preocupada por doña Clarita. Últimamente la veía muy pálida y la sentía durante la noche caminando por el cuarto y ya no la oía cantar como antes, que siempre entonaba trozos de zarzuelas y operetas. Ella, que siempre se había conservado tan joven, de pronto había envejecido visiblemente. El rostro se le había endurecido. Hacía tiempo que quería decirle todas estas cosas, pero doña Clarita era una mujer tan hermética y tan fuerte que ella temía una respuesta intempestiva.

Doña Fefa estaba pensando todas estas cosas y pasándose un cepillo por su pelo largo y canoso, como hacía todos los domingos, cuando pasó doña Clarita con Jacinto.

—Oiga, vecina —le dijo—, he estado pensando en una medicina que tomaba el pobre Faustino para el reuma y que a usted seguramente le iba a sentar.

Doña Clarita se detuvo un instante y Jacinto le sonrió a la mujer.

—Yo estoy tomando unas píldoras y creo que si me voy a dar los baños a San Diego se me pasará.

—Yo le voy a buscar un pomito que tengo por ahí guardado para que las pruebe, vecina. A ver si le sienta.

Le dijo que estaba bien y siguió caminando para su habitación.

Mientras ella pelaba unas papas y después cuando se fue detrás del parabán a ponerse de nuevo la bata, Jacinto decía:

—Yo a veces me pongo a pensar... no sé... ¿Usted cree en el más allá, doña Clarita?

Ella encogió los hombros para decir que no sabía.

—Yo antes no creía en esas cosas porque pensaba que era cosa de brujería y esas cosas atrasan, pero un amigo mío muy inteligente me dio los libros de ese científico Alan Kardec y además conocí hace algún tiempo a la hermana Blanca Rosa, una médium que vive por allá por Mantilla, y la verdad que he tenido muy buenas pruebas. ¿Usted sabe que yo he hablado con mi madre, que en paz descanse?

Ella lo miró un instante y después le dijo que no.

—Mire, yo nunca hablo estas cosas con nadie, pero yo siempre he pensado que usted es como de mi familia, y usted perdone el atrevimiento, y yo le digo que yo he hablado con mi madre. Para mí ha sido un gran consuelo. ¿Usted sabe una cosa, doña Clarita, yo creo que usted debía ir a verla?

—Yo, ¿para qué?

—Pues, a mí me parece que sería bueno para usted ver si se comunica con el caballero Charles... Usted está tan solita aquí todo el tiempo... Sería un gran consuelo. ¿No cree usted?

Ella estaba quitándose la bata detrás del parabán y se quedó un instante pensando lo que iba a contestarle.

—Yo no creo en esas cosas, Jacinto.

—Hay que tener una fe, doña Clarita, la fe salva.

No le contestó. Cuando salió, Jacinto se le quedó mirando y no le dijo nada. Parecía contrariado. Ella fue a la cama y se tendió con gran cuidado.

—Jacinto —le dijo y él miró con atención—, el domingo que viene yo no voy a estar aquí, así que no venga. Voy a darme unos baños a San Diego.

—Entonces será el otro domingo, doña Clarita.

—No, el otro domingo todavía no estaré aquí. Mejor es que me llame por teléfono.

Jacinto se quedó mirando al suelo y haciendo unos guiños, como hacía siempre que estaba nervioso.

–Está bien, doña Clarita; yo la llamo. Está bien –se puso de pie–; yo creo que ahora me voy yendo. Mi hermana me pelea si no estoy para el almuerzo.

Ella sonrió.

–Bueno, hasta luego, doña Clarita. Que se mejore de sus males. Hasta luego.

–Adiós, Jacinto.

Lo vio irse y después cerró los ojos. Sintió a doña Fefa meciéndose lentamente en el sillón, el motor del tanque de agua, un radio lejano, una pila que goteaba, el burbujear del agua en que se cocían las papas, el aire batiendo las cortinas de la ventana. Abrió los ojos un instante y miró el retrato de Charles. Volvió a cerrarlos en seguida.

Estatuas sepultadas

Antonio Benítez Rojo

Aquel verano –cómo olvidarlo– después de las lecciones de don Jorge y a petición de Honorata, íbamos a cazar mariposas por los jardines de nuestra mansión, en lo alto del Vedado. Aurelio y yo la complacíamos porque cojeaba del pie izquierdo y era la de menor edad (en marzo había cumplido los quince años); pero nos hacíamos de rogar para verla hacer pucheros y retorcerse las trenzas; aunque en el fondo nos gustaba sortear el cuerno de caza, junto al palomar desierto, vagar por entre las estatuas con las redes listas siguiendo los senderos del parque japonés, escalonados y llenos de imprevistos bajo la hierba salvaje que se extendía hasta la casa.

La hierba constituía nuestro mayor peligro. Hacía años que asaltaba la verja del suroeste, la que daba al río Almendares, al lado más húmedo y que la excitaba a proliferar; se había prendido a los terrenos a cargo de tía Esther, y pese a todos sus esfuerzos y los de la pobre Honorata, ya batía los ventanales de la biblioteca y las persianas francesas del salón de música. Como aquello afectaba la seguridad de la casa y era asunto de mamá, irreductibles y sonoras discusiones remataban las comidas; y había veces que mamá, que se ponía muy nerviosa cuando no estaba alcoholizada, se llevaba la mano a la cabeza en ademán de jaqueca y rompía a llorar de repente, amenazando, entre sollozos, con desertar de la casa, con cederle al enemigo su parte del condominio si tía Esther no arrancaba (siempre en un plazo brevísimo) la hierba que sepultaba los portales y que muy bien podía ser un arma para forzar el sitio.

–Si rezaras menos y trabajaras más… –decía mamá, amontonando los platos.

—Y tú soltaras la botella… —ripostaba tía Esther.

Afortunadamente don Jorge nunca tomaba partido: se retiraba en silencio con su cara larga y gris, doblando la servilleta, evitando inmiscuirse en la discordia familiar. Y no es que para nosotras don Jorge fuera un extraño, a fin de cuentas era el padre de Aurelio (se había casado con la hermana intercalada entre mamá y tía Esther, la hermana cuyo nombre ya nadie pronunciaba); pero, de una u otra forma, no era de nuestra sangre y lo tratábamos de usted, sin llamarlo tío. Con Aurelio era distinto: cuando nadie nos veía nos cogíamos de las manos, como si fuéramos novios; y justamente aquel verano debía escoger entre nosotras dos, pues el tiempo iba pasando y ya no éramos niños. Todas le queríamos a Aurelio, por su porte, por sus vivos ojos negros, y sobre todo por aquel modo especial de sonreír. En la mesa las mayores porciones eran para él, y si el tufo de mamá se percibía por arriba del olor de la cocina, uno podía apostar que cuando Aurelio alargara el plato ella le serviría despacio, su mano izquierda aprisionando la de él contra los bordes descascarados. Tía Esther tampoco perdía prenda, y con la misma aplicación con que rezaba el rosario buscaba la pierna de Aurelio por debajo del mantel, y se quitaba el zapato. Así eran las comidas. Claro que él se dejaba querer, y si vivía con don Jorge en los cuartos de la antigua servidumbre, separado de nosotras, era porque así lo estipulaba el Código; tanto mamá como tía Esther le hubieran dado habitaciones en cualquiera de las plantas y él lo hubiera agradecido, y nosotras encantadas de tenerlo tan cerca, de sentirlo más nuestro en las noches de tormenta, con aquellos fulgores y la casa sitiada.

Al documento que delimitaba las funciones de cada cual y establecía los deberes y castigos, le llamábamos, simplemente, el Código; y había sido suscrito, en vida del abuelo, por sus tres hijas y esposos. En él se recogían los mandatos patriarcales, y aunque había que adaptarlo a las nuevas circunstancias, era la médula de nuestra existencia y nos guiábamos por él. Seré somera en su detalle:

A don Jorge se le reconocía como usufructuario permanente y gratuito del inmueble y miembro del Consejo de Familia. Debía ocuparse del avituallamiento, de la inteligencia militar, de administrar los recursos, de impartir la educación y promover la cultura (había sido subsecretario de Educación en tiempos de Laredo Brú), de las reparaciones eléctricas y la albañilería, y de cultivar las tierras situadas junto al muro de nordeste, que daba a la casona de los Enríquez, convertida en una politécnica desde finales del sesenta y tres.

A tía Esther le tocaba el cuidado de los jardines (incluyendo el parque), la atención de los animales de cría, la agitación política, las reparaciones hidráulicas y de plomería, la organización de actos religiosos, y el lavado, planchado y zurcido de la ropa.

Se le asignaba a mamá la limpieza de los pisos y muebles, la elaboración de planes defensivos, las reparaciones de carpintería, la pintura de techos y paredes, el ejercicio de la medicina, así como la preparación de alimentos y otras labores conexas, que era en lo que invertía más tiempo.

En cuanto a nosotros, los primos, ayudábamos en los quehaceres de la mañana y escuchábamos de tarde las lecciones de don Jorge; el resto de la jornada lo dedicábamos al esparcimiento; por supuesto, al igual que a los demás, se nos prohibía franquear los límites del legado. Otra cosa era la muerte.

La muerte moral, se entiende; la muerte exterior del otro lado de la verja. Oprobioso camino que había seguido la mitad de la familia en los nueve años que ya duraba al asedio.

El caso es que aquel verano cazábamos mariposas. Venían del río volando sobre la hierba florida, deteniéndose en los pétalos, en los hombros quietos de cualquier estatua. Decía Honorata que alegraban el ambiente, que lo perfumaban –siempre tan imaginativa la pobre Honorata–; pero a mí me inquietaba que vinieran de afuera y –como mamá– opinaba que eran un arma secreta que aún no comprendíamos, quizá por eso gustaba de cazarlas. Aunque a veces me sorprendían y huía apartando la hierba, pensando que me tomarían del cabello, de la falda –como en el grabado que colgaba en el cuarto de Aurelio–, y me llevarían sobre la verja atravesando el río.

A las mariposas las cogíamos con redes de viejos mosquiteros y las metíamos en frascos de conservas que nos suministraba mamá. Luego, al anochecer, nos congregábamos en la sala de estudio para el concurso de belleza, que podía durar horas, pues cenábamos tarde. A la más bella la sacábamos del frasco, le vaciábamos el vientre y la pegábamos en el álbum que nos había dado don Jorge; a las sobrantes, de acuerdo con una sugerencia mía para prolongar el juego, les desprendíamos las alas y organizábamos carreras, apostando pellizcos y caricias que no estuvieran sancionados. Finalmente las echábamos al inodoro y Honorata, trémula y con los ojos húmedos, manipulaba la palanca que originaba el borboteo, los rumores profundos que se las llevaban en remolino.

Después de la comida, después del alegato de tía Esther contra las razones de mamá, que se iba a la cocina con el irrevocable propósito de abandonar la casa en cuanto fregara la loza, nos reuníamos en el salón de música para escuchar el piano de tía Esther, sus himnos religiosos en la penumbra del único candelabro. Don Jorge nos había enseñado algo en el violín, y aún se le mantenían las cuerdas; pero por falta de afinación, no era posible concertarlo con el piano y preferíamos no sacarlo del estuche. Otras veces, cuando tía Esther se indisponía o mamá le reprochaba el atraso en la costura, leíamos en voz alta las sugerencias de don Jorge, y como sentía una gran admiración por la cultura alemana, las horas se nos iban musitando estanzas de Goethe, Hölderlin, Novalis, Heine. Poco. Muy poco; sólo en las noches de lluvia en que se anegaba la casa y en alguna otra ocasión especialísima, repasábamos la colección de mariposas, el misterio de sus alas llegándonos muy hondo, las alas cargadas de signos de más allá de las lanzas, del muro enconado de botellas; y nosotros allí, bajo las velas y en silencio, unidos en una sombra que disimulaba la humedad de la pared, las pestañas esquivas y las manos sueltas, sabiendo que sentíamos lo mismo, que nos habíamos encontrado en lo profundo de un sueño, pastoso y verde como el río desde la verja; y luego aquel techo abombado y cayéndose a pedazos, empolvándonos el pelo, los más íntimos gestos. Y las coleccionábamos.

La satisfacción mayor era imaginarme que al final del verano Aurelio ya estaría conmigo. "Un párroco disfrazado os casará tras la verja", decía don Jorge, circunspecto, cuando tía Esther y Honorata andaban por otro lado. Yo no dejaba de pensar en ello; diría que hasta me confortaba en la interminable sesión de la mañana: el deterioro de mamá iba en aumento (aparte de cocinar, y siempre se le hacía tarde, apenas podía con la loza y los cubiertos) y era yo la que baldeaba el piso, la que sacudía los astrosos forros de los muebles, los maltrechos asientos. Quizá sea una generalización peligrosa, pero de algún modo Aurelio nos sostenía a todas, su cariño nos ayudaba a resistir. Claro que en mamá y tía Esther coincidían otros matices; pero cómo explicar sus devaneos gastronómicos, los excepcionales cuidados en los catarros fugaces y rarísimos dolores de cabeza, los esfuerzos prodigiosos por verlo fuerte, acicalado, contento... Hasta don Jorge, siempre tan discreto, a veces se ponía como una gallina clueca. Y de Honorata ni hablar; tan optimista la pobre, tan fuera de la realidad, como si no fuera coja. Y es que Aurelio era nuestra esperanza, nuestro dulce bocado de ilusión; y era él quien nos hacía permanecer serenas dentro de aquellos hierros herrumbrosos, tan hostigados desde afuera.

–¡Qué mariposa más bella! –dijo Honorata en aquel crepúsculo, hace apenas un verano. Aurelio y yo marchábamos delante, de regreso a la casa, él abriéndome el paso con el asta de la red. Nos volvimos: la cara pecosa de Honorata saltaba sobre la hierba como si la halaran por las trenzas; más arriba, junto a la copa de flamboyán que abría el sendero de estatuas, revoloteaba una mariposa dorada.

Aurelio se detuvo. Con un gesto amplio nos tendió en la hierba. Avanzó lentamente, la red en alto, el brazo izquierdo extendido a la altura del hombro, deslizándose sobre la maleza. La mariposa descendía abriendo sus enormes alas, desafiante, hasta ponerse casi al alcance de Aurelio; pero más allá del flamboyán, internándose en la galería de estatuas. Desaparecieron.

Cuando Aurelio regresó era de noche; ya habíamos elegido a la reina y la estábamos preparando para darle la sorpresa. Pero vino serio y sudoroso diciendo que se le había escapado, que había estado a punto de cogerla encaramándose en la verja; y pese a nuestra insistencia no quiso quedarse a los juegos.

Yo me quedé preocupada. Me parecía estarlo viendo allá arriba, casi del otro lado, la red colgando sobre el camino del río y él a un paso de saltar. Me acuerdo que le aseguré a Honorata que la mariposa era un señuelo, que había que subir la guardia.

El otro día fue memorable. Desde el amanecer los de afuera estaban muy exaltados: expulsaban cañonazos y sus aviones grises dejaban rastros en el cielo; más abajo, los helicópteros en triangulares formaciones encrespaban el río, el río color puré de chícharos, y la hierba. No había duda de que celebraban algo, quizás una nueva victoria; y nosotros incomunicados. No es que careciéramos de radios, pero ya hacía años que no pagábamos el fluido eléctrico y las pilas del Zenith de tía Esther se habían vuelto pegajosas y olían al remedio chino que atesoraba mamá en lo último del botiquín. Tampoco nos servía el teléfono ni recibíamos periódicos, ni abríamos las cartas que supuestos amigos y traidores familiares nos enviaban desde afuera. Estábamos incomunicados. Es cierto que don Jorge traficaba por la verja, de otra manera no hubiéramos subsistido, pero lo hacía de noche y no estaba permitido presenciar la compraventa, incluso hacer preguntas sobre el tema. Aunque una vez que tenía fiebre alta y Honorata lo cuidaba, dio a entender que la causa no estaba totalmente perdida, que organizaciones de fama se preocupaban por los que aún resistían.

Al atardecer, después que concluyeron los aplausos patrióticos de los de la politécnica, los cantos marciales por arriba del muro de vidrios anaranjados y que enloquecían a mamá a pesar de los tapones y compresas, descolgamos el cuerno de la panoplia –don Jorge había declarado asueto– y nos fuimos en busca de mariposas. Caminábamos despacio, Aurelio con el ceño fruncido. Desde la mañana había estado recogiendo coles junto al muro y escuchado de cerca el clamor de los cantos sin la debida protección, los febriles e ininteligibles discursos del mediodía. Parecía afectado Aurelio: rechazó los resultados del sorteo arrebatándole a Honorata el derecho de distribuir los cotos y llevar el cuerno de caza. Nos separamos en silencio, sin las bromas de otras veces, pues siempre se habían respetado las reglas establecidas.

Yo hacía rato que vagaba a lo largo del sendero de la verja haciendo tiempo hasta el crepúsculo, el frasco lleno de alas amarillas, cuando sentí que una cosa se me enredaba en el pelo. De momento pensé que era el tul de la red, pero al alzar la mano izquierda mis dedos rozaron algo de más cuerpo, como un pedazo de seda, que se alejó tras chocar con mi muñeca. Yo me volví de repente y la vi detenida en el aire, la mariposa dorada frente a mis ojos, sus alas abriéndose y cerrándose casi a la altura de mi cuello y yo sola y de espaldas a la verja. Al principio pude contener el pánico: empuñé el asta y descargué un golpe; pero ella lo esquivó ladeándose a la derecha. Traté de tranquilizarme, de no pensar en el grabado de Aurelio, y despacio caminé hacia atrás. Poco a poco alcé los brazos sin quitarle la vista, tomé puntería; pero la manga de tul se enganchó en un hierro y volví a fallar el golpe. Esta vez la vara se me había caído en el follaje del sendero. El corazón me sofocaba. La mariposa dibujó un círculo y me atacó a la garganta. Apenas tuve tiempo de gritar y de arrojarme a la hierba. Un escozor me llevó la mano al pecho y la retiré con sangre. Había caído sobre el aro de hojalata que sujetaba la red y me había herido el seno. Esperé unos minutos y me volví boca arriba, jadeante. Había desaparecido. La hierba se alzaba alrededor de mi cuerpo, me protegía, como a la Venus derribada de su pedestal que Honorata había descubierto en lo profundo del parque; y yo tendida, inmóvil como ella, mirando el crepúsculo concienzudamente, y de pronto los ojos de Aurelio contra el cielo y yo mirándolos quieta, viéndolos recorrer mi cuerpo casi sepultado y detenerse en mi seno, y luego bajar por entre los tallos venciéndome en la lucha, entornarse en el beso largo y doloroso que estremeció la hierba. Después el despertar inexplicable: Aurelio sobre mi cuerpo, aún tapándome la boca a pesar de las mordidas, las estrellas por ancima de su frente, señalada por mis uñas.

Regresamos. Yo sin hablar, desilusionada.

Honorata lo había visto todo desde las ramas del flamboyán.

Antes de entrar al comedor acordamos guardar el secreto.

No sé si sería por las miradas de mamá y tía Esther detrás del humo de la sopa o por los suspiros nocturnos de Honorata, revolviéndose en las sábanas; pero amaneció y yo me di cuenta de que ya no quería tanto a Aurelio, que no lo necesitaba, ni a él ni a la cosa asquerosa, y juré no hacerlo más hasta la noche de bodas.

La mañana se me hizo más larga que nunca y acabé extenuada.

En la mesa le pasé a Honorata mi porción de coles (nosotras siempre tan hambrientas) y a Aurelio lo miré fríamente cuando comentaba con mamá que un gato de la politécnica le había mordido la mano, le había arañado la cara y desaparecido tras el muro. Luego vino la clase de Lógica. Apenas atendí a don Jorge a pesar de las palabras: "ferio" y "festino", "baroco", y otras más.

—Estoy muy cansada... Me duele la espalda —le dije a Honorata después de la lección, cuando propuso cazar mariposas.

—Anda... No seas mala —insistía ella.

—No.

—¿No será que tienes miedo? —dijo Aurelio.

—No. No tengo miedo.

—¿Seguro?

—Seguro. Pero no voy a hacerlo más.

—¿Cazar mariposas?

—Cazar mariposas y lo otro. No voy a hacerlo más.

—Pues si no van los dos juntos le cuento todo a mamá —chilló Honorata sorpresivamente, con las mejillas encendidas.

—Yo no tengo reparos —dijo Aurelio sonriendo, agarrándome del brazo. Y volviéndose a Honorata, sin esperar mi respuesta, le dijo: "Trae las redes y los pomos. Te esperamos en el palomar".

Yo me sentía confusa, ofendida; pero cuando vi alejarse a Honorata, cojeando que daba lástima, tuve una revelación y lo comprendí todo de golpe. Dejé que Aurelio me rodeara la cintura y salimos de la casa.

Caminábamos en silencio, sumergidos en la hierba tibia, y yo pensaba que Aurelio también le tenía lástima, que yo era la más fuerte de los tres y quizás de toda la casa. Curioso, yo tan joven, sin cumplir los diecisiete, y más fuerte que mamá con su alcoholismo progresivo, que tía Esther, colgada de su rosario. Y de pronto Aurelio. Aurelio el más débil de todos; aún más débil que don Jorge, que Honorata; y ahora sonreía de medio lado, groseramente, apretándome la cintura como si me hubiera vencido, sin darse cuenta, el pobre, que sólo yo podía salvarlo, a él y a toda la casa.

—¿Nos quedamos aquí? —dijo deteniéndose—. Creo que es el mismo lugar de ayer —y me guiñaba los ojos.

Yo asentí y me acosté en la hierba. Noté que me subía la falda, que me besaba los muslos; y yo como la diosa, fría y quieta, dejándolo hacer para tranquilizar a Honorata, para que no fuera con el chisme que levantaría la envidia, ellas tan insatisfechas y la guerra que llevábamos.

–Córranse un poco más a la derecha, no veo bien –gritó Honorata, cabalgando una rama.

Aurelio no le hizo caso y me desabotonó la blusa.

Oscureció y regresamos, Honorata llevando las redes y yo los pomos vacíos.

–¿Me quieres? –dijo él mientras me quitaba del pelo una hoja seca.

–Sí, pero no quiero casarme. Quizás para el otro verano.

–Y... ¿lo seguirás haciendo?

–Bueno –dije un poco asombrada–. Con tal que nadie se entere...

–En ese caso me da igual. Aunque la hierba se cuela por todos lados, le da a uno picazón.

Esa noche Aurelio anunció en la mesa que no se casaría aquel año, que posponía su decisión para el próximo verano. Mamá y tía Esther suspiraron aliviadas; don Jorge, apenas alzó la cabeza.

Pasaron dos semanas, él con la ilusión de que me poseía. Yo me acomodaba en la hierba con los brazos por detrás de la nuca, como la estatua, y me dejaba palpar sin que me doliera la afrenta. Con los días perfeccioné un estilo rígido que avivaba sus deseos, que lo hacía depender de mí. Una tarde paseábamos por el lado del río, mientras Honorata cazaba por entre las estatuas. Habían empezado las lluvias, y las flores, mojadas en el mediodía, se nos pegaban a la ropa. Hablábamos de cosas triviales: Aurelio me contaba que tía Esther lo había visitado de noche, en camisón, y en eso vimos la mariposa. Volaba al frente de un enjambre de colores corrientes; al reconocernos hizo unos caracoleos y se posó en una lanza. Movía las alas sin despegarse del hierro, haciéndose la cansada, y Aurelio, poniéndose tenso, me soltó el talle para treparse a la reja. Pero esta vez la victoria fue mía: me tendí sin decir palabra, la falda a la altura de las caderas, y la situación fue controlada.

Esperábamos al hombre porque lo había dicho don Jorge después de la lección de Historia, que vendría a la noche, a eso de las nueve. Nos había abastecido durante años y se hacía llamar el Mohicano. Como era un experimentado y valeroso combatiente –cosa inexplicable, pues le habían tomado la casa– lo aceptamos como huésped tras dos horas de debates. Ayudaría a tía Esther a exterminar la yerba, después cultivaría los terrenos del suroeste, los que daban al río.

–Creo que ahí viene –dijo Honorata, pegando la cara a los hierros del portón. No había luna y usábamos el candelabro.

Nos acercamos a las cadenas que defendían el acceso, tía Esther rezando un apresurado rosario. El follaje se apartó y Aurelio iluminó una mano. Luego apareció una cara arrugada, inexpresiva.

–¿Santo y seña? –demandó don Jorge.

–Gillette y Adams –repuso el hombre con voz ahogada.

–Es lo convenido. Puede entrar.

–Pero... ¿cómo?

–Súbase por los hierros, el cerrojo está oxidado.

De repente un murmullo nos sorprendió a todos. No había duda de que al otro lado del portón el hombre hablaba con alguien. Nos miramos alarmados y fue mamá la que rompió el fuego:

–¿Con quién está hablando? –preguntó, saliendo de su sopor.

–Es que... no vengo solo.

–¿Acaso lo han seguido? –dijo tía Esther, angustiada.

–No, no es eso... Es que vine con... alguien.

–¡Pero en nombre de Dios...! ¿Quién?

–Una joven..., casi una niña.

–Soy su hija –interrumpió una voz excepcionalmente clara.

Deliberamos largamente: mamá y yo nos opusimos; pero hubo tres votos a favor y una abstención de don Jorge.

Finalmente bajaron a nuestro lado.

Ella dijo que se llamaba Cecilia, y caminaba muy oronda por los senderos oscuros. Era de la edad de Honorata, pero mucho más bonita y sin fallos anatómicos. Tenía los ojos azules y el pelo de un rubio dorado, muy extraño; lo llevaba lacio y partido al medio; las puntas, vueltas hacia arriba, reflejaban la luz del candelabro. Cuando llegamos a la casa dijo que tenía mucho sueño, que se acostaba temprano, y agarrando una vela entró muy decidida en el cuarto del abuelo, al final del corredor, encerrándose por dentro como si lo conociera. El hombre –porque hoy sé que no era su padre– después de dar las buenas noches con mucha fatiga y apretándose el pecho, se fue con don Jorge y Aurelio al pabellón de los criados, su tos oyéndose a cada paso. Nunca supimos cómo se llamaba realmente: ella se negó a revelar su nombre cuando al otro día don Jorge, que siempre madrugaba, lo encontró junto a la cama, muerto y sin identificación.

Al Mohicano lo enterramos por la tarde y cerca del pozo que daba a la politécnica, bajo una mata de mango. Don Jorge despidió el duelo llamándolo "nuestro Soldado Desconocido", y ella sacó desde atrás de la espalda un ramo de flores que le puso entre las manos. Después Aurelio comenzó a palear la tierra y yo lo ayudé a colocar la cruz que había fabricado don Jorge. Y todos regresamos con excepción de tía Esther, que se quedó rezando.

Por el camino noté que ella andaba de un modo raro: me recordaba a las bailarinas de ballet que había visto de niña en las funciones de Pro Arte. Parecía muy interesada en las flores y se detenía para cogerlas y llevárselas a la cara. Aurelio iba sosteniendo a mamá, que se tambaleaba de un modo lamentable, pero no le quitaba los ojos de encima y sonreía estúpidamente cada vez que ella lo miraba. En la comida no probó bocado, alejó el plato como si le disgustara y luego se lo pasó a Honorata, que en retribución le celebró el peinado. Por fin me decidí a hablarle:

–Qué tinte tan lindo tienes en el pelo. ¿Cómo lo conseguiste?

–¿Tinte? No es tinte, es natural.

–Pero es imposible... Nadie tiene el pelo de ese color.

–Yo lo tengo así –dijo sonriendo–. Me alegro que te guste.

–¿Me dejas verlo de cerca? –pregunté. En realidad no la creía.

–Sí, pero no me lo toques.

Yo alcé una vela y fui hasta su silla; me apoyé en el respaldar y miré su cabeza detenidamente: el color era parejo, no parecía ser teñido; aunque había algo artificial en aquellos hilos dorados. Parecían de seda fría. De pronto se me ocurrió que podía ser una peluca y le di un tirón con ambas manos. No sé si fue su alarido lo que me tumbó al suelo o el susto de verla saltar de aquel modo; el hecho es que me quedé perpleja, a los pies de mamá, viéndola correr por todo el corredor, tropezando con los muebles, coger por el corredor y trancarse en el cuarto del abuelo agarrándose la cabeza como si fuera a caérsele; y Aurelio y tía Esther haciéndose los consternados, pegándose a la puerta para escuchar sus berridos, y mamá blandiendo una cuchara sin saber lo que pasaba, y para colmo Honorata, aplaudiendo y parada en una silla. Por suerte don Jorge callaba.

Después de los balbuceos de mamá y el prolijo responso de tía Esther me retiré dignamente y, rehusando la vela que Aurelio me alargaba, subí la escalera a tientas y con la frente alta.

Honorata entró en el cuarto y me hice la dormida para evitar discusiones. Por entre las pestañas vi cómo ponía sobre la cómoda el platico con la vela. Yo me volví de medio lado, para hacerle hueco; su sombra, resbalando por la pared, me recordaba los Juegos y Pasatiempos del Tesoro de la Juventud, que había negociado don Jorge hacía unos cuatro años. Cojeaba desmesuradamente la sombra de Honorata; iba de un lado a otro zafándose las trenzas, buscando en la gaveta de la ropa blanca. Ahora se acercaba a la cama, aumentando de talla, inclinándose sobre mí, tocándome una mano.

—Lucila. Lucila, despiértate.

Yo simulé un bostezo y me puse boca arriba. "¿Qué quieres?", dije malhumorada.

—¿Has visto cómo tienes las manos?

—No.

—¿No te las vas a mirar?

—No tengo nada en las manos —dije sin hacerle caso.

—Las tienes manchadas.

—Seguro que las tengo negras... Como le halé el pelo a ésa y le di un empujón a mamá.

—No las tienes negras, pero las tienes doradas —dijo Honorata furiosa.

Me miré las manos y era cierto: un polvo de oro me cubría las palmas, el lado interior de los dedos. Me enjuagué en la palangana y apagué la vela. Cuando Honorata se cansó de sus vagas conjeturas pude cerrar los ojos. Me levanté tarde, atontada.

A Cecilia no la vi en el desayuno porque se había ido con tía Esther a ver qué hacían con la hierba. Mamá ya andaba borracha y Honorata se quedó conmigo para ayudarme en la limpieza; después haríamos el almuerzo. Ya habíamos acabado abajo y estábamos limpiando el cuarto de tía Esther, yo sacudiendo y Honorata con la escoba, cuando me dio la idea de mirar por la ventana. Dejé de pasar el plumero y contemplé nuestro reino: a la izquierda y al frente, la verja, separándonos del río, las lanzas hundidas en la maleza; más cerca, a partir del flamboyán naranja, las cabezas de las estatuas, verdosas, como de ahogados, y las tablas grises del palomar japonés; a la derecha los cultivos, el pozo, y Aurelio agachado en la tierra, recogiendo mangos junto a la cruz diminuta, más allá el muro, las tejas de la politécnica y una bandera ondeando. "Quién se lo iba a decir a los Enríquez", pensaba. Y entonces la vi a ella. Volaba muy bajo, en dirección al pozo. A veces se perdía entre las flores y aparecía más adelante, reluciendo como un delfín dorado. Ahora cambiaba de rumbo: iba hacia Aurelio, en línea recta; y de pronto era Cecilia, Cecilia que salía por entre el macizo de adelfas, corriendo sobre la tierra roja, el pelo revoloteando al aire, flotando casi sobre su cabeza. Cecilia la que ahora hablaba con Aurelio, la que lo besaba antes de llevarlo de la mano por el sendero que atravesaba el parque.

Mandé a Honorata a que hiciera el almuerzo y me tiré en la cama de tía Esther: todo me daba vueltas y tenía palpitaciones. Al rato alguien trató de abrir la puerta, insistentemente, pero yo estaba llorando y grité que me sentía mal, que me dejaran tranquila.

Cuando desperté era de noche y enseguida supe que algo había ocurrido. Sin zapatos me tiré de la cama y bajé la escalera; me adentré en el corredor, sobresaltada, murmurando a cada paso que aún había una posibilidad, que no era demasiado tarde.

Estaban en la sala, alrededor de Honorata, don Jorge lloraba bajito en la punta del sofá; tía Esther, arrodillada junto al candelabro, se viraba hacia mamá, que manoteaba en su butaca sin poderse enderezar; y yo desapercibida, recostada al marco de la puerta, al borde de la claridad, escuchando a Honorata, mirándola escenificar en medio de la alfombra, sintiéndome cada vez más débil; y ella ofreciendo detalles, precisas referencias de lo que había visto a la hora del crepúsculo por el camino del río, del otro lado de la verja. Y de repente el estallido: las plegarias de tía Esther, el delirio de mamá…

Yo me tapé los oídos y bajé la cabeza, con ganas de vomitar. Entonces por entre la piel de los dedos escuché un alarido. Después alguien cayó sobre el candelabro y se hizo la oscuridad.

El Capitán Descalzo

NORBERTO FUENTES

EL CAMPO LABRADO SE HUNDÍA en el cañón de la montaña y lindaba con un maniguazo tupido donde el marabú se enlazaba con el limón y el limón con el almácigo y el almácigo con la enredadera y la enredadera con la marihuana y la marihuana con el cigüelón y el cigüelón con el cafeto y el cafeto con el marabú.

Un trillo roto a filo de machete enlazaba el campo de labranza con la casa del Capitán Descalzo. Frente a la casa cruzaba el camino que topa en Condado. Descalzo detuvo los bueyes. Las bestias se liberaron por un instante del vocerío y el aguijón, pero ellos sabían que era sólo por un instante y por eso siguieron rumiando sus penas y sus hierbas.

Descalzo se sentó en el linde del maniguazo y la labranza. A su lado yacía el saco de la merienda, compuesta de una barra de pan criollo y el porrón de agua fresca. Descalzo comenzó a masticar el pan, empujando cada trozo con un sorbo de agua; vestía una camisa de faena, un pantalón azul-brillo, amarrado a la cintura por una soga, y gorra de pelotero en la cabeza. Sus pies sobrasalían más allá de los deshechos bajos del pantalón. Unos pies enormes, de plantas mugrientas y callosas.

–Me persiguen –dijo alguien. Descalzo echó mano por el machetín, se incorporó y le dio frente al dueño de esas palabras–. Me persiguen –repitió el hombre, que sostenía un Garand y sobre la cadera derecha le pendía una pistolera.

–No soy ladrón –aseguró el hombre.

–No me gustan las cosas de gente que huye –dijo Descalzo. El hombre miró hacia atrás y arriba, hacia el lugar donde un tumulto de polvo rojo, arrancado a la tierra, se acercaba seguro, calmoso.

—Ésa es la Milicia —dijo Descalzo.

—Ellos vienen por mí, pero ya no puedo más—. El hombre se sentó al lado del porrón y la barra de pan.

—¿Me regala un pedazo de pan y un poco de agua?

—Sírvete —brindó Descalzo—. Y vete lo más rápido que puedas. No quiero perjudicar a mi familia.

El hombre vació el porrón de tres pasadas, ahogando la sed que tenía prendida en el encuentro de la lengua y la garganta. Descalzo le preguntó:

—¿Qué arma es ésa?

—Una Luguer —dijo el hombre.

—¿Es buena?

—Buena cantidá.

—Pero luce un poco vieja, ¿eh?

—La manigua me la oxidó —explicó el hombre—. Así y todo me dispara bien. Es una pistola muy noble.

—Ésta es el arma que a mí me gusta —dijo Descalzo, blandiendo su machete.

—¿Es un Collin?

—Sí —respondió Descalzo—, un Collin que lleva conmigo más de diez años.

—Déjame ver la marca de fábrica —pidió el hombre. Descalzo le entregó el machete y él revisó abajo de la empuñadura, en el lugar que grabaron el gallo y las siglas del industrial: COLLIN.

—No cabe duda, es un Collin —y le devolvió el machete a Descalzo—. Cuide ese machete, que es el de mejor calidad, el de mejor acero.

—¡No digo yo! —exclamó Descalzo.

El hombre dividió la barra de pan y Descalzo le recorrió el filo sobre las venas de la muñeca, abriéndole el paso a la sangre, que fue arrastrándose hasta la palma de la mano y enchumbando la masa de pan.

—Oiga, ¿por qué usté me hace esto? —preguntó el hombre.

Descalzo dio un golpe preciso y el machete se encajó en la culata del Garand que el hombre sostenía sobre los muslos. La mano cayó sobre la tierra, sujetando el pedazo de pan. El hombre quiso recoger su mano, pero un nuevo machetazo, esta vez en la nuca, hizo que el grito del hombre se ahogara en borbotones de sangre que se coagularon en la boca.

Descalzo recogió el Garand y la Luguer, llegó a su casa, entrando por la puerta de la cocina, regañando a los hijos que correteaban por la casa, dejando las armas sobre su cama y saliendo al portal en el momento que la caravana se detenía frente a sus ojos.

Del primer jeep se apeó Bunder Pacheco. Los soldados esperaron sentados en sus vehículos.

–¿Cómo anda ese Capitán Descalzo? –saludó Bunder Pacheco.

–Ahí me ve, comandante –Descalzo se consiguió dos taburetes y los trajo hasta el portal. Se sentaron.

–¿Qué cosa tiene que contarme, Capitán?

–Ando muy mal en estos días, muy triste –respondió–. La mujer se fue y me dejó con esta docena de muchachos.

–Eso me dijeron, Capitán.

–Yo le pedí a la muerte que no lo hiciera, pero ya usted sabe lo terca que es ella.

–No me gusta verlo así, Capitán.

–Se la llevó de todas maneras.

–Ahora yo también me pongo triste, Capitán.

–No se preocupe por mí, comandante. ¿Quiere una taza de café?

–Si me la brindara...

Descalzo llamó a uno de los muchachos y le dijo que hiciera café.

–¿Y cómo anda en el trabajo?

–No se anda muy bien, ¿sabe? El maíz ha venido malo con esta seca y el café tiene el precio muy bajo. No, no ando muy bien. Además, ya estoy viejo y los surcos no me salen rectos.

–Oiga, Capitán, ¿por qué no se va para la Bana? Usted sabe que allá tiene casa, automóvil y sueldo.

–No puedo, comandante, no puedo. Ya usted sabe cómo son las cosas. El reglamento dice que el uso de las botas es obligatorio. Y así yo no puedo estar en ningún lado. Espérese un momento para que vea –y se levantó del taburete, entró en la casa, y al rato regresó con un par de botas en la mano.

–¿No las ve? Están nuevas de paquete, iguales que cuando me las dieron hace seis años. Pero por mucho que intento, no puedo andar con zapatos. No sé, me sucede algo así como si me faltara la respiración.

Bunder Pacheco sonrió.

–No se ría, no se ría. Yo le aseguro a usted que éstos son los mejores zapatos que existen –y mostró sus enormes pies–. El día que se me rompan éstos, ya no voy a necesitar más.

El muchacho trajo un café recalentado; después de apurarlo, Bunder Pacheco se levantó y fue a despedirse.

–¿Se retira, comandante?

–Sí, Capitán. Estamos de operaciones y los soldados esperan.

–No hay por qué apurarse –afirmó Descalzo–. ¿A quién buscan con tanto desespero?

–Andamos atrás del Magua Tondike, que ayer lo vieron por esta zona.

–Ah –se asombró Descalzo–. ¿Y usted no tendrá un tabaquito disponible?

Bunder Pacheco buscó en los bolsillos y halló dos tabacos. Se los dio a Descalzo.

–Bueno, Capitán, tengo que irme.

–No hay apuro, no hay apuro –repitió Descalzo–. Yo le digo a usted que no hay apuro, porque se me ocurre que Magua Tondike está echándose a perder bajo el sol de mi labranza.

La noche del capitán

EDUARDO HERAS LEÓN

Al 1er. Capitán Octavio Toranzo,
In memoriam

YO APENAS PODÍA CAMINAR porque el fango no me dejaba. Se me pegaba a las botas a cada paso, pero él seguía avanzando y la oscuridad de la noche se lo iba tragando lentamente. Al fin se detuvo y esperó a que me acercara.

–Éste es el lugar –dijo.

–¿Aquí? ¿Entre tanto mosquito, capitán?

–No hay otro lugar –dijo–. Aquí nos quedamos.

–¿Puedo fumar?

–No, no puede. Hay que esperar.

Se sentó en una piedra. Estiró suavemente las piernas.

–Todos los hombres deben estar ya situados –comentó en voz alta.

Observé cómo se quitaba la gorra y se secaba el sudor de la cabeza con un pañuelo. Aflojó la presión del FAL sobre el hombro.

–Hace frío, ¿eh, capitán?

–Sí, un poco...

–Deben ser como las tres, ¿no, capitán? Salimos de la escuela como a las once de la noche, y entre yipi va y yipi viene, y entre fango va y fango viene, estuvimos andando como cuatro horas.

Él no contestó. Puso el fusil sobre sus piernas y golpeó ligeramente el peine. Miró hacia el mar. Era luna nueva. Yo miré a mi alrededor tratando de descubrir el movimiento de los hombres que habíamos dejado en el camino. Pero no pude notar nada. Comprendí que la emboscada había sido preparada con todas las reglas, aunque yo no las conociera. Pero no todo estaba claro para mí. No era posible sorprender ninguna infiltración en aquella oscuridad total, en aquel silencio roto solamente por el ruido de las olas. Y los hombres, ¿cómo responderían los hombres? ¿Cómo respondería yo? ¿Y él?

–Él es un pendejo –dijo Mario, cruzando los brazos–. Pendejo y medio.

–Se recostó en la pared de la barraca. Todos encendimos un cigarro, a pesar de que estaba prohibido fumar.

–¿Por qué pendejo? –dijo Busutil, mirándolo de reojo–. Por algo es capitán, ¿no? Las tres barras no las regalaban en la Sierra.

–¿No lo han visto en el despacho? –terció el negro Víctor–. ¿No lo han visto? ¿Cuándo se ha visto un capitán así? Si le tocas a la puerta un poco fuerte, se levanta y saca la pistola. La monta y se esconde detrás del archivo. Eso lo cuenta todo el mundo. Después pregunta ¡¿quién?! Cuando entras, lo ves asomarse tras el archivo, pálido, el cuerpo contraído como si fuera a saltar sobre alguien. Él te ve y parece que se tranquiliza. Respira y la sangre se le sube a la cara. Le quita el peine a la Browning y saca con disimulo la bala del directo. Luego te mira serio y baja los ojos y te pregunta con la voz nerviosa "¿qué quiere, miliciano?"

–A lo mejor son los nervios, caballeros –dije yo–. La guerra da sicosis y el capitán es un hombre muy joven.

–¡Qué sicosis ni qué nervios! –dijo Víctor–. ¿Y el día que se apagaron las luces en la escuela porque decían que iba a haber un bombardeo? ¿No te contaron que lo vieron temblando y mirando hacia el cielo como si le fuera a caer una maldición encima? ¿Y después, eh? Primero el ruido del motor. ¿No te acuerdas? Claro que era un avión. Todo el mundo se dio cuenta. Pero bueno, estaban las antiaéreas. Unos salieron corriendo por el polígono. Era natural. Yo me quedé donde estaba y me tiré al suelo. Busutil hizo lo mismo. ¿Y tú, chino? Tú estabas en el edificio de Operaciones y te pegaste a la pared. Después comenzaron a tirar las cuatro bocas. Bien, una fiesta de tiros. ¿Y qué hizo él? ¿No ha hecho el cuento el teniente Erasmo? ¿No le oíste decir lo del busca-chivos del yipi? Él encendió el busca-chivos del yipi donde venía, para buscar el avión. ¡Está loco el teniente Erasmo! ¡Mira que buscar el avión con un busca-chivos! Bueno, ¿y qué pasó? Se lo rompieron con un tiro. ¿Quién fue? Pues, bueno, el capitán... él mismo se lo dijo. ¡Qué nervios ni qué sicosis! Es pendejo...

Todos me miraron, esperando un comentario. No dije nada. Estrujé el cigarro con la bota y comencé a quitarme el uniforme.

–Bueno –dije–, ya tocaron silencio. Vamos a acostarnos.

Nos fuimos acomodando en la oscuridad de la barraca. Me acosté en la litera. Encima, Busutil terminaba su cigarro.

–Busutil –dije–, si todo eso es verdad, ¿cómo coño se ganó los grados?

–En la Sierra, igual que todos –dijo el capitán–. ¿Cómo? Eso no importa, miliciano. Si acaso, importan los tres balazos. Dos en la pierna y uno en el pecho.

Se tendió en el suelo húmedo y me dijo que podía fumar de espaldas al mar. Yo encendí un cigarro.

–Debe ser difícil organizar una emboscada, ¿eh, capitán?

–Depende –dijo–. En un lugar como éste no es muy difícil. No hay enemigos detrás. Todo viene por el frente. Lo demás es fácil.

–¿Y el valor, capitán?, ¿no hace falta? –murmuré.

Se quedó callado.

–Claro que hace falta –dijo después–. Aquí el valor se da por sentado.

–¿Y si a veces falla, capitán? ¿Y si en el momento preciso se le acaba el valor a un hombre? ¿Usted no cree...?

Un ruido fuerte como de motor me hizo volver la cabeza. Boté el cigarro y el capitán se llevó un dedo a la boca, ordenándome silencio. Miré hacia el mar, pero no se veía nada. ¿A quién íbamos a sorprender con semejante oscuridad? Pero el ruido se hizo más débil cada vez y el capitán se levantó y caminó unos pasos hacia adelante. Me hizo señas de que me quedara en el lugar. Yo me cerré el último botón del jacket porque el frío me entraba hasta los huesos.

—Hace frío, aquí, ¿eh? —dijo Víctor—. Pero bueno, por ver un fusilamiento, yo paso frío.

Estábamos sobre el puente, encima del paredón. Mario se soplaba la nariz con los dedos.

—Dicen que el capitán va a dirigir el pelotón —dijo.

—¿A qué hora va a ser? —pregunté en voz baja.

—El oficial de guardia me dijo que la sentencia era para las nueve —terció Busutil—. Caballeros, si nos cogen aquí no vamos a salir en un mes.

—¡Ah, no jodas, negro! —dijo Víctor—. ¿Quién te va a preguntar ahora, que van a fusilar a un cabrón?

Nos quedamos callados, esperando. El puente estaba en penumbras. Más adelante, la sombra del miliciano de guardia se proyectaba bajo la arcada de salida de la fortaleza. Debajo, un bombillo iluminaba la pared desgastada por los balazos, y el palo solitario. "¿Lo amarrarán ahí?", me dije. Al extremo del puente, cerca de la posta, una larga escalera de piedra, musgosa, se perdía entre las sombras del foso.

Un yipi se detuvo en el puente, cerca de la escalera, y nosotros nos apretamos unos a otros.

—Ahí viene el gallo —dijo Víctor en un susurro.

Cuatro hombres bajaron del yipi, uno de ellos esposado. Debajo del puente se movieron varios soldados armados de FAL. Se encendió otro bombillo y entonces pudimos ver la ambulancia cerca del muro de la fortaleza. Los hombres comenzaron a bajar lentamente por la escalera de piedra. El esposado vaciló un momento y se dejó caer en uno de los escalones. Uno de los soldados lo tocó suavemente en el hombro. Otra vez se levantó y siguió bajando la escalera. Se detuvo y alguien le colocó un cigarro entre los labios. Echó dos largas bocanadas. Luego soltó el cigarro. Llegaron abajo. Nosotros nos apretamos aún más. Busutil temblaba. Yo también. El esposado se dirigió hacia el palo, siempre acompañado de los otros tres. Los soldados que esperaban en el foso, se movieron. Se oyeron varias voces apagadas y rápidamente formaron en dos filas de tres. La primera fila se agachó.

—¿Quién va a dirigir el pelotón? —susurró Víctor.

Nos miramos sin decir nada, temerosos de romper la espesa capa de silencio que nos cubría. El esposado parecía hablar en voz baja con los tres soldados. Alguien sacó una banda blanca, pero él negó con la cabeza. Los tres soldados se separaron del palo y un ruido de pasos apresurados, cercanos, nos sorprendió...

—¡Milicianos, ¿qué hacen ahí?!

No nos movimos. No podíamos hablar.

—¡Respondan!

Nos paramos en atención y saludamos. El capitán nos miró fijamente. Por fin, pude decir:

—Permiso, capitán...

—¡No hay permiso! ¡Media vuelta!

Caminamos unos pasos hacia la salida de la fortaleza, y luego echamos a correr. Volví la cabeza. El capitán bajaba con rapidez la escalera de piedra. Seguimos corriendo sin hablar. Cruzamos frente a la enfermería, un poco jadeantes.

—¡Se nos jodió el fusilamiento! —gritó Víctor—. ¡Qué suerte, coño! El capitán en persona. Bueno, por lo menos no pidió los números.

—Qué se le va a hacer —dije yo, ya caminando...

La descarga se oyó como un solo disparo.

—No, yo no dirigí el pelotón aquella noche —dijo el capitán.

—Pero usted bajó la escalera...

—Iba a hacerlo. Después no quise...

—¿Los nervios, capitán?

Me miró unos segundos. Después miró hacia el mar y dijo:

—¿Usted ha fusilado a alguien, miliciano?

—No, capitán.

Volvió la cabeza. Yo bajé la vista.

—De todas formas, creo que esa noche yo hubiera podido dirigir el pelotón —dije sin mirarlo.

Él se levantó. Apretó el fusil contra la tierra y dijo en voz baja:

—¡Qué sabe usted, miliciano!

La bengala sonó como un disparo y luego la ráfaga se fue haciendo cada vez más larga.

—¡Ya están allí! —gritó el capitán—. ¡Es a la derecha, vamos!

Él salió corriendo sobre el fango sin darme apenas tiempo a levantarme. Corrí detrás de su sombra que se movía con rapidez. Agarré el fusil con las dos manos. Una nueva bengala fue disparada a la derecha y el tiroteo se hizo más intenso. El capitán siguió avanzando con la misma velocidad. Nos sonaron muy cerca los disparos.

–¡Tírate al suelo! –gritó.

El fusil se me cayó de las manos. Lo levanté del fango y me arrastré. Escuché voces. El capitán hablaba con dos hombres que señalaban hacia un cayo de monte entre las sombras de la derecha.

–Capitán –dije.

–Silencio –me ordenó.

Las manos le temblaban ligeramente. Comenzó a dar órdenes en voz baja. No pude escucharlo bien.

–Los rodean... santo... seña... fuego... no disparen si se entregan... yo voy por la derecha... ¿está claro?

–Capitán... –insistí.

–Tú, ven conmigo –dijo el capitán.

Echó a andar agachado. Ya apenas se escuchaban los disparos. Todos se dirigían al cayo de monte y el capitán seguía avanzando. A mi izquierda, se movieron nuevas sombras. El capitán comenzó a quitarse la costra de fango de las botas, con las manos. Yo hice lo mismo.

–¿Hacia qué parte vamos, capitán? –le dije.

–Por la derecha. ¿Ves aquellas dos matas grandes, recortadas en la copa? –dijo señalando hacia la derecha–. Por allí van a salir.

–¿Y cómo sabe que van a salir por ahí?

Pero ya había comenzado a avanzar nuevamente y no contestó. Miré hacia mi izquierda, pero el silencio se había tragado las sombras. No escuchaba el ruido de los pasos. Sólo la respiración entrecortada del capitán y mi propia respiración. Me desabotoné el jacket. Sentía un calor insoportable. El capitán se detuvo junto a las matas.

–Están ahí –dijo–. Son dos solamente.

–¿Qué vamos a hacer? ¿Esperamos?

Se me quedó mirando. Oí el chasquido cuando montó el FAL.

–No –dijo en voz baja–. Hay que peinar y sacarlos. ¡Vamos!

No dijo nada más. Y comenzamos a peinar, despacio, moviéndonos paso a paso. La respiración me cortaba el aliento. Me detuve a escuchar los ruidos, pero fue inútil. Apreté el FAL y lo rastrillé con suavidad. Escuché un ruido de pasos y me detuve. Pero el capitán siguió avanzando y yo continué en medio del silencio. Cruzamos un charco y el contacto del agua me estremeció. Me pasé una mano húmeda sobre la frente y la cara y seguí avanzando. Los disparos me sorprendieron. Alguien gritó y una nueva ráfaga, ahora muy cercana, me obligó a tirarme al suelo. El cuerpo me chocó con el FAL. Sin levantar el fusil, apreté el disparador y la ráfaga se clavó en el fango. Me cubrí la cara. Y entonces sonó un fusil muy cerca. Apenas cinco disparos. Después, el silencio volvió a invadirlo todo. Se oyó un ruido de voces que fue haciéndose cada vez más intenso. Levanté la cabeza lentamente. Me puse de pie. El capitán se colgaba el fusil del hombro. Volvió la cabeza y me miró.

–No te preocupes –dijo–. Ya están muertos.

Once caballos

DORA ALONSO

EL HOMBRE QUE CAMINABA DETRÁS DE LOS JAMELGOS dijo una mala palabra y la vara bien manejada cayó con fuerza sobre algún hueso. Ya era oscuro y la yegua no recordaba haber hecho aquel camino; por instinto se detuvo, volviendo a un lado la cabeza, desconfiada, pero los demás la empujaban y siguió avanzando.

El aire olía a café, a boñiga fresca, a hierba cortada, y aventaba los ollares de la hambrienta caballada. Un reguero de bosta iba marcando su paso.

Cojeaban algunos en la calle solitaria. La misma yegua tenía los cascos podridos de ranilla y entorpecidas las articulaciones por los sobrehuesos. Todos sufrían la molestia de las moscas; se agarraban voraces a las llagas purulentas y las humilladas bestias trataban de librarse a golpes de cola o mordiéndose con sus grandes dientes amarillos. Al contorsionar el flaco cuerpo se marcaban más los costillares bajo la piel costrosa.

En la recua venía un potro alazán de buenas carnes, mezclado por la casualidad a la famélica caravana. Los traían en procesión desde las afueras, sacándoles las últimas fuerzas. La suerte que dispone el fin de las bestias inútiles, destinaba los once caballos a la boca de los carnívoros enjaulados.

Al llegar al Zoológico los hicieron pasar por la entrada de servicio. El arreador los agrupó frente a una puerta de hierro pintada de negro. "Sólo entrada" parecía un mal aviso para los jamelgos. Por ella también cupo la yegua preñada. Luego "Sólo entrada" se cerró tras ellos.

Desde el primer momento el suelo se les hizo cómodo; los hinchados cascos se aliviaron con la blandura del fango y se abandonaban al descanso. Un pesado sueño dobló los vencidos pescuezos y atrajo los belfos hasta rozar la tierra del estrecho corral.

Sofocada por su gran barriga, la yegua resollaba fuerte. El hambre la mantenía nerviosa aguzándole el instinto. Sus orejas marchitas descubrían ruidos desconocidos, inquietándola. Apenas conseguía moverse dentro del corral y con trabajo logró acercarse al árbol pelado que lo centraba, para rascarse apoyándose contra él.

El potro se removía dentro del grupo de rocines dormidos y se acercó a la yegua intentando iniciar el juego amoroso, mordiéndola en el cuello. Le mostraron los dientes en un amago de tarascada, y sin darse por vencido, intentó cubrirla; una patada le hizo apartarse. Relinchó excitado, sacudiendo las crines, y fuera del corral respondió otro relincho.

La hembra y el garañón compartieron la respuesta que en alguna forma les tranquilizaba. Sabían, por la misma voz de la raza, que más allá del muro y de la puerta negra había caballos, aunque eran incapaces de imaginar la vida inútil de los que respondían. Ninguno de los jacos reunidos en el corral del matadero hubiese reconocido como de los suyos a Palomino, el poney, enanizado expresamente por los criadores del oeste norteamericano, como producto mercantil de gran demanda: un caballo sedoso y diminuto, con una alzada de juguete caro, bellos ojos azules y penachos rubios como cualquier muchacha norteña. Palomino disponía tanta vitalidad en sus inflados testículos lustrosos, que de un solo salto cubría las hembras destinadas. Devoraba maíz, melado, pienso, y caracoleaba piafante en un corral alfombrado de verdes, con un empleado que le atendía solícito, recogiendo su humeante estiércol. Más que un caballo, el poney resultaba un adorno, un precioso engaño de exportación. Todo, menos lo tan común y corriente que esperaba en capilla detrás de la puerta pintada de negro. Menos comida de leones.

La yegua tuvo sed y lamió de un charco, junto al anca de un caballejo moro, de crin recortada, con aspecto de rocín de guerra; la cresta de su espinazo resaltaba como un grueso rosario de ermitaño. El viejo guerrero recorría el suelo con los belfos, ansioso de una brizna de yerba, de alguna pajuela, pero el animal sólo halló fango y boñigas. Pitó un tren a lo lejos, un agudo alarido que fue apagándose como una alta bengala. Los disparos de una motocicleta atravesaron la noche.

Velaba el potro su nueva oportunidad, deseando derramarse por oscuro instinto de supervivir. Pasaba entre los cuerpos desvencijados, rotos por el desgaste de continuos servicios, de trabajo y trabajo. La espuela, el bocado, la silla, el serón, la collera, prometían una misma historia. El confuso montón de esfuerzos y hombres se desplazaba desde las cabezas de los caballos que iban a morir con el amanecer. Gente de arria, de carretón, de coche. Guajiros de una sola bestia mansa, hecha al talón de baqueta y al paso lento sobre cangilones del llano y la montaña. Monteros de lazo y voceo; cacharreros de lata y pan. Yerberos.

La niebla que flotaba sobre las frentes dormidas eran los recuerdos, los pasos, las faenas rendidas, las bárbaras costaladas, los clavos y herrerías, entierros rurales, manifestaciones electoreras, procesiones y arreos. Como final de las revueltas memorias se ligaban la soledad, las pústulas, las legañas como perlas donde paseaban cosquilleantes las guasasas, el hambre de ojos hundidos y los Corrales del Consejo con los espectros anónimos.

La nube informe comenzaba a dispersarse entre toses asmáticas, verdosa espuma y algún quejido desinflado o el lento resbalar de la bosta bajo las colas fláccidas. En la tristeza del encierro humeaban chorros espumosos, que pudrían el fango con ruido de grifo abierto.

Por segunda vez relinchó el potro y la yegua lo pateó de nuevo. Lejos, al otro extremo del Centro, *Atila,* el tarpán doméstico, movía las orejas. Sosias de una especie extinguida, presente en las pinturas rupestres de las cavernas de Altamira, de Lascaux, de Niaux, Los Cásares, el primitivo caballo salvaje copiado por los artistas de la edad glacial, respondía bajo el cielo estrellado de La Habana. Producto de la genética regresiva, la prenda de laboratorio, fantasma sin recuerdos, ofrecía sus saludos al potro criollo condenado. Y en juegos de camposanto, de agónicos y resucitados, sumábase *Vasek,* el pequeño Keltag asiático de crin hirsuta y hocico moteado, que Gengis Khan montara.

Por los alrededores del edificio de la Dirección un joven guardián consultaba su reloj a la luz de una linterna y prendió un cigarro para que el humo le apartara los mosquitos de zancudas patas caminadoras. Soñoliento reconocía los avisos de los padrotes urgidos, sintiéndose solidario.

Del duermevela le despertaron los leones. El mismo rugido, al llegar al corral, aterró a los caballos. Era la Anunciación y pretendieron huir. Tropezaron confundidos. El rocín moro se abría paso hasta la portada, pero dominado por la voz de las fieras no pudo hacer más que desorbitar los ojos y mover el vientre, en un desfallecer de congoja.

El potro se erguía como si quisiera montar el muro y lo golpeó con las "manos".

Dentro de la yegua, el potrillo se dispuso a salir. Flotaba en su noche líquida y el pavor de la madre era una espuela en su costado. Encogidas las patas, la cabeza sobre el pecho, se movía embistiendo. A su alrededor comenzaba el caos en la oscuridad y el silencio. El rumor vitelino fluía en carrera fugitiva como fuego veloz. Cada rugido ayudaba a la vida rajando el manto, desaguando la fuente amniótica, que comenzó a correr en hilos por el cauce de la entraña dilatada.

Del corazón del potrillo partían señales, imponiéndose a sus tendones, a sus nervios, en un amanecer turbio, indeciso y tenaz, sin alcanzar al cerebro en reposo, a los pulmones sin aire, a los ojos cerrados. La increada visión vagaba sobre él mezclando terrores y esperanzas de manera atávica, informe e imprecisa.

Las fieras enmudecían en un final de ahogo, y el sueño regresaba al corral, tranquilizando los caballos.

Junto al árbol, la parturienta velaba sobre sí misma, aguardando el avance. Sentía ensanchados sus caminos secretos en una sensación familiar y sacaba fuerzas para ayudar a realizarse el mundo oculto que se movía, desgarrándola. En los intervalos, rendida de fatiga, tuvo ligeros sueños donde corrían arroyos y se entreabrían granadas. Entre un esfuerzo y otro cantaban los gallos.

La sucia luz que antecede al sol reveló los alrededores. Surgía la espaciosa nave cercana, unida al corral por una rampa de cemento, y dejaba ver un afilado gancho del matadero. La yegua no entendió todavía.

Iba a enterarse por el hombre, vestido de rojo por las continuadas salpicaduras. El matarife ató una soga al primer pescuezo y tiró delante. Las patas flacas, inseguras por el hambre, subieron la rampa. A su llegada arriba, todavía enredado al último ensueño, el caballo recibió en el pecho el golpe del cuchillo, desplomándose entre convulsos pataleos.

Con su caída se presintió el banquete de los caimanes y cocodrilos disputándose las vísceras; su carne y los huesos repartidos a los carnívoros: leones, tigres, zorras, ocelotes, leopardos, hienas, lobos, perros del Cabo, binturones... A las garras de las tiñosas y carairas.

Un camino de sangre de caballo iba del matadero a los laboratorios, en larga fila de matraces ahítos. Estiércol e intestinos abonaban los campos. El cuero, las crines, los cascos, cumplían también. Con todo se ligaban.

La muerte entrevista echó al suelo a la yegua, que olió con la cercana sangre del matadero su otra sangre naciente. De costado, temblándole la pata levantada, recibía al hijo.

De su cuerpo surgió un caballito desgarbado, resbaladizo. La atadura umbilical gruesa y sanguinolenta era un colgajo de su pasado que le unía al mundo placentario. La yegua lo cortó con sus dientes, devorándolo como al resto del manto, en acción atávica que ayudaría a las ubres.

Grotesca y torpe, su cría consiguió levantarse, tambaleando. La madre abrió sus patas en un ofrecimiento de pobreza.

El potrillo aceptó sin miedo.

La llamada

ROBERTO G. FERNÁNDEZ

A Margarita Sánchez y Loly Espino

SENTADOS EN AQUELLA INMACULADA SALITA en torno al teléfono, tal como si fuera un santo en vela, se encontraba toda la familia reunida. Raúl, el mayor, ya había arreglado su amplificador para conectarlo al receptor. Marta, la niña, afanosamente probaba su grabadora de pilas. Don Jesús, fumándose un tabaco, no dejaba de pensar en los $50 que le habría de costar la llamada. Claro que no expresaba su opinión por respeto o miedo a su mujer; ¡Clara era tan apegada a su familia!, y ya hacía cinco años que no hablaban. Mientras sucedía esta escena en la salita, Clara y su hermana María repasaban la lista de preguntas para así no perder tiempo cuando le concedieran la deseada comunicación inalámbrica.

El rico aroma de café recién colado comenzaba a difundirse por la salita a través de la ventana del comedor, cuando sonó el aparato. Clara desaforadamente se lanzó de la cocina a la sala, tan sólo para encontrarse que era un número equivocado. Don Jesús, ya nervioso, mascaba el cabo del tabaco. Los muchachos volvieron a sus sitios.

Pasaron tres largas horas cuando al fin se oyeron por el amplificador cinco timbrazos; y al descolgar se escuchó la suave voz de la operadora, quien anunciaba la llamada y preguntaba su habitual: "¿Están dispuestos a pagarla...?"

–Sí, dile que ya les mandé las medicinas para la artritis.

—¿Cómo? No se oye nada. Habla más alto, que hay mucha estática.

—El que se murió fue "Panchito", el del kiosco de la Calzada.

—¡No me digas! Bueno, pero ya estaba cañengo, y eso de quedarse para hueso viejo... ¿Y de Cuca qué me cuentas?

—¿Hay frío por allá? Aquí este año no hemos tenido casi ni invierno. Albertico está becado en Bulgaria. Estudiando leyes.

—¿Quieres hablar con Jesús?

—¿Qué...? El que se murió fue Panchito, el del kiosco de la Calzada.

—Habla más alto, que no se oye nada.

—Mándame la pieza de la máquina de coser, que aquí no se consigue. Es Elna, así que mándamela por Suiza. ¿Y los muchachos?

—Aquí están, ahora te van a hablar.

—¡Cómo le ha cambiado la voz a Raulito!

—Bueno, y qué tú esperas, si ya tiene dieciocho.

("Clara, corta que no vamos a tener dinero para pagarla." "Cállate, Jesús, no seas impertinente.")

—¿Y del asunto aquel que te dije? El del canario de la jaula color oro.

—¿Sabes quién se fue por Mallorca? Luisito del Valle.

—¡No me digas! Ya tengo que cortar, pues esto no es allá y aquí sí que hay que trabajar muy duro.

—¿Y de Cuca qué me cuentas?

—El que se murió fue Panchito, el del kiosco...

—No se oye nada. Habla más alto.

—Aquí este año no hemos tenido casi ni invierno...

—María, ¿tú te acuerdas si le pregunté si sabían algo de Cuca?

Los heridos

REINALDO ARENAS

ESTA MAÑANA, antes de levantarme, todas las tristezas eran lilas. Luego alzó un poco más la cabeza, y las tristezas fueron azules; pero se inclinó más, casi sentándose en la cama, y entonces las tristezas se revistieron de un amarillo violento. Por fin se incorporó; abrió de golpe la ventana de cristales tricolores, y todas las tristezas se mostraron en su pigmentación natural: la calle de un desarrapado color gris; los pinos, siempre indecisos, mostrando su verde negrura; los edificios hiriéndole con su rojo reciente; y el cielo, con su fachada obstinadamente azul.

A la media hora caminó hasta el baño.

Y se lavó los dientes.

Más tarde ya estaba vestido. Entonces fue a la ventana, y la cerró. Observando por el triángulo más bajo del cristal vio cruzar por la acera a una mujer morada, llevando en brazos a un niño morado que apenas si destacaba contra las fachadas moradas de los edificios.

Al cumplirse una hora exacta de estar parado junto a la ventana fue hasta el único sillón del cuarto.

Y se sentó.

—Los días pasan como perros muy flacos que no van a ninguna parte —dijo en voz alta, y pensó anotarlo para un libro que había planeado escribir. Pero no lo hizo.

En realidad, desde el día en que se encerró en su cuarto, y no respondió cuando la madre lo llamó a comer, y dijo luego, a gritos, que prefería morirse de hambre, pero que no volvería a trabajar más nunca *porque esto yo no lo resisto. Porque ya no hay quien aguante este infierno, porque cada día me aprietan más. Y aún después de uno estar asfixiado lo van a seguir apretando para ver lo que pueden sacar; por ahora hasta quieren que yo sea miliciano; y que haga guardias; y que trabaje mil horas; y que ingrese en una brigada de trabajo productivo; y que me vuelva un buey prieto. Y que estalle. Porque yo...* desde entonces había decidido empezar a escribir un libro. Y ahora hacía un mes que no iba al trabajo, y todavía los papeles estaban en blanco, y la máquina de escribir, con el forro encima, reposaba como un perro al sol en una esquina del cuarto.

Al cumplirse la primera semana de su encierro, cuando las grandes amenazas de la madre se redujeron a lloriqueos muy ñoños que casi no le molestaban, Reinaldo bajó de su cuarto, y se paró en la puerta de la cocina, mirando la mata de fruta bomba que florecía junto a la tapia del patio. La madre no desperdició tiempo: con verdadera habilidad desplegó sobre la mesa el contenido del refrigerador y el de las ollas. Y le dijo: "Come". Y lloraba.

El se sentó a la mesa. Probó la sopa, y aunque se quemó la lengua siguió comiendo. Y pensó que en cuanto terminara con la comida se encerraría en su cuarto y comenzaría a trabajar en el libro. Y aunque, efectivamente, terminó con la comida y se encerró en el cuarto, no pudo escribir nada.

Pero desde entonces bajaba a la cocina tres veces al día, en cuanto su madre lo llamaba. Y ya antes de antier, después de haberse despertado, solamente había permanecido tres horas en la cama, hasta incorporarse y mirar las tristezas por los cristales de colores. Y luego llegó hasta el baño y se lavó los dientes. Y antier, después de haberse despertado, sólo estuvo dos horas en la cama, y contempló las tristezas por una hora, y hasta abrió la ventana. Ayer permaneció una hora en la cama luego de haberse despertado, y miró las tristezas nada más que por media hora, y después se lavó los dientes y hasta tomó un baño tibio; por la tarde bajó a la calle y caminó hacia la playa.

Frente al mar estuvo Reinaldo toda la tarde, mirando las olas rodar como grandes gaviotas muertas que se deshacían en la orilla. Por último empleó un largo rato en contemplar el sol que comenzaba a sumergirse en el mar. Así le fue cayendo la noche.

—La soledad pulula hasta en los mínimos gajos de los eucaliptos —dijo entonces en voz alta. Y pensó que esa frase era digna de anotarse para el libro que planeaba escribir. Pero encima no llevaba lápiz ni papel, y decidió anotarla cuando llegara a la casa.

Cuando las sombras eran casi palpables y el mar no era más que un vacío sonoro y negruzco, echó a andar. Pero no fue para la casa. Caminó por la calle mal iluminada; tomó una guagua *donde las mujeres provistas de carteras de dimensiones increíbles no cesaron de atropellarme,* y se bajó frente al teatro Amadeo Roldán, donde un grupo de cantantes checoslovacos ofrecía un recital.

Como aún le quedaba casi todo el sueldo del mes sacó entrada para platea. Y entró en el salón cuando apagaban las luces. Guiándose por el resplandor de dos bombillas azules que se debatían en la última bóveda del teatro, localizó un asiento y se sentó.

De pronto, cuando el espectáculo hacía rato que había comenzado y una de las cantantes checas, con una indumentaria brillante, interpretaba una canción popular española, sintió, como quien descubre un dolor insospechado, que le resultaba completamente imposible seguir viviendo. *No, no sentí eso; era algo más; así mientras aquella gruesa checoslovaca, envuelta en un traje de lamé, se deslizaba como una ballena brillante por todo el escenario, apretando el micrófono como un arma de las más violentas, bañada en un sudor que por desgracia no era sangre y repitiendo "Don Quijote", "Don Quijote", con interminables balidos, sentí, no que no podía seguir viviendo, sino que tenía que morir al momento; pero al momento: sin un instante de tregua, sin esperar por razonamientos ni consuelos. Eso sentí, y era como si de pronto hubiera descubierto que se me caían los brazos y ni siquiera sentía dolor...* Pero siguió sentado, disfrutando del espectáculo, y solamente al final se puso de pie sin aplaudir, y se marchó.

Y ahora estaba sentado en el sillón, con los pies depositados sobre la cama, y repasaba con calma aquel acontecimiento, sin esforzarse por buscar una explicación; luego dejó de pensar, se reclinó más en el asiento, y cerró los ojos. Y como en el resto del día no le sucedió nada de importancia, en seguida se hizo de noche. Y al instante ya estaban resonando las primeras fanfarrias de la madrugada.

Fue entonces cuando le pareció oír que alguien golpeaba con insistencia la puerta de la calle. Contuvo la respiración y escuchó: no cabía duda, alguien llamaba con urgencia. Al momento se puso de pie; bajó corriendo, pero en silencio, las escaleras del cuarto; cruzó como un bólido por la sala (ya en ese momento los golpes retumbaban con mayor insistencia, aunque no parecían ser producidos por una mano, sino por algo más pesado y blando) y abrió la puerta. En ese instante el herido se desplomaba y caía a sus pies.

No sin esfuerzos lo fue introduciendo en la sala; luego cerró la puerta. Apoyándolo sobre sus hombros lo hizo subir las escaleras y lo introdujo en su cuarto. Con mucho cuidado lo instaló en la cama. Entonces prendió la luz y lo observó: las heridas no provenían de ningún arma de fuego; tampoco eran puñaladas; tal parecía como si alguien lo hubiera arañado en forma profunda y con uñas desproporcionadas.

Toda la cara estaba surcada por esos hondos rasguños, y la sangre, deslizándose por los bordes de los labios, se derramaba ya sobre las sábanas. Con cuidado le abrió la camisa y pudo ver que en el lado del pecho, donde más o menos suponía que estaba el corazón, la herida (o el desgarramiento) se hacía más profunda y la sangre casi borboteaba.

—No te vas a morir —dijo Reinaldo en voz alta y para sí mismo.

Y comenzó a desnudarlo. Luego trajo agua del baño y lavó las heridas con la mejor manera que su inexperiencia le permitía. Y trató de contener la sangre con todos los pañuelos y calzoncillos limpios. Cuando le pareció que la sangre casi no brotaba, bajó por esparadrapo y alcohol; también trajo un pomo, casi vacío, con agua oxigenada. Retiró todos los pañuelos y calzoncillos empapados, los tiró en el lavabo y vació en las heridas toda el agua oxigenada que al momento formó espumas como si estuviese hirviendo; y vendó todas las heridas. Fatigado, se quedó inmóvil frente a la cama y contempló al herido por unos instantes: era casi un muchacho. Luego lo cubrió hasta los hombros con la sábana. Al momento bajó a la sala, y con el trapeador limpió las manchas de sangre del piso y de la escalera. Al rato ya estaba otra vez junto al herido que se quejaba débilmente. Fue por agua y le humedeció los labios. Al poner el vaso en el suelo descubrió la ropa del herido, junto a sus pies. Con cierta inquietud comenzó a registrar en los bolsillos; en el primero encontró un fajo de billetes, "setenta y siete pesos", y los volvió a colocar en su sitio (en realidad eran ochenta); en el segundo bolsillo registrado sólo encontró una caja de cigarros Populares y un peine, "no trae fósforos", dijo, y volvió a guardar los cigarros y el peine; cuando sus dedos registraban el último bolsillo tropezaron con un cartón plastificado, casi sin mirarlo comprendió que se trataba de un carnet de alguna asociación sindical; colocándolo a la altura de sus ojos empezó a leer: el herido se llamaba Reinaldo. Terminando de leer colocó el carnet en su sitio; guardó la ropa, y arrastrando el sillón junto a la cama donde respiraba con fatiga el herido, se sentó. Con un gesto de apreciable ternura le puso una mano en la cara.

—También tenemos la misma edad —dijo luego, con tranquilidad insuperable.

Al otro día todavía estaba sentado junto al herido, que ahora se debatía con quejidos muy breves que casi no eran más que respiraciones frustradas. Entonces oyó que tocaban a la puerta (tocaban y trataban de abrir a la vez).

—Qué quieres —dijo, pues estaba seguro que se trataba de su madre.

—Abre —contestó ella, siempre tratando de abrir—, que tengo que recoger la ropa sucia.

—Yo te la bajo en seguida —contestó Reinaldo.

—Abre —dijo la madre, y trataba de abrir la puerta, ahora con mayor violencia.

—¡No me fastidies! —le gritó el hijo (ésa era la frase que usaba cuando quería concluir una guerra con su madre) y fue hasta el baño por agua para el herido.

La madre bajó las escaleras, refunfuñando.

Al rato Reinaldo recogió la ropa sucia y bajó a desayunar, antes le había pasado llave a su cuarto.

—Aquí está la ropa —dijo a la madre. Y se sentó a la mesa.

La madre le sirvió el desayuno y lo miró un rato "con sus ojos de vaca cansada", pensó él, luego se marchó de la cocina. Reinaldo se echó entonces el pan en el bolsillo y vertió el café con leche en la botella; procurando que la madre no lo viera, subió hasta el cuarto. Allí trató, con notable paciencia, que el herido se tomara su desayuno; pero el café con leche, apenas llegaba a la garganta, subía hasta los labios y se derramaba sobre la almohada. Reinaldo siguió insistiendo y por un momento se convenció de que el herido había ingerido algunos sorbos. El resto del día lo pasó junto a él y hubo un instante en que el herido abrió los ojos y le sonrió. Reinaldo trató de saludarlo, pero el herido ya bajaba los párpados.

Terminaba la tarde, y el resplandor del sol, fragmentándose contra los cristales de la ventana, bañaba a los dos Reinaldos con su halo azul, violeta y amarillo violento.

Con los primeros escarceos de la noche se oyó el golpear de la madre contra la puerta del cuarto.

—Estoy dormido —dijo entonces Reinaldo, con furia mal disimulada.

La madre bajó las escaleras maldiciendo.

Pero a la media noche, cuando Reinaldo casi dormitaba frente al herido, la madre volvió a insistir; ahora trataba de abrir la puerta con la llave de su cuarto. Reinaldo no contestó, pero, con una mezcla de rabia y angustia, pensó que era necesario trasladar al herido.

—Pero no te voy a dejar morir —dijo.

A la mañana siguiente bajó a desayunar. Mientras se comía el pan con mantequilla advirtió que la madre lo iba a abordar con alguna queja; entonces gruñó fuerte, de modo que todas las migas de pan salieron de su boca y se esparcieron por la mesa. La madre fue hasta el refrigerador, y le sirvió un vaso de agua; luego desapareció. Reinaldo realizó con el pan y el café con leche la misma operación que el día anterior. Y se fue rumbo a su cuarto. Allí estaba la madre, forcejeando con la puerta.

—¿Se te ha perdido algún tesoro? —le dijo, con ironía rabiosa.

—Tengo que limpiar ese cuarto —respondió la madre.

—No te preocupes —dijo él—, yo lo sé limpiar.

Con habilidad abrió la puerta, entró y cerró en las narices de su madre que lanzó un bramido; pero él no le permitió a sus oídos que lo escuchasen. Comenzó a darle el café con leche al herido, y observó, con alegría, que el vaso se iba quedando vacío. Luego se sentó junto a él y esperó la noche.

Era el tercer día que no dormía, y su cara se había puesto tan pálida que se destacaba en la oscuridad como un pañuelo que flotase. A la media noche cabeceaba tratando de dominar el sueño; luego se bañó la cara y empezó a caminar de una a otra esquina del cuarto.

–No me voy a dormir –dijo en voz alta.

Pero a la madrugada, cuando un retazo de viento frío, deslizándose por entre las persianas del baño, le rozó el cuello, Reinaldo trasladó cuidadosamente al herido hasta un lado de la cama y se acostó junto a él.

Con la misma sábana quedaron arrebujados.

No era la mañana cuando Reinaldo sintió que algo golpeaba en los cristales de la ventana. Con rapidez se levantó, y caminando hasta la ventana, atisbó desde los cristales; casi con resignación descubrió la procedencia del ruido: era la madre que colocando una escalera junto a la alta ventana del cuarto empezaba a ascender con movimientos de tortuga desequilibrada. Reinaldo abrió la ventana y contempló por un momento a la madre que resollaba fatigada mientras buscaba apoyo en un travesaño.

–¡Ya esto es el colmo! –dijo Reinaldo, con una tranquilidad que aterraba.

La madre, en aquella penosa situación de lagarto a medio ascenso, levantó los ojos y por un momento quedó desconcertada; pero en seguida descendió, y sentándose en el primer travesaño de la escalera, comenzó a sollozar; junto con los sollozos también revolvía unos quejidos muy altos, como si la estuviesen golpeando; y esparcía una mala palabra. El quejido era siempre el mismo, pero la palabra variaba, siendo sustituida por otra de más elevado calibre, como si fuese escogida con cuidado de entre un repertorio infinito.

Reinaldo cerró la ventana y se sentó junto al herido.

–Ahora sí que tengo que sacarte de este cuarto –dijo en voz alta, mientras le pasaba una mano por el cuello. Y al momento notó que la mano estaba tibia. El herido desarrollaba una fiebre muy alta.

A medida que avanzaba el día, la fiebre también avanzaba. Al atardecer el herido apenas si respiraba y parecía disolverse en sudores y quejidos mínimos.

Reinaldo caminaba de uno a otro lado del cuarto, vigilando la ventana, tocando al herido, obligándolo a beber un agua donde había disuelto todas las pastillas que encontró a mano. Esperaba la oportunidad para trasladarlo hasta un sitio donde la madre no lo descubriera. Mientras tanto, descubría, siempre con un terror renovado, que el herido se agravaba.

Oscureciendo tocó la madre a la puerta del cuarto.

–Es que no vas a comer –chilló.

–Tráeme todas las pastillas que encuentres en el botiquín –dijo Reinaldo. Estoy grave.

–¡Virgen santísima! –bramó la madre, junto a la puerta cerrada–. Mejor será que vaya por un médico.

–Si traes un médico me ahorco –dijo Reinaldo, con una sinceridad que detenía.

–¡Virgen santísima! –bramó la madre, pero no agregó más. Y bajó las escaleras.

A los pocos segundos golpeaba de nuevo en la puerta.

–Aquí están las pastillas –dijo.

–Trae acá –dijo el hijo, abriendo la puerta, tomando el frasco de las pastillas y encerrándose de nuevo con una habilidad increíble.

–Y qué es lo que tienes –oyó que decía la madre, todavía apostada junto a la puerta.

–Nada –le respondió.

Echó las pastillas dentro de un vaso con agua y lo llevó a los labios del herido que parecía dormitar. Luego se sentó junto a la cama y se quedó contemplándolo hasta la medianoche.

Entonces, lo fue envolviendo en las sábanas con especial esmero.

Cuando el herido estuvo completamente arropado, Reinaldo bajó con él en brazos hasta la sala. Todo era un gran silencio. Reinaldo depositó al herido en el piso. Abrió la puerta de la cocina y salió con él al patio. Allí colocó a aquel largo envoltorio blanco sobre la yerba ya empapada; tomó la escalera de madera (la que había utilizado la madre para su ascenso), afirmó un extremo sobre el alero, y comenzó a escalar la casa con el herido en brazos, realizando equilibrios fantásticos. En la oscuridad, la silueta de Reinaldo, ascendiendo por la empinada escalera, con aquella envoltura larga y blanca que casi parecía flotar entre las sombras, semejaba la ilustración de un libro de cuentos fantásticos. Por fin llegó al techo. Con el herido en brazos se fue deslizando por las tejas que crujían y se hacían añicos; así llegó hasta un costado de la casa, donde el techo iba descendiendo hasta formar una canal en la que se habían acumulado todas las hojas que caían sobre las tejas. Sobre esas hojas depositó Reinaldo al herido y con ellas lo fue camuflageando. Al poco rato, sólo se divisaba entre las canales la camada de hojas de siempre junto a un muchacho increíblemente delgado que parecía manejarlas sin interés.

A la mañana, cuando la madre tocó a la puerta, Reinaldo, desde la cama, le gritó: "abre"; la madre entró, con cara y pasos azorados; y cuando él le dijo, con infinita calma, "qué quieres", ella se sintió desconcertada y hasta dijo "nada", y, aturdida, entró en el baño; pero allí encontró algo a qué asir sus lamentos y réplicas. "Qué horror", dijo, y ahora exhibía en una mano los calzoncillos y pañuelos entintados de sangre que él había olvidado esconder. "Qué horror", volvió a decir, ahora con un gesto de compasión, mientras salía del cuarto. Reinaldo pensó que lo mejor sería estrangularla. Pero en cuento estuvo solo abrió los cristales de colores, y, encaramándose sobre la ventana, se aferró a los bordes del alero y trepó al techo. El resto del día lo pasó bajando y subiendo; llevando con pericia notable litros de leche y platos de comida, grandes cantidades de vendas, frascos con jarabes y pastillas y otros medicamentos. A la media noche se tiró junto a aquel abultado montón de hojas ya húmedas, y mirando al cielo se quedó dormido. Pero a la madrugada el golpear, ya incesante, de un aguacero le hizo abrir los ojos; todavía medio dormido miró a lo alto como queriendo decir "no puede ser"; y corrió hasta su cuarto, entrando por la ventana. Pertrechándose con todas las sábanas y frazadas, volvió a encaramarse en el techo. Al momento ya abrigaba al herido con las indumentarias de la cama. Él se quedó a su lado y dejó que la lluvia lo fuera calando.

—Así estás más seguro —dijo—. De un momento a otro tiene que escampar.

Pero el aguacero no solamente continuó, sino que fue arreciando hasta convertirse en un chorro gigantesco que ocupaba toda la bóveda del cielo. Reinaldo luchaba contra el agua, desviaba las canales y hasta trataba de construir una especie de represa con las tejas rotas para que el herido no se empapase; pero la corriente fue eliminando las hojas, los pedazos de tejas, las sábanas, y ya se deslizaba, como un arroyo furioso, en dirección al herido. Entonces Reinaldo se tiró al suelo, y pegando su cuerpo contra las canales, hizo la función de un dique; pero el aguacero siguió creciendo, y la corriente empezó a deslizarse por sobre su cuerpo. Reinaldo tomó al herido en sus brazos y lo levantó en alto. Así lo sostuvo, jadeando, hasta que los últimos goterones se fueron disolviendo en el aire.

Era la mañana. Reinaldo depositó con ternura el cuerpo del herido sobre las tejas todavía húmedas, y lo fue destapando. El herido tenía la cara muy amarilla, casi verde, y estaba tan frío que Reinaldo, con cierta angustia, lo auscultó.

—No te vas a morir —dijo.

Y corrió por sobre las tejas relucientes, haciendo equilibrios prodigiosos; saltó hasta la ventana del cuarto, y bajó a la cocina. Delante del asombro de su madre empezó a preparar un complicado cocimiento con hojas, cogidas al vuelo, de todas las matas del patio y con las pastillas que quedaban en el botiquín; también le echó dos huevos que había en el refrigerador, y un poco de yodo y leche. En cuanto aquello hirvió, despidiendo un humo azuloso y un olor indescriptible, salió con el brebaje rumbo al cuarto. El asombro de su madre hizo entonces su estallido en un pequeño chillido que él, desde luego, no escuchó. Con aquel brebaje dentro de un jarro que le abrasaba los dedos, se proyectó hacia el techo y logró asirse a las tejas, pero el recipiente saltó de sus manos y rodando por el techo fue a dar al suelo. Reinaldo lo vio caer sobre la yerba rastrera del patio mientras su contenido se dispersaba en el aire. En seguida corrió hasta el herido y lo observó por un momento: el muchacho estaba agonizando.

Corriendo bajó Reinaldo hasta la cocina, y delante del asombro de su madre, que ahora estalló en cuanto él hizo su llegada, preparó otro brebaje más complejo; y con más éxito escaló el tejado. Junto con enormes resuellos llegó hasta el herido que se había puesto completamente morado. "Bebe", le dijo, mientras le llevaba aquel líquido espeso a la boca. Pero el herido no bebió; permanecía muy quieto, con los labios contraídos por donde se desbordaba aquel brebaje azuloso. "Bebe", repitió Reinaldo. Luego puso el jarro sobre las tejas y con gesto de contrariedad acercó sus oídos al pecho del herido. Reinaldo escuchó el trinar de dos sunsunes que hacía rato trajinaban sobre los altos gajos de los pinos. El herido estaba muerto.

En la media noche, Reinaldo descendió del techo, y salió a la calle. Caminó hasta un parque y se sentó en un banco, bajo los grandes árboles poblados de cuchicheos y de músicas (había instalaciones de radio en la mayoría de los troncos); a lo lejos cruzaba la gente, junto a las ramas bajas y los canteros. Luego caminó hasta el malecón y escuchó durante un rato el bramido del mar. A la madrugada marchó rumbo a la casa.

Con gran cuidado empezó a escalar el techo; ya arriba, caminó hasta el herido y se quedó un rato de pie, mirándolo. Luego se agachó junto a él y depositó su frente junto a la otra frente helada. En seguida se sentó, y colocando las manos sobre las rodillas miró hacia lo alto. El aire avanzaba como un cuchillo afilado, y una rana empapada saltó por encima de sus ojos. Los árboles ablentaban las primeras hojas, después del aguacero, que se esparcían sobre las tejas, rodando luego hasta las canales con un breve crujido de papel chamuscado. Una luna enorme cruzaba sin tiempo por el cielo. Luego el frescor de la madrugada lo fue invadiendo como una neblina invisible.

—Oh, Reinaldo, ya no tienes escapatoria —dijo entonces Reinaldo. Y nunca se supo a cuál de los dos se refería.

Las lágrimas empezaron a brotarle muy tibias, como las primeras gotas que ruedan por las canales después de un día abrasador.

Al tercer día de su muerte, el cuerpo del herido fue perdiendo rigidez; las carnes se pusieron blandas y de los oídos salió un agua espesa, como leche cortada. Y al atardecer unas auras sagaces que recorrían el cielo bajaron raudas y se posaron sobre las tejas de la casa. Desde la ventana de su cuarto Reinaldo las vio descender y rápidamente se encaramó en el techo y trató de ahuyentarlas con amenazas y lanzándoles pedazos de tejas. Las auras alzaron un vuelo corto y al momento volvieron a posarse junto al herido. Reinaldo corrió hasta su cuarto, tomó los periódicos que había debajo de la cama, y regresando cubrió con ellos al herido; luego, para que el viento no lo descubriese, colocó algunas tejas sobre aquella envoltura. El resto del día lo pasó junto al herido, vigilando; y cuando las auras más audaces planeaban muy cerca de su cabeza, él les lanzaba gruñidos y las amenazaba con los puños. Y hasta llegó a golpear uno de aquellos pajarracos tenuirrostros que aturdido cayó revoloteando sobre el patio de la casa donde lavaba la madre.

Así permaneció Reinaldo durante una semana, desempeñando con verdadera pasión su papel de guardián. Se había aprovisionado de una gran cantidad de latas de comida y conservas que guardaba debajo de las tejas, y solamente por la noche bajaba a su cuarto, donde dormía hasta poco antes del amanecer.

Al séptimo día de sus vigilias empezó de nuevo el aguacero; pero él no trató de cubrirse; se sentó junto al herido y comenzó a observar la lluvia que no parecía tener prisa. El herido se había ido pudriendo, y de su cuerpo brotaba un olor tan insoportable que Reinaldo pensó que podría llegar hasta la madre, y que de seguirse desarrollando inundaría todo el barrio. Por fin la lluvia fue cediendo y a la media noche había escampado. Reinaldo bajó entonces a su cuarto, estaba más fatigado que nunca, respiraba jadeando; y tenía los labios completamente morados. Caminó hasta el espejo y se contempló el rostro. Sin dejar de mirarse empezó a ensayar varias formas de sonreír. Por último fue hasta la cama y se acostó, sin quitarse la ropa todavía empapada. Sintió como si estuviese sumergiéndose en un río muy quieto que no tenía fondo. Así se fue quedando dormido.

Cuando despertó, el resplandor tricolor del sol bañaba el cuarto. Casi estaba oscureciendo. De un salto se incorporó de la cama. Abrió la ventana. Y saltó al techo.

Una gran bandada de auras trajinaba sobre las tejas, devorando al herido con una rapidez alarmante. Reinaldo fue hasta la jauría y se le abalanzó, pero ellas siguieron engullendo indiferentes, y aun cuando él las golpeaba con los pies continuaban devorando. Parecían criaturas lujuriosas que se negaran con violencia a abandonar una bacanal. Por último empezó a lanzarles pedazos de teja, a dar gritos y a tomarlas por las patas y golpearlas contra el techo. Pero ellas seguían devorando. Las más prudentes alzaban el vuelo provistas de un hueso o de una larga tripa, que como una serpentina se iba desenrollando en el aire. Aunque Reinaldo siguió espantándolas, gritándoles, pateándolas, todo fue inútil; al oscurecer, tres de aquellos pajarracos obstinados alzaron vuelo, con el último hueso del herido bien aprisionado entre sus garras. Por el cielo completamente rojizo se fueron desvaneciendo. Reinaldo los vio perderse y se quedó un rato de pie sobre el techo; su cabeza destacándose contra el resplandor del crepúsculo. Una lluvia muy fina comenzó a tamborilear sobre las altas hojas. Reinaldo caminó hasta los bordes del alero y saltó a su cuarto.

Apoyando la cara a los cristales de la ventana vio la lluvia, ahora, de colores, descendiendo hasta la calle.

–Llueve como si el cielo hubiese puesto a funcionar todas sus gárgolas. Llueve como llanto, como si todas las criaturas de lo alto se estuviesen resolviendo en lágrimas. Llueve, y el escándalo de la lluvia es un sollozo tan increíble que ni yo mismo en estos momentos podría superarlo.

Todo eso lo dijo en voz baja, y pensó que sería conveniente anotarlo para un libro que había planeado escribir.

*"Happiness is a warm gun", Cary says**

REINALDO MONTERO

Sábado 8

¿QUÉ HARÍAS SI TROPIEZAS CON UN TIPO JOVEN en la noche del sábado, y ese muchacho te dice, disculpe, pero tenemos tres niñas y nosotros somos dos, y a mí me parece que usted puede hacer de tercero, de El Tercero, me entiende?

¿Qué harías si asegura que las tres están bien, o que más bien están muy muy bien, y en definitiva nadie se ha puesto para nadie, porque las conocieron hará una hora y desde entonces andan él y un socio fuerte suyo con ellas haciendo tiempo como guagüeros adelantados, porque a donde quieren entrar es por parejas, y no acaban de tropezarse con amigo ni conocido ni nadie, y mira que han dado vueltas, por eso este muchacho se fue alante, para buscar a alguien que pareciera tipo chévere, gente sin lío, fácil, decente por lo menos, y no triple feo, te das cuenta?

¿Qué harías si te propone, un minuto, vuelvo en seguida, le digo a mi socio que se llegue, está esperando una seña al doblar de la esquina, voy hasta allí y lo llamo, para que lo vayas conociendo, o prefieres echar un ojo primero al material, podemos pasarte por delante, tú medio que te escondes y nosotros, caminando normal, sin verte, y si las niñas te caen bárbaro, sales, te plantas y saludas con aquello de descubrirnos, de toparte por casualidad con dos sociales, y si no te cuadra ninguna, no hay tema, nadie se va a ofender, está claro?

* "La felicidad es una pistola caliente", dice Cary.

¿Qué harías si llega el amigo del joven, sin necesidad de ir a hacerle señas, y con toda desenvoltura se te planta delante, y sin disimulo, a la fresca, te chequea como oficial que revisa su tropa, porque parece que es él quien debe aprobar la elección, y los muchachos, a cual más flaco, con camisas de corte parecido, cambian miradas, y entonces se te hace evidente que les llevas como quince años, pero el definitivamente más flaco de los dos, el último en llegar, te extiende la mano y pregunta cómo te llamas, para cuando ellas vengan, porque ya vienen para acá, para en cuanto aparezcan poder decirles, miren, es fulano el de la calle tal, la calle K, por ejemplo, o el hermano del amigo de Kiki el de la calle K, o el amigo del amigo, o cómo te parece que deba ser?

¿Qué harías si cuando a ellos les da por ir pronunciando rápidamente los nombres de las niñas y describiendo más rápido sus distintas figuras con detalles sobre sayas y peinados, hacen su aparición las que ellos han llamado niñas, y ocurren las presentaciones y tu bautismo como el amigo de Kiki el de K, que ellas de todas formas no conocen, y las muchachas sugieren, por qué no acabamos de entrar si ya estamos completos?

¿Qué harías si una de ellas, la de nombre con C entre Cora y Cary, la de la saya que te anunciaron con franja blanca y fondo azul, te declara igualito que su primo, el que es ingeniero, un filtro, que además toca o tocaba muy lindo la guitarra, que juega o jugaba cancha cantidad, que sabía y sigue sabiendo de asuntos de antenas como loco, y el tocaba y el jugaba te suenan a recordatorio que aclara, usted no es tan joven como nosotros, ésta no es tu liga, pero ella sigue hablando, explicando que le has traído al primo por la voz cuando dijiste tu nombre, aunque no es sólo por la voz, le parece, porque tú eres más callado, tanto, que ya se le va olvidando el sonido de esa voz que le ha llamado la atención por ser tan bonita, de verdad, como la de mi primo, no me crees?

¿Qué harías si las otras dos parejas han llegado a la puerta de lo que llaman Centro Nocturno y parece que ponen en claro su lugar en la cola, y de pronto hacen señas a Cora o Cary y a ti, que han quedado rezagados, dilucidando coincidencias y diferencias con el primo, y apúrense, sólo queda una mesa de seis, ya nos toca, todo gritado, y Cora o Cary te toma del brazo, vamos, te arrastra casi, corre, y por no verte así llevado como un niño, y por no zafar tampoco tu brazo de sus dedos juntas tu mano con su mano hasta la puerta y aún después, o no?

¿Qué harías si en lo oscuro, uno de ellos, el reflaco que te amistó con Kiki el de K, habla de los precios de las distintas botellas, y de los tragos posibles, y te hace la pregunta, a ti que eres un fiel al ron, qué pedimos?

¿Qué harías si Cary, porque en algún momento le dijeron, alcánzame los fósforos, Cary, te saca a bailar sin indagación previa y, por fortuna, porque en bailar eres peor que malísimo, es una pieza suave que tú y ella atacan con prudencia, discretamente separados al principio, sólo al principio, porque después no sabrás si fue ella o tú o la acción combinada de ella-tú quien produjo el acercamiento y algo que se va denunciando como caricias en la espalda y un beso y así?

¿Qué harías si notas que las otras parejas no se besan ni apretujan tanto como tú y ella, sino que conversan más o menos tranquilas y toman, sobre todo se sirven bastante de la botella que no es eterna, y a pedir otra, y más refrescos de los prietos para ligar, mientras Cary va susurrando, vuelves a gustarme por la voz cuando dijiste mi cielo muy bajito, tan cerca, que sentí por dentro como si la voz surgiera del fondo de mí misma, como si de siempre esa voz nombrando el cielo me hubiera crecido bien profunda, y tú sólo abrieras la boca para hacerla brotar, para que yo escuchara al fin lo que estuvo esperando surgir y no podía, o no te gusta que me ponga romántica?

¿Qué harías si los dos amigos se levantan y salen sin dejar un porqué, y las dos muchachas cuchichean y luego le dicen a Cary que van al baño, que si viene, y Cary, sí, cómo no, y te da un beso, mi vida, en seguida vuelvo, te dejo el cigarro?

¿Qué harías si se demoran y se demoran, y tanto que la ceniza tan larga, más larga que el resto del cigarro de Cary, o que fue de Cary, tuvo que caerse y mancharte la camisa, porque en vez de soplar, procuraste quitarla con la mano, y allí, bien aferrada a la tela, ves la mácula gris, y viéndola estás cuando se te para delante el que atiende las mesas, comprueba que la segunda botella expiró y pregunta, pongo otra?

¿Qué harías si uno de los muchachos vuelve, hay un taxi allá afuera, que te están esperando, no te ocupes de la cuenta, que ya ellos pagaron, dale, que te levantes rápido, o no vienes?

¿Qué harías si el taxi toma rumbo a Marianao con Cary sentada entre tus piernas, porque es ley que en el asiento de alante no pueden ir más de dos sin contar el chofer, y en el asiento de atrás, no más de tres, que con cuatro detrás pudieran ponerse tan fatales que les pare un inspector o la policía y quiera partir de todas todas al taxista, que es buena gente, y fue Cary la que quiso ser el polizón que no sabe por dónde le conducen, y para no aburrirse anda muy entretenida entre tus piernas, o prefieres que me porte bien?

¿Qué harías si llegan a un lugar descolorido, es aquí, y tampoco permiten que pagues el taxi, silencio, y penetran por un pasillo entre dos casas donde Cary te toma de la mano, cuidado, y a cada rato tú y ella se detienen, no se ve nada, sobre todo en los ángulos más cortantes de ese pasillo-laberinto, ya estamos llegando, para besarse, no me vas a decir más mi cielo?

¿Qué harías si entras a un cuarto muy bien arreglado, con dos ventiladores, un equipo radio-tocadiscos-grabadora, un sofá esquinado, dos butacones, barcito con botellas exóticas, otro butacón ancho, y el más flaco de los muchachos pone música, luz rojiza, más definitivamente roja que la del Centro Nocturno, que se sienta como en su casa el amigo de Kiki el de K, y ves que los dos se quitan la camisa, sacan una botella, la número tres, mientras Cary te hace acomodar en el sofá, se descalza, sube los pies, quieres quitarte la camisa?

¿Qué harías si Cary te susurra, ven, pero no te toma de la mano, hace señas con el dedito, ven, y la ruta de Cary atraviesa una puerta disimulada en la pared, penetra en un cuarto que ni sospechabas, donde se abraza una de las parejas, la otra quedó en la habitación que imaginaste única, y tienes que pasar muy cerca del abrazo con ropas colgando en el cuarto recién descubierto, y te apresuras, no porque las ropas que cuelgan sean cada vez menos, sino porque Cary desde una puerta que acaba de abrir, donde parece que comienza otra habitación, mueve su dedito y ruega en susurro, no vas a venir?

¿Qué harías si Cary está absolutamente desnuda al borde de una cama lo suficientemente ancha para que sea enorme, en el cuarto tercero, un cuarto que es cama nada más, sin otros muebles, con un clóset, o algo que pudiera ser clóset, que va de lado a lado, y sobre el piso, todo el azul y blanco de saya y blusa y blumers y ajustadores, y escuchas la voz de Cary rumorando en inglés algo que apenas se entiende, porque ella pronuncia muy raro una canción de por sí rara donde se nombra varias veces a una madre superiora y que la felicidad tiene que ver no se sabe cómo con pistolas calientes, o no has logrado todavía descifrarla?

¿Qué harías si al rato entra una de las llamadas niñas con un batón tirado por los hombros, entra sin tocar, sin anunciarse, sin dar tiempo a que te cubras, aunque de todas formas no hay sábana para taparse, y la sobrecama es un bulto pardusco en una esquina, y esa muchacha, sin ocuparse en mirar, o haciéndose la que no le preocupa en lo más mínimo mirar, recuerda a Cary lo de alcanzar aquello cuando venga quien ella sabe, nosotros nos vamos para ir adelantando, que Cary no se demore, y ya en retirada la muchacha te observa sin recato, sin sorpresa, sin deseo, y guiña un ojo a Cary, y antes de que al fin se vaya, vuelve con lo mismo, no se te va a olvidar?

¿Qué harías, Romero, si después de duchados en un baño que se dejó descubrir en una de las puertas de lo que tú diste por clóset, si después de vestidos, ella dice, te voy a preparar algo rico para que desayunemos fuerte, y quedas solo en la habitación, y sospechas por la forma del silencio, tú que eres un experto catador de silencios, que Cary y tú están solos en ese sitio de cuartos, y por simple curiosidad abres una de las puertas de lo que debiera ser clóset y es otra habitación, y ves, los ves, televisores, radio-tocadiscos-grabadoras, ventiladores, rollos de tela, pitusas, ropa varia, todo en sus cajas o bolsas de nailon sin abrir, te parece, y es tanto el abarrote y la variedad que no puedes pasar la vista con cuidado por todo aquel espacio, y cuando sientes una mirada en la espalda y te vuelves, Cary sonríe, te mira a los ojos, sonríe mirándote, y dice, por favor, son dos jabas, ésas, pesan un poco, sólo es llevarlas hasta el taxi, un Lada verde que dice en el cristal de una ventanilla it's a mustang, y regresa con el sobre que te den, anda, ya deben estar cansados de esperar, llevan como diez minutos, y se acerca, y te besa hasta el colmo, vas a hacerme el favor en lo que preparo cositas ricas?

Kid Bururú y los caníbales

Mirta Yáñez

Para Sergio Baroni

Empecé a cumplir los cuarenta años apenas unos segundos después de las doce, con el sonido peculiar de la tecla de la grabadora. Muy bajo, para que los niños no se despertaran, se escuchó *Strawberry Fields Forever* que inundaba la habitación, las sábanas y todos los recovecos que tiene uno por dentro.

–Éste es el primero de mis regalos –dijo Marcelo.

En la madrugada me despertó otro ruido conocido. Marcelo estaba fajándose con el automóvil, tratando de echarlo a andar. La ventana abierta me permitía ver, desde la cama, cómo se manchaba la inmaculada bata con la grasa sucia del motor. A esa visión descorazonadora, se superponía la de los niños, de pie en mi puerta, con una rigidez artificial y cómica, cantando *Las mañanitas.*

–Toda la tropa de pie y en guagua hoy –gritó Marcelo, al tiempo que pasaba como una tromba marina por el pasillo. Se detuvo un momento y preguntó:

–Me llevo a los niños, ¿y tú qué vas a hacer con el día libre?

Me rompí el cerebro pensando.

–Entrevistar a una tribu de caníbales, componer una oda, viajar hasta Marte –contesté finalmente.

Marcelo movió la cabeza de izquierda a derecha con aire incrédulo y dijo:

–Bueno, pero regresa temprano.

Cuando se fueron, recogí las colillas que se habían acumulado en el cenicero durante la noche y las eché al cesto, tendí la cama y luego me puse un pulóver y un *blue jean* que daban la impresión de haber resistido, por lo menos, desde la primera Guerra Mundial. Me asomé a mirar la calle. Vi un sol flojo y unas nubes que transitaban con aspecto ocioso y dulce, así que lo medité un poco y decidí hacer un recorrido especial: de arriba abajo, desde el paradero hasta su terminal, la ruta completa de la guagua *diecinueve.* Todos los años de estudiante, el primer amor, las visitas a la abuela en la calle Reina, la Cinemateca, el matrimonio con Enriquito, la carrera, el trabajo en el hospital, mi vieja vida subiendo y bajando de la guagua *diecinueve.*

Hasta la primera parada fue una buena caminata. La había hecho otras veces. Uf, hoy me acompañaban veintidós rayitas alrededor de los ojos (patas de gallina en lenguaje franco), que en aquel entonces no tenía. El inventario se completa con unas libras de más y varias caries. Pero lo inquietante era la falta de aire. Así que ésa fue la pregunta formal número uno que me hice, mientras esperaba la llegada de la guagua: ¿cuánto cambia uno a la vuelta de algunos años? La vez que murió el gato Robin pensé que había tenido conciencia del día exacto en que terminó mi juventud. Me empezaba ya a preocupar cómo descubrir a tiempo la primera jornada de la vejez.

La guagua también había cambiado lo suyo. Ahora era un carro azul, recién pintado y con los guardafangos relucientes. Tenía un aire resistente, aunque confieso que prefería las otras, aquellos cacharros que parecía que se iban a desarmar de un momento a otro, con las ventanillas rotas, goteras y un ruido pavoroso que escapaba de sus entrañas. Las antiguas *diecinueves* de mi adolescencia tenían algo vivo. Cuando asomaban la parte delantera por la calle Zapata, siempre se me figuraba el hocico cauteloso de un animal antediluviano. Quizás, como ellos, hayan ido a parar a algún osario secreto después de tanto zarandear por las calles de La Habana.

Me senté junto a la ventanilla de la derecha, en la última fila. Tuve algunas dudas, mas por fin me incliné por la derecha. Ya se verá por qué. Después que sale del paradero, lo primero que llama la atención es la Ciudad Deportiva y la Fuente Luminosa. Me quedaron a la izquierda, y por eso tuve que estirar un poco el cuello para ver a los muchachos, con sus *shorts* y los monos azules de entrenamiento, corriendo por la pista y, más allá, a la parejita que enamoraba en el *Bidel de Paulina.* Ya ni me acuerdo quién habrá sido Paulina, pero me imagino que haya tenido un trasero lo suficientemente meritorio como para que la fuente se ganara ese apodo. Son cerca de las once de la mañana y tuve que reprimir el deseo de encender un cigarro que me llegó con la primera avalancha de recuerdos. Tal vez fuera por la quietud y el frescor del aire que me acordé de las madrugadas preparando los exámenes de la carrera, con toneladas de café, cigarros y galletas con mantequilla. Anoté mentalmente que no velaba una madrugada con el intelecto funcionando a millón. Otro mal síntoma, me dije.

Los viajeros de este primer trayecto suelen ser muy tranquilos. Les observé las caras y me puse a jugar a las adivinanzas: deportistas, enfermos que regresan de la consulta en el Hospital Clínico Quirúrgico, viejitas en sus visitas de rutina al cementerio. Llena o vacía, la guagua *diecinueve* va silenciosa hasta que desemboca en el Zoológico. El parque me queda, por suerte, a mi mano derecha y puedo verlo a mi antojo, a pesar de la cerca y la vegetación. Claro, desde la calle no alcanza la vista hasta la jaula de los leones, pero si me pongo dichosa pudiera distinguir algún ruido sobre el runrún del tránsito. Embúllate, leoncito, que hoy es mi cumpleaños. La guagua disminuyó la velocidad y frenó por fin en la parada del parque. Sólo entonces me llegó el inconfundible sonido del ronquido desvelado, peligroso. Dejé que me asustara un poco, como en aquella noche iniciática que dormí con Pavel y los leones nos despertaron antes del amanecer.

A partir de ahí, la *diecinueve* se llenó de niños y también de la muchachada joven que iba camino de la Universidad. Un grupo de cinco o seis, tomó cuenta de mi *blue jean* desteñido y rieron por lo bajo. ¡A esa edad se sienten tan lejanos los cuarenta años! Creo que deben haber comentado el traje que seleccioné para escaparme del asilo de ancianos.

El tramo de Nuevo Vedado se reducía a un tiempo muy corto, pero refrescante, mientras dura la Avenida Veintiséis tan ancha y con esas curvas de montaña rusa. Uno de los muchachos encendió un radio portátil: entran los acordes de la trompeta (o acaso el saxo), después de los *Oh oh* alargados, hasta que irrumpe la voz del Benny que dice *Vida, si pudieras* (pausa) *vivir la feliz emoción.* ¿Me hace esa pregunta a mí? Será capaz el corazoncito todavía de latir con fuerza. Lo oigo, siento que me va a rajar el pecho, trago seis veces seguidas para no hacer un papelazo. Menos mal, menos mal.

Después la guagua cogió la calle Zapata por todo el costado del cementerio. Miré para adentro y allí me vi, en el entierro de la abuela o las tardes que iba a estudiar con Pavel en los bancos sombreados. Fulanito, Zutano, Melgarejo, leo las lápidas aprisa y casi sin advertir que repetía la costumbre de tantos años atrás.

Cerca de la esquina de 23 y 12 se apean las viejitas, y sube un montón de pasajeros muy variados. Es casi mediodía, y éstos son los que van corriendo para almorzar en la casa y regresar en dos minutos al trabajo. Allí empieza un murmullo distinto que va creciendo según la guagua atraviesa El Vedado. Éste fue siempre el barrio que más me gustaba, sobre todo los domingos, que toma un color diferente al resto de la semana. Antes de salir del Vedado, la *diecinueve* pasa por los hospitales. Poco a poco, la guagua se ha ido rellenando de calor y de gente. El viaje iba dejando de ser un paseo. Noté un cambio en los rostros. Ensimismados o con preocupación que en parte podía suponer, mostraban cierta fiebre interior que yo había olvidado. Cómo es posible que uno pierda todas las cosas que aprende cuando todavía es joven. Encerrada en el laboratorio, en la casa. ¿En cuál gaveta habré traspapelado la sensibilidad? Me condeno a unos cuantos latigazos en la psiquis por haber descuidado el recuerdo de que una vez yo estuve ahí, apretujada, con tres paquetes en cada mano, tratando de llegar a la puerta de atrás, angustiada porque se me pasaba la hora de entrada al hospital.

Inesperadamente, en la parada de G y Boyeros, se subieron dos conocidos. Hacía un milenio que no los veía, pero seguían igualitos: Víctor y Enriquito. Tuve una corazonada y me refugié detrás de los espejuelos oscuros. Por nada del mundo quería que me descubrieran. A Víctor lo conocía bien porque fuimos vecinos desde chiquitos. Sólo se le apunta una hazaña: cuando estudiábamos en segundo año,

Víctor salió con una tijera para cortarles el pelo a los pepillos en la Rampa. No tengo que añadir ningún adjetivo a la historia. El propio Víctor contaba cómo le torció el brazo a un muchachito mientras lo pelaba al rape. "Es que no se quería dejar", explicaba siempre, ésa fue la primera y la última bronca que tuvimos. Después él abandonó los estudios y se mudó. No puedo dejar de acordarme de todo eso ahora, cuando veo su larga melena rubia, que el viento le bate un poco.

A Enriquito lo conozco mejor. Estuvimos casados siete años. Iba muy elegante, de cuello y corbata, aunque fueran las doce del día y el sol rajara los adoquines. Genio y figura. Enriquito es lo que se dice un tipazo de hombre. Siempre ha tenido ese cuerpo de luchador y la cara, ni hablar. Su voz se imponía sobre la escandalera que había por el momento en la guagua. Quise mucho a Enriquito, pero fue un matrimonio sin fortuna de principio a fin. Yo sabía sus correrías y se las pasaba. Era su única manera de ganar confianza, aparentar que me engañaba con veinte a la vez. Lo que resultaba molesto es que a veces aquellas muchachas comentaban que Enriquito era grande por gusto. Por alguna razón que desconozco, no podía funcionar. Casi nunca. Su agresividad, el desfile inútil de los médicos, sus aventuras decepcionantes. Sufría mucho, y yo me sentía infeliz. Sin embargo, la crisis vino por otra cosa. Esa vez que me escogieron para trabajar dos años en Tanzania, Enriquito mostró una cara en la calle, la de Don Juan comprensivo y moderno, y otra en la casa: "No me da la gana de dejarte ir, aquí el que manda soy yo, el marido". Cuando regresé del viaje, Enriquito había terminado las gestiones del divorcio. A pesar de todo, lloramos mucho los dos.

La guagua frenó ruidosamente enfrente de la Escuela de Veterinaria y subieron dos jovencitas con un perro *poodle.* El primero en atacar fue Enriquito. Con rapidez sacó el pecho de atleta y tomó en sus brazos al perro. Parecía una galantería inocente. Víctor, un poco más rezagado en el pasillo, se abrió paso con los codos hasta quedar en mejor posición. Ninguno de los dos había cambiado mucho. Los unía una de esas amistades que se basan en el recelo. Víctor sentía hacia Enriquito una envidia bastante común, aquella que provoca alguien en quien se reconocen los propios defectos, pero que ha navegado dentro de la vida con mejor suerte. Enriquito, por su lado, con un título, una especialidad, un buen sueldo, sentía una fea pasioncilla ante el éxito conyugal de Víctor.

A la altura de Reina y Lealtad, se subió un hombre. Un negro flaco en extremo, que se movía con gestos desarticulados, esquivos. Usaba una camisa de algodón limpia y muy usada; el pantalón de batahola tenía un mapa de zurcidos en su parte posterior; los zapatos habían sufrido el peor destino, pues estaban rotos y polvorientos. Llevaba bajo el brazo uno de esos cartuchos misteriosos que nunca se sabe a derechas qué contienen, junto con un manojo de periódicos amarillentos. Cuando me encuentro con un negro de pelo tan canoso, a lo mínimo le echo doscientos años. No obstante, lo más curioso que tenía era la cara, enjuta, chupadas las mejillas, los ojos estriados de sangre, la nariz aplanada de manera brutal y una boca que daba la rara impresión de estar en carne viva. No voy a olvidar nunca aquella boca, desparramada, lo más visible en el rostro del negro porque no paraba de temblar o de abrirse. Cuando lo hacía, dejaba ver unas encías peladas y tristes.

La subida del negro fue un acontecimiento, aunque no pude precisar en ese momento de qué tipo. La primera voz que se oyó fue la del chofer. Parecía no hablar con nadie en particular. En realidad se estaba dirigiendo al negro:

—Los boxeadores son todos unos sinvergüenzas.

La reacción del negro fue instantánea. Saltó como un resorte:

—Así mismo es —chilló con un tono agudo, precipitado.

Hubo una risa general que me sorprendió. Yo también sonreí. Pensé que estaba siendo testigo de una broma mil veces repetida. No podía sospechar todavía lo que vendría más tarde.

Otro hombre intervino:

—Kid Gavilán te noqueó.

El negro empezó a mover los brazos en un espasmo y una especie de chillido salió de aquella boca:

—No es verdad.

De repente, reconocí la voz de Víctor:

—Déjate de cuentos. Kid Gavilán por poquito te mata —y soltó una carcajada áspera, dirigida con carácter especial a las jovencitas del perro *poodle*.

El negro parecía a punto de echarse a llorar:

–¡Mentira! A Kid Gavilán lo noqueé yo.

Víctor volvió a la carga:

–No metas paquetes, Kid Bururú. Los muertos no hablan.

El negro a quien Víctor había llamado Kid Bururú hizo un amago de pelea, y el regocijo de la guagua aumentó. Miré a mi alrededor con extrañeza: ¿nadie iba a parar aquello?

Atravesamos la calle Galiano y el apelotonamiento era tremendo. El sudor y el hollín habían terminado por despintar las caras de los pasajeros, apurados, intranquilos, que viajaban en la *diecinueve*. Desde la acera alguien vociferó un saludo, el perro *poodle* se puso sorpresivamente a ladrar, una sirena se dejó escuchar a lo lejos. Hubo un instante de ruido intenso y, al mismo tiempo, de calma. Kid Bururú logró sentarse en el asiento de la rueda trasera. Tenía la cabeza metida entre las rodillas y todo su aspecto era el del boxeador que espera en su esquina el toque de la campana.

Fue entonces que oí la voz de Enriquito que decía:

–Kid Gavilán te quitó la mujer.

Kid Bururú fue sacudido por un rayo. Abandonó su puesto y trató de avanzar por el pasillo. La traza de los viajeros ya no se mostraba tan risueña. La cosa estaba yendo demasiado lejos. Hubo un murmullo de desaprobación. Aunque ya nada podía detener a Enriquito que, desde su asiento, repetía como un sonsonete: "Kid Gavilán te quitó la mujer". Y después remató:

–Kid Bururú, tú no eres hombre.

El negro se abalanzó sobre Enriquito y le tiró a la mandíbula un *jab* de izquierda que fue a desperdiciarse en el vacío. Las muchachas del perrito *poodle* soltaron unos grititos con coquetería. Víctor intervino, y después de este conato de bronca bajaron de la guagua, a la fuerza, a Kid Bururú, en la parada del Parque de la Fraternidad. Allí se quedó, moviendo uno de sus puños lamentables, en tanto el otro se mantenía defensivo a nivel de la cadera, con una posición que debía recordarle sus viejas glorias en el *ring*.

Cerré los ojos porque pensé que me iba a dar un soponcio. Me reproché mi pasividad, mi silencio. Y aquí me hice otra pregunta formal: ¿acaso es inevitable que el tiempo termine por achantarnos? Levanté la vista, ya Víctor y Enriquito se apeaban de la guagua, junto con las jovencitas y el perro *poodle.* Todavía se iban riendo.

La *diecinueve* dobló hacia la Avenida del Puerto y empezó a vaciarse. Cuando menos lo esperaba, sentí el olor a petróleo y a maderas podridas, y escuché el *chas chas* del mar que golpeaba contra el muro del Malecón. La bahía me quedaba a la derecha, y fue por eso que preferí este asiento. Conocí a Marcelo en Casablanca y también nos montamos en una guagua *diecinueve.* Pero ni siquiera este recuerdo, el mejor de la lista, podía borrar la imagen de Kid Bururú.

Esa tarde hubo una fiesta en mi casa. Los invitados fueron Marcelo y los niños. Después de la comelata y el *cake,* Marcelo me preguntó:

–¿Y por fin pudiste empatarte hoy con los caníbales?

Me rasqué la nariz para darme tiempo y dije:

–Sí. Por lo menos con dos. También viajé mucho, más lejos que a Marte. Y compuse una oda a Kid Bururú.

–¿A quién?

–A Kid Bururú. Tienes que montar en guagua si quieres conocerlo.

Apocalíptica

JULIO MATAS

UNO TIENE TODO BLANCO, pelo, cara, barba. El otro es colorado. El tercero, moreno azuloso. No hago más que cerrar los ojos y ahí están, esperándome. Me hacen gestos, tratan de explicarme algo, pero nunca hablan. Parece que no pueden abrir la boca. A mí el insomnio no me importa, la verdad es que no quiero dormir, porque entonces los veo todo el tiempo. La inyección que usted me puso era únicamente para hacerme hablar y no para dormirme, ¿no me engañó?... ¿no? No tengo otros sueños. Al principio me preocupaba no entender lo que quieren decirme. Ahora lo que deseo es librarme de ellos. ¿Cree que con este viaje me han dejado en paz? No me atrevo a hacer la prueba. Me siguen a todas partes. Están sentados a una mesa cubierta de cal y herramientas de albañilería y al fondo hay una pared desportillada, con unos clavos enormes, de los que ya no existen. Una vez me pareció que se acercaba alguien por detrás, pero era sólo una sombra, quiere decir que ellos están en la luz, aunque es una luz sin sol y tampoco es luz artificial. Se ve todo lechoso, como en el cuarto que nunca se abría de mi tío el cura, que se pasaba allí las horas porque decía que le daba la idea de la eternidad.

No, por favor, no me obligue a cerrar los ojos para ver qué sucede. No podría soportarlo. Llevo ya diez días sin dormir con tal de no verlos. Diez días y cuatro países. Estoy saturado de imágenes como me recomendó el doctor Dobricki: veinticinco catedrales, dieciocho castillos, treinta hoteles, cincuenta y dos vistas espectaculares. Sospecho que están ahí, como siempre acechando. Qué razón tenía Fifina Rubal, la amiga de mi madre, cuando hablaba de otro mundo al cual ella cruzaba a cada rato como por encanto. Fifina estaba de visita, interrumpía la conversación y se ponía a hacer señas y muecas. (La tenían por chiflada, pero muy sabios consejos que la oí dar a mi madre.) Fifina decía que había hecho grandes amistades en ese mundo, gente elegantísima que se divertía de lo lindo, bailando y jugando sin molestarse nunca unos a otros. El reverso de lo que ella conocía en este mundo. Pero, fíjese, en mi caso es todo lo contrario. Veo esos seres horribles. ¿Qué querrán de mí?

Francamente, pienso que intentan hacerme daño. El accidente en que casi perdí la vida ocurrió por culpa de ellos. Es verdad que el sueño me tumbaba y que se me cerraron los ojos. Entonces ellos empezaron a indicarme a la izquierda y poco a poco me desvié hacia allá. Así fue como choqué. Y aquí me ve, cruzado de brazos. Sin brazos, debería decir. Usted se preguntará por qué tuve que obedecer. Pues ésa es la clave. *No pude resistir.* Lo más increíble es que ha sido la única vez que creí entenderlos. Imagínese lo que sería de mí si los hubiera entendido antes o después. Ahora, que si se han propuesto destruirme, no sé por qué no acabarán de hacerlo sin tanto susto y tanto rodeo. A menos que el objetivo sea nada más que la tortura.

De todos modos, ¿qué hago aquí? No vine por mi propia voluntad. Ni usted ni nadie es capaz de engañarme. Yo estaba en Parma, en casa de la De Brescia, con Toto Saint-Flour, Hans Gottlieb y Sofía Mas y después de la comida decidimos tomar el tren para Lourdes, donde me prometían una cura milagrosa. Le exijo una respuesta. ¿O es que no tiene autoridad para dármela? Estoy en Suiza, ¿verdad? Con mi desgracia he desarrollado un sexto sentido. De poco me ha servido, ¿eh? Guárdese la miradita irónica, por favor.

¿Cómo llegué aquí? ¿Quién me trajo? Siempre desconfié de ese Toto Saint-Flour que me recomendaron ver en Aquisgrán. Tiene cara de jesuita, de espía internacional. Y tampoco me gustó la De Brescia, con los ojos fanáticos de su antepasado el de la Orden del Apocalipsis.*

*Nota del informante.– Alude sin duda a Gabrino de Brescia, cuyo retrato vería en el museo de Parma. Por lo que se infiere del resto del discurso, el nombre del "Príncipe de Número Septenario", fundador de los Caballeros del Apocalipsis (y víctima del manicomio en 1694), no penetró entonces en su conciencia.

Esto es una tenebrosa intriga en que yo soy la víctima. Si me han escogido para algún experimento, le juro que ha sido contra mi voluntad. Aunque usted es quizás uno de ellos, así que mejor no hablar, pero no puedo dejar de hablar y además ahora empiezo a ver claro. Porque todo empezó aquella noche en la fiesta del consulado de Andorra. El hombre se me sentó al lado y me empezó a hablar del Anticristo y de que la hora de la lucha había llegado y como yo había bebido más de la cuenta le dije que sí, que me gustaría participar en la Cruzada. Dos días después, cuando ya ni me acordaba, recibí una llamada citándome a las siete para una reunión en el Floridita. No sé todavía cómo me comprometí. De todos modos les dije que no podía hacer mucho porque sufría desde niño un trastorno de nervios que estaba peor últimamente por lo que estaba ocurriendo. Recuerdo que se miraron con caras largas y pensé en ese momento que se habían arrepentido. Pero el hombre del consulado me dio unas palmaditas en la espalda y me dijo que ellos se encargarían de mandarme fuera para ponerme un tratamiento.

En Washington me atendía un equipo de médicos en una clínica particular. Me sentaban en el centro de un cuarto oscuro y me hablaban del mundo en una forma que yo no comprendía y que me daba a la vez miedo y felicidad. Yo no podía verles las caras, y los uniformes blancos en la sombra me hacían pensar en una compañía de espectros y en el velorio de mi tío el cura que pidió antes de morir que lo tendieran en su cuarto sin encender la luz y rodeado de hermanas de la Caridad.

En Washington asistí también a las mejores fiestas. Como yo no tenía un centavo, pues lo había perdido todo en la última intervención, las cuentas las pagaba el del consulado, que se llamaba Gabrino. Al mes de estar allí vi por primera vez a los monstruos. Estaba en una recepción de embajada hablando con el nuncio papal y cerré los ojos para evocar mejor un pueblo donde él había parado hacía años. Yo conocía bien el lugar porque estaba cerca de la finca de mi familia y cerré los ojos, como digo, y ahí estaban. Uno de ellos levantó la mano con el índice hacia arriba y dejé al nuncio boquiabierto y sin buscar el abrigo siquiera salí al vuelo de allí. Gabrino fue a mi apartamento a la otra tarde y me preguntó cómo me sentía porque tenía una misión que encomendarme. Le conté lo que había pasado, se rió y me dijo que aquello era un buen síntoma. Su actitud no me gustó nada, así que decidí jugarme el todo por el todo, alejarme de esa gente y ganarme la vida de otra manera. Con el dinerito que me quedaba de gastos menores me compré un pasaje a Nueva York.

Conseguí trabajo en una maderera en Brooklyn. El trabajo era de mucha atención y como apenas dormía porque los monstruos se me aparecían cada vez con más frecuencia y yo me empeñaba en no verlos, estaba metiendo siempre la pata. El jefe me llamó un día y yo le expliqué que padecía de insomnio y que iba a tener que consultar a un médico. El jefe se portó muy bien, me dio unos días de descanso y él mismo me llevó al Dr. Dobricki. Pienso ahora si Dobricki estaría también en el ajo (posible, probable) porque a los pocos días de la consulta Gabrino se presentó en el tugurio donde yo vivía y me dijo que parecía mentira que los hubiera abandonado así, que el momento estaba maduro y que la misión que yo realizaría me iba a hacer tanto bien que me curaría de golpe. Me miraba con ojos atravesados. Yo le planteé que tenía un nuevo tratamiento y que el Dr. Dobricki me recomendaba viajar, ver muchos sitios y que tan pronto tuviera suficiente plata ahorrada pediría permiso en el trabajo. Gabrino me reprochó mi falta de confianza y se comprometió a sufragar los gastos del viaje, rogándome que no los traicionara (¿o amenazándome?) porque ellos necesitaban mis servicios. Él se ocuparía de todo para que yo no encontrara la menor dificultad. Le dije que lo pensaría. Entonces tuve el accidente. Las piezas se van armando, ¿eh? Tuve que aceptar la propuesta de Gabrino, que me dio una lista de personas que me atenderían durante el viaje: Toto, la de Brescia, Hans, Sofía. Agentes, bien lo veo.

Usted está de acuerdo con ellos, no lo niegue. Pero si quiere saber la verdad, la conjura ha fracasado. No van a sacar nada de mí. El propósito era que los monstruos me dieran las altas instrucciones. Y si esos monstruos son, como presumo, los arcángeles, más vale que empiecen a cambiar imágenes en iglesias y breviarios. Porque si ésos son Miguel, Gabriel y Rafael, entiendo que se considere bello al demonio. Tal vez lo que veía Fifina era el infierno. Bueno, pues lo prefiero.

Vengan íncubos y súcubos, reniego de este *brainwash* celestial. Que arrase el Anticristo con todo, no acepto el papel de cruzado ni de víctima. ¿Por qué tengo que pagar yo el pato? Porque soy bobo de cuna, pobre de espíritu, ¿no? Pues se acabó, me rebelo ya. No me ponga esa inyección, por caridad, abusan de un impedido y luego dirán que es misericordia. Ésa es para dormirme. Me hablarán al fin.

El lobo, el bosque y el hombre nuevo

Senel Paz

Ismael y yo salimos del bar y nos despedimos, lo siento David, pero ya son las dos, y me quedé con aquella necesidad de conversar, de no estar solo. Ya iba a meterme en el cine cuando me arrepentí, casi llegando a la taquilla, y me pareció que mejor llamaba a Vivian, pero me arrepentí, casi llegando al teléfono, y me dije: mira, David, lo mejor-mejor es que te vayas a esperar la guagua a Coppelia, la Catedral del Helado. Y entonces... ah, Diego.

Así, la Catedral del Helado, le llamaba a este sitio un maricón amigo mío. Digo maricón con afecto y porque a él no le gustaría que lo dijera de otra manera. Tenía su teoría. "Homosexual es cuando te gustan hasta un punto y puedes controlarte –decía–, y también aquellos cuya posición social (quiero decir, política) los mantiene inhibidos hasta el punto de convertirlos en uvas secas." Me parece que lo estoy oyendo, de pie en la puerta del balcón, con la taza de té en la mano. "Pero los que son como yo, que ante la simple insinuación de un falo perdemos toda compostura, mejor dicho, nos descocamos, ésos somos maricones, David, ma-ri-co-nes, no hay más vuelta que darle."

Nos conocimos precisamente aquí, en el Coppelia, un día de esos en que uno no sabe si cuando termine la merienda va a perderse calle arriba o calle abajo. Vino hasta mi mesa, y murmurando "con permiso" se instaló en la silla de enfrente con sus bolsas, carteras, paraguas, rollos de papel y la copa de helado. Le eché una ojeada: no había que ser muy sagaz para ver de qué pata cojeaba; y habiendo chocolate, había pedido fresa. Estábamos en una de las áreas más céntricas de la heladería, tan cercana a su vez a la universidad, por lo que en cualquier momento podía vernos alguno de mis compañeros. Luego me preguntarían que quién era la damisela que me acompañaba en Coppelia, que por qué no la traía a la Beca y la presentaba. Por joder, sin mala intención, pero como nunca me defiendo tan mal ni me pongo tan nervioso como cuando soy inocente, la broma pasaría a sospecha, y si a eso se agrega que David es un poco misterioso y David cuida mucho su lenguaje, ¿lo han oído decir alguna vez "cojones, me cago en la pinga"?, y David no tiene novia desde que Vivian lo dejó, ¿lo dejó ella?, ¿y por qué lo dejó?, cualquier cálculo razonable aconsejaba dejar el helado y salir pitando, lo mismo calle arriba que calle abajo. Pero en esa época ya yo no hacía cálculos razonables, como antes, cuando de tantos cálculos por poco hago mierda mi vida... Sentí como si una vaca me lamiera el rostro. Era la mirada libidinosa del recién llegado, lo sabía, esta gente es así, y se me trancó la boca del estómago. En los pueblos pequeños los afeminados no tienen defensa, son el hazmerreír de todos y evitan exhibirse en público; pero en La Habana, había oído decir, son otra cosa, tienen sus trucos. Si cuando me volviera a mirar le soltaba un sopapo que lo tirara al suelo vomitando fresa, desde allí mismo me gritaría, bien alto para que todo el mundo lo oyera: "Ay, papi, ¿por qué? Te juro que no miré a nadie, mi cielo". Así es que, por mí, que lamiera cuanto quisiera, no iba a caer en la provocación. Y cuando comprendió que la vaciladera no le daría resultados, colocó otro bulto sobre la mesa. Sonreí para mis adentros porque me di cuenta de que se trataba de una carnada, y no estaba dispuesto a morderla. Sólo miré de reojo y vi que eran libros, ediciones extranjeras, y el de arriba-arriba, por eso mismo, por ser el de arriba, quedó al alcance de mi vista: *Seix Barral, Biblioteca Breve, Mario Vargas Llosa, La guerra del fin del mundo.* ¡Madre mía, ese libro, nada menos! Vargas Llosa era un reaccionario, hablaba mierdas de Cuba y el socialismo dondequiera que se paraba, pero yo estaba loco por leer su última novela y mírala allí: los maricones todo lo consiguen primero. "Con tu permiso, voy a guardar", dijo él e hizo desaparecer los libros en una bolsa de larguísimos tirantes que le colgaba del cuello. "Me cago en su madre –pensé–, este tipo tiene más bolsas que los canguros." "Tengo más bolsas que un canguro –dijo él con una sonrisita–. Es un material demasiado explosivo para exhibirlo en público. Nuestros policías son cultos. Pero si te interesan, te los muestro... en otro lugar." Me cambié el carnet rojo de militante de la Unión de Jóvenes Comunistas de un bolsillo a otro: que comprendiera que mis intereses de lector no creaban ninguna intimidad entre nosotros, ¿o prefería que llamara a uno de sus cultos policías? No captó para nada el mensaje. Me miró con otra sonrisita y se dedicó a recoger con la puntica de la cuchara una puntica de helado que se llevó a la puntica de la lengua: "Exquisito, ¿verdad? Es lo único que hacen bien en este país. Ahorita los rusos se antojan de que les den la receta, y habrá que dársela". ¿Por qué tiene uno que aguantarle eso a un maricón? Me llené la boca de helado y empecé a masticarlo. Dejó pasar unos segundos. "Yo a ti te conozco. Te he visto muchísimas veces paseando por ahí, con un periodiquito bajo el brazo. Chico, cómo te gusta Galiano." Silencio de mi parte. "Un amigo mío al que no se le nota nada y que también te conoce, te vio en un encuentro provincial de no me acuerdo qué y me dijo que eras de Las Villas, como Carlos Loveira." Pegó un gritico: había descubierto una fresa casi intacta en el helado. "Hoy es mi día de suerte, me encuentro maravillas." Silencio de mi parte. "Se habla de los orientales y los habaneros, pero a ustedes, los de Las Villas, les encanta ser de Las Villas. Qué bobería." Se esforzaba en montar la fresa en la cuchara, pero la fresa no se quería montar. Yo había terminado el helado y ahora no sabía cómo irme, porque ése es otro de mis problemas: no sé iniciar ni terminar una conversación, oigo todo lo que me quieran decir aunque me importe un pito. "¿Te interesó Vargas Llosa, compañero militante de la Juventud? –dijo empujando la fresa con el dedo–. ¿Lo leerías? Jamás van a publicar obras suyas aquí. Ésa que viste, su última novela, me la acaba de enviar Goytisolo de España." Y se quedó mirándome. Empecé a contar: cuando llegara a cincuenta me ponía de pie y me iba pa'l carajo. Me dejó llegar a treinta y nueve. Se llevó la cucharilla a la boca y, saboreando más la frase que la fresa, dijo: "Yo, si vas conmigo a casa y me dejas abrirte la portañuela botón por botón, te la presto, *Torvaldo*".

De haber sabido el efecto que me iban a producir sus palabras, Diego hubiera evitado aquel lance. Tocó la tecla que no se me podía tocar. La sangre me subió a la cabeza, las venas del cuello se me hincharon, sentí mareos y la vista se me nubló. Cuatro años atrás, a mi profesora de literatura en el preuniversitario, que no sólo era una profesora de literatura frustrada sino también una directora de teatro frustrada, le llegó la oportunidad de su vida cuando la escuela no alcanzó el primer lugar en la emulación interbecas por falta de trabajo cultural. Fue a ver al director y lo convenció, primero, de que a Rita y a mí nos sobraba talento histriónico, y después, de que ella podría guiarnos con mano segura en *Casa de muñecas*, una obra que, si bien extranjera, pero ya lo dijo Martí, compañero director, insértese el mundo en nuestra República, estaba libre de ponzoñas ideológicas y figuraba en el programa de estudios revisado por el Ministerio el verano pasado. El director aceptó encantado (era la oportunidad de su vida), y Rita ni se diga: su miedo escénico le impedía responder al pase de lista en clase, pero estaba secreta y perdidamente enamorada de mí. Yo, en cambio, di un no rotundo. Tenía un concepto demasiado alto de la hombría como para meterme a actor, y no tanto yo como mis compañeros. Para convencerme, el director tomó el camino más corto: me planteó el asunto como una tarea, una tarea, Álvarez David, que le sitúa la Revolución, gracias a la cual usted, hijo de campesinos paupérrimos, ha podido estudiar; el escenario principal de la lucha contra el imperialismo no está en estos momentos en una obra de teatro, déjeme decirle; está en esos países de la América Latina donde los jóvenes de su edad enfrentan a diario la represión, mientras que a usted lo que le estamos pidiendo es algo tan sencillo como interpretar un personaje de *Ibsén*. Acepté. Y no porque no me quedara más remedio. Me convenció. Tenía razón. En una semana me aprendí mi papel y también el de Rita, pues ella se tomaba tan a pecho su amor secreto por mí que se quedaba en blanco cada vez que me le acercaba. Era una de esas muchachas pálidas, indefensas, feas y por lo general huérfanas que con tanta frecuencia se enamoran de mí y de las que yo, por pena y porque no me gusta que nadie se traumatice, acabo por hacerme novio. La noche de la representación única, la misma en que Diego me descubrió y fichó para toda la vida, a su miedo escénico se sumó el nerviosismo por el público, el nerviosismo por el jurado y el nerviosismo mayor y definitivo por ser aquella la última ocasión en que estaría en mis brazos, o más bien en los de aquel tipo del siglo XIX que yo representaba en el traje concebido por la profesora de literatura. Y ya cerca del final no pudo más y se quedó muda en medio del escenario, mirándome con ojos de carnero degollado. A la profesora comenzó a faltarle el aire, al director se le partió un diente y el público cerró los ojos. Fui yo, el actor por encargo, quien no perdió la ecuanimidad en aquel momento difícil de la Patria y el Teatro. "Estás preocupada y guardas silencio, Nora", le dije acercándomele lentamente con la esperanza de darle el pie o propinarle una patada en la espinilla. "Ya sé: tenemos que hablar. ¿Me siento? Seguro que va a ser largo." Pero nada, lo de Rita iba en serio y la obra tuvo que continuar convertida en un monólogo autocrítico de Torvaldo hasta que la profesora de literatura reaccionó, hizo bajar dos pantallas y al compás de *El lago de los cisnes*, la única música disponible en la cabina, comenzó a proyectar diapositivas de trabajadoras y milicianas, citas del Primer Congreso de Educación y Cultura y poemas de Juana de Ibarbourou, Mirta Aguirre y suyos propios, con todo lo cual, opinó después, la pieza adquirió un alcance y actualidad que el texto de Ibsen, en sí, no tenía. "Es la vergüenza más grande que he pasado en mi vida", me confesaba Diego después. "No hallaba cómo esconderme en la butaca, la mitad del público rezaba por ti y alguien habló de provocar un cortocircuito. Además, con aquella chaqueta roja de cuadros verdes y los bombachos negros parecías disfrazado de bandera africana. Nos conmovió tu sangre fría, la inocencia con que hacías el ridículo. Por eso fuimos tan pródigos en los aplausos." Y eso fue lo peor, la lástima con que me aplaudieron. Mientras los escuchaba, iluminado por los reflectores, rogaba con toda el alma que se produjera un efecto de amnesia total sobre todos y cada uno de los presentes y que nunca, jamás, *never*, ¿me oyes, Dios?, me encontrara con uno de ellos, alguien que me pudiera identificar. A cambio, me comprometí a pensarlo dos veces cuando volvieran a asignarme una tarea, a no masturbarme, y a estudiar una carrera científico-técnica, que eran las que necesitaba el país entonces. Y cumplí, excepto en lo de la carrera científico-técnica, porque en lo de la masturbación Dios tuvo que comprender que se debió al desespero y la inexperiencia; pero Él, por su parte, me fallaba: olvidaba su palabra y me ponía delante, en el Coppelia y un día en que ni siquiera estaba lúcido, a un Fulano que por haberme visto en aquel trance creía poder chantajearme.

"No, no; es una broma –se asustó Diego al verme al borde de la apoplejía–. Disculpa, fue jugando, naturalmente, para entrar en confianza. Toma, bebe un poco de agua. ¿Quieres ir al Cuerpo de Guardia del Calixto?" "¡No!", dije poniéndome de pie y tomando una decisión tajante. "Vamos a tu casa, vemos los libros, conversamos lo que haya que conversar, y no pasa nada." Los nervios me dieron por eso. Me miró boquiabierto. "¡Recoge!" Pero una cosa era descargar sus bultos y otra recogerlos, así que mientras lo hizo tuvo tiempo para reponerse. "Antes voy a precisarte algunas cuestiones porque no quiero que luego vayas a decir que no fui claro. Eres de esas personas cuya ingenuidad resulta peligrosa. Yo, uno: soy maricón. Dos: soy religioso. Tres: he tenido problemas con el sistema; ellos piensan que no hay lugar para mí en este país, pero de eso, nada, yo nací aquí; soy, antes que todo, patriota y lezamiano, y de aquí no me voy ni aunque me peguen candela por el culo. Cuatro: estuve preso cuando lo de la UMAP. Y cinco: los vecinos me vigilan, se fijan en todo el que me visita. ¿Insistes en ir?" "Sí", dijo el hijo de los campesinos paupérrimos, con una voz ronca que yo apenas reconocí.

El apartamento, que en lo sucesivo llamaré *la guarida*, pues no escapaba de esa costumbre que tienen los habaneros de bautizar sus viviendas cuando son minúsculas y viven solos (ya conocería La Gaveta, El Clóset, El Asteroides, La Alternativa, Donde-se-da y no-se-pide), consistía en una habitación con baño, parte del cual se había transformado en cocina. El techo, a un kilómetro del suelo, se adornaba en las esquinas y el centro con unas plastas de vaca que en La Habana llaman plafones, y al igual que las paredes y los muebles estaba pintando de blanco, mientras que los detalles de decoración y carpintería, los útiles de cocina, la ropa de cama y demás, eran rojos. O blanco, o rojo, excepto Diego, que se vestía con tonos que iban del negro a los grises más claros, con medias blancas y gafas y pañuelo rosados. Aquel día casi todo el espacio lo ocupaban santos de madera, todos con unas caras que deprimían a cualquiera. "Estas tallas son una maravilla", aclaró en cuanto entramos, para dejar claro que se trataba de arte y no de religión. "Germán, el autor, es un genio. Va a armar un revuelo en nuestras artes plásticas que no quieras ver. Ya se interesó el agregado cultural de una embajada y ayer nos llamaron de la corresponsalía de EFE." Yo conocía poco de arte, pero tiempo después, cuando el funcionario de Cultura opinó que no, que no transmitían ningún mensaje alentador, me pareció que no le faltaba razón, y se lo dije a Diego. "¡Que transmita Radio Reloj! –chilló–. Esto es arte. Y no es por mí, David, compréndelo. Es por Germán. En cuanto la noticia llegue a Santiago de Cuba se arma el titingó. Puede que hasta lo boten del trabajo."

Pero esto fue después, los problemas con la exposición de Germán. Ahora estoy en el centro de la guarida, rodeado de santos con dolor de estómago y convencido de haberme equivocado de lugar. En cuanto pudiera tumbarle el libro me iba echando. "Siéntate –invitó él–, voy a preparar un té para disminuir la tensión." Fue a cerrar la puerta. "¡No!", lo atajé. "Como quieras, así le facilitamos la labor a los vecinos. Siéntate en esa butaca. Es especial, no se la ofrezco a todo el mundo." Pasó al baño, y por encima del chorro de orina, oí su voz: "La uso exclusivamente para leer a John Donne y a Kavafis, aunque lo de Kavafis es una haraganería mía. Se le debe leer en silla vienesa o a horcajadas sobre un muro sin repellar". Reapareció, aclarando que John Donne era un poeta inglés totalmente desconocido entre nosotros, y que él, el único que poseía una traducción de su obra, no se cansaba de circularla entre la juventud. "Llegará el momento en que se hable de él hasta en el bar Los Dos Hermanos, te lo aseguro. Pero, siéntate, chico." La butaca de John Donne se hundió hasta dejarme el culo más bajo que los pies, pero con un simple movimiento hallé la comodidad perfecta. "¿Pongo música? Tengo de todo. Originales de María Melibrán, Teresa Stratas, Renata Tebaldi y la Callas, por supuesto. Son mis preferidas. Ellas, y Celina González. ¿Cuál prefieres?" "Celina González no sé quién es", dije con toda sinceridad y Diego se dobló de la risa. La gente de La Habana cree que porque uno es del interior se pasa la vida en guateques campesinos. "Muy bien, muy bien. Te has ganado el honor de ser el primero en escuchar un disco de la Callas que acabo de recibir de Florencia, con su interpretación de *La Traviata*, de 1955, en la Scala de Milán. Florencia de Italia, se entiende." Puso el disco y pasó a la cocina. "¿Cuál es tu gracia? Yo me llamo Diego. Siempre me hacen el chiste de Digo Diego. Es como a Antón, que le hacen el de Antón Pirulero. ¿Tú cómo te llamas?" "Juan Carlos Rondón, para servirte." Asomó la cabeza. "Qué mentiroso, villareño al fin. Te llamas David. Yo lo sé todo de todo el mundo. Bueno, de la gente interesante. Tú escribes." Cuando vino con el servicio de té tropezó y me derramó encima un poco de leche. No se tranquilizó hasta que accedí a quitarme la camisa. La lavó en un dos por tres y la tendió en el balcón junto a un mantón de Manila que también llevó del baño. Se sentó frente a mí, y colocó sobre mis piernas un cartucho de chocolatines. "Por fin podemos conversar en paz. Propón tú el tema, no quiero imponerte nada –en lugar de responder, bajé la cabeza y clavé la vista en una loseta–. ¿No se te ocurre nada? Bueno, ya sé, te contaré cómo me hice maricón."

Le ocurrió cuando tenía doce años y estudiaba en un colegio de curas como interno. Una tarde, no recordaba por qué razón, necesitó encender una vela, y como no encontraba fósforos pasó al dormitorio de los alumnos del último nivel, entrando, sin darse cuenta, por la parte de los baños. Allí, bajo la ducha, desnudo, estaba uno de los basquetbolistas de la escuela, todo enjabonado y cantando "Nosotros, que nos queremos tanto, ¿debemos separarnos?, no me preguntes más…" "Era un muchacho pelirrojo, de pelo ensortijado –precisó con un suspiro– con esa edad que no son los catorce ni los quince. Un chorro de luz que entraba de lo alto, más digno de los rosetones de Nôtre Dame que de la claraboya de nuestro convento de los Hermanos Maristas, lo iluminaba por la espalda, sacando tornasoles de su cuerpo salpicado de espuma." El muchacho estaba excitado, añadió, tenía agarrada la verga y era a ella a quien le cantaba, y Diego quedó fascinado, sin poder apartar la vista del otro, que lo miraba y se dejaba mirar. No hubo palabras: el semidiós lo tomó del brazo, lo volteó contra la pared y lo poseyó. "Regresé al dormitorio con la vela apagada –dijo– pero iluminado por dentro, y con el pálpito de haber comprendido el mundo de sopetón." El destino, sin embargo, le reservaba una amarga sorpresa. Dos días después, al ir a prender otra vela, se enteró de que su violador había muerto de una patada en la cabeza; tratando de recuperar una pelota, se había metido entre las patas del mulo que acarreaba el carbón para la escuela, y éste, insensible a sus encantos, le propinó una coz fulminante. "Desde entonces –concluyó Diego mirándome– mi vida ha consistido en eso, en la búsqueda del ideal del basquetbolista. Tú te le das un aire."

Era obvio que conocía a la perfección la técnica de despertar el interés de reclutas y estudiantes, y también la de relajar a los tensos, como aclararía después. Consistía esta última en hacernos oír o ver lo que no queríamos oír ni ver, y daba excelentes resultados con los comunistas, diría. Sin embargo, no avanzaba conmigo. Yo había llegado, como los otros, me había sentado en la butaca especial, como ellos, pero, como ninguno, había clavado la vista en la loseta y de allí no lograba despegármela. Se había sentido tentado a mostrarme la revista porno que guardaba para los más difíciles, o a brindarme de la botella de Chivas Regal en la que siempre quedaban cuatro dedos de cualquier ron, pero se contuvo, porque no era eso lo que esperaba de mí; y al final de la tarde, cuando comenzó a sentir hambre, comprendió que no estaba dispuesto a compartir conmigo sus reservas, y que no se le ocurría cómo dar por terminada la visita. Se quedó callado, pensativo. Había deseado mucho este encuentro, confesaría luego, desde que me vio por primera vez en el teatro interpretando a Torvaldo. Incluso lo había soñado y varias veces estuvo a punto de abordarme en la calle Galiano, porque desde el principio tuvo la intuición de nuestra amistad. Pero ahora yo, tieso y mudo en el centro de la guarida, le resultaba tan soso que empezó a creer que, como en tantas otras ocasiones, había sido víctima de un espejismo, de su propensión a adjudicarles sensibilidad y talento a los que teníamos carita de yo-no-fui. Realmente le sorprendía y le dolía equivocarse conmigo. Yo era su última carta, el último que le quedaba por probar antes de decidir que todo era una mierda y que Dios se había equivocado y

Carlos Marx mucho más, que eso del hombre nuevo, en quien él depositaba tantas esperanzas, no era más que poesía, una burla, propaganda socialista, porque si había algún hombre nuevo en La Habana no podía ser uno de esos forzudos y bellísimos de los Comandos Especiales, sino alguien como yo, capaz de hacer el ridículo, y él se lo tenía que topar un día y llevarlo a la guarida, brindarle té y conversar; carajo, conversar, no estaba siempre pensando en lo mismo, como me explicaría en otra de sus peroratas. "Me voy", dije yo por fin, poniéndome de pie, y lo miré, nos miramos. Me habló sin incorporarse de la silla. "David, vuelve. Creo que hoy no me he sabido explicar. Quizás te he parecido superfluo. Como todo el que habla mucho, hablo boberías. Es porque soy nervioso, pero me he sentido distinto conversando contigo. Conversar es importante, dialogar mucho más. No tengas miedo de volver, por favor. Sé respetar y medirme como cualquier persona y puedo ayudarte muchísimo, prestarte libros, conseguirte entradas para el ballet, soy amiguísimo de Alicia Alonso y me gustaría presentarte un día en casa de la Loynaz, a las cinco de la tarde, un privilegio que sólo yo puedo proporcionarte. Y quisiera obsequiarte con un almuerzo lezamiano, algo que no ofrezco a todo el mundo. Sé que la bondad de los maricones es de doble filo, como apunta el propio Lezama en alguna parte de su obra, pero no en este caso. ¿Quieres saber por qué me gusta hablar contigo? Corazonadas. Creo que nos vamos a entender, aunque seamos diferentes. Yo sé que la Revolución tiene cosas buenas, pero a mí me han pasado otras muy malas, y además, sobre algunas tengo ideas propias. Quizás esté equivocado, fíjate. Me gustaría discutirlo, que me oyeran, que me explicaran. Estoy dispuesto a razonar, a cambiar de opinión. Pero nunca he podido conversar con un revolucionario. Ustedes sólo hablan con ustedes. Les importa bien poco lo que los demás pensemos. Vuelve. Dejaré a un lado el tema de la mariconería, te lo juro. Toma, llévate *La guerra del fin del mundo*, y mira, también *Tres tristes tigres*, eso tampoco vas a conseguirlo en la calle." "¡No!", dije con una energía que lo asustó. "¿Por qué, David, qué importancia tiene?" "¡No!", y salí con un portazo.

Eso estuvo bien, me dije en la calle, aún con el portazo en los oídos: ni quitarle los libros ni aceptarlos como regalo. Y mi Espíritu, que dentro de mí había estado todo el tiempo preocupado, se relajó y comenzó a experimentar cierto orgullo por su muchacho, que al finalfinal no fallaba. Era lo que esperaba de mí, su joven comunista que en las reuniones terminaba por pedir la palabra y, aunque no se expresara bien, decía lo que pensaba y ya Bruno lo había requerido dos veces. Eso, con mi Espíritu, porque con mi Conciencia la cosa no es tan fácil, y antes de llegar a la esquina pedía que le explicara, pero despacio y bien. David Álvarez, por qué, si era hombre, había ido a casa de un homosexual; si era revolicionario, había ido a casa de un contrarrevolucionario; y si era ateo, había ido a casa de un creyente. Todo esto mientras yo avanzaba, subía al ómnibus y asimilaba empujones. ¿Por qué delante de mí se podía ironizar con la Revolución (tu Revolución, David), y ensalzar el morbo y la podredumbre sin que yo saliera al paso? ¿No sentí el carnet en el bolsillo, o es que solamente lo llevaba en el bolsillo? ¿Quién eres realmente tú, muchachito? ¿Ya se te va a olvidar que no eres más que un guajirito de mierda que la Revolución sacó del fango y trajo a estudiar a La Habana? Pero si una cosa he aprendido en la vida es a no responderle a mi Conciencia en situaciones de crisis. En cambio, la sorprendí al bajarme en la universidad, subir la escalinata a toda prisa, buscar a Bruno, llevarlo a un rincón y preguntarle qué se hace, a quién se le informa cuando uno conoce a alguien que recibe libros extranjeros, habla mal de la Revolución y es religioso. ¿Qué tal ahora, Conciencia? A Bruno le pareció tan importante el caso que se quitó los espejuelos y me llevó a ver a otro compañero, y en cuanto vi al otro compañero tuve la certeza de que iba a meter la pata otra vez. Tenía, como Diego, la mirada clara y penetrante, como si ese día los de miradas claras y penetrantes se hubieran puesto de acuerdo para joderme. Me pasó a un despacho, me indicó una silla que no era vienesa ni un carajo y me dijo que cantara. Le dije que nosotros los revolucionarios siempre teníamos que estar alertas, con la guardia en alto; y que por eso, por estar alerta y con la guardia en alto, había conocido a Diego, lo había acompañado a su casa y sabía de él lo que ahora sabía. Enseguida me resultaron sospechosos sus libros extranjeros y sus pullitas. ¿Comprendía? O no comprendía o el cuento no lo impactaba. Bostezó una vez y hasta hojeó unos papeles mientras simulaba escucharme. Y ése es otro de mis problemas: me pongo mal cuando alguien se aburre con lo que cuento y entonces empiezo a manotear y agrego cualquier cantidad de detalles. "El tipo es contrarrevolucionario –enfaticé–. Tiene contacto con el agregado cultural de una embajada y le interesa influir a los jóvenes." "Es decir –esperaba que dijera el compañero– que fuiste a casa del maricón contrarrevolucionario y religioso porque siempre hay que estar alertas, ¿no es así?" "Claro." Pero no dijo eso. Me miró con su mirada clara y penetrante y un escalofrío me recorrió el espinazo porque me pareció adivinar lo que iba a decir: "Qué miserable y comemierda eres, chiquito, qué tronco de oportunista engorda en ti". Pero no, tampoco dijo eso. Sonrió, y me habló en un tono condescendiente, irónico o afectuoso, a mi elección: "Sí, siempre hay que estar alertas. ¿David te llamas, no? El enemigo actúa donde menos uno se lo imagina, David. Averigua con qué embajada tiene contactos, anota lo que pregunte sobre movimientos militares y ubicación de dirigentes, y nos volveremos a ver. Ahora tienes esa tarea, ahora eres un agente. ¿Okey?" Éste es Ismael. Llegaremos a ser amigos, a querernos como hermanos, y un día le ofreceré un almuerzo lezamiano porque también en su vida hubo una profesora de literatura.

Bajé la escalinata de la universidad cinematográficamente: una marcha militar de fondo y yo descendiendo a toda prisa, y en lo alto, la bandera de la estrella solitaria, ondeando. Cuando llegué a la Beca me di un baño de agua caliente y abundante, mucha agua caliente y abundante cayéndome en la cocorotina, hasta que sentí que la última angustia del día se iba por el tragante, y podría dormir. Pero para cerrar el día en alto, decidí estudiar un poco y me tiré en la cama. Ése fue mi error. Desde mi cama se ve el mar, que estaba hermoso y tranquilo, de un azul intenso, y el mar me hace un efecto terrible. Dentro de mí, además de la Conciencia y el Espíritu, vive la Contraconciencia, que es más hija de puta todavía y empezó a moverse y a querer despertar y hacer sus preguntas, y con mi Contraconciencia sí que no puedo. Una sola de sus preguntas me puede llevar hasta el piso veinticuatro y tirarme de cabeza al vacío. Dejé el libro y ante el espejo del baño me dije: "Cojones, me cago en la pinga". Y le prometí a aquel que me miraba que lo iba a ayudar, que bajo ninguna circunstancia volvería a casa de éste, ni de ningún otro Diego, por mamá.

No cumplí mi palabra, y Diego tampoco la suya. "Los homosexuales caemos en otra clasificación aún más interesante que la que te explicaba el otro día. Esto es, los *homosexuales* propiamente dichos –se repite el término porque esta palabra conserva, aun en las peores circunstancias, cierto grado de recato–; los *maricones* –ay, también se repite–, y las *locas,* de las cuales la expresión más baja son las denominadas *locas de carroza.* Esta escala la determina la disposición del sujeto hacia el deber social o la mariconería. Cuando la balanza se inclina al deber social, estás en presencia de un homosexual. Somos aquellos –en esta categoría me incluyo– para quienes el sexo ocupa un lugar en la vida pero no el lugar de la vida. Como los héroes o los activistas políticos, anteponemos el Deber al Sexo. La causa a la que nos consagramos está antes que todo. En mi caso, el sacerdocio es la Cultura nacional, a la que dedico lo mejor de mi intelecto y mi tiempo. Sin autosuficiencias, mi estudio de la poesía femenina cubana del siglo XIX, mi censo de rejas y guardavecinos de las calles Oficios, Compostela, Sol y Muralla, o mi exhaustiva colección de mapas de la Isla desde la llegada de Colón, son indispensables para el estudio de este país. Algún día te mostraré mi inventario de edificios de los siglos XVII y XVIII, cada uno acompañado de un dibujo a plumilla del exterior y partes principales del interior, algo realmente importante para cualquier trabajo futuro de restauración. Todo esto, así como mi papelería, entre la cual lo más preciado son siete textos inéditos de Lezama, es fruto de muchos desvelos, querido, como lo es también mi estudio comparado de la jerga de los bugarrones del Puerto y el Parque Central. Quiero decir, que si me encuentro en ese balcón donde ondea el mantón de Manila, estilográfica en mano, revisando mi texto sobre la poética de las hermanas Juana y Dulce María Borrero, no abandono la tarea aunque vea pasar por la acera al más portentoso mulato de Marianao y éste, al verme, se sobe los huevos. Los homosexuales de esta categoría no perdemos tiempo a causa del sexo, no hay provocación capaz de desviarnos de nuestro trabajo. Es totalmente errónea y ofensiva la creencia de que somos sobornables y traidores por naturaleza. No, señor, somos tan patriotas y firmes como cualquiera. Entre una picha y la cubanía, la cubanía. Por nuestra inteligencia y el fruto de nuestro esfuerzo nos corresponde un espacio que siempre se nos niega. Los marxistas y los cristianos, óyelo bien, no dejarán de caminar con una piedra en el zapato hasta que reconozcan nuestro lugar y nos acepten como aliados, pues, con más frecuencia de la que se admite, solemos compartir con ellos una misma sensibilidad frente al hecho social. Los *maricones* no merecen explicación aparte, como todo lo que queda a medio camino entre una y otra cosa; lo comprenderás cuando te defina a las *locas*, que son muy fáciles de conceptualizar. Tienen todo el tiempo un falo incrustado en el cerebro y sólo actúan por y para él. La perdedera de tiempo es su característica fundamental. Si el tiempo que invierten en filtrear en parques y baños públicos lo dedicaran al trabajo socialmente útil, ya estaríamos llegando a eso que ustedes llaman comunismo y nosotros paraíso. Las más vagas de todas son las llamadas *de carroza*. A éstas las odio por fatuas y vacías, y porque por su falta de discreción y tacto, han convertido en desafíos sociales actos tan simples y necesarios como pintarse las uñas de los pies. Provocan y hieren la sensibilidad popular, no tanto por sus amaneramientos como por su zoncera, por ese estarse riendo sin causa y hablando siempre de cosas que no saben. El rechazo es mayor aún cuando la *loca* es de raza negra, pues entre nosotros el negro es símbolo de virilidad. Y si las pobres viven en Guanabacoa, Buenavista o pueblos del interior, la vida se les convierte en un infierno, porque la gente de esos lugares es todavía más intolerante. Esta tipología es aplicable a los heterosexuales de uno y otro sexo. En el caso de los hombres, el eslabón más bajo, el que se corresponde con las locas de carroza y está signado por la perdedera de tiempo y el ansia de fornicación perpetua, lo ocupan los *picha-dulce,* quienes pueden ir a echar una carta al correo, pongamos por caso, y en el trayecto meterle mano hasta a una de nosotras, sin menoscabo de su virilidad, sólo porque no pueden contenerse. Entre las mujeres la escala termina naturalmente en las putas, pero no en las que pululan en los hoteles a la caza de turistas o cualesquiera otras que lo hacen por interés, de las cuales tenemos pocas, como bien dice la propaganda oficial, sino aquellas que se entregan por el único placer, como acertadamente dice el vulgo, de ver la leche correr. Ahora bien, tanto las locas y los picha-dulce como las carretillas, existen en este paraíso bajo las estrellas, y al decir esto no hago más que suscribir lo que dijo un escritor inglés: 'las cosas desagradables de este mundo no pueden eliminarse con mirar sencillamente hacia otra parte'."

Y así, con este y otros temas, fuimos haciéndonos amigos, habituándonos a pasar las tardes juntos, bebiendo té en aquellas tazas que eran valiosísimas, decía, y convertimos en algo sagrado los almuerzos de los domingos, para los que reservábamos los asuntos más interesantes. Yo andaba descalzo por la guarida, me quitaba la camisa y abría el refrigerador a mi antojo, acto éste que en los provincianos y los tímidos expresa, mejor que ningún otro, que se ha llegado a un grado absoluto de confianza y relajamiento. Diego insistía en leer mis escritos, y cuando por fin me atreví a entregarle un texto, me hizo esperar dos semanas sin hacer comentarios, hasta que por fin lo puso sobre la mesa. "Voy a ser franco. Apriétate el cinturón: no sirve. ¿Qué es eso de escribir *mujic* en lugar de guajiro? Denota lecturas excesivas de las editoriales Mir y Progreso. Hay que comenzar por el principio, porque talento tienes." Y tomó en sus manos las riendas de mi educación. "Léete –me decía entregándome el libro– *Azúcar y población en las Antillas*", y yo me lo leía. "Léete *Indagación del choteo*", y yo me lo leía. "Léete *Americanismos y cubanismos literarios*", y yo me lo leía. "Léete *Contrapunteo cubano del tabaco y el azúcar*", y yo me lo leía. "Éste lo forras con una cubierta de la revista *Verde Olivo,* y no lo dejes al alcance de los curiosos: es *El monte,* ¿me entiendes? Y para la lírica aquí tienes *Lo cubano en la poesía;* y algo que es oro molido: una colección completa de *Orígenes,* como no la tiene ni el propio Rodríguez-Feo. Ésa la irás llevando número a número. Y aquí está, pero esto sí que es para después, todo lo que hacemos no es más que una preparación para llegar a ella, la obra del Maestro, poesía y prosa. Ven, ponle la mano encima, acaríciala, absorbe su savia. Un día, una tarde de noviembre, cuando es más bella la luz habanera, pasaremos frente a su casa, en la calle Trocadero. Vendremos de Prado, caminando por la acera opuesta, conversando y como despreocupados. Tú llevarás puesto algo azul, un color que tan bien te queda, y nos imaginaremos que el Maestro vive, y que en ese momento espía por las persianas. Huele el humo de su tabaco, oye su respiración entrecortada. Dirá: 'Mira a esa loca y su garzón, cómo se esfuerza ella en hacerlo su pupilo, en vez de deslizarle un buen billete de diez pesos en la chaqueta'. No te ofendas, él es así. Sé que apreciará mi esfuerzo y admitirá tu sensibilidad e inteligencia, y aunque sufrió incomprensiones, le alegrará en particular tu condición de revolucionario. Ese día le resultará más grata su tarea de leer durante media hora partes de su obra a los burócratas del Consejo de Cultura que han sido destinados al reino de Proserpina, un auditorio bastante amplio, por cierto." En mapas desplegados por el piso, ubicábamos los edificios y plazas más interesantes de La Habana Vieja, los vitrales que no se podían dejar de ver, las rejas de entramado más sutil, las columnas citadas por Carpentier, y trozos de muralla de trescientos años de antigüedad. Me confeccionaba un itinerario preciso que yo seguía al pie de la letra, y regresaba, emocionado, a comentar lo visto en la intimidad del apartamento, cerrado a cal y canto, mientras tomábamos champola, pru oriental o batido de chirimoya, y escuchábamos a Saumell, Caturla, Lecuona, el Trío Matamoros o, bajito, por los vecinos, a Celia Cruz y la Sonora Matancera. En cuanto al ballet, que era su fuerte, no me perdía una función. Él siempre conseguía entradas para mí, por muy difíciles que estuvieran, y en los casos verdaderamente críticos, me cedía su invitación. En el teatro no nos saludábamos aunque coincidiéramos a la entrada o la salida, fingíamos no vernos, y nunca su puesto quedaba cerca del mío. Para evitar encuentros, yo permanecía en la sala durante los entreactos, contando las vocales en los textos de los programas. "Lo que más me maravilla de nuestra amistad –solía decir– es que sé tanto de ti como al principio. Cuéntame algo, viejo. Tu primera experiencia sexual, a qué edad te empezaste a venir, cómo son tus sueños eróticos. No trates de tupirme; con esos ojitos que tienes, cuando te desbocas debes ser candela." "¿Y por qué –volvía a la carga en cuanto yo me entiesaba–, ahora que somos como hermanos, no permites que te vea desnudo? Te advierto, no puedo retener en la memoria la figura de un hombre al que no le haya visto la pirinola. Total, que me la imagino: la tuya debe ser tierna como una palomita; aunque déjame decirte, hay muchachos así de tu tipo, sensibles y espirituales, que sin embargo, cuando se desnudan, se mandan tremendo fenómeno."

Para el almuerzo lezamiano me hizo venir de cuello y corbata. El traje me lo prestó Bruno, que además me obligó a aceptarle diez pesos, pensando que llevaba una chiquita a Tropicana. La calidad excepcional del almuerzo, como decía el propio Lezama en *Paradiso*, según supe después, se brindaba en el mantel de encajes, ni blanco ni rojo, sino color crema, sobre el que destellaba la perfección del esmalte blanco de la vajilla con sus contornos de un verde quemado. Diego destapó la sopera, donde humeaba una cuajada sopa de plátanos. "Te he querido rejuvenecer –dijo con sonrisa misteriosa– transportándote a la primera niñez, y para eso le he añadido a la sopa un poco de tapioca..." "¿Eso qué es?" "Yuca, niño, no me interrumpas. He puesto a sobrenadar unas rosetas de maíz, pues hay tantas cosas que nos gustaron de niño y que sin embargo nunca volvemos a disfrutar. Pero no te intranquilices, no es la llamada sopa del oeste, pues algunos *gourmets*, en cuanto ven el maíz, creen ver ya las carretas de los pioneros rumbo a la California, en la pradera de los indios sioux. Y aquí debo mirar hacia la mesa de los garzones", interrumpió su extraña recitación, que yo aprobaba con una sonrisita bobalicona, pretendiendo que lo seguía en el juego. "Troquemos –dijo recogiendo los platos una vez que tomamos la estupenda sopa– el canario centella por el langostino remolón: y hace su entrada el segundo plato en un pulverizado *soufflé* de mariscos, ornado en la superficie por una cuadrilla de langostinos, dispuestos en coro, unidos por parejas, con sus pinzas distribuyendo el humo brotante de la masa apretada como un coral blanco. Forma parte también del *soufflé* el pescado llamado emperador y langostas que muestran el asombro cárdeno con que sus carapachos recibieron la interrogación de la linterna al quemarles los ojos saltones." No encontré palabras para elogiar el *soufflé*, y esa incapacidad mía o de la lengua, resultó ser el mejor elogio. "Después de ese plato de tan lograda apariencia de colores abiertos, semejantes a un flamígero muy cerca ya de un barroco, y que sin embargo continúa siendo gótico por el horneo de la masa y por alegorías esbozadas por el langostino, remansemos la comida con una ensalada de remolacha embarrada de mayonesa con espárragos de Lubek; y atiende bien, Juan Carlos Rondón, porque llega el clímax de la ceremonia." Y al ir a trinchar una remolacha, se desprendió entera la rodaja y fue a caer al mantel. No pudo evitar un gesto de fastidio, y quiso rectificar el error, pero volvió la remolacha a sangrar, y al recogerla por tercera vez, por el sitio donde había penetrado el trinchante se rompió la masa, deslizándose; una mitad quedó adherida al tenedor, y la otra volvió a caer al mantel, quedando señalados tres islotes de sangría sobre los rosetones. Yo abrí la boca, apenado por el incidente, pero él me miro con regocijo: "Han quedado perfectas –dijo–, esas tres manchas le dan en verdad el relieve de esplendor a la comida". Y casi declamando, agregó: "En la luz, en la resistente paciencia del artesanado, en los presagios, en la manera como los hilos fijaron la sangre vegetal, las tres manchas entreabrieron una sombría expectación". Sonrió, y feliz y divertido, me reveló el secreto: "Estás asistiendo al almuerzo familiar que ofrece doña Augusta en las páginas de *Paradiso*, capítulo séptimo. Después de esto podrás decir que has comido como un real cubano, y entras, para siempre, en la cofradía de los adoradores del Maestro, faltándote, tan sólo, el conocimiento de su obra". A continuación comimos pavo asado, seguido de crema helada también lezamiana, de la que me ofreció la receta para que yo a mi vez la trasladara a mi madre. "Ahora Baldovina tendría que traer el frutero, pero a falta suya iré por él. Me disculparás las manzanas y las peras, que he sustituido por mangos y guayabas, lo que no está del todo mal al lado de mandarinas y uvas. Después nos queda el café, que tomaremos en el balcón mientras te recito poemas de Zenea, el vilipendiado, y pasaremos por alto los habanos, que a ninguno de los dos interesan. Pero antes –añadió con súbita inspiración, cuando su vista tropezó con el mantón de Manila–, un poco de baile flamenco –y me deleitó con un vertiginoso taconeo que cortó de repente–. Lo odio –dijo arrojando el mantón lejos de sí–. No sé si un día me podrás perdonar, David." Lo mismo pensaba yo, que de repente empecé a sentirme mal, porque mientras disfrutaba del almuerzo no pude evitar que algunas de mis neuronas permanecieran ajenas al convite, sin probar bocado y con la guardia en alto, razonando que las langostas, camarones, espárragos de Lubek y uvas, sólo las podía haber obtenido en las tiendas especiales para diplomáticos y por tanto constituían pruebas de sus relaciones con extranjeros, lo que yo debía informar al compañero, que todavía no era Ismael, en mi calidad de agente.

Pasó el tiempo felizmente, y un sábado, cuando llegué para el té, Diego sólo entreabrió la puerta. "No puedes pasar. Tengo aquí a uno que no quiere que le vean la cara y la estoy pasando de lo mejor. Regresa más tarde, por favor." Me fui, pero sólo hasta la acera de enfrente, para verle la cara al que no quería que se la vieran. Diego bajó enseguida, solo. Lo noté nervioso, miró para uno y otro lado de la calle, y a toda prisa dobló en la esquina. Me apuré y alcancé a verlo subir a un carro diplomático semioculto en un pasaje. Tuve que ocultarme tras una columna, porque salían disparados. ¡Diego en un carro diplomático! Un dolor muy fuerte se me instaló en el pecho. Dios mío, todo era cierto. Bruno llevaba razón, Ismael se equivocaba cuando decía que a esta gente había que analizarla caso por caso. No. Siempre hay que estar alertas: los maricones son traidores por naturaleza, por pecado original. Y en cuanto a mí, de doblez nada. Podía olvidarme de eso y ser feliz: lo mío había sido puro instinto de clase. Pero no alcanzaba a alegrarme. Me dolía. Qué dolor da que un amigo te traicione, qué dolor, por tu madre, y qué rabia descubrir que había sido estúpido una vez más, que otro me manejó como quiso. Qué mal te sientes cuando no te queda más remedio que reconocer que los dogmáticos tienen razón y que tú no eres más que un gran comemierda sentimental, dispuesto a encariñarte con cualquiera. Llegué al Malecón, y como suele ocurrir, la naturaleza se puso a tono con mi estado de ánimo: el cielo se encapotó en un dos por tres, se escucharon truenos cada vez más cerca, y en el aire empezó a flotar un aire de lluvia. Mis pasos me llevaban directamente a la universidad, en busca de Ismael, pero tuve la lucidez –o lo que fuese, porque la lucidez en mí es un lujo difícil de admitir–, de comprender que no resistiría un tercer encuentro con él, con su mirada clara y penetrante, y me detuve. El segundo había sido después del almuerzo lezamiano, cuando necesité poner mi cabeza en orden para que no me estallara. "Me confundí –le dije entonces–, ese muchacho es buena persona, un pobre diablo, y no vale la pena seguir vigilándolo." "¿Pero no decías que era un contrarrevolucionario? –comentó con ironía–. Aun en este punto debemos admitir que su relación con la Revolución no ha sido como la nuestra. Es difícil estar con quien te pide que dejes de ser como eres para aceptarte. En resumen..." Y no resumí nada, no tenía aún confianza con Ismael como para agregar lo que me hubiera gustado: "Actúa como es, como piensa. Se mueve con una libertad interior que ya quisiera para mí, que soy militante". Ismael me miraba y sonreía. Lo que diferenciaba las miradas claras y penetrantes de Diego e Ismael (para cerrar contigo, Ismael, porque éste no es tu cuento), es que la de Diego se limitaba a señalarte las cosas, y la de Ismael te exigía que, si no te gustaban, comenzaras a actuar allí mismo, para cambiarlas. Es por esto que era el mejor de los tres. Me habló de cualquier cosa, y al despedirnos, me colocó una mano en el hombro y me pidió que no nos dejáramos de ver. Entendí que me liberaba de mi compromiso de agente y que comenzaba nuestra amistad. ¿Qué pensaría ahora, cuando le dijera lo que acababa de descubrir? Regresé al edificio de Diego dispuesto a esperarlo el tiempo necesario. Volvió en taxi en medio de un aguacero. Subí tras él y entré antes de que pudiera cerrar la puerta. "Ya el novio se fue –bromeó–. ¿Y esa cara? ¿No me irás a decir que estás celosito?" "Te vi cuando subías a un carro diplomático." No se lo esperaba. Me miró sin color, se dejó caer en una silla y bajó la cabeza. La levantó al rato, diez años más viejo. "Vamos, estoy esperando." Ahora vendrían las confesiones, el arrepentimiento, las súplicas de perdón, confesaría el nombre del grupúsculo contrarrevolucionario a que pertenecía y yo iría directamente a la policía, iría a la policía. "Te lo iba a decir, David, pero no quería que te enteraras tan pronto. Me voy."

Me voy, en el tono en que lo había dicho Diego, tiene entre nosotros una connotación terrible. Quiere decir que abandonas el país para siempre, que te borras de su memoria y lo borras de la tuya, y que, lo quieras o no, asumes la condición de traidor. Desde un principio lo sabes y lo aceptas porque viene incluido en el precio del pasaje. Una vez que lo tengas en la mano no podrás convencer a nadie de que no lo adquiriste con regocijo. Éste no podía ser tu caso, Diego. ¿Qué ibas a hacer tú lejos de La Habana, de la cálida suciedad de sus calles, del bullicio de los habaneros? ¿Qué podías hacer en otra ciudad, Diego querido, donde no hubiera nacido Lezama ni Alicia bailara por última vez cada fin de semana? ¿Una ciudad sin burócratas ni dogmáticos por criticar, sin un David que te fuera tomando cariño? "No es por lo que piensas –dijo–. Sabes que a mí en política me da lo mismo ocho que ochenta. Es por la exposición de Germán. Eres muy poco observador, no sabes el vuelo que tomó eso. Y no lo botaron a él del trabajo, me botaron a mí. Germán se entendió con ellos, alquiló un cuarto y viene a trabajar para La Habana como artesano de arte. Reconozco que me excedí en la defensa de las obras, que cometí indisciplinas y actué por la libre, aprovechándome de mi puesto, pero, ¿qué? Ahora, con esa nota en el expediente, no voy a encontrar trabajo más que en la agricultura o la construcción, y dime, ¿qué hago yo con un ladrillo en la mano?, ¿dónde lo pongo? Es una simple amonestación laboral, ¿pero quién me va a contratar con esta facha, quién va a arriesgarse por mí? Es injusto, lo sé, la ley está de mi parte y al final tendrían que darme la razón e indemnizarme. Pero, ¿qué voy a hacer? ¿Luchar? No. Soy débil, y el mundo de ustedes no es para los débiles. Al contrario, ustedes actúan como si no existiéramos, como si fuéramos así sólo para mortificarlos y ponernos de acuerdo con la gusanera. A ustedes la vida les es fácil: no padecen complejos de Edipo, no les atormenta la belleza, no tuvieron un gato querido que vuestro padre les descuartizó ante los ojos para que se hicieran hombres. También se puede ser maricón y fuerte. Los ejemplos sobran. Estoy claro en eso. Pero no es mi caso. Yo soy débil, me aterra la edad, no puedo esperar diez o quince años a que ustedes recapaciten, por mucha confianza que tenga en que la Revolución terminará enmendando sus torpezas. Tengo treinta años. Me quedan otros veinte de vida útil, a lo sumo. Quiero hacer cosas, vivir, tener planes, pararme ante el espejo de *Las Meninas,* dictar una conferencia sobre la poesía de Flor y Dulce María Loynaz. ¿No tengo derecho? Si fuera un buen católico y creyera en otra vida no me importaba, pero el materialismo de ustedes se contagia, son demasiados años. La vida es ésta, no hay otra. O en todo caso, a lo mejor es sólo ésta. ¿Tú me comprendes? Aquí no me quieren, para qué darle más vueltas a la noria, y a mí me gusta ser como soy, soltar unas cuantas plumas de vez en cuando. Chico, ¿a quién ofendo con eso, si son mis plumas?"

Sus últimos días aquí no siempre fueron tristes. A veces lo encontraba eufórico, revoloteando entre paquetes y papeles viejos. Tomábamos ron y escuchábamos música. "Antes de que vengan a hacer el inventario, llévate mi máquina de escribir, la cocinilla eléctrica y este abridor de latas. Le será muy útil a tu mamá. Éstos son mis estudios sobre arquitectura y urbanística: ¿muchos, verdad? Y buenos. Si no me alcanza el tiempo, los envías anónimamente al Museo de la Ciudad. Aquí están los testimonios sobre la visita de Federico García Lorca a Cuba. Incluye un itinerario muy detallado y fotografías de lugares y personas con pies de grabados redactados por mí. Aparece un negro sin identificar. Guarda para ti la antología de poemas al Almendares, complétala con algún otro que aparezca, aunque ya el Almendares no está para poemas. Mira esta foto: yo en la Campaña de Alfabetización. Y éstas son de mi familia. Me las llevaré todas. Este tío mío era guapísimo, se atragantó con una papa rellena. Aquí estoy con mamá, mira qué buena moza. A ver, ¿qué más quiero dejarte? Ya te llevaste la papelería, ¿no? Los artículos que consideres más potables envíalos a *Revolución y Cultura,* donde quizás alguien sepa apreciarlos; selecciona temas del siglo pasado, pasan mejor. El resto entrégalo en la Biblioteca Nacional, ya sabes a quién. Ese contacto no lo pierdas, de vez en cuando llévale un tabaco y no te ofendas si te dice algún piropo, que él de ahí no pasa. Te dejaré también el contacto con el Ballet. Y éstas, David Álvarez, las tazas en que tanto té hemos bebido, quiero dejártelas en depósito. Si algún día se presenta la oportunidad, me las envías. Como te dije, son de porcelana de Sèvres. Pero no es por eso, pertenecieron a la familia Loynaz del Castillo y son un regalo. Bueno, te voy a ser sincero, me las afané. Mis discos y libros ya salieron, los tuyos te los llevaste y esos que quedan ahí son para despistar a los del inventario. Consígueme un afiche de Fidel con Camilo, una bandera cubana pequeña, la foto de Martí en Jamaica y la de Mella con sombrero; pero rápido, porque es para enviar por valija diplomática con las fotos de Alicia en *Giselle* y mi colección de monedas y billetes cubanos. ¿Quieres el paraguas para tu mamá, o la capa?" Yo lo iba aceptando todo en silencio, pero a veces me venía alguna esperanza y le devolvía las cosas: "Diego, ¿y si le escribimos a alguien? Piensa en quién pudiera ser. O yo voy y le pido una entrevista a algún funcionario, tú me esperas afuera". Me miraba con tristeza y no aceptaba el tema. "¿No conoces a algún abogado, uno de esos medio gusanos que quedan por ahí? ¿O a alguien que ocupe un puesto importante y sea maricón tapado? Le has hecho favores a muchísima gente. Yo me gradúo en julio, en octubre ya estoy trabajando, te puedo dar cincuenta pesos al mes." Me callaba cuando veía que se le aguaban los ojos, pero siempre encontraba el modo de recuperarse. "Te voy a dar el último consejo: pon atención a la ropa que te pones. Tú no serás un Alain Delon, pero tienes tu encanto y ese aire de misterio que, digan lo que digan, siempre abre las puertas." Era yo quien no encontraba qué decir, bajaba la cabeza y me ponía a reordenar sus paquetes, a revisarlos. "¡No!, eso no, no lo desenvuelvas. Son los inéditos de Lezama. No me mires así. Te juro que jamás haré mal uso de ellos. Te juré también que nunca me iría y me voy, pero esto es distinto. Nunca negociaré con ellos ni los entregaré a nadie que los pueda manipular políticamente. Te lo juro. Por mi madre, por el basquetbolista, por ti, vaya. Si puedo capear el temporal sin utilizarlos, los devolveré. ¡No me mires así! ¿Crees que no comprendo mi responsabilidad? Pero si me veo muy apretado, me pueden sacar de apuro. Me has hecho sentir mal. Sírveme un trago y vete."

A medida que se fue aproximando la fecha de la partida, fue languideciendo. Dormía mal y adelgazó. Yo lo acompañaba el mayor tiempo posible, pero me hablaba poco, creo que a veces no me veía. Acurrucado en la butaca de John Donne, con un libro de poemas y un crucifijo en las manos, pues su religiosidad se había exacerbado, parecía haber perdido color y vida. María Callas lo acompañaba, cantando bajito y suave. Un día se quedó (te quedaste, Diego, no voy a olvidar esa mirada tuya), mirándome con una intensidad especial. "Dime la verdad, David –me preguntó–, ¿tú me quieres?, ¿te ha sido útil mi amistad?, ¿fui irrespetuoso contigo?, ¿tú crees que yo le hago daño a la Revolución?" María Callas dejó de cantar. "Nuestra amistad ha sido correcta, sí, y yo te aprecio." Sonrió. "No cambias. No hablo de aprecio, sino de amor entre amigos. Por favor, no les tengamos más miedo a las palabras." Era también lo que yo había querido decir, ¿no?, pero tengo esa dificultad, y para que estuviera seguro de mi afecto y de que, en alguna medida, yo era otro, había cambiado en el curso de nuestra amistad, era más el yo que siempre había querido ser, añadí: "Te invito mañana a almorzar en El Conejito. Voy temprano y hago la cola. Tú sólo tienes que llegar antes de las doce. Pago yo. ¿O prefieres que venga a buscarte y vamos juntos?" "No, David, no hace falta. Todo está bien como ha sido." "Sí, Diego, insisto. Sé lo que te estoy diciendo." "Bueno, pero al Conejito, no. En Europa me haré vegetariano." Y si lo que yo quería, o necesitaba, era exhibirme con él, si eso me servía para ponerme en paz conmigo o algo, bueno, concedido. Llegó al restaurante a las doce menos diez, cuando el gentío se apiñaba ante la puerta, bajo una sombrilla japonesa y con un vestuario que permitía distinguirlo a dos cuadras de distancia. Gritó mi nombre con los dos apellidos desde la acera opuesta, agitando el brazo, que se había llenado de pulseras. Cuando estuvo junto a mí me besó en la mejilla y se puso a describirme un vestido precioso que acababa de ver en una vidriera y que me podía quedar pintando; pero para sorpresa suya y mía y de la cola defendí, con un énfasis que lo opacó, otra línea de moda, porque eso tenemos los tímidos, si nos destrabamos somos brillantes. Celebramos, con el almuerzo, la eficacia de su técnica para desalmidonar comunistas. Y pasando a mi formación literaria, agregó otros títulos a la lista de mis lecturas pendientes. "No olvides a la condesa de Merlín, empieza a investigarla. Entre esa mujer y tú se va a producir un encuentro que dará qué hablar." Terminamos con el postre en Coppelia, y luego en la guarida con una botella de Stolichnaya. Estuvo maravilloso hasta que se acabó la bebida. "He necesitado este vodka ruso para decirte las dos últimas cosas. Dejaré para el final la más difícil. Creo, David, que te falta un poco de iniciativa. Debes ser más decidido. No te corresponde el papel de espectador, sino el de actor. Te aseguro que esta vez te desempeñarás mejor que en *Casa de muñecas*. No dejes de ser revolucionario. Dirás que quién soy yo para hablarte así. Pero sí, tengo moral, alguna vez te declaré que soy patriota y lezamiano. La Revolución necesita de gente como tú, porque los yanquis no, pero la gastronomía, la burocracia, el tipo de propaganda que ustedes hacen y la soberbia, pueden acabar con esto, y sólo la gente como tú puede contribuir a evitarlo. No te va a ser fácil, te lo advierto, vas a necesitar mucho espíritu. Lo otro que debo decirte, deja ver si puedo, porque se me cae la cara de vergüenza, sírveme el poquito de vodka que queda, es esto: ¿recuerdas cuando nos conocimos en Coppelia? Ese día me porté mal contigo. Nada fue casual. Yo andaba con Germán, y cuando te vimos, apostamos a que te traería a la guarida y te metería en la cama. La apuesta fue en divisas, la acepté para animarme a abordarte, pues siempre me infundiste un respeto que me paralizaba. Cuando te derramé la leche encima, era parte del plan. Tu camisa junto al mantón de Manila, tendidos en el balcón, eran la señal de mi triunfo. Germán, naturalmente, lo ha regado por ahí, y más ahora que me odia. Incluso en algunos círculos, como en los últimos tiempos sólo me dediqué a ti, me llaman la Loca Roja, y otros creen que esta ida mía no es más que un paripé, que en realidad soy una espía enviada a Occidente. No te preocupes demasiado; que esa duda flote en torno a un hombre, lejos de perjudicarlo, le da misterio, y son muchas las mujeres que caen en sus brazos atraídas por la idea de reintegrarlos en el buen camino. ¿Me perdonas?" Yo guardé silencio, de lo que él interpretó que sí, que lo perdonaba. "¿Ya ves?, no soy tan bueno como crees. ¿Hubieras sido tú capaz de una cosa así, a mis espaldas?" Nos miramos. "Bien, ahora voy a hacer el último té. Después de eso te vas y no vuelvas más. No quiero despedidas." Eso fue todo. Y cuando estuve en la calle, una fila de pioneros me cortó el paso. Lucían los uniformes como acabados de planchar y llevaban ramos de flores en la mano; y aunque un pionero con flores desde hacía rato era un gastado símbolo del futuro, inseparable de las consignas que nos alientan a luchar por un mundo mejor, me gustaron, tal vez por eso mismo, y me quedé mirando a uno, que al darse cuenta me sacó la lengua; y entonces le dije (le dije, no le prometí), que al próximo Diego que se atravesara en mi camino lo defendería a capa y espada, aunque nadie me comprendiera, y que no me iba a sentir más lejos de mi Espíritu y de mi Conciencia por eso, sino al contrario, porque si entendía bien las cosas, eso era luchar por un mundo mejor para ti, pionero, y para mí. Y quise cerrar el capítulo agradeciéndole a Diego, de algún modo, todo lo que había hecho por mí, y lo hice viniendo a Coppelia y pidiendo un helado como éste. Porque había chocolate, pero pedí fresa.

Isla tan dulce

Julio E. Miranda

El tipo quería volver a Cuba.

–Ya he visto tres asesinatos –decía–. ¡En una semana!

–Pero tú vives en la Lecuna. Eso no es toda Caracas. Mírame a mí. ¿Yo estoy muerto? ¡Yo no estoy muerto!

El argumento parecía no convencerlo. Quizás yo estaba algo muerto. Pero no tanto.

Lo conocí recién llegado. Un cubano vestido de cubano antiguo, todo de blanco, sorbiendo su café con la cabeza proyectada hacia delante para que ni una gota le cayera encima. Él inició la conversación, siguiéndome la mirada:

–Pura plusvalía carnal, mi hermano.

Y desarrolló el tema. Yo alabé, recíproco, la belleza de las cubanas. "Pero son todas milicianas, viejo", replicó. "Si no estás integrado no quieren nada contigo."

–Bueno, aquí lo que quieren es desintegrarte –le dije.

–Ya sería un cambio.

Días después, como a las cien cervezas, me confesó que estaba sexualmente famélico. "Es un problema lingüístico. No pienses mal, chico, nada de eso. Es que no entiendo a las venezolanas, no sé lo que me dicen, lo que me piden que les haga. Y cuando lo entiendo, vaya, que ese vocabulario no me excita. ¿Tú no conoces alguna cubanita por aquí? Mira que yo cumplo. Le hago trabajo voluntario y todo."

El tipo me caía simpático. Le di el teléfono de Caridad, una mulatica nerviosa y complaciente. Se fue de lo más contento.

No esperaba encontrármelo en el Museo del Teclado. "Me aburría y, total, crucé la calle", se disculpó. Tocaba el grupo Cuero Quemao, unos muchachos de ahí mismo, de Marín. Al tipo se le iban los pies. Nada sorprendente. Lo bueno fue después: al empezar el foro inevitable, cuando me levantaba para irme, pidió la palabra. Yo casi le tapo la boca, temiendo que dijera cualquier barbaridad. Pues no. Comenzó elogiando al grupo, "tan nuestro". Analizó "la rigurosa estructura musical" del *Sóngoro cosongo.* Recitó, mimando, "Sensemayá la culebra". Habló de los tambores batá, del "sufrimiento de nuestros hermanos de Regla", de la "inescrupulosa comercialización de nuesta idiosincrasia afrolatina", de Santa Bárbara y Changó. Terminó citando a Martí, sazonado para la ocasión:

Cuba y Venezuela son
de un pájaro las dos alas.

Aplaudieron hasta rabiar. Casi lo alzan en hombros. Se le acercó un funcionario del Museo: le contrataron un taller. Invitó al Cuero Quemao a tomarse unos tragos. Llevaba a la cantante del grupo por la cintura.

Les cambió el nombre: pasaron a ser El Son Sonoro. Como su empresario, les consiguió una gira por el interior, pagada por la CANTV. Mientras ellos chancleteaban por el país, él meditaba por las mañanas y hacía contactos por las tardes. Las noches eran de Caridad, "mi azabache", "mi reina piel canela", "las tres mulatas de fuego en un solo cuerpo", decía.

Bautizó al mismo grupo con una segunda denominación: Combo Experimental Caraqueño. Así tuvo un subsidio para cada nombre: el primero del CONAC, éste de FUNDARTE. Los otros seguían girando. Dictó un curso en el Ateneo: "Estructuras rítmicas de nuestra identidad". Hubo que rechazar gente.

Lo perdí de vista. Me llamó cuando lo del "psicosón" para que le escribiera el folleto. "Yo tengo labia pero me faltan letras", decía humilde.

"Dale ahí." Prácticamente me lo dictó; yo le iba dando forma, sobre la marcha. Seguía asombrándome. "Lo mío es Jung y Jahn", repetía. Había leído mucho, un par de libros diarios, uno con cada ojo, supongo. "¿Pero lo del Museo?" Le quitó importancia: "Yo era vecino del viejo Fernando Ortiz, Tomábamos café juntos".

La nueva técnica terapéutica gustó. Una charla introductoria, un pensamiento-guía para la jornada; luego, el psicosón en parejas: discos del Beny, Celia Cruz. Para terminar, sauna indiscriminada, a voluntad: había voluntad. Y dinero. "Barato no es –admitía–. No todos pueden tenerlo todo."

No paraba de evolucionar. Abrió el Centro de Investigaciones Psicomusicales y algo le cayó de la UNESCO. Se tomó sus primeras vacaciones: fue a Brasil, vivió tres meses con un *pai de santo.* Volvió iniciado. Echaba los caracoles. Sólo juraba por el panteón yoruba. "Eso es más rico que las categorías junguianas, viejo. Hay que ir a las raíces".

Se le veía cansado, tan multidisciplinario. "Es un destino." Lo asumía.

Pero también las jevas. Había superado la barrera lingüística y roto con Caridad. "Las mujeres son como el café, tú sabes." Pensé que se refería a alguna negra. "Óyeme: no estás en nada. Perdóname que te lo diga, pero tu señora madre te hizo mucho daño. Yemayá te domina. Sacúdete. Te estoy hablando de hombre a hombre, casi como un padre –me explicó el enigma–: A las mujeres hay que menearlas porque tienen el azúcar abajo. No lo olvides."

Se compró una quintota Palos Grandes arriba, casi en la costa. Me invitó al *open house,* selectísimo. Aparte, me anunció que preparaba una velada en el Teresa Carreño, "¡imagínate!" Las Hijas de Ochún atendían a todos, infatigables, sonrientes, místicamente voluptuosas. "Mis discípulas", dijo, picando el ojo.

–¿Y Cuba? –me atreví a preguntar.

–¡Isla tan dulce!

El pianista árabe

JESÚS DÍAZ

A Fernando Carballo

TRAS DOCE AÑOS DE DESCUBRIMIENTOS Y TRABAJOS mi amigo el Peruano se había convertido en el mejor crítico de la vanguardia musical en París. Me había prometido una sorpresa para mi última noche en la ciudad y yo, excitadísimo, lo esperé en el Carrefour de L'Odeon, subí a su Peugeot, nos disparamos hacia el Sena, derivamos hasta aparcar muy cerca de Notre Dame e imaginé que íbamos a escuchar allí un concierto clásico en versión contemporánea, como ya lo habíamos hecho la noche mágica en que Paquito D'Rivera estremeció al mundo con su arreglo jazzeado de *Cosi fan tute* para saxo. Pero no. El Peruano me guió por una calleja lateral y llegó hasta una escalinata que conducía a una gruta. Hacía apenas dos semanas, dijo mientras descendíamos, había descubierto por casualidad que allí tocaba un genio desconocido llamado Hassan Ibn Hassan, un pianista posmoderno que manejaba todos los secretos de la música árabe, del jazz, del *bossa nova*, del *hip hop* y del *reggae*. Entramos a la gruta semivacía, nos sentamos cerca del pianista, pedimos vino y el Peruano me dijo que pensaba lanzar en grande al pianista árabe; probablemente, especuló, el tipo se había formado en Beirut, Casablanca o Rabat, ya que en París alguien como él no podía pasar inadvertido. Poco después, Hassan Ibn Hassan salió a escena y el Peruano empezó a aplaudir con vehemencia. Ninguno de los diez o doce asistentes a la cueva secundó. Tampoco yo lo hice, fascinado por la vívida impresión de que alguna vez había visto a Hassan Ibn Hassan, que pese a los aplausos del Peruano no miró siquiera hacia nuestra mesa: se sentó al piano con un gesto entre altanero y resentido y empezó un recital de su tierra remota. La reiteración obsesiva de aquella tristísima melopea terminó por deprimirme. Hassan Ibn Hassan llevaba mucho rato transmitiendo dolor cuando atacó *A night in Tunisie;* lo hizo sin transición, desde el fondo mismo del ritmo árabe, como si el mundo de la música fuera sólo uno y él fuera el rey. Entonces volví a experimentar la sensación de haberlo visto antes, cerré los ojos durante unos segundos, volví a mirarlo y la ilusión perdió la fuerza y se fue difuminando lentamente. No, no había visto nunca al pianista árabe, pero su imagen me recordaba muchísimo a un viejo conocido, un joven pianista cubano llamado Patrocinio Mendoza.

Yo no había vuelto a ver a Patrocinio Mendoza desde que salí de Cuba diez años atrás, y aunque su parecido con Hassan Ibn Hassan era en verdad extraordinario también lo eran las diferencias entre ambos. Lo del parecido era curiosísimo porque Patrocinio era mulato y Hassan árabe; sin embargo, los dos tenían la piel color papel de estraza, el pelo encaracolado, las orejas pequeñas, de soplillo, y los ojos negros, profundos y brillantes. Pero Patrocinio Mendoza era más joven, más alto, más fuerte y además tocaba de un modo totalmente distinto al de Hassan. Había algo felino en el modo en que Patrocinio se relacionaba con el piano, algo comparable a la elegancia de una pantera. Me puse nostálgico al recordar que, para mí, Patrocinio Mendoza estaba llamado a llegar a la cumbre, a convertirse en el heredero de Peruchín y de Chucho Valdés y me dije que no había vuelto a oír hablar de él probablemente porque había ahogado en alcohol su inmenso talento, como tantos músicos. Pensé que lo había confundido con Hassan porque necesitaba escucharlo de nuevo y volví a mirar al pianista árabe, que ahora tocaba *Caravan* en el modo quebrado, posmoderno, terriblemente triste que constituía su estilo. El Peruano tenía razón, el tipo era un genio, y además se parecía a Patrocinio Mendoza como una gota de agua sucia a una limpia. Eran prácticamente iguales, pero lo que en Patrocinio había sido vitalidad en Hassan era escepticismo; lo que en el cubano había sido alegría en el árabe era desgarro; lo que en el primero había sido armonía en el otro era ruptura.

Patrocinio Mendoza había sido una fuerza de la naturaleza; en cambio, Hassan era un hombre vencido, quebrado como su estilo; lo era incluso físicamente, pues la caja de su cuerpo delataba el desequilibrio básico de los seres contrahechos. Pero *Caravan* podía ser también una pieza melancólica y dolorosísima, como hecha a medida del sufrimiento que brotaba de la personalidad del pianista árabe, cuya versión rota era sin duda la mejor que yo había escuchado nunca.

Choqué copas con el Peruano, levanté el pulgar para agradecerle aquel regalo, y en eso Hassan atacó *El manisero* y me concentré en escucharlo, a ver cómo iba a entristecer aquel pregón que yo conocía de memoria. Lo hizo desde el principio, quebrando y ralentizando el ritmo, y entonces cantó dulcemente "Maní". Me ganó la nostalgia, y estuve envuelto en ella hasta que caí en la cuenta de que el pianista árabe había pronunciado con toda claridad aquella palabra. Un timbre de alarma sonó en mi cabeza. Recordé que decenas y decenas de extranjeros habían grabado *El manisero*, pero que casi ninguno lo había cantado. Y los pocos que se han atrevido lo han hecho de un modo cuando menos curioso; Louis Armstrong, por ejemplo, que tiene una versión espléndida, dice "Marie" en lugar de "Maní", con lo que convierte al cacahuate del original en una mujer, y luego sustituye el "Caserita no te acuestes a dormir / sin comerte un cucurucho de maní" por un *scat,* jitanjáfora, o suma rítmica de sonidos guturales. El pianista árabe no acudió al *scat,* pero cantó varias veces "Maní" con toda claridad y encima se metió en un montuno de padre y muy señor mío, desdiciéndose de pronto de su tristeza posmoderna y atreviéndose a citar *La chambelona* y *El alacrán* con el mismo entusiasmo rumbero con que lo hubiera hecho Patrocinio Mendoza.

"Ese tipo es cubano", dije. Por toda respuesta, el Peruano selló los labios con el índice. Hassan se dio todavía el lujo de citar *Palabras,* un bolero quebrado como una separación que no forma parte del repertorio internacional, regresó a *El manisero,* lo terminó en un estilo roto y desgarrado y abandonó el escenario sin despedirse. Yo me incorporé para seguirlo. El Peruano me contuvo, ¿a quién se le ocurriría que el pianista árabe pudiera ser cubano? "A mí –dije–, ¿qué te apuestas?" "La cena", respondió siguiéndome al camerino, un cuchitril donde el pianista estaba de espaldas, poniéndose el abrigo. "¡Patrocinio!", exclamé. Se estremeció como si le hubiera pegado un corrientazo; pero terminó de ponerse el abrigo lentamente, se dio la vuelta y preguntó en un francés perfecto quién era yo, por qué lo molestaba, qué quería. El Peruano le pidió excusas en mi nombre, lo sentíamos mucho, dijo, había sido una confusión. Yo asentí en silencio. Mirando de frente al pianista árabe era obvio que me había confundido. Se parecía un montón a Patrocinio Mendoza, cierto, pero podía ser su hermano mayor o incluso su padre. El Peruano lo felicitó por la actuación, volvió a pedirle excusas y regresó a la gruta. Yo extendí la mano hacia Hassan en señal de desagravio; él se acercó cojeando levemente y me abrazó de pronto. "Espérame afuera, asere –dijo–. Aquí me perjudicas."

Obedecí entre la incredulidad, el entusiasmo y la intriga. Volví a la gruta y agarré al Peruano por el brazo. "Gané –dije–. Vamos." No entendió y se negó de plano a aceptar mi triunfo. Pero a mí me importaba un carajo quién pagaría la cena, sólo quería encontrarme con el fantasma de Patrocinio Mendoza. No tuvimos que esperar mucho. Apenas unos minutos después de nuestra salida Patrocinio empezó a subir la escalera de la gruta con una mueca de dolor marcándole el rostro. Cuando me le acerqué para presentarle al Peruano me rogó en voz baja, de conspirador, que lo llamara Hassan y le hablara en francés. Obedecí, pero en cuanto nos alejamos unos cien metros el propio Patrocinio empezó a hablar en un cubano cerrado, que frecuentemente lo obligaba a traducirle alguna palabra o expresión al Peruano. Caminaba despacio, como un anciano, si bien la mueca de dolor había desaparecido de su rostro, y se detenía a cada rato para mirarme a la cara y tocarme. Parecía costarle tanto creer en mi presencia como a mí en la suya. Le gustaba verme, dijo, pero también le daba tremendo gorrión, o sea mucha tristeza, tradujo para el Peruano, porque él estaba muerto y había tenido que decirle adiós a todo aquello.

Caminaba sin rumbo, o al menos eso creía yo en aquel momento; cambiaba frecuentemente de acera, doblaba en cada esquina y miraba hacia atrás y hacia los lados como si temiera que lo estuvieran siguiendo, pese a que era evidente que aquellas callejas estaban desiertas. Pero en cuanto nos alejamos de la gruta y desembocamos en la avenida que flanquea la *rive gauche* se tranquilizó y empezó a hablarnos como si necesitara desembuchar de una buena vez la historia que lo atormentaba. Su muerte, dijo, había ocurrido exactamente hacía ocho años, tres meses, doce días y quince horas, en un lugar como aquél, miren, dijo, al tiempo que señalaba una parada de ómnibus vacía. Había venido desde el Caimán, o sea desde Cuba, tradujo, a tocar una semanita en una *boîte* de mala muerte para buscarse unos francos y ver si podía grabar un disquito en París. Pero de disco nada, dijo, *rien de rien,* tocó su semana, y estaba de madrugada en una parada como aquélla, medio dormido pa'l carajo, cuando de pronto un Mercedes entró como un ciclón y se llevó la parada de cuajo y a él de paso. ¡Fue del coño de su madre!, exclamó, consiguió dominarse mirando las luces que se reflejaban en el Sena, como diamantes, y prosiguió su historia. Sí, que te pase un maquinón por arriba y sentirse muerto era del coño'e su madre, murmuró en voz baja y escéptica, como si abrigara la convicción de que jamás seríamos capaces de entenderlo, porque uno no podía hablar ni sentía nada, dijo, salvo el horror de haberse ido pa'siempre y pa'l carajo, de no poder tocar más nunca, de haberse hecho vecino del otro barrio en un abrir y cerrar de ojos.

Hizo una pausa, e imitó en voz muy baja el sonido de una sirena que empezó a crecer hasta hacerse insoportable y detenerse allí, frente a nosotros. Había sido de pinga, dijo, porque la ambulancia metía una luz anaranjada así, como del otro mundo, que iba y venía, iba y venía, iba y venía mientras el ambulanciero informaba por radio que había un Mercedes hecho mierda y un árabe muerto. ¡Y el árabe muerto era él, cojones, él mismitico! ¡Patrocinio Mendoza, el hijo de Mercedita!, exclamó como si temiera que no fuéramos a creerlo. Después, dijo, nada, *nothing, rien de rien* durante dos semanas. Hasta que un día abrió los ojos y se descubrió entizado en esparadrapo de pies a cabeza, igualito que una momia egipcia. A su lado un tipo, un bacán pelirrojo como el diablo, de cuello y corbata, que le soltó una parrafada en francés. Él no entendió un carajo y el múcaro, o sea el blanco, tradujo, empezó a hablar en español, se presentó como abogado y le dijo que podían pleitear y sacarle un montón de francos al *man* del Mercedes, que cuando el accidente estaba curda y tenía más dinero que el *Banque de France.* El abogado no sabía ni quién coño era él, al principio creía que era un *sans papier,* un desgraciao, pero cuando se enteró de que era pianista y de que tenía visa se puso más contento que una rumba de solar. Nada, que ganaron el juicio, dijo, y el *man* del Mercedes tuvo que pagarle tres años de hospital y siete operaciones que lo dejaron, mira, mostró sus botas ortopédicas y una prótesis en la rodilla izquierda, hecho mierda, dijo, cosido y recosido como el único pantalón de su abuelo.

En eso, las luces de posición de un cupé BMW rojo que estaba aparcado unos diez metros delante de nosotros se encendieron y yo pegué un salto. Tranquilo, Chucho, dijo Patrocinio mostrándome el mando a distancia, ese buque era suyo de su propiedad, ironizó, la muerte lo había hecho rico, el *man* del Mercedes tuvo que pagarle también una montaña de francos y desde entonces no tenía el más mínimo problema, salvo estar muerto, claro. "Pero, ¿por qué?", me atreví a preguntarle. A la luz de un farol me enseñó sus manos, sus grandes y privilegiadas manos de pianista. "¿Qué tienen?", preguntó el Peruano. Nada, dijo Patrocinio, no tenían absolutamente nada porque según el cirujano las había protegido inconscientemente del desastre más que a ninguna otra parte de su cuerpo, como una madre hubiera hecho con su hijo, vaya, dijo acunando sus propias manazas en son de burla. Pero al abogado pelirrojo eso no le había gustado ni un poquito, añadió, y entre él y el médico se las arreglaron para meter las manos en el asunto. Decían que como manos de pianista valían un montón. ¿Resultado?, se rebanó el cuello con el índice antes de responderse, una indemnización bestial cuya quinta claúsula afirmaba que como consecuencia del accidente el pianista Patrocinio Mendoza había quedado incapacitado de manera absoluta e irreversible para ejercer su oficio. Y desde entonces andaba por ahí, murmuró, con tres pasaportes y tres nombres falsos, tocando gratis en tugurios de París, Londres o Amsterdam, huyendo de la luz como los vampiros, así que nos quería rogar algo, dijo, no le dijéramos nunca a nadie que lo habíamos oído tocar, por favor, subió al BMW, partió como un bólido y en un abrir y cerrar de ojos desapareció en la sombra.

Bola, bandera y gallardete

ARTURO ARANGO

Para Eddy, oyendo a Tía

I

LA SOMBRA DE LA PARED CUBRÍA EL LAVADERO cuando Estela salió al patiecito. "Deben ser las cinco", pensó, mientras revolvía un vaso de agua con azúcar. La caída del sol traería el escándalo de los perros. La primera tarde en que escuchó los ladridos, después de la partida de su familia, creyó que alguien se acercaba a la casa. Oyó los perros correr, llegar al portón de la cuartería, arañar el zinc que protegía la reja del zaguán, y luego los oyó irse. "Deben ser animales abandonados, que han sentido mi olor", y les tuvo lástima. En el patiecito, rodeada por las altas paredes de las casas colindantes, se sentía segura. "De aquí no me tengo que mover a buscar nada", le había prometido a Norberto desde la primera discusión. Pero su sobrino no se refería a los perros. "Te van a asaltar –le había dicho–, estos cuartos se van a quedar solos, y si alguien entra nadie va a oír tus gritos." "A lo mejor –le respondió ella– se creen que soy un fantasma y no tocan la casa".

En el pedazo de cielo que podía ver, desde el patiecito de menos de treinta metros cuadrados, no descubrió nubes. Apenas había tocado el agua de los cinco tanques que le dejaron al partir y aún debían de estar en marzo. Esa mañana había contado veintidós chícharos en la lata que le servía de calendario, y ellos se habían ido el día cuatro. Por encima de la casa se escuchaban las ráfagas del viento del sur, y quizás después entraría un norte, con lloviznas saladas por la cercanía del mar que humedecerían el aire, llenando de agujas sus coyunturas. "Quizás los perros también se vayan antes de que tenga que salir a buscar leña."

El vaso de agua con azúcar se tambaleó al colocarlo en la mesa y no pudo evitar que la cuchara cayera al piso con un tintineo que, en el silencio, le pareció el derrumbe de una estantería. La anciana caminó tres pasos y afirmó la mano izquierda al espaldar de una silla para intentar recoger la cuchara. Sus manos quedaron a pocos centímetros del suelo y una punzada le contrajo la cintura. Buscó la escoba para dispersar el pequeño charco ("Un trago menos") y unir la cuchara a los dos cuchillos que ya había arrinconado debajo de la mesita del teléfono. "En cualquier momento voy a empezar a hablarme a mí misma", y devolvió la escoba a su sitio. Poco a poco se le habían ido haciendo lejanos los motores de los últimos autos que transitaron la ciudad, la impertinencia de las campanillas con que se anunciaban los coches, y hasta las voces que, una vez terminada la evacuación de su barrio, le fueron llegando distorsionadas por la nasalidad de los altoparlantes. Y ahora el tintineo de la cuchara le había dado una noción distinta de su silencio, de la soledad de su silencio.

Regresó a la cocina y tocó la olla que había sobre el fogón: estaba tibia. Después de guardar en una palangana el agua en que había cocido el boniato, llevó la vasija para la mesa del comedor. Había encendido la candela con menos leña que otras veces, pero no pasó trabajo para aplastar los pedazos de la vianda. Lo hizo pacientemente, cuidando de que todo fuera macerado, y cuando terminó fue a la cocina, apresó una porción de sal y revolvió de nuevo la cesta de los ajos por si quedaba escondido algún diente. Cáscaras nada más, y una lagartija que huyó hacia la ventana. Por tercer día, desde que se le acabaron las zanahorias y el último pedazo de col se le enmoheció, estaba haciendo idénticas sus dos comidas, y calculó que le quedarían boniatos para otras cuatro semanas. "Lástima que no tenga con qué cambiarles el sabor." Ya había probado a hervirlos con ramitas de cañasanta y cáscaras de ajo, y tuvieron idéntico gusto a tierra. "Si por fin pasan a verme, voy a pedirles que me dejen ajos y cebollas." Al segundo trago de agua con azúcar sintió que le subía el ardor de la acidez. Pero bastaba con soportarlo un poco, masticar lentamente el puré de boniatos y sentirse llena. Luego, al acostarse, mascaría hojas de romerillo que también la ayudaban a dormir.

Era dulce el boniato. "Como le gustaba a Encarna", y el sabor de la masa azulosa se le demoró en el paladar. Cuando terminó de desprenderse los pedazos que se le quedaron en el cielo de la boca, se quitó la dentadura, la envolvió en un papel de estraza, la guardó en el refrigerador que le servía de alacena y enjuagó la olla y el vaso en el agua todavía tibia del boniato. Luego buscó la lata del café, levantó la tapa y se demoró con la nariz hundida en el olor. Con la punta de los dedos rescató unas partículas del polvo, pero les sintió el sabor ocre del óxido y se limpió la lengua contra una manga de la blusa. Le quedaba más de una hora de luz y no tenía sueño. "Si me muriera hoy mismo", pensó, mientras caminaba hasta el rincón donde estuvieron los balones del gas, y donde ahora acostumbraba orinar. Sabía que era una esperanza inútil y decidió subir a la barbacoa, poner el mosquitero y acostarse a esperar la noche.

II

El día en que Norberto trajo la noticia llegó tan tarde y cansado como siempre, atravesó la bicicleta entre la mesa de comer y el televisor, tiró el maletín en el sofacama y, sin dar siquiera las buenas noches, se sentó en la comadrita a esperar que Rebeca saliera del baño. Claudia y Javier estaban junto al radiecito de pilas, tratando de escuchar las Aventuras de Robin Hood. A Estela le asombró que no ocurriera el incidente de todas las noches, cuando Norberto los interrumpía para darles un beso y preguntarles qué tal les había ido en la escuela, y ellos lo mandaban a callar para no perderse la risa escandalosa del fraile. Norberto estuvo sentado, meciéndose en silencio, hasta escuchar el chirrido de la puerta del baño. Cuando Rebeca salió, cruzaron una mirada y salieron juntos al patio. Para Estela no eran extrañas esas conversaciones que solían suceder no junto a la ventanita de la cocina, como ésta, sino en la precaria intimidad del zaguán. "Partimos el lunes –estaba diciendo él–, se supone que a primera hora, en el tren. Ahorita nos vendrán a citar para la asamblea de información, que tiene que ser mañana." "¿Tú estás seguro?", preguntó Rebeca. "Nos lo acaban de decir." Desde varios meses atrás Estela venía escuchando rumores semejantes: conversaciones en las colas de la bodega o en la panadería, noticias en la radio sobre grandes albergues que se estaban construyendo en pueblos del interior del país, y que la gente relacionaba con la evacuación. "Olvídense de ese disparate –había dicho Norberto cuando su mujer comenzó a inquietarse–, no se puede meter La Habana en Guanabacoa." En realidad, las personas que se le acercaban en la calle hablaban de otros síntomas más próximos, como la extinción, ya sí total, de los ómnibus, o la llegada desde hacía un mes de enormes carretas, tiradas por tres parejas de bueyes, en que traían las viandas a la bodega, o la creciente restricción del horario de electricidad, limitado a tres horas una noche a la semana. También, como le comentaba Zenaida, la otra anciana que habitaba en la cuartería, La Habana se estaba convirtiendo en una ciudad dividida en pedazos, cuyos barrios llevaban una vida cada vez con menos dependencia unos de otros. "Hace ya más de siete meses –le había dicho Zenaida– que no sé nada de la hermana mía que vive en Alamar." Pero a Estela le había parecido cosa de novela que una ciudad tan grande y antigua pudiera ser abandonada. "Dios mío –se quejó Rebeca–, ¿y se lo decimos ya a los muchachos?" "Para ellos va a ser una fiesta –le contestó Norberto–, desde que se acabó la televisión no tienen cómo aburrirse."

Cuando estuvo servida la comida, Estela no respondió al llamado de su sobrino y se quedó trajinando en la cocina. "Los he acostumbrado mal", pensó, porque ninguno insistió para que se sentara frente al plato de cereal de soya y puré de plátanos, y los muchachos preguntaron si podían repartirse la ración de la tía. Al terminar, Claudia y Javier subieron a acostarse, Norberto se echó a dormitar junto al radiecito y las dos mujeres cumplieron la costumbre de recoger y enjuagar los platos, extender el sofacama, colgar los mosquiteros y apagar los faroles. Rebeca salió al patio, a secarse el pelo a golpes de peine en la brisa que corría desde el zaguán. "Qué falta me hace un cigarro", oyó Estela que se decía, sin dejar de caminar y de frotarse la cabeza. La anciana salió a buscar las hojas de romerillo y Rebeca extendió una mano. "Déme unas cuantas. A ver si me calman un poco." Estela se demoró escogiendo las hojas inferiores, para evitar que se quebraran los retoños. "Toma –le dijo, y cuando sintió que la mano de Rebeca la tocaba, se la retuvo unos instantes–: Ustedes saben que de aquí yo no me muevo para otro lugar que no sea Manzanillo." Rebeca apartó su mano. "Por favor, no me complique más la vida", y subió a la barbacoa donde Javier protestaba porque Claudia no lo dejaba dormir.

Estela estuvo unos minutos más en el patio, aplastando las manchas del piso que siempre confundía con babosas, hasta escuchar los pasos de Rebeca que bajaban la escalera. Tomó la palmatoria y subió a la barbacoa que compartía con los muchachos. Javier dormía con la respiración atropellada que había heredado de su padre y Claudia se veía tranquila, bocarriba, las piernas y los brazos abiertos como aspas. Ella sopló la vela, se quitó el ropón, desprendió del refajo el imperdible que sostenía el resguardo y, al tacto, separó la medallita de San Juan Bosco, a quien todas las noches rezaba por sus sobrinos. Esa noche, sintiendo en sus dedos acartonados el relieve del santo protector de los niños, se sabía acosada por necesidades muy graves. "Sálvalos, señor. Protégelos del hambre, del desvalimiento y de la impiedad de los mayores. Y también de tu ira." "Y si te he ofendido –pensó después, ya acostada–, te pido también que me perdones. Aunque a mi edad puedo darme alguna vez el lujo de la soberbia."

A pesar de que a los cinco años de estar viviendo en La Habana el frío le había desdibujado la perfección de su oído, a Estela le pareció escuchar que en la pieza de abajo Norberto y Rebeca estaban conversando. "Hablan de mí", pensó. Alguno de los dos se había levantado, porque una pequeña luz se veía pasar de una rendija a otra del piso y la puerta que daba al patio volvió a crujir. Estela dejó la cama, se asomó a la balaustrada que protegía la barbacoa y vio abajo la silueta de Norberto. "Qué remedio le va a quedar", le pareció a la anciana que decía. Estaba recostado en la puerta, de frente al lavadero, de manera que su esposa debía de estar sentada en el cantero de las yerbas medicinales. "No va a quedar nadie. ¿Tú sabes lo que es nadie, ni un alma? Ni agua, ni comida, ni gente", dijo Norberto. Estela vio sus manos en el aire, recorriendo de este a oeste lo que debía ser el espacio de la ciudad. "Cómo pudimos llegar a esto. Cómo llegamos hasta aquí sin darnos cuenta." Rebeca habló lentamente, con un dolor que a Estela le pareció verdadero. "No te rompas la cabeza con lo que no tiene remedio", dijo él y avanzó hasta el cantero, perdido también su cuerpo en las sombras que ocultaban el de Rebeca.

A la mañana siguiente, cuando Norberto fue a buscar la leche de arroz con que desayunaban, se quedó detrás de Estela, como el muchacho que, muchos años antes, entraba en la cocina a pedirle que le dejara probar el dulce que estaba batiendo en un caldero:

—Se me quiere poner difícil, tía.

—No me voy.

—¿Y qué va a hacer?

—Nací sola y puedo morirme sola. O irme de nuevo para Manzanillo. Allí es donde debíamos estar todos.

—Ya no hay cómo regresar a Manzanillo. No me busque problemas por gusto, que la cosa está mala y yo no tengo la culpa.

Ella le sonrió al entregarle el vaso de falsa leche y él la bebió de pie junto al fregadero, mirándola enjuagar como todas las mañanas los platos y los vasos de uso diario. "Qué buena estrella la de Encarnación —pensó Estela—, que se murió a tiempo de no ver este desastre."

III

Durante la semana el barrio no hizo otra cosa que preparar la partida. Las pertenencias que podrían cargarse hasta ese pueblo del que la mayoría de los vecinos sólo conocía el nombre eran escasas y estaban rigurosamente normadas por una disposición que fue leída tres veces en la Asamblea: cada persona debía llevar un bulto que no excediera los 20 kilogramos, y que se aconsejaba guardara sobre todo ropa resistente al trabajo en el campo y objetos de uso estrictamente personal; el carné de identidad o la tarjeta de menor, según el caso, la historia clínica, la licencia de conducción, quien la tuviera, y una ración de comida para el viaje. Se prohibían explícitamente los animales de cualquier tipo (menos los pollos que pudieran soportar, encerrados en una bolsa de tela, las catorce horas que se le calculaban al viaje), los muebles, por pequeños que fueran, y cualquier utensilio de baño o de cocina, lo que hizo crecer los rumores de que se comería en ollas colectivas.

Como era tan escaso el equipaje, Norberto y Rebeca se dedicaron, al igual que casi todos, a preparar lo que quedaría en la casa. Él desempolvó varias cajas de cartón que guardaban desde su mudanza para La Habana y ella fue organizando la ropa de salir y de cama, la cristalería y los cubiertos, los álbumes de las fotos familiares, los libros de los muchachos y los que conservaban en el librerito de la sala, los portarretratos, los búcaros, los ceniceros, las muñecas de las que Claudia ya se iba olvidando y los carritos que Javier había destartalado. Fue una semana de locura, porque los objetos no cesaban de aparecer dentro de gavetas, debajo de las camas, detrás de los escaparates, y contra la opinión de Norberto, para quien lo más apremiante era dejarlo todo guardado y seguro, Rebeca se empeñó en clasificar, ordenar y tomar nota de cuanto iba siendo colocado en cada una de las cajas, y en más de una ocasión hizo que desamarraran alguna porque las chancletas debían estar con la ropa de dormir y no con las cosas de baño, o a última hora se daban cuenta de que los cuadros con los títulos universitarios estuvieron a punto de quedar colgados en la sala-comedor, invisibles por la costumbre de verlos a diario.

Aunque Estela tuvo el cuidado de no dejar que tocaran su ropa y de apartar de la recogida de Rebeca algunos cubiertos, platos, jarros y ollas, y los dos cubos que quedaban sanos, ambos la trataron como si su decisión de permanecer fuera una bravata de muchacha malcriada, que cedería cuando los preparativos estuvieran llegando al final. El viernes por la mañana Rebeca le puso en las manos una caja de cartón que tenía escrito su nombre con crayola roja. Dentro había algunas pertenencias de Encarna que estaban guardadas en la máquina de coser: un escapulario, una peineta de carey y los espejuelos para ver de cerca. "No lo deje para última hora –le pidió Rebeca–, que después al regreso nos volvemos locos." "Tú sabes que yo no voy a regresar." Sin responderle, Rebeca dejó la caja encima de las que ya contenían las cosas de los muchachos y no regresó a la barbacoa en el resto del día. "Ahora vendrá lo peor", pensó Estela, y salió temprano a hacer la última cola del pan.

En la calle la molestó el aire de fiesta con que los vecinos claveteaban puertas y ventanas. Un grupo de muchachos, desocupados por la suspensión de las clases, jugaba a la pelota en las cuatro esquinas, y en las ruinas de un edificio derrumbado por las últimas lluvias se levantaba una montaña de tarecos. La cola del pan era dos o tres veces más larga que de costumbre, pero Estela descubrió que ya Zenaida alcanzaba la mitad y se paró junto a ella. "La compañera viene conmigo", le advirtió Zenaida a la mulata que estaba detrás, y que se limitó a hacer un gesto de resignación con los ojos en blanco. "Dicen que en Fomento nos van a seguir dando las cuatro onzas", comentó Zenaida, y empujó a Estela para que acabara de colocarse delante de ella, porque un policía venía ordenando la cola de uno en fondo. "Yo me quedo." Zenaida se puso seria, miró alrededor y le hizo una seña para que se callara. "Todavía no he podido averiguar para qué pueblo va mi hermana –dijo Zenaida, y caminó los cuatro pasos que la cola había avanzado–. Antier le mandé un mensaje, pero me parece que no le va a dar tiempo a responderme." Estela no volvió a hablar en la media hora que demoró la compra del pan y en cuanto abandonaron el molote Zenaida bajó la voz y le advirtió: "No vuelvas a decir eso donde nadie te oiga. Ni siquiera yo".

A las tres de la tarde ya Norberto estaba de regreso del trabajo y, después de poner la bicicleta en manos de Javier para que la engrasara antes de empaquetarla, se sentó en la comadrita y llamó a Estela.

–Explíqueme cómo es la cosa.

–Dejé que vendieras la casa de Manzanillo y que compraras esta pocilga porque se lo metiste en la cabeza a Encarnación y ella me acabó la vida, pero con un disparate como ése es suficiente.

–Esto puede durar años, muchos años, y después del lunes no podremos regresar a buscarla.

–Déjenme el agua y la comida que puedan.

–¿Y si se enferma? Piense nada más que en una caída. Ponga usted que resbala y que se parte una cadera, como abuela Encarna. Se va a morir sin que nadie venga a levantarla.

Norberto evitó su mirada al hablar de la muerte. Estela se apoyó en la mesa para ponerse de pie:

—Ya es la hora de preparar el cereal de la comida —dijo—; si lo cocino con menos luz me queda lleno de grumos.

Norberto caminó con ella hacia la cocina.

—Mañana temprano tengo que informar que usted quiere quedarse y lo más seguro es que alguien de la Comisión venga a entrevistarla.

—No me amenaces con esas tonterías —respondió ella cuando terminó de contar las veinte cucharadas del cereal—, que yo no soy Encarnación.

El sábado por la mañana Norberto salió temprano y Rebeca y los muchachos, junto a las demás familias del vecindario, se dedicaron a preparar la fiesta de despedida. Según le había contado Zenaida, la orientación de hacer una gran comida en cada cuadra antes de dejar la ciudad la habían dado en la Asamblea. "Así —le explicó— se cocina de una vez lo que no nos podemos llevar para Fomento." En los lavaderos del patiecito las mujeres se pusieron a pelar las viandas, mientras los hombres mataban y deshollaban dos conejos, una gallina muy vieja y tres polluelos que las familias que tenían patio de tierra habían aportado. Los muchachos fueron sacando a la calle sillas y mesas, y en los balcones colgaron chismosas y tubulares por si la fiesta acababa demasiado tarde. El fogón lo hicieron en la acera, montado sobre piedras, y en la montaña de desperdicios encontraron la madera suficiente para hervir los dos calderos de caldosa.

"Me quieren dejar sin comida para que me tenga que ir", pensó Estela cuando oyó que Rebeca mandaba a los muchachos a llevar las viandas para el lavadero. Ya antes había guardado en su escaparate una jabita de arroz, algunas onzas de frijoles y un cartucho de chícharos comidos por los gorgojos (y antes aún, escondido tres botellas de luzbrillante y cada una de las cajas de fósforos que se iba encontrando) y aprovechó que Claudia había quedado sola en el viandero para pedirle que le llenara la bolsa del pan de boniatos y zanahorias.

Ya la caldosa estaba lista y la fiesta a punto de comenzar cuando llegaron Norberto y un individuo alto y ojeroso, que dio las buenas tardes a los que estaban en el patio y siguió a su sobrino hasta la sala-comedor. Estela estaba sentada en la comadrita, recién bañada, zurciendo un refajo.

–Tía, el compañero viene a conversar con usted.

La anciana hizo el ademán de poner el refajo en el sofacama, pero prefirió dejarlo en el regazo para que el recién llegado no viera el temblor de sus manos. El individuo se sentó frente a ella y comenzó a hablar con una voz apagada por el cansancio. Durante todo el día, Estela se sintió nerviosa, creyéndose incapaz de evadir las presiones de esa comisión que vendría a verla, y ahora tenía ante sí a este hombre que hablaba de riesgos y responsabilidades sin el énfasis o la premura que estaba esperando. Se hizo un silencio y la anciana asintió. Al individuo le costaba trabajo contener los bostezos y ella tuvo pena por no poder brindarle una taza de café. "Aunque la disposición no admite excepciones, nuestro deber es conversar, convencer. Hemos tenido otros casitos como el suyo, pero ya han ido entendiendo que es una situación inevitable, imprevisible también, si se quiere, que la vida nos ha traído." Norberto le dio un vaso de agua y el individuo lo bebió sin pausas y luego se limpió el sudor de la frente con el pulgar que sacudió en el aire. "No queremos que se tenga que ir a la fuerza, o disgustada. Piénselo bien entre hoy y mañana, y si aún no se decide, la evacuación termina el 30 de marzo y los compañeros que salen en esa fecha van para Cabaiguán, que es un pueblito muy cercano a Fomento. Les estamos dejando la tarea de pasar a buscarla. Esperamos que para entonces haya cambiado de opinión. ¿De acuerdo?"

Estela se puso de pie para despedirlo y él le dio dos palmaditas en la mano:

–Usted va a ver que el mes que viene nos estamos encontrando –le dijo, ya en el zaguán.

–A lo mejor entonces le puedo brindar el café que le quedo debiendo ahora.

La fiesta empezaría pasadas las seis y mucho antes del anochecer ya la anciana estaba en la barbacoa, espantada por el reperpero y sin tener en qué ocuparse. A Claudia le daba miedo entrar y salir sola por el zaguán y se había apropiado de la palmatoria, y el piso estaba atestado por las cajas que Rebeca se negaba a guardar hasta el último momento. En la calle se oía la música de un trío, un toque de santos que debía ser en el solar de la otra cuadra y gente que cantaba y reía como si alguien pudiera tener guardada todavía una botella de ron. Debían ser más de las siete cuando Claudia le subió un jarro de caldosa. "Dice mami que te lo tomes despacio –le advirtió–, que está muy caliente", y lo dejó en la mesa de noche, con la palmatoria. La niña se sentó en la cama y tomó entre las suyas una mano de la anciana. "Mira que este Javier fastidia –comentó Claudia–; anda diciendo que se va a esconder para quedarse contigo. Mami cree que él es capaz de hacerlo, pero papi está muerto de risa." "Qué muchacho", dijo Estela, riéndose. La luz de la vela hacía oscilar la sombra del mosquitero en el techo y la baranda de la escalera se deformaba en la pared como postes mecidos por el viento. "¿Te vas a quedar, de verdad?" La niña se había recostado junto a Estela y la anciana sintió su cuerpo sudado y caliente. "De verdad" "¿Y no te da miedo?" "Irme me da más miedo", le respondió Estela.

Después que Claudia se fue, a Estela le quedó un leve zumbido en la cabeza y dormitó un rato que le pareció muy largo, hasta que tuvo la impresión de que la estaban llamando y vio abajo el resplandor de un candil. Zenaida venía cargada con dos jabas de boniatos, tres coles y varias zanahorias.

–Te lo recogimos entre todos los vecinos –le dijo–. Y éstas –y puso en las manos de Estela un llavero– son las de casa. Hazte la idea de que son tuyas.

Las ancianas se abrazaron. Estela era quince años mayor, pero se mantenía erguida y delgada, y recostó en su seno la cabeza blanca de Zenaida.

–A lo mejor mañana te traigo otras cositas –dijo Zenaida, despidiéndose.

–No te molestes, que con esto me va a sobrar.

–Quisiera tener tanto valor como tú, pero con los muchachos no puedo –y señaló para el zaguán, desde donde venían las voces de sus nietos.

–Como único puedo agradecérselos es rezando por ustedes –dijo Estela.

Afuera la gente cantaba a coro *Lágrimas negras* y Estela descubrió por encima de todas la voz desafinada de Norberto. La caldosa se había enfriado más de la cuenta y, como siempre, alguien le había echado picante. Pero ella no había probado nada desde el desayuno y temió que el dolor de cabeza se debiera al hambre. "No puedo empezar a desgastarme desde ahora."

IV

Estela nunca vio la bandera, la bola y el gallardete porque cuando la escuadra norteamericana bombardeó la ciudad de Manzanillo, sólo tenía tres años, y fue siempre Encarna, que ya en 1898 había cumplido los cinco, quien recibía la orden de ir hasta la esquina y avisar a la familia cuál de las tres señales estaba izada en la torre del Ayuntamiento. Pero en las pesadillas de esa madrugada estuvieron las dos hermanas juntas, atentas por un instante al paño de tela triangular que flotaba contra el azul cegador del cielo de julio, y ambas las que salían corriendo hasta la casa y las que gritaban a una sola voz: "Mamá, mamá, ya está el gallardete, ya está el gallardete".

Se había despertado con el paladar sucio y el mosquitero se le vino encima cuando intentó ponerse de pie. Tenía demasiada luz la habitación y Estela caminó con pasos de ciega hasta la balaustrada de la barbacoa y distinguió las siluetas de los niños de la cuartería que jugaban en el patiecito. ¿Era Encarna, o sería Claudia la que estaba en el sueño junto a ella? El sueño, le parecía, había ocurrido cuando en la segunda evacuación su familia fue otra vez a refugiarse en los barcos de bandera neutral anclados en la bahía, esperando el fin de la guerra. ¿O sólo la primera vez tomaron el camino del puerto y en las otras dos decidieron irse al monte? Había pasado casi un siglo y no estaba Encarna para preguntárselo. "Estoy a punto de vivir cien años –se dijo Estela– y todavía no tengo paz."

Desde la muerte de su hermana, apenas hablaba de aquellos tiempos. Ni siquiera con Norberto, que cuando era niño solía pasarse las tardes sentado junto a ella, escuchándola. A Estela siempre le había dado la impresión de que en el silencio de su sobrino había más desinterés que asombro, pero a ella le gustaba hablar, contar, recordar; y la familia se había ido haciendo cada vez más pequeña, el café que colaba a las tres y media terminaron tomándoselo ellas dos solas (y el vaso de café claro que Norberto merendaba con pan o galletas) y ese muchachito abandonado por sus padres era la única posibilidad para dedicar las tardes a algo distinto que tejer. "Mamá mandaba a Encarna hasta la esquina –le contaba Estela a Norberto–, y si venía gritando que ya estaba el gallardete había que salir corriendo cuanto antes, para que el bombardeo nos cogiera fuera del pueblo." "Dejábamos la casa tal cual –pensó Estela, mirando los cajones que rodeaban las camas de los muchachos–, y abuela y mamá se pasaban los dos o tres días que duraba la evacuación rezando para que Dios nos conservara la casa intacta."

La bola aparecía cuando la escuadra norteamericana era vista en el horizonte, cerrando la línea intermitente de los cayos que empozan la bahía. Pero Estela jamás había logrado comprender cómo era esa bola. ¿Acaso un globo de cristal? ¿Una bandera con un círculo dibujado? Encarna nunca fue capaz de explicárselo, y acaso los tres emblemas no habían tenido para ella otras formas que las de las palabras que Norberto aceptaba en silencio. Porque Estela repetía, sobre todo, aquello que su madre (y antes aun su abuela) solía contar: la bomba sobre La Equidad, que regó por la calle y los techos los víveres con que los dueños andaluces especulaban en la escasez, la anciana que se negó a ser evacuada y contó con granos de maíz cada una de las bombas caídas sobre el pueblo, la huida (¿una vez, dos veces?) hasta los barcos ingleses anclados en la bahía, el peregrinaje de varias jornadas por el campo, donde esperaban encontrar mejor comida y no tuvieron más que tasajo y frijoles hervidos.

De la bomba en La Equidad, Estela sólo recordaba el dibujo algo infantil, retocado de año en año, en el exterior de la puerta principal y el casquete de hierro que permaneció en una vitrina hasta la extinción de la bodega. De las evacuaciones, su excitación ante la aventura, el cocimiento de jazmincitos con que las mujeres intentaban calmarse los nervios ("Las niñas lucen alteradas", decía la abuela, y ponía en las manos de ellas sendos jarritos con el agua caliente y desabrida), la gravedad con que el padre cerraba la puerta de la casa y luego la empujaba con fuerza, para asegurarse de que el candado resistiría a los bandoleros que, se comentaba, no dejaban de aprovecharse del abandono de la ciudad. También recordaba un coche, un camino que el fango hacía intransitable, un desvanecimiento de la abuela, ahogada por el calor y la humedad, el olor a vacas del rancho donde se protegían junto a otras familias, la coriza que le provocaba el humo de la leña verde. Y recordaba un muelle, un grupo de personas esperando la llegada de la patana que los sacaría mar afuera, el azul transparente del agua cuando, en un descuido de sus padres, lograba asomarse a la borda de la embarcación, el silencio al pasar junto a los vapores grises que se aprestaban a comenzar el bombardeo.

La chalupa con la bandera blanca, que fue de barco en barco anunciando que la paz había sido firmada, ¿la vio, la recuerda? Al final del sueño había vuelto a descubrir aquel punto blanco sobre el mar, el pequeño cuadrado blanco agitándose sobre el azul del mar. Ella recostada a la borda, sola, en el amanecer.

V

El sol de la mañana aún iluminaba la mesita de la cocina cuando Estela oyó, todavía a lo lejos, el creciente escándalo de los perros. De encima del refrigerador tomó la latica del calendario y volvió a contar los chícharos: ventiséis. "Ya llegaron –pensó–, y en mal momento." Los últimos cuatro días habían sido difíciles y dos veces se había despertado con la impresión de que estaba sonando el timbre del teléfono. Las ráfagas del norte volvieron a alborotarle los dolores reumáticos y una noche las rodillas se le doblaron al querer subir la escalera y tuvo que quedarse abajo, en el sofacama que finalmente Rebeca no empacó. En la medida en que los perros se acercaban, la anciana fue percibiendo otros sonidos que, ya más próximos, le parecieron el trote de un caballo, los crujidos de un carretón y la voz de un hombre. Estela miró la pequeña estancia: no había nada que denunciara su miedo y su penuria, y subió para vestirse con una bata limpia.

Los primeros golpes en el zinc fueron dados levemente, con pena, y una voz de mujer comentó: "¿Y si ya se murió?" Estela esperó el segundo toque para responder y bajó la escalera muy despacio. "Hoy no puedo cometer la insensatez de caerme."

—Estela, ¿no? —preguntó el hombre, oculto por la puerta del zaguán—. Nos pidieron que pasáramos a recogerla.

Después de un mes sin escuchar voces, a la anciana le pareció que el individuo había hablado desde dentro de una lata.

—¿Cuántos vienen?

—La doctora y yo —respondió el hombre—. El carretonero se quedó en la calle.

—Párense de ese lado, para verles las caras —pidió Estela, y se asomó por el pequeño resquicio que dejaba en los bordes la plancha de zinc. El individuo, más bien bajito, con espejuelos, tenía las carnes desinfladas, y la doctora casi era una muchacha. Vestía aún la bata blanca y llevaba en la mano el estetoscopio y el esfigmo. Cuando Estela abrió, la muchacha la saludó con un beso. Tenía el pelo húmedo y la anciana recordó el olor de la sábila.

—¿Cómo se siente? —le preguntó la doctora—. Nos dijeron que había querido pasarse unas vacaciones sola y a nosotros nos pareció muy bien.

Al pasar junto al rincón donde antes estuvieron los balones del gas, Estela olió la peste de sus orines. "Si hubiera llovido, me hubiera evitado esta vergüenza." Entraron a la sala-comedor y la muchacha permaneció de pie junto a Estela y le pidió que extendiera un brazo.

—Díganos qué va a llevar, que salimos dentro de una hora —dijo el hombre, que se había sentado en la comadrita.

—¿Han tenido noticias de Fomento? —preguntó Estela. La banda inflable del esfigmo presionaba su antebrazo.

—No muchas. De Fomento supimos hace ya más de quince días —el hombre se había quitado los espejuelos empañados por el sudor y miraba a la anciana con expresión de miope —que llegaron bien, que la gente está satisfecha con los albergues, que los muchachos están recibiendo sus clases. Allá hay muy buenas tierras y los compañeros de Cabaiguán dicen que se espera que este año llueva en tiempo.

—Increíble —la doctora había despegado el esfigmo del brazo de Estela—. Ochenta con ciento cuarenta. A ver, póngase de pie.

Estela sintió en la espalda la frialdad del estetoscopio y la delicadeza de las manos de la muchacha. "¿Me habrán traído algo? –pensó al mirar la jaba que habían dejado sobre la mesa–: ¿café, cebollas, aspirinas?" La anciana respiró hondo cuando la muchacha se lo pidió y luego trató de toser. Tenía el pecho y la garganta limpios.

–¿Qué se ha sentido?

–Los años, pero ya estoy acostumbrada.

–Mi vieja –el hombre había vuelto a ponerse los espejuelos y sus ojos parecían dibujados en los cristales–, estamos apurados, díganos qué va a llevarse y la ayudamos a recoger.

–¿Me van a cargar a la fuerza?

–Eso nunca, pero el tren no sale sin nosotros y nosotros no nos vamos sin usted.

–Abuela, con la salud que usted tiene, y cuidándose un poco, fácilmente le quedan veinte años. Y algún día, cuando la situación mejore, vamos a regresar, y va a vivir otros veinte años, por lo menos.

Estela miró el patiecito: el sol apenas rozaba el umbral. "Se me está haciendo tarde para poner a cocer el boniato –pensó–, y a los tres no puedo invitarlos."

–Les puedo brindar un cocimiento de yerbabuena.

La anciana caminó hacia la puerta, pero la doctora la detuvo.

–Mi vieja –dijo el hombre–, no nos queda mucho tiempo. Ya ha tenido un mes para darse cuenta de que no puede ser, y mañana va a estar con su familia, con sus nietos, con sus vecinos.

–Me da pena que se tengan que ir tan rápido.

La muchacha se paró junto a ella, le acarició la cabeza.

–Explíqueme, abuela, ¿cuál es el problema? ¿No quiere estar con su familia?

–El deber de mi familia era haberse quedado.

–¿Le da miedo que le roben?

–¿Robarme? No sé qué.

–¿Y no se siente sola, como si estuviera presa aquí adentro?

La muchacha la había tomado de las manos, como dispuesta a comenzar un juego de niñas, y Estela no le respondió.

–Debe tener ganas de ver gente –dijo el hombre– aunque sean tan feos como yo. De conversar, hasta de pelear un poco de vez en cuando. Decídase, vamos, que no es tan difícil.

Estela había caminado hacia la puerta, y miraba con atención a lo alto de la pared:

–Ya ahorita empiezan a gotear los aguacates. ¿Qué hora usted tiene?

–Las once y media –respondió el hombre.

–Eso me parecía –sobre el cemento del patio comenzaba a formarse una línea de sombra.

El hombre se puso de pie:

–No podemos esperar más.

–Si tuvieran encima tantos años como yo –dijo Estela–, sabrían lo que cuesta comenzar de nuevo.

Mientras salían, Estela recordó que hubiera querido pedirles algún condimento. El carretonero estaba sentado a la sombra del zaguán y afuera el caballo mordisqueaba unas yerbas que habían crecido en las quebraduras del contén. El hombre le extendió la mano:

–Vamos, así mismo, sin equipaje ni nada. En el tren, o en Cabaiguán, le conseguimos lo que le haga falta.

La anciana negó con un gesto y la muchacha volvió a besarla:

–Cuídese de los catarros, que por lo demás no va a tener problemas.

–Vayan con Dios –y Estela cerró la puerta antes de que subieran al carretón.

VI

Los boniatos duraron hasta el comienzo de las lluvias. Abril vino con calor y Estela se vio obligada a tomar mucha agua para no sentirse deshidratada, a bañarse varias veces a la semana y hasta a lavar algunas piezas de ropa que ya no soportaba sobre el cuerpo. En esos días añoró las ventanas de su casa de Manzanillo, abiertas desde el piso y cercanas a las brisas del mar, y también el puntal alto, el fresco que guardaban las tejas españolas.

A fines de mes, para ahorrar agua y leña, decidió cocinar una sola vez al día, aunque comer frío por la tarde le acrecentaba la acidez y los gases que solían desvelarla. Dos de los tanques estaban casi vacíos y comenzó a temer que el óxido los desfondara si la lluvia no los llenaba cuanto antes. La mañana en que contó el chícharo sesenta en su calendario amaneció nublada y sin brisa. Toda la tarde estuvo oyendo hacia el norte la estampida de los truenos. Pero después de esa amenaza los días volvieron a tranquilizarse, aunque el fresco que la acompañó las noches siguientes confirmaba que había llovido cerca, quizás sobre las casas abandonadas de otros barrios. Luego de dos tardes de calor sofocante, se escucharon truenos al sur y Estela vio caer el primer aguacero de mayo sentada en la comadrita, con una toalla sobre los hombros para resguardarse del frío y la humedad. "Ya los mangos se podrán comer", pensó, mientras se adormecía con la caída regular de la lluvia.

Disfrutó de los aguaceros de mayo, aunque hubo ráfagas muy fuertes y ella sintió el estruendo de una pared cercana al derrumbarse y en la calle sonaron los golpes metálicos de algún objeto arrastrado por el viento. Sus tanques volvieron a llenarse y Estela se acostumbró a formar desde temprano una hilera de cubos y vasijas de cocina que, una vez desbordados por el agua que caía de los techos, bastaban para dos días, incluidos el baño y el inodoro, que de nuevo había comenzado a usar.

Desde que las lluvias se hicieron costumbre, había guardado en la barbacoa los fósforos, la leña y el poco de luzbrillante que le quedaba, para evitar que se humedecieran, y clausuró la ventanita de la cocina. Con el fin de los boniatos había comenzado a comer frijoles, que necesitaban más candela, por lo que acabó de desprender las tablas de la estantería. Eran de pinotea y, una vez que las puso a secar durante varias mañanas, ardieron lentamente y con una llama pareja, y le duraron hasta bien avanzado el mes, cuando apenas faltaban por cocinar dos puñados de frijoles.

"Ya en mayo estaríamos comiendo aguacates", se decía al poner a ablandar los frijoles. El árbol que sobrevivió a todas las ventoleras, demoliciones y sequías en la casa de Manzanillo había sido un aguacatero. Cada año era usual que, partidos por el peso excesivo de las frutas o sacudidos por los vientos de la primavera, perdiera algunos de sus gajos, pero desde mayo hasta agosto los aguacates jamás habían faltado a sus comidas.

Ahora dedicaba las mañanas a la revisión de las goteras (en el cuarto de los nietos de Zenaida encontró una que era difícil de cazar porque se corría por las vigas del falso techo), a barrer los charcos que se empozaban en el patiecito, lavar alguna ropa y quitar el bledo que crecía de un día para otro en el cantero de las yerbas medicinales (también el romerillo y la cañasanta se habían multiplicado, y la manzanilla, que creyó seca, estaba retoñando). Por las tardes, después de bañarse, se quedaba sentada en la comadrita, esperando que comenzara el aguacero, oyéndolo acercarse por los techos y las calles, quedándose dormida si no había truenos ni viento.

Antes del temporal de junio (noventidós chícharos en el calendario) hubo dos días pesados. Aun durmiendo en la barbacoa, con las ventanas abiertas de par en par, tuvo que quitarse el refajo empapado en sudor. Las mañanas amanecieron grises y, aunque se bañó dos veces, la sensación de estar pegajosa no la abandonó en todo el día.

El temporal rompió de noche. Estela se despertó con las gotas que caían sobre las sábanas, y después de cerrar las ventanas no pudo dormir más y esperó el amanecer meciéndose en la comadrita. Era una lluvia aplomada y alguna vez, a lo lejos, le pareció distinguir el ruido sordo de un derrumbe. "Dios quiera que no sea un ciclón." La densa calma de los días precedentes le había olido a huracán.

Cuando sintió hambre se dispuso a lavar y escoger el arroz (ya sólo eso, y los chícharos del calendario, era lo que quedaba de comida). Tuvo que entornar la puerta para recoger agua. No había sombras en el patio, sino una luz difusa como la del atardecer. Salvo las salpicaduras del piso no había peligro de que la lluvia entrara por las ventanas. Gastó cinco fósforos antes de lograr que la leña prendiera y la estancia se llenó de un humo que la tuvo con coriza el resto del día. Después de almorzar, oyó que el aguacero amainaba. En el patiecito había más claridad. "Serán como las doce." Después volvió a sumirse en la monotonía del temporal.

La otra ración de arroz la comió en la barbacoa, aturdida por la siesta con que recuperó el sueño perdido en la madrugada. "Quizás sean más de las cinco", se dijo cuando escuchó el llanto de los perros. Estaba convencida de que la jauría se había ido reduciendo y el resto de la tarde tuvo la impresión de que en el zaguán persistían los quejidos de un solo animal.

Se quedó en la cama durante lo que supuso sería la mañana siguiente. En la penumbra de la habitación, sin otro sonido que el de la lluvia, no le era posible conservar la noción de las horas. Esperó a que el estragamiento se le hiciera insoportable para levantarse a escoger el arroz, y ya con los granos limpios demoró mucho en pararse para coger agua y tratar de encender el fuego. Esta vez no sólo mojó la leña con más luzbrillante, sino también agregó pedazos de papel y frotó la lija con un trapo que le pareció seco. Fue inútil. Las cabezas de los fósforos se le deshacían entre los dedos, reblandecidas por la humedad, y tuvo que consolar el estómago con agua de lluvia. "Así no me moriré de los riñones."

El aguacero se mantuvo cerrado, sin pausas que pudieran señalarle el mediodía, y la anciana subió las escaleras con las rodillas atravesadas por alfileres. "He llegado al final", se dijo al echarse en la cama. Arrebujada entre las sábanas y el mosquitero, no supo cuándo dormía y cuándo estaba despierta. A veces se sintió rociada por una sacudida del aire y se cubrió la cabeza hasta asfixiarse, y otras le pareció que el sol estaba saliendo y en el patio subía un vapor como si fuera humo. En la noche cerrada levantó la cabeza, segura de que alguien más estaba en la habitación. "Tal parece que Encarna hubiera regresado. O a lo mejor es que ya estoy muerta." Afuera, el perro abandonado arañaba el zinc. Se vio cargándolo bajo la lluvia, frotándolo con trapos mojados en alcohol y acostándolo junto a ella. También escuchó el estruendo de edificios que se derrumbaban y hacían temblar la tierra y en algún momento creyó que ella misma dormía al aire libre.

La despertaron el calor y el repicar lejano de unas campanas. Una punta de luz, recortada por la ventana, caía sobre su cama. Estela la tocó para verificar que era cierta. Los objetos de la estancia habían recuperado la nitidez de sus contornos y afuera se oían cantar los pájaros. "Quién quita y hasta me he orinado", se dijo cuando descubrió que las sábanas estaban empapadas. Lentamente se fue desenroscando y logró estirar las piernas y los brazos. Algunas coyunturas le traquearon, pero los dolores del reuma se habían apagado. "¿Cuántos días habrá durado esta desgracia?" El cielo limpio se abría sobre el patio.

El pasamanos de la escalera estaba cubierto por el moho, como también el teléfono, el hule de la mesa de comer y los alambres eléctricos que colgaban del techo. Metió la mano en la jaba del arroz y se la sintió recorrida por el cosquilleo de los gusanos. "Si Dios nos ha quitado la comida, será que no la vamos a necesitar." Las chancletas se le encharcaron al atravesar la sala-comedor, con el agua que había entrado por debajo de la puerta. "Encarna tiene que cuidarse de otro resbalón", se dijo, y ella misma se apoyó en la mesita del teléfono. Buscó el calendario. De la latica subían varios tallos verdes. "Siempre Encarna me hace lo mismo. Menos mal que no se secaron."

En el patiecito había pedazos de ladrillos, piedras, maderas desprendidas de los aleros y trozos de aguacates que se habían partido al caer. El romerillo dominaba el cantero de las yerbas medicinales y al mascar un retoño se le reforzaron las punzadas del estragamiento. Debía pedirle a Encarna que pusiera a secar los fósforos y la leña.

Estela advirtió que la puerta del zaguán estaba iluminada de una manera inusual, y al abrirla le cayó junto a los pies el cadáver del perro abandonado. Era negro y pequeño y quedó con las patas delanteras extendidas, como si la muerte lo hubiera alcanzado mientras arañaba el zinc. Pasó cuidando no pisarlo, "no sea que le dé por morderme". El edificio del frente había perdido la planta alta y la luz del sol encendía las telarañas del zaguán. Caminando sobre los cristales de colores del mediopunto que remató la arcada de la cuartería, salió a la calle.

El silencio de la ciudad era absoluto. "Dios mío, qué has hecho", dijo en voz alta, y una bandada de pájaros levantó el vuelo, espantada por sus pasos y su voz. En la cuadra sólo dos edificios permanecían en pie y nada estorbó su vista cuando miró hacia donde se había levantado el centro de la ciudad: en vez del paisaje de casas despintadas y sucias por el hollín y el polvo, frente a ella se extendía una planicie verde, y a su izquierda, casi perdida en el resplandor del cielo, pudo ver la torre del Morro, más alta ahora en su soledad, y luego el mar, acercándosele, dominándola, como si de él saliera el silencio que contaminaba todo cuanto estaba viendo.

Apoyándose en los restos de las fachadas, evitando tropezar con los bejucos y las raíces que cubrían los escombros o que se confundían con los cables derribados por el temporal, Estela avanzó hacia el mar. Las guías de una calabaza doblaban lo que fue una esquina y en la cuadra siguiente crecían varias matas de naranja o de limón, y más allá florecían la estrella del norte y la picuala. Donde estuvo la panadería había nacido un grupo de papayos, y en el piso quedaban restos de frutas podridas o a medio comer por los pájaros o los ratones. Estela rescató un pedazo que le pareció sano y lo comió con desesperación, dejándose embarrar por el jugo que le corría por la barbilla y los dedos. Después de mes y medio sin probar más que alimentos insípidos, la papaya le pareció muy dulce, y trató de apedrear otras dos que amarilleaban en lo alto. "Encarna tendrá que venir después con una vara."

La cinta de asfalto del Malecón aún estaba intacta y las reverberaciones la deslumbraron. El Ayuntamiento quedaba muy cerca, hacia su izquierda, y creyó distinguir que la torre estaba vacía. La anciana se recostó al muro y miró el agua transparente. Sólo algunos peces pequeños se movían entre las rocas de la orilla. "Si Encarna me ve –pensó– le va a dar las quejas a mamá." Pero ella quería ser la primera en descubrir la chalupa y la bandera blanca batiéndose contra el fondo azul. Con temor de que pudieran castigarla por estar donde le habían prohibido, recorrió una y otra vez el horizonte. Era difícil, con el sol tan alto, darse cuenta de si a lo lejos volaban alcatraces y pelícanos, o saber si la mancha de espuma había sido provocada por el salto de un pez. En la torre del Ayuntamiento comenzaron los tañidos de las doce campanadas del mediodía y de la orilla se levantó el leve rumor de las olas. Confundida con el piar de los pájaros que picoteaban las papayas, le pareció escuchar la voz de su hermana, llamándola. Antes de volver a la casa, Estela miró por última vez el mar. Aún estaba en calma.

Julio-agosto de 1992

En Boston, impresiones del Oriente

Fernando Villaverde

1

Los dos verdes son idénticos, como un objeto y su reflejo. A la izquierda, el de la gorrita deportiva y americana que lleva puesta la muchacha japonesa; a la derecha, el que ella contempla, dibujado en un biombo japonés del siglo xvii, representa un seto, vegetación. Aunque iguales, uno resulta chillón, el otro espléndido.

Ni la muchacha ni el biombo aparecen aquí como curiosidades, como algo insólito. El Museo de Bellas Artes de Boston se precia de tener la mayor colección de arte oriental reunida en el mundo bajo un solo techo; y aunque en Tokio haya muchas más obras japonesas y en Pekín más obras chinas, ni una ni otra capital poseen grandes colecciones de piezas de la otra nación. Aquí están representadas en abundancia las dos, y Corea, y la India. En cuanto a la jovencita de la gorra beisbolera, es ya imposible subir al metro de Boston –el T, para los locales– sin que en el vagón se descubra por lo menos un rostro oriental: estudiantes, residentes, visitantes. La muchacha puede ser cualquiera de estas cosas: estar haciendo al museo una visita única, o frecuente.

El pequeño salón tiene una iluminación bastante tenue. Prácticamente la única fuente de luz es la que, desde dentro de su urna, baña al biombo, como las candilejas de un escenario. En medio de esta penumbra y teniendo en cuenta que el fondo del dibujo lo cubre un dorado mate, los dos verdes esmeralda resaltan como con luz propia.

El del dibujo brilla en toda su pureza, sin que el pintor le haya trazado un solo contorno, le haya dado una sola pincelada de sombra. El arbusto crece sin texturas: todo igual, una superficie abstracta sin primeros ni segundos planos, definida únicamente por las sinuosidades de sus bordes, que siguen los de una vegetación posible.

Me sorprende esta mancha de color; de manera elemental, he identificado siempre al dibujo japonés con un minucioso trazado, pariente de su caligrafía, y me llama la atención este color sin detalles, que veré repetirse muchas veces durante el resto de mi recorrido. Me pregunto si esta jovencita japonesa ve ese dibujo y ese color como cosa natural, o si le resultan igualmente extraños y hasta exóticos, y siente más próximo el verde escandaloso de su gorrita de pelotero.

2

Me dirijo hacia el salón al descubrir, desde lejos, su iluminación, todavía más apagada; lo recuerdo de mi visita de hace un año a este museo, en la que dediqué casi todo mi tiempo a las salas del Impresionismo, y quiero volver a él con más calma que aquella vez. Es un cuarto grande, de forma irregular, ante cuyas tres grandes paredes ha sido colocada una asombrosa colección de Budas, bodisatvas y guardianes de los templos.

Pero no es éste el lugar. Me confundió su escasa luz, como si los curadores persiguiesen un ambiente de recogimiento religioso, de santuario. De todos modos, entre las diversas piezas de arte asiático repartidas en él hay una imagen del Buda. Ha sido colocada en una esquina, como sobre un altar, o un trono, y está hecha de piezas de madera acopladas entre sí, aunque resulta imposible, a simple vista, descubrir los empalmes. El color de la madera, rojizo amarillento, y su lustre, confunden; se diría que la estatua está esculpida en bronce. En el centro de la frente, en el sitio donde el budismo sitúa el tercer ojo de las visiones superiores, el Buda tiene colocada una perla del tamaño de un garbanzo.

La imagen está ligeramente apartada de las otras obras del salón; ocupa el centro de un espacio rectangular, para ella sola, limitado por unas varillas de madera, a manera de arca. A diferencia de otras piezas de este tipo expuestas en el museo, el espacio del Buda queda abierto, accesible, sin cristales que lo protejan. Es posible tocarlo.

Me inclino para leer la placa colocada a sus pies, donde se describen los detalles de la escultura, y al hacerlo, meto la cabeza en el espacio limitado por las varillas. Se escucha de inmediato una alarma aguda, como un persistente cornetín; debo de haber sido yo el culpable. Me quedo esperando, inmóvil, como para demostrar mi inocencia, y pronto llega un guardián que, al verme, se comunica con otros mediante un radio portátil. No entiendo lo que dice pero la alarma se detiene.

Intento darle explicaciones y él, sin escucharme, me explica a su vez que un detector muy sensitivo dispara la alarma cuando se produce un movimiento brusco. Lo que me dice no tiene sentido, ya que en ningún momento me moví con brusquedad. De todas maneras, apenas nos escuchamos. Hablamos los dos a la vez, y finalmente él se despide, superponiendo sus excusas a las mías. Me alejo, sin dejar de pensar que lo dicho sobre la brusquedad es una trampa: no le está permitido revelar el secreto de la alarma, qué la acciona. Yo supongo, casi seguro, que es el haber traspasado el límite ideal fijado por las varillas.

Al cabo de un rato, desde otra sala no lejana, vuelvo a escuchar una alarma; suena igual y parece venir del mismo sitio. Pronto se apaga. Me acerco al salón del Buda y no tengo que esperar mucho para volver a oírla. No para de sonar, cada pocos minutos, como si fuese la única en todo el museo. ¿Por qué ésa, y no otras?

Para mayor extrañeza, encuentro al fin el vasto salón de los muchos Budas y acompañantes; están expuestos igual que el otro, como dentro de urnas sin cristales. Decido correr el riesgo y aprovecho un momento de aglomeración –preveo la necesidad de desaparecer entre la multitud– para introducir la mano hacia uno de los Budas, bien escogido: también tiene una perla en la frente. No pasa nada. Agito la mano. Tampoco. Aquí no hay alarma.

Vuelvo al otro salón y me planto ante el Buda intocable. ¿Cuál es su enigma? ¿O su trampa? Frente a él, en este salón oscuro y ahora desierto del Museo de Boston, me siento como si hubiese penetrado en una película del arqueólogo aventurero Indiana Jones, la cuarta, que nunca se hará. Delante tengo todos los elementos del personaje: el museo, el salón solitario, la perla, la alarma, la incógnita. Y la posibilidad de que esto sean celadas, engaños concebidos para despistar y ocultar la verdadera joya del lugar.

3

Tengo delante una imagen que conozco y no logro situar. Estoy en un salón mucho más largo que ancho, como un amplio corredor. A lo largo de sus dos paredes principales corren dos tarimas, sobre cada una de las cuales hay colocados tres biombos japoneses. Los tres de la izquierda son del siglo XVII y los de la derecha del XVIII. Uno de los más modernos muestra dos grandes carritos de mano, dos rickshas cargados de flores.

En el extremo de las dos varas que servirían para tirar del carro han quedado sueltas y desordenadas las cuerdas o cintas que se ata al cuerpo el que tira. En la hoja que tengo frente a mí del biombo abierto en acordeón se ven sólo las varillas, color marrón, y los fajines, de un rojo intenso, abandonados sobre el fondo dorado que abarca casi todo el dibujo.

No he visto jamás este biombo, ni aquí ni reproducido, y sin embargo recuerdo estas cintas rojas y ese fondo dorado. De pronto, caigo en cuenta: es Toulouse-Lautrec. Ése es mi recuerdo: las superficies puras, lisas, sin sombras ni accidentes: meandros de color sobre otro color: los afiches de Lautrec. Lo que contemplo es un paisaje japonés pero esas cintas rojas son también la bufanda de Aristide Bruant, y las varas del carro, el clavijero de un contrabajo en una orquesta parisién de cabaret.

Al cabo de un rato de paseo encuentro un paisaje de Van Gogh, una cañada: experimento la misma sensación de algo ya visto, sólo que esta vez lo identifico de inmediato: acabo de tenerlo delante. Los trazos espesos, los nudos retorcidos con que Van Gogh representa surcos y troncos, un posible arroyo, son de un esquematismo rugoso que he visto hace momentos, precisamente en el rectangular salón de los biombos.

Es uno de los tres del siglo XVII; muestra, como lo haría una película documental, la llegada a puerto japonés de un galeón portugués: los dignatarios japoneses esperan en el muelle; en cubierta aparecen, displicentes, los marinos portugueses; en actividad, trepados a los palos del barco o cargando la mercancía que es transportada a tierra, los trabajadores indios.

Las salpicaduras de las olas que golpean los costados del barco son compactas, como pequeñas garras que buscasen asirse de la nave, y los surcos de espuma, una crema sólida que corre junto al buque. Como los árboles de otras pinturas japonesas, cuyos troncos parecen cuerdas trenzadas, se diría que han sido realizados, aplicados, directamente, como más tarde hará Van Gogh, con los gusanos de pintura al óleo salidos de tubos todavía inexistentes.

En medio de la minuciosidad miniaturista de las figuras que suben y bajan del galeón, el pintor parece interesado sobre todo en la esencia de las cosas: el mar es el oleaje, repetido igual hasta el infinito, como las escamas de un pez. El invierno es la neblina; un tigre, sus rayas; un cuervo, el color negro.

Al día siguiente, esta correspondencia se vuelve física: veo en otro museo, el Fogg, de Harvard, el autorretrato de Van Gogh con la cabeza rapada, al estilo de los monjes budistas. La víspera, en el museo de Boston, los visitantes que más han llamado la atención son un grupo de una media docena de mujeres de rasgos orientales, todas vestidas igual: ropas grises, de tela y confección muy elegantes, a pesar de su humilde uniformidad; como hábitos de lujo. Lo que más choca a los occidentales que coincidimos con ellas ese día en el museo es que todas llevan la cabeza rapada, como la que se dibujó Van Gogh.

4

Me asomo a una ventana del piso alto y descubro, a nivel de la calle, el jardín japonés. Calculo ahora, recordándolo, que tendrá unos 300 metros cuadrados; pero este cálculo puede ser un disparate. En todo caso, es imposible comprobar sus dimensiones recorriéndolo: aunque una escalinata del museo desciende hacia él, está prohibido pasar, y los visitantes deben conformarse con contemplarlo de lejos, de pie o sentados en los escalones, a manera de gradería. O como yo, desde lo alto.

Este espacio intocable me trae a la memoria el jardín zen descrito por Italo Calvino en uno de los relatos de Palomar. El jardín de su narración, exquisito lugar concebido por monjes como sitio destinado a la meditación, ha sido transformado por la fama en visita obligada de turistas. Calvino relata las angustias de Palomar, que arrinconado por los viajeros y sus cámaras fotográficas y deslumbrado por los flashazos de éstas, intenta concentrarse en la perfección del jardín, alcanzar la meta de abstracción del yo propuesta por sus diseñadores como fin místico, mas allá de lo ornamental. Dos cosas que, para los japoneses, tal vez están siempre ligadas.

Siento por mi parte que el ancho sendero central de arena que ocupa alrededor de la tercera parte del espacio del parque, no sólo me distraería de cualquier intento de reposo mental, sino que me provoca rechazo. Lo atribuyo al deslumbrante sol y a su reflejo, bastante cegador, en la superficie de la arena. Puede que la culpa sea mía, que vivir diez años en Miami me haya cansado un poco de arenas soleadas y que en un viaje como éste al norte mis ojos esperen paisajes más brumosos, más matizados. Como los indios de la selva que, en sus dibujos, rehúyen el verde.

Vuelvo al museo días después, esta vez bajo un cielo gris y una lluvia persistente. Al cabo de un rato de recorrido, me detiene un gran ventanal rectangular, hermético, empotrado en la pared del edificio. Está hecho de un sola pieza de vidrio y esta superficie continua, con su marco de madera, lo asemeja a los cuadros colocados a derecha e izquierda.

La ventana da a un patio interior, lleno de vegetación reverdecida por el verano. La lluvia que empaña el cristal, la grisura melancólica del patio, vuelven inconfundible este paisaje impreciso: es como contemplar un Monet. Me quedo allí un rato, disfrutándolo, descubriendo el velado gris pardusco de un tronco, la difuminada madeja de enredaderas y lianas, las diminutas manchas rojas que crean las flores; siguiendo las gotas de lluvia que caen por fuera sobre el vidrio, resbalan sobre él y lo empañan, hasta parecer que la ventana las absorbe y las transforma en niebla. Permanezco un rato absorto ante ese lienzo, ese paisaje que la llovizna y el vidrio han vuelto bidimensional, un cuadro más. Me saca de la contemplación el darme cuenta de que allí, ante esa ventana, es donde yo he podido encontrar mi jardín zen.

Dorado mundo

Francisco López Sacha

Se le rompió la taza del inodoro a Filiberto Blanco al iniciar su lectura en el baño, asombrado por aquellos cintillos con las noticias de Europa del Este. La taza se quebró por la base, en los arreos, por un mal movimiento del cuerpo, y saltaron las astillas de loza y Filiberto se levantó de un brinco, subiéndose con rapidez los pantalones. El agua se salía por el tragante, en un chorrito blando y disperso, porque la taza descargaba a la pared. Se agachó de prisa y le puso un tarugo de papel periódico, mientras revisaba la goma y trataba de ajustar la conexión. Antes, cuando era joven y empleado público, rogaba a Dios para que no se le enfermaran sus hijos, y ahora, que era ateo y empleado de banco, lo hacía muchas veces en un tono burlón para que no se le rompiera nada. Ay, Dios mío. La desgracia le ensombreció la cara, corrió al fondo del apartamento y cerró bruscamente la llave de paso. Se felicitó, después de todo, porque no tuvo tiempo de hacer nada, y se maldijo porque el mes pasado había notado un tenue bamboleo al sentarse y lo achacó a la flojera de los tornillos. Los había ajustado un poco más y olvidó la inquietud, pues la taza era sólida, elegante y moderna y no le iba a hacer la gracia de romperse. Pero el azar, que trabaja en silencio, hizo que los tornillos volvieran a aflojarse, que los húngaros abrieran las fronteras, que los turistas alemanes escaparan hacia el lado oeste, que él comprara el periódico al volver del trabajo, y ante el asombro de tantas catástrofes, se sentara de golpe a leer y rompiera la taza. Así fue como pudo comprobar, mientras secaba el agua, que ya estaba despegada por el fondo, debido, seguramente, al apuro de los constructores por entregar el edificio. Pensó con amargura que las tazas americanas eran viejas y antiguas y de nada le servía ir al rastro. No había cemento blanco por ninguna parte, ni juntas de repuesto, y ahora el delegado andaba como loco en el asunto ese de hacer un parquecito infantil. Ay, Dios mío. Si no encuentro un plomero ahora mismo, nos vamos a tener que mudar.

Era sábado largo, estaba solo y apenas conocía a sus vecinos. Su edificio quedaba entre dos, venía muy tarde y sólo dialogaba con ellos cuando limpiaban el matorral del fondo o sacaban los cardos del jardín. Eso ocurría una vez al mes, amontonaban la hierba y la basura y compraban un litro. A las once, o a las once y media, después de algunos tragos. Siempre se burlaban de Leblanch, el de los bajos, un mulato corpulento y risueño que los entretenía algunas veces con un solo de corrido mexicano. Era el momento de pasar el rastrillo, de comentar un chiste de ocasión, de quejarse de Gil, de Candito o de Almanza, los líderes del Comité, y de irse subrepticiamente. En las reuniones todo era muy rápido, levantaban la mano y a otra cosa. Su mujer los conocía mejor, o conocía mejor a las mujeres, con quienes conversaba de balcón a balcón cuando caía la noche. Hablaban de los hijos, del duodeno, de la falta de cebolla o de papas en un diálogo pausado y monótono. Filiberto se dejaba arrullar por la conversación tendido en el balance de la sala, estirando los pies y gozando con ese murmullo. Su mujer era áspera, precisa, con una gran desenvoltura para las colas del mercado. Baldeaba y fregaba con rapidez y siempre tenía un motivo de queja. Por fortuna, ella no estaba aquí, sino en Alquízar, atendiendo a la niña de parto. Su niña era maestra, de las buenas, graduada de francés y de pedagogía. Había tenido un varón y se llamaba Philip, como él. Sonrió con alivio y con resignación. Su mujer se irritaba a menudo por su manía de leer en el baño y no debía enterarse de ninguna manera, válgame Dios. Tampoco sus compañeros de trabajo. Él pasaba por culto y distraído y con esta desgracia acabarían con él.

Tocó enfrente y su vecino se encogió de hombros.

No conozco por aquí a ningún plomero, le dijo de soslayo, con su dicción cantarina del monte. Su vecino era calvo y esmirriado y fumaba un tabaco de a peso. Andaba sin camisa y en chancletas; el humo insomne y gris apenas lo dejaba respirar. Se acarició su pronunciada barbilla, preocupado, y más tarde levantó la cabeza, con aire triunfante. Mira, le dijo sonriente, a lo mejor te pusiste dichoso. Pregunta en el otro edificio, yo creo que en la segunda escalera vive un maestro de obras.

Filiberto cruzó la calle y tocó con timidez en la casa. Un muchacho le abrió y gritó para adentro a su padre, mientras cambiaba el cassette de la grabadora. El *heavy metal* lo ensordeció un momento. El muchacho se inclinaba hacia atrás, ido del mundo, y punteaba con los dedos en una imaginaria guitarra eléctrica. Un mulato macizo y cincuentón salió en chancletas, con la toalla al hombro. ¿Un plomero? Sí, hombre, cómo no, pregunta por Vila en el apartamento cuatro. Ahora no sé si está, pero ayer mismo lo vi en la cola de las galletas.

Vila no estaba. Su mujer acababa de llegar y lo miró indecisa, con sus ojos saltones y oscuros. Mantenía la mano en la puerta y lo observaba de la cabeza a los pies. ¿Quiere algún recado? Pues no sé. La mujer sonrió, comprensiva, y señaló vagamente al reloj de pared que adornaba la sala. Vila se va de aquí a las cinco y media y no regresa hasta las santas horas. Vuelva más tarde, pero no le doy seguridad. La mujer suspiró, recogiéndose el pelo. Está en una brigada que aspira a contingente. Ayer estaba aquí, pero hoy, quién sabe.

Volvió al anochecer, impaciente, pues a pesar del cierre de la llave de paso el tanque del inodoro continuaba goteando. El plomero no estaba y Filiberto se mordió el labio inferior, apenado y confuso. Esta vez le contó su desgracia y la mujer, compadeciéndose, lo invitó a pasar. Se sentaron delante de un tapiz con un tigre amarillo que asustaba a una partida de cazadores. Uno de ellos, con el fusil en alto, gritaba de miedo, envuelto en el satín de su turbante, con los ojos tan grandes, tan oscuros, como los ojos de la mujer.

Conversaron de cosas menudas y ella le recordó, de súbito, que estaban dando el pollo de la novena. Aquélla era, quizás, una insinuación para que se marchara, pero él estaba solo, era torpe e inhábil, y no tenía a quien recurrir. Filiberto, además, era terco, o por lo menos de pensamiento fijo. Estaba encanecido por completo y al revés de casi todos los adultos, se volvía imprudente y áspero. Pensaba mucho más en su mujer, a quien temía, porque le provocaba un sentimiento de culpa. Al menos, él podía contar con un caño. Ella no. Imaginó a su mujer pidiendo de favor y la posible humillación le enrojeció la cara. Agachó la cabeza y tosió fuertemente. Su mujer le reprochaba su carácter, su torpeza, su manía de andar entre papeles. Cuando estaba furiosa le reprochaba su mala educación y hasta el contacto con gente de oficina que no le resolvían nada. Ay, Filiberto, te tengo que dejar por imposible. Si no fuera por mí en esta casa no habría ni frigidaire, ni televisor, ni muebles, y tú andarías como las polillas, viviendo entre los libros.

Esperó al plomero hasta las siete y media, cuando el cuco salió un par de veces por la ventanita labrada del reloj. Aún iba a quedarse, pero dedujo, por un gesto incierto de la mujer, que no debía seguir esperando. Vuelva mañana temprano, sonrió, poniéndose de pie. Quizás lo encuentre aquí.

Era verdad. Estaban dando el pollo y Filiberto bajó con la libreta. Primero hizo la cola de la entrada, donde una empleada buscó su tarjeta y lo anotó. Después hizo la cola de adentro.

Mientras ordenaba el dinero, la tarjeta y el turno, y abría la hoja de la libreta, escuchó a una señora murmurar que hace apenas un año no se hacía la cola de afuera. Filiberto la miró con desgano. Tampoco daban pollo; daban carne la mayoría de las veces, le respondió. La señora asintió levemente. Una mujer con pestañas postizas y pelo batido se recostó al mostrador con impaciencia, taconeando delante de él. Después de haber comprado examinó el paquete con el índice, en gesto sibilino. Éstos congelan el pollo para que pese más, dijo al salir.

Filiberto entregó los documentos a un muchacho, que hacía de ayudante o carnicero B. El carnicero A, un hombre saludable y robusto, picaba con la hachuela su porción y Filiberto se atrevió a preguntarle si estaban dando también la novena atrasada. El carnicero dejó de picar, se secó las manos en el sucio mandil y señaló hacia arriba, con un gesto impaciente. Lea, señor. "A los consumidores afectados en la 9na 31 y 36, se está pagando el pollo y la 9na (C-2). La 9na 32 (C-1) sigue pendiente." Pagó un peso y cuarenta centavos, de mal humor, y salió murmurando hacia afuera.

Llegó tarde al noticiero de las ocho, justo en el momento en que el locutor terminaba de anunciar el cumplimiento de los planes en la empresa porcina de Matanzas. A juzgar por el tono, el cumplimiento debía ser asombroso, porque, según decía, era la cifra más grande alcanzada hasta entonces por una empresa similar en la provincia. Se levantó irritado. Pasaron los deportes, la gira nacional de Alfredito Rodríguez y el anuncio del Sábado del Libro. Esas noticias las oyó desde lejos, mientras tomaba agua. Escuchó el retintín de la gotera y se asomó por la puerta del baño. El charco continuaba creciendo. Acomodó la frazada como pudo y se dirigió presuroso a la sala. Un nuevo locutor, de sonrisa beatífica, dio a conocer las noticias de carácter internacional. Esa noche los alemanes cruzaban la frontera, se registraban disturbios en Lituania y seguían bloqueados los caminos y las vías de ferrocarril en la República de Armenia. ¡A Dios carajo, se está acabando el campo socialista y todavía no encuentro a un plomero!

Al día siguiente se levantó temprano, con un vago malestar en el estómago. Orinó de rodillas en el vertedero, a la incierta claridad del alba. Hizo café y no desayunó, a pesar de que tenía leche, pan y mantequilla. Recogió la vasija y pasó la frazada sin atreverse a descargar. Al rato, sintió gotear de nuevo. Eran los restos del tanque y decidió descargarlo de una vez, aunque se empapara el piso. Se dirigió a la casa del plomero, rogando al Dios a quien ahora rogaba para que no se le rompiera nada más.

Vila le abrió la puerta. Era un negro retinto y ojeroso, con la sonrisa ancha y los dientes blanquísimos. Vestía ya un pulóver con la nueva consigna, 31 y palante, un pantalón pitusa desteñido y unas botas de casquillo redondo. Déjame recoger el picoloro, le dijo de inmediato, vamos a ver lo que se puede hacer.

Filiberto se sintió confiado y sonrió por primera vez. Le temblaron las manos al subir la escalera y al indicar el número de su apartamento. Vila se balanceaba al caminar, movía la cajita de las herramientas y se ajustaba el cinto con la mano libre. Tenía el estilo de los viejos plomeros, y el aire bueno de los viejos sabios.

Sin duda alguna, en él podía confiar.

El plomero se rascó la cabeza. El problema es que la sifa está rota, y señaló hacia la conexión con las manos ya empapadas de agua y oscurecidas por la grasa de la junta. Allí, en la penumbra, bajo la luz del bombillito del baño, estaba completamente negro y le brillaban los dientes al hablar. Los tornillos ya no ajustan en los tacos, la boca está rajada y hay que sustituirla. Yo te puedo reconstruir la taza, fijarte los arreos y cambiarte la goma, pero no hay pegamento ni cemento blanco. Es mucha cantidad.

Se levantó de un salto.

Lo único que puedo hacer por ti es clausurarte la entrada de agua. El trabajo no es nada, pero es muy delicado. Yo te sugiero que consigas otra. Filiberto meneó la cabeza sin saber qué decir, y tuvo miedo, una brusca sensación de abandono que le bajó del estómago a los pies.

Vila miró hacia el techo, con expresión ausente. Estuvo un rato en esa posición. Después peló un tarugo con una navajita, silbó la noche dura un poco más, y antes de colocarlo dio media vuelta, tocándose la frente con el dedo. Ya me acuerdo. En el piso de arriba del E-14-8 vive un ejecutor. Es buena gente. Pregunta allí por Mario Romaguera y le dices que vas de parte mía. Sonrió con candor, clavó la cuña donde iba el meruco y se frotó las manos con satisfecha energía.

El ejecutor lo recibió en pijama. Se habían visto otras veces, en la cola del pan y en el mercado. Ambos se reconocieron y se dieron las manos afablemente. Una niña de pelo suelto y lacio jugaba con un perro y Romaguera se rascó la nuca. Eso está duro ahora, los controles. Si hubiera sido el mes pasado. Mira, yo le resolví un juego completo a Mejides, el que vive en el ocho. Le salió barato. La niña brincaba y se reía y el perro iba y venía de la sala al balcón. Romaguera tenía los ojos verdes y profundas arrugas en la cara. Miraba hacia la niña y hacia él, con el semblante hosco. La verdad es que no te puedo resolver, pero yo tengo un socio; en fin, tú sabes cómo es eso. Ven por aquí el martes o el miércoles, te digo lo que hay.

Filiberto bajó entristecido. Esta vez no prendió el televisor, a pesar de que anunciaban África Mía para la tanda del domingo. Se frió un par de huevos y calentó la sopa. Quedaba un poco de helado de cuando vino el carrito por la zona, y lo tomó. El congelador estaba lleno de escarcha y ahora la puertecita no cerraba. Le dio un tirón a fin de reajustarla y se quedó con el plástico en la mano. ¡Me cago en Dios y en la Virgen Santísima! Y menos mal que su mujer no estaba porque el Minsk era la niña de sus ojos. Acomodó la puertecita más o menos y se sentó a comer.

El lunes se apareció bien temprano en el banco y lo primero que hizo fue ir al baño. Se levantó sonriente y compuesto, con un suspiro de satisfacción. Trabajó con desgano en la caja y a la hora del almuerzo recibió una llamada de Alquízar. Escuchaba la voz como lejana y tuvo que hacer un gran esfuerzo para entender las palabras. Su mujer se preocupaba por todo, le hablaba maravillas de su nieto y le informaba que regresaba el viernes. La noticia le cortó el aliento. Apenas pudo balbucear que se encontraba bien y que no habían llegado cartas del varón, médico de un hospital en Mayarí. Ordenó los papeles sin saber qué hacía y decidió terminar el informe al día siguiente. Había tallarines en el almuerzo y Yoyi, la rubita de Personal, pinchó uno con el tenedor y lo mostró con verdadero asombro. Ay, mira tú, a estos spaguettis los aplastaron todos. Se la comieron. Quedaron parejitos, parejitos.

Era día de cobro. Pagó la cuota sindical y el día de haber de las Milicias de Tropas Territoriales. Al salir, se dirigió a la Moderna Poesía. Hacia el fondo habían colocado algunas novedades de la Editorial Progreso, y se veían los estantes multicolores abarrotados de libros. Caminó hacia el final y observó de pasada, un poco amontonados y mustios, algunos ejemplares de *La conquista del cosmos,* de V. E. Fedorovich y G. E. Turandov, los *Discursos* de Yu Tsedenbal, *El pasado del cielo* de Fernández Larrea, y *El negro en la literatura hispanoamericana,* de Salvador Bueno. Dio media vuelta. Un grupo de curiosos hojeaba y leía un pesado volumen de *República Angelical.* No encontró ningún libro de Stefan Zweig, un autor que había leído con deleite hacía ya tantos años y a quien, sin lugar a dudas, no le querían publicar. Qué lastima, pensó, con lo bien que solía escribir. Compró finalmente un libro de Eduardo Heras León, salió hasta el parquecito Supervielle y regresó a la casa en una guagua llena.

El martes se acostó a la medianoche, leyendo el libro que había comprado. Un cuento le llamó la atención, le pareció sensible y bien escrito. Se llamaba "Asamblea de efectos electrodomésticos". Había otro cuento también, "Sonata nocturna", y quizás otro más, cuyo título no recordaba, y que hablaba del final de un día para una pareja sin amor. El resto, bah, esos problemas de la clase obrera. Para su gusto educado en los clásicos, le parecían demasiado oscuros, y a veces insulsos, esos temas que hablaban de la producción y esos conflictos de dirigentes y operarios. Es una producción que nunca se ve, pensaba, y esos dirigentes son muy ideales, parecen preocupados por los trabajadores. Los dirigentes que yo conozco siempre van en Ladas, y usan guayaberas y portafolios y lo miran a uno desde arriba, con una celeridad, con un rigor, que no está en ninguno de esos cuentos. ¿Será que soy bancario? Apagó la luz del velador y se quedó pensando. En realidad, los cuentos no son malos, tienen tensión, suspenso y equilibrio. Pero esa nueva guerra es la que tengo yo y nadie escribe eso. Se acomodó en la cama, estirando los pies hacia su lado familiar, esa hondonada que tenía el colchón a causa de la rotura de algún muelle. Ya no sé si se escribe de prisa, o no se toma en cuenta a la gente real. Lo cierto es que nos quedamos solos y esas minucias de la vida diaria nunca las ve nadie, ni siquiera un buen escritor. Quién sabe si los alemanes que ahora brindan con champán porque se han ido, se han sentido alguna vez como nosotros. Quién lo sabe. ¿Y qué se puede decir de los polacos, de los checos? El sueño fue ganándole las piernas, y se quedó dormido, con el libro abierto sobre el pecho.

Al despertar, después de un sueño intranquilo, tuvo la sensación de haber soñado con su mujer, con una iglesia en ruinas y con un libro de grandes caracteres, encuadernado en pasta. Recordó una estepa helada, un pope, una bicicleta, y un hombre calvo y barbudo. Recordó con pavor que era miércoles, que su mujer vendría el viernes, y que aún no había resuelto su problema esencial.

Se encaminó a la casa de Mario Romaguera al regresar del trabajo, y el ejecutor lo recibió en guayabera, con esas botas de punta fina. Ya hablé tu asunto, le dijo sin preámbulos. Son doscientos pesos. Filiberto tragó en seco. Había acabado de cobrar y tenía mil pesos en el banco. Podía pagarlos, desde luego, pero era demasiado dinero. ¿Doscientos pesos?, dijo, por decir. Sí, ¿de qué te asombras? Hay que pagar el mueble, al almacenero, al hombre que lo saca y al socio que me lo vende. Y todavía está barato. Créeme, yo no me busco nada en este asunto, es por hacerte el favor. Romaguera había llegado en ese instante, porque aún tenía el portafolios sobre la mesa, y ese aire de hombre agitado que acaba de bajarse de su carro. ¡Chaplin!, gritó hacia adentro, y vino el perro con sus paticas abiertas, meneando la cola. Le acarició el lomo y rió con una risa fuerte, de dirigente intermedio educado para recibir órdenes y hacerlas cumplir. Mañana jueves me lo traen aquí. Estáte al tanto. No me gusta guardar esas cosas.

Filiberto suspiró con placer y le tendió la mano. El dinero era lo de menos. Ya tenía su taza de nuevo y comenzó a ver la realidad de otra manera, como cuando se acaba de comer. Esa noche no puso el noticiero y se hizo todo el café de la cuota, leyendo algunos cuentos de Heras León que hablaban del acero y que le parecían ahora verdaderamente grandes y heroicos.

Trabajó en el informe, recibió una visita del subdirector y salió complacido a las cuatro, para llegar a tiempo. Si recibía esa tarde la taza podía ver a Vila e instalarla quizás esta misma noche o el viernes de mañana. Así, cuando llegara su mujer, podía encontrarlo todo como lo dejó.

La guagua se demoró un poco y viajó en el estribo hasta la entrada del túnel. Se detuvo en el Hospital Naval y luego no se detuvo más hasta el intermitente. Alguna gente se quejó al chofer, pero éste argumentó que estaba atrasado y después le rayaban el expediente. El chofer iba conversando con una muchacha de *blue jeans* y pulóver y tenía a todo volumen esa canción de Ricardo Montaner que estaba de moda. La ponían cada cinco minutos, en cada emisora, y todos tarareaban en la guagua la noche dura un poco más.

Romaguera tenía una visita, quizás una mujer, y apenas le entreabrió la puerta. Se notaba que quería ser gentil. Disculpa que no te haga pasar, pero estoy apurado. Ladeó la cabeza hacia adentro e hizo una señal con la mano. Ahora son trescientos pesos porque se vende el mueble completo, con tanque y todo. Además, el transporte. Filiberto sintió bullir la sangre bajo la piel y negó un par de veces, sin saber por qué lo hacía. No puedo pagar ese dinero, le respondió, con una fuerza de carácter imprevista incluso para él. Romaguera abrió la puerta y salió al pasillo. Entiéndelo, mi hermano. Ese servicio sanitario tiene que darse de baja por algún desperfecto. Yo tuve que decir que en los albergues se había roto un baño para que me permitieran hacer la factura. ¿Tú no sabes que todo es así? De acuerdo, pero mañana serán trescientos veinte y pasado quién sabe. ¿Tú trajiste la taza? No. Romaguera se quedó en silencio y Filiberto bajó las escaleras, sintiendo un calor de fuego en la cara, en los brazos y en el resto del cuerpo.

Ya no rogaba a Dios ni maldecía y se sentía con un peso de plomo que apenas lo dejaba caminar.

Al subir a su casa, se encontró con el vecino de enfrente, quien terminó de cerrar la puerta y encender el tabaco. Sonrió de pronto, mientras guardaba las llaves, y le preguntó si había resuelto. Nada, todavía. Filiberto temblaba en ese instante y su vecino se acercó extrañado y le puso una mano en el hombro. ¿Pero qué es lo que pasa? ¿Tienes alguna tupición? No, no es nada de eso. Es que me han engañado miserablemente. Tengo la taza rota hace seis días y estoy haciéndolo todo en la calle. El vecino manoseó el tabaco y apuntó con él hacia el techo. Modulaba la voz, conmovido, sintiendo que esta vez sí hacía un favor. Yo creo que este hombre de acá arriba te puede resolver. Él trabaja en una fábrica de losas y siempre anda con pesos.

Filiberto se sentó un rato en la sala y se tomó dos vasos de agua fría. Sintió un mareo, un ligero vahído. Subió después al último piso y le explicó el problema a un muchacho risueño, alto, de ojos grandes y oscuros como los ojos de aquella mujer. Yo tengo un familiar que debe tener tazas, porque las vende. Vive en La Habana Vieja, en Obispo 222. Ve ahora mismo, segurito que lo vas a encontrar. Él te la pone y no te cobra arriba de doscientos pesos. Pregunta por Regina o por Alcides, diles que vas de parte de David.

La guagua estaba vacía. Hacía frialdad y Filiberto cerró la ventanilla. Estaba despeinado, ajado, sucio, cuando llegó a la parada del túnel.

La puerta de la casa estaba abierta. Regina lo recibió y lo hizo pasar. La casa tenía una suave calidez, un sofá de vinil, unas butacas. Se respiraba un aroma de café con leche, de pan tostado. Al final había un televisor en blanco y negro, y el locutor del noticiero de las ocho hablaba ahora de la caída del gobierno húngaro, y del reemplazo y la sustitución de Erich Honecker por un tal Egon Krenz. Los trenes continuaban viajando hacia el oeste y el parlamento búlgaro se encontraba en crisis por primera vez.

Las marchas de protesta se escuchaban de lejos cuando Regina meneó la cabeza y apoyó las manos en el espaldar del butacón. Usted me perdona, le dijo de súbito, pero no hay nadie que resuelva esto. Se fastidiaron las botellas de albaricoque, la mesa eslava, y la carne en conserva. Yo no sé lo que vamos a hacer. Con esta crisis ni los búlgaros, ni los checos, ni los alemanes, nos van a mandar nada de repuesto.

Filiberto asintió con la cabeza. Estaba algo ido, viviendo en una atmósfera de sueño. Ahora hablaban del pedraplén a Cayo Coco y del proceso de rectificación. Mira eso, observó ella, alzando los brazos, hablar de un pedraplén cuando se está acabando el mundo. Regina tenía el pelo castaño y corto, la cara larga y una sonrisa de alma de paloma, como el personaje del cuento de Chejov. Sus ojos brillaban con un aire de interrogación y lo miraban inquisitivamente. Bueno, le dijo al fin, si quiere ver a Alcides, él está en el apartamento de los bajos, tomando unas cervezas.

Debajo había un solar, con decenas de puertecitas entreabiertas, con matas de malanga y plantas de areca. Por encima de las tendederas brillaba el cielo, cuajado de estrellas. Hacia el fondo, en el patio interior, había una puerta de madera maciza y Filiberto tocó con ansiedad.

Le abrió un hombre bajito, cincuentón, trabado y fuerte, un poco calvo y con barba. De pronto, Filiberto tuvo la sensación de que lo conocía, pero de otro lugar, de otro ambiente, y luego recordó que era el hombre del sueño. Podía ser el pope. No. Era el otro, el que estaba junto a la bicicleta.

El hombre lo miró sin desconfianza, un tanto impasible. Se miraron como reconociéndose, en una bruma que duró un segundo, hasta que Filiberto le indicó: Busco a Alcides, al compañero Alcides. ¿De parte de quién? De David. El hombre le abrió los brazos y soltó una sonora carcajada. Lo abrazó fuertemente y lo invitó a pasar. Yo soy

Alcides, chico, e hizo un guiño malicioso con los ojos, acompañado de un chasquido con la lengua. Ven, pasa. Estamos celebrando aquí la bandera y el gallardete, la condición de vanguardia de la empresa.

El local era una antigua casa, o quizás la mitad de un zaguán, con el aspecto pacífico y tranquilo de un tiro clandestino de cerveza, con barra niquelada, un frigidaire de tres puertas, y un pasillo de losetas oscuras ocupado por algunas personas. Había una tendedera de bombillos, más bien de bombillitos de colores, y un grupo de hombres alrededor de la barra. Unos tomaban directamente de la botella, y otros lo hacían en laticas abolladas de Coca-Cola, Heineken y Hatuey. Hablaban y reían como en un murmullo y Filiberto creyó percibir a un chino alto, de pómulos salientes, empaquetado con una bolsita a la cintura, de esas de cremallera, y con todo el aspecto de un mesero. Alcides le pasó el brazo por el hombro y lo presentó. Éste es amigo de David, ponle una fría. Tú no me digas, le respondió un muchacho de pelo oscuro, sonriente. Yo soy el capacitador de la empresa, le dijo con orgullo, cuéntale a David de Arsenio Paz. El chino sonrió, poniendo una botella sobre el mostrador. Ese David es de mandarria, dijo.

Filiberto mantuvo la cerveza en la mano y agradeció con pena, temeroso de iniciar la conversación. Sí. Ya sé a lo que vienes. Quieres que te declaren el habitable. Filiberto no entendió de momento. No, necesito una taza, nueva, cubana o japonesa, que descargue a la pared. ¿Una taza? Pero eso es lo que tengo yo, una taza. Filiberto lo miró desconcertado. Mi negocio es muy simple, no te asombres. Yo le pongo mi taza, fíjate bien, mi taza, a las familias que construyen por su cuenta. Viene la comisión, revisa, concede el habitable, y después que se va, yo regreso a la casa y me la llevo. Es muy sencillo. Cobro cincuenta pesos. Ah, de manera que su taza es un préstamo. Digámoslo así. Pero David me dijo… Eso era antes, hace ya mucho tiempo, cuando yo no me había graduado. Aunque no lo parezca, yo soy ingeniero civil. Sonrió y se tocó el pecho con ambas manos. Ahora estoy de licencia por enfermedad y tengo que seguir viviendo. Pero toma, tómate la cerveza.

El ambiente era cálido, a pesar de la frialdad exterior que venía del fondo, un patio de cemento abierto al cielo, a donde no alcanzaban los bombillos. Había una discusión que Filiberto no logró precisar y al final del pasillo un hombre alzó la voz y mencionó a los mencheviques. Alcides estiró el brazo derecho y juntó el índice con el pulgar. Se adelantó unos pasos, en esa posición, con la cabeza inclinada hacia adelante. No te pienses que todo es tan sencillo. En realidad el pasado no vuelve. La Historia no se repite. Es más, estudia la Historia, no para conocer el pasado, sino el futuro. ¿Qué fue de los decembristas, o los marxistas legales? ¿No propugnaban cambios parecidos a éstos? Los soviéticos vivieron durante mucho tiempo en un cuarto cerrado y decidieron abrir las ventanas. Alcides paseó el índice por el recinto, chasqueó la lengua y movió la cabeza varias veces. Eso es la perestroika, para mí. Pero afuera soplaba un ciclón, argumentó el otro, y les está desbaratando la casa. ¿Y adentro, qué había adentro? Alcides rió estentóreamente, abriendo los brazos, y luego añadió, con una voz sonora, grave: *La respuesta, amigo mío, está soplando en el viento.*

Alcides se dirigió hacia el fondo del pasillo e invitó a los demás a continuar bebiendo. La taza, el baño, su mujer, y lo que había escuchado, se hicieron un lío en la cabeza de Filiberto, quien pidió otra y otra más, y terminó mareado, recordando su sueño, mientras aquellos hombres alzaban las botellas y celebraban el triunfo en la emulación.

Volvió de madrugada, completamente ebrio, y durmió plácidamente hasta el mediodía. Se despertó con un extraño susto, no por haber faltado al trabajo, sino porque ya no tenía tiempo para ocultar las cosas.

Su mujer regresó al atardecer. Se dejó caer en el balance de la sala, le dio un beso, y le pidió un poco de agua. Conseguí unas cebollas, le dijo alegremente, y le indicó la jaba de la shopping y el maletín de viaje, dejados como al descuido frente al televisor. Se notaba feliz, más rosada que nunca, con su pelo oscuro, recién teñido, y esa fiera tranquilidad en su mirada. ¿Cogiste el pollo?, fue lo primero que le preguntó. Tuvo que hacer un esfuerzo para responder, y para darse cuenta que los ojos de su mujer lo miraban como aquella otra, como el huidizo cazador del tapiz, como todas las personas que lo hacían sentir inseguro, indeciso, torpe. No entres al baño, casi le gritó. Está roto. Su mujer se levantó de súbito. Taconeó indecisa hasta el fondo del apartamento, mirándolo todo, y regresó con la cara enrojecida, hecha una furia. Yo me voy. Yo regreso ahora mismo. ¿Qué te imaginas? Filiberto sintió la punzada del miedo, una frialdad que lo dejaba inerme, con los labios resecos, pero también un oscuro temblor, una cólera sorda contra ella, y contra sí mismo. El calor le subía por el cuerpo con una fuerza que no conocía y de pronto se sintió lejos de su mujer, de la casa, de todo. Ya sé que la taza está rota. Te comprendo. ¿Pero es que piensas irte y dejarme solo? Su mujer le dio la espalda bruscamente. Ay, Filiberto, Filiberto, tú nunca vas a resolver el problema. En este país hay que tener agallas para sobrevivir. Se volvió con la misma brusquedad. ¿A que no has ido al Poder Popular? ¿No lo ves? Pues yo me planto frente al delegado y chillo y pateo hasta que me resuelva. ¿Y el agua que te pedí? Me muero de sed.

Lo miraba como si no lo viera, sus labios le temblaban un poco y movía las manos con ansiedad. Él esperaba eso, desde luego, pero no así, no así. En estas condiciones no podía defenderse, ni atacar, y su cólera se extendía ahora contra todas las ferreterías del país, contra los almacenes, los técnicos y los plomeros que hacían irresoluble su problema. ¿Qué quieres? ¿Que te pida el agua de favor? Su mujer balanceó el cuerpo sobre las piernas y se mostró desafiante, agresiva, de una manera tan desordenada que a él le pareció una mala caricatura del bufo. Quiero que te calmes, que me entiendas. En lo primero que pensé fue en eso. Pero el delegado te da un papel para el rastro, y allí todas las piezas son antiguas. Filiberto le hablaba en un susurro, conteniendo la ira. ¿Por qué desconfías siempre? ¿Es que no puedes ser de otra manera? Quiero que me ayudes, Georgina, que no me ofendas, que no me consideres un inútil, y que si quieres agua te la sirvas tú. Filiberto sintió su propia voz en una modulación diferente, se supo un poco áspero, un poco rígido, cuando ella abrió el frigidaire con un gesto violento y la puertecita de plástico le cayó a los pies.

Se miraron quizás por un minuto. La máquina del frigidaire inició el cambio de tiempo en ese instante y se escuchó el zumbido dentro del aparato. Ella recogió el plástico, lo puso encima y taconeó hacia el baño. Volvió a la sala y recogió el maletín sin decir ni una palabra. Filiberto la siguió hasta el cuarto. Ella se cambió la blusa, la saya, la sayuela, las medias y los zapatos. Filiberto la miraba hacer y ya no sentía miedo. Su culpa se diluía en un estado larval donde la rabia, el estupor, y el deseo de terminar con su mujer, predominaban.

Ella fue al baño y Filiberto cargó con las cebollas. El zumbido del aparato permanecía en su cabeza y le latían las sienes. Su mujer regresó con el pelo humedecido, se puso polvo, se retocó las cejas y se peinó. Tenía los ojos claros, a pesar de ser pardos, pero también acuosos, luminosos y fríos. De momento, ante el espejo del cuarto, cerró los párpados y comenzó a llorar. Un hilo fino y claro le recorrió un lado de la cara y terminó en el cuello, en una larga gota. Pienso en Ivette, dijo, y en el niño. Ni siquiera has preguntado por él. Se secó con apremio, suspiró. Cerró la polvera y se hizo la sombra. Se volvió con un aire de ligereza, recogió el maletín y le dio un beso, rápido. Había algo tan vacío en su manera de actuar que Filiberto se sintió incómodo, asombrado de haber temido durante años a una persona tan débil como él. Fue hasta la sala y le abrió la puerta.

Ella salió, como de costumbre, henchida, dando un portazo.

Llovió con truenos, y con muchos relámpagos. Filiberto se dedicó a pensar, gozando de esa libertad interior que le había regalado el baño roto. Disfrutaba del ancho de la cama, de las salpicaduras de la lluvia, del murmullo vasto y continuo que venía de afuera. Estaba irritado por la situación y pensaba también en la taza, pero sentía una alegría pausada, que le iba y le venía suavemente, a medida que caía el diluvio.

El sábado y el domingo bajó una niebla desde el amanecer y Filiberto cedió a la tentación de hacerlo todo en un papel de estraza y lanzarlo después a la basura. Al regreso, humedecido por las ráfagas de agua, escuchó a una mujer comentar que daban el faltante de unas papas que aún no habían llegado. No se asombró con el absurdo y siguió caminando hasta el edificio, tan seguro y tranquilo como si nada ocurriera en su casa.

El lunes había un derrumbe en la esquina de O'Reilly y Aguacate. Las vigas de concreto, humedecidas, se desplomaban sobre los ladrillos, y la gente hacía coro alrededor del local. Era una antigua librería, ya en desuso, que fuera, según su memoria, una de las mejores de La Habana. Observó con tristeza a los camiones que transportaban los escombros, la humedad en las paredes de los dos edificios circundantes, los balcones de enfrente, y los gestos patéticos de algunas personas que preguntaban al pasar si no había víctimas. Todo era gris, con ambiente invernal.

Ya en el banco, se acercó a su compañero de caja, un hombre activo y sonriente, que usaba un bisoñé. Lo llamó aparte y le contó el problema. No había ni un asomo de gravedad en sus palabras, y ahora sentía que hablaba de la taza como si el asunto no le concerniera a él. Una taza no, le comentó el otro. Pero cemento blanco, cemento gris, tacos y juntas de goma se pueden conseguir cerca de aquí, en un almacén del CEATM donde trabaja un amigo mío. ¿Y cuánto cobra? No cobra nada, qué pasa. Al fin y al cabo no es tanta cantidad.

Regresó esa noche en un taxi que logró alcanzar cerca del Floridita, donde el chofer se había bajado a tomar café. Remodelaban el viejo restaurant y también los locales de al lado, preparándolos, sin duda, para el turismo. Batía un aire húmedo que venía de la Manzana de Gómez y parpadeaban las luces del Museo de la Revolución y la Embajada de España.

El chofer le cobró quince pesos –el metro no marcaba– y Filiberto subió con esfuerzo la bolsa de plástico que contenía todos los materiales.

Volvió a llover, para los días de Fieles Difuntos. Su hija lo llamó al trabajo y apenas pudieron entenderse porque las líneas estaban mojadas. Tuvo una sensación de nostalgia al pensar en su mujer y recordó las cosas que la hacían agradable. Echó de menos sus largas conversaciones de balcón a balcón en el atardecer, el flan de calabazas, el agua tibia a la hora del baño, y el choque de las vasijas en el fregadero. Tendido en la cama, sin afeitarse, bajo la luz del velador, vino la imagen de su hijo, antes de graduarse de médico; vino la imagen de Ivette, a quien leía cuentos en el balance de la sala cuando vivían en Campanario y Salud, hacía ya tantos años, y percibió que se quedaba solo, que el mundo al que pertenecía le resultaba extraño y se diluía también ante sus ojos en unos pocos recuerdos. Su trabajo monótono y su vida lo hicieron sollozar, quedamente. La relectura de su libro favorito, *La guerra y la paz*, lo había ablandado por completo y se sintió tan triste en esos días de temporal como Pierre Bezujov antes del cautiverio.

Siguió bajando la basura, de noche, con un cuidado exquisito. Cuando escampó, se dirigió a la casa del plomero. Vila no se encontraba y su mujer le respondió con apremio, sin hacerle pasar, que la brigada en la que trabajaba había sido declarada contingente. Podía venir hoy, venir mañana, o quedarse en la sede. No. Los domingos trabajaba también y regresaba muy tarde.

No pudo maldecir ni recordar a Dios. ¿Cómo podía seguir viviendo, sin taza, sin mujer, en la más absoluta impotencia?

Había que buscar otro plomero, salir a la cuidad, pagarle lo que fuera, llamar a su mujer, reconciliarse con ella, volver a vivir alguna vez como había vivido y olvidarse de estos días de octubre y de noviembre de 1989 en que el mundo se desplomaba afuera y las cosas que se creían seguras se deshacían casi de inmediato. Y ahora, ¿qué pasará?, se preguntó muy cerca del balcón, tendido en el balance de la sala.

Estuvo una tarde así, ido del mundo, pensando en estas cosas y en lo que iba a hacer. Bajó las escaleras con premura. En el kiosco de abajo compró un montón de periódicos y revistas que nunca leía, tales como *Economía y Desarrollo, Mar y Pesca, El Filatelista, Ciencias Sociales, América Latina, Corea de Hoy,* y los periódicos *Tribuna de La Habana* y *Trabajadores.* Subió al apartamento y se encerró. Esa noche derribaban el Muro de Berlín y lo supo cuando salía del baño. Era el cumpleaños de su mujer, ocho de noviembre, y el cielo del balcón estaba pálido, con algunas estrellas.

1990-1993

La reencarnación de los difuntos

MANUEL CACHÁN

CUANDO ME AVISARON QUE BELI SE HABÍA MUERTO pensé en ese noble poeta que ha escudriñado los ecos de la tarde entre las ruinas de viejos encinares. Deseé levantar con el puño reseco la tapa de su féretro y pensar sin temores en la escarpada orilla de la fiebre. A los que no hemos nacido, como Beli y yo, en Noultrie, o en Dalvospa, Quimán o Fifton, en este sur de Georgia donde hemos vivido por algunos años, la muerte nos sorprende con su condición de oportunista y deja un sabor desalentado a los que quedamos vivos. Es como beberse un enorme trago de veneno con lasciva candidez y después dejar que las nobles ambiciones nos abracen las entrañas.

Ramón me llamó desde Miami para decirme que vendría al entierro, también lo hicieron Jorge y Eddy. José Antonio, como siempre, se disculpó. Tony se subió en California en el primer avión que encontró. Llevábamos tanto tiempo juntos que la vida sin la presencia de Beli dejaba un vacío que sólo la visión de su cuerpo pudriéndose podría detener toda nuestra jerga enternecida. Después que del hospital me comunicaron la noticia, me llamaron dos o tres funerarias para las gestiones del entierro. Me decidí por una de negros porque estoy seguro que Beli no hubiera deseado que lo enterraran en el lado anglosajón del pueblo. Me había designado su ejecutor testamentario y los registros del hospital daban mi nombre como el del familiar más cercano. En realidad no éramos familia biológica sino hermanos en la amistad más entusiasta que me he encontrado en mi vida. Beli nunca me falló, siempre estuvo conmigo en los momentos más difíciles, inclusive cuando mi hijo decidió desaparecerse de mi vida una mañana de julio en Boston. No he encontrado amigo más leal e incondicional. Los he tenido rubios y negros, flacos y gordos, comunistas y republicanos, católicos y ateos. Pero cada uno, cuando la presión de la vida les entorpecía su visión, me fallaron. A veces fue debido a que deseaban que viviera mi vida como ellos querían, otras por el simple temor de sentirse defraudados ante consejos mal dados. Pero, ¿para qué especular, verdad?

Dorothy, mi vecina americana, me trajo un arroz con leche que Beli le había enseñado a cocinar, y me dio el pésame. Los americanos que vivían en su barrio ni se enteraron de su muerte porque nunca le habían saludado en los siete años que allí vivió. Lo veían todos los sábados por la mañana cortando su césped, o poniendo el periódico en la puerta de una vecina paralítica, o comprándole a sus hijas las galleticas de las girlscouts. Pero nunca le dieron los buenos días, ni le sonrieron. Cuando la primera familia negra se mudó a su cuadra Beli fue a darle la bienvenida amistosamente, pero después se enteró que habían decidido mudarse porque había muchos "Mexicans in the neighborhood". Beli nunca se molestó por eso ni por las barrabasadas que le hicieron. Eso sí, cada 16 de septiembre exaltaba el Grito de Dolores por su abuelo mexicano y cada 20 de mayo la independencia de Cuba por su padre con la bandera del país festejado. Había nacido en Nueva York pero en todos los años que le conocí nunca le vi desplegar la bandera norteamericana el 4 de julio, o cualquier otra fecha nacional; sin embargo, la independencia de cada país latinoamericano la celebraba izando en la fachada de su casa la insignia nacional en el día de cada onomástico. Nosotros le criticábamos mucho por eso y él se defendía optando por el silencio. Nunca pudimos saber las verdaderas razones que tuvo para hacerlo. Sin embargo, él se enternecía pensando en poder haber nacido en uno de los países latinoamericanos que tanto conocía, o preparando un arroz con pollo a la cubana, unos gandules con arroz puertorriqueño, o un ajiaco colombiano. Ésas eran quizás algunas de las razones por las que sus vecinos no le saludaban y le consideraban un extranjero.

Nos habíamos conocido en Miami cuando los primeros exiliados comenzaron a llegar a la que ahora es también una ciudad cubana y nos hicimos amigos. Él me presentó a los otros que hoy considero mis hermanos pese a todas las desavenencias que entre nosotros existían. Nos reuníamos cada jueves para hablar mal de Mauricio Ferré, en aquellos entonces alcalde de la próspera ciudad, o de Xavier Suárez, otro político local con aspiraciones a la alcaldía. Echábamos pestes contra Jimmy Carter o Ronald Reagan, según el año que fuera. Criticábamos por igual a los liberales como a los conservadores. Como grupo hubiera sido difícil ubicarnos en cierta ideología política, social o religiosa porque las conocíamos y las rechazábamos a todas por igual. Cuando Beli se consiguió un trabajo en la oficina del Seguro Social en el sur de Georgia me llamó a Miami, me trajo para su casa en Dalvospa y me consiguió empleo como intérprete en el juzgado de la ciudad. Me he pasado los últimos cinco años entre policías, abogados, jueces, y latinos criminales (no necesariamente en el mismo orden moral) gracias a Beli. Nos unía la amistad (el grupo empezó a reunirse en Miami una vez al mes y Beli y yo comenzamos a hacer juntos el viaje que él había hecho solo en los últimos dos años), y también por nuestra teosofía compartida: ambos creíamos firmemente que cada ser humano es reencarnado muchas veces. Nuestra historia juntos se remonta al siglo diecisiete, cuando yo era su hijo y él era un catalán, capitán de barco. En todas nuestras investigaciones no hemos podido encontrar nada que nos indicara que hubiéramos nacido alguna vez en los Estados Unidos, salvo en la última vida de Beli. Sin embargo, sospechábamos que habíamos peleado con Bolívar en Boyacá y con Antonio Maceo en San Pedro de Punta Brava. Estábamos también seguros que yo había sido escribano de Alonso de Avellaneda, y Beli maestro de primaria de don Miguel de Unamuno.

Cuando Ramón, Eddy y Jorge vinieron en carro desde Miami ya Tony estaba conmigo. Los acompañaba un cura y un babalao. Supongo que la conversación por todo el camino fue algo en lo que Beli y yo hubiéramos deseado participar pero nuestras circunstancias nos lo habían impedido. Como el grupo era grande y el babalao era un antiguo vecino de Pogolotti en Marianao, opté por llevarlos a la casa de Beli que era más espaciosa. Todos ellos sabían, incluyendo el jesuita, de nuestras creencias en la reencarnación. La funeraria nos avisó que el cuerpo de Beli estaría expuesto esa noche a las siete y como eran sólo las tres de la tarde, decidimos bebernos una botella de ron a la memoria del amigo ido. Entre copa y copa Domingo el cura nos pidió que rezáramos por el alma de Beli. Después Carlitos el babalao pudo comunicarse con su espíritu. Beli me mandó a decir lo que en la próxima vida íbamos a ser. Yo no sé si alguien prestó atención a lo que decía Carlitos, o quizá el Havana Club estaba haciendo ya sus estragos, lo cierto es que nadie se sorprendió de su voz yoruba, ni de sus comentarios sarcásticos. Cuando llegamos a la funeraria esa noche el director de las exequias, quien era misionero de una iglesia evangelista, se molestó mucho con nuestro estado y quería mandarnos a dormir la borrachera. Pese a todo, nos quedamos allí hasta bien entrada la noche cuando decidimos ir hasta el cementerio de la cuidad para ver adónde enterrarían a Beli. Finalmente, la policía nos expulsó del sagrado recinto bien entrada la madrugada, cuando varios vecinos se quejaron del ruido de nuestra pesadumbre entonada tristemente con varios boleros que ninguno de ellos hubiera podido reconocer.

Al día siguiente Domingo ofició la misa en la capilla de la funeraria, que disgustó extraordinariamente al reverendo, director del establecimiento. A la hora del ofrecimiento Carlitos entregó a Domingo el Oshún Kolé, un güiro adornado con cuatro plumas de aura tiñosa y un hueso traído de un Nganga en Guanabacoa. Eddy le dio un ejemplar nuevecito del *Romancero gitano* de Lorca, Ramón dos fotografías en blanco y negro de La Habana, Tony una guitarra andaluza, Jorge una copia a colores del poema "A la piña" de Zequeira, una copia de *Del sentimiento trágico de la vida* que había enviado José Antonio, y yo le entregué una bandera tricolor. Domingo aceptó graciosa y dignamente los regalos y continuó con la consagración. Cuando regresábamos de la comunión observé la figura de un joven sentado triste y solitariamente en el último banco de la capilla, era mi hijo desaparecido. Me sentí inmensamente conmovido por el regalo final que Beli me daba y me eché a llorar como un niño. Esa tarde, durante el entierro en el cementerio de Dalvospa, el director de la funeraria me invitó a decir la apología sobre la tumba recién abierta de nuestro amigo, pero ya todos habíamos optado por tocar su música preferida en una grabadora que había traído Tony: un viejo bolero de la Lupe (el mismo que Almodóvar había usado en una de sus películas). A mi lado, mi hijo se paró respetuosamente y me echó el brazo sobre el hombro mientras angustiado veía bajar el cuerpo inerte de su padrino muerto.

En las ocho horas que nos llevó llegar a Miami, apretados como sardinas en lata en el carro de Ramón, pero con un goce interior que se reflejaba en nuestros rostros como el humo desalentado del recuerdo de una batalla, mi hijo me reveló finalmente su aventura y desaparición en Boston. Quisiera tener tiempo para contárselas pero creo que no es importante para nadie, excepto para los que vivimos esta historia, esta muerte y resurrección de nuestra esperanza enlutada. Me resultaría sumamente monótono tener que repetir otra efeméride de muertos y desaparecidos.

Desde ese día, cada viernes, aniversario de la muerte de Beli, su espíritu se nos aparece a mi hijo y a mí. No necesitamos la ayuda de Carlitos el babalao, ni las plegarias de la novena del cura Domingo. Su figura se concretiza en forma espontánea a cualquier hora del día o de la noche y nos cuenta con lujo de detalles las vicisitudes que afronta para concretizarse nuevamente en la tierra con otra vida. Aquel viernes de hace hoy cinco meses me informó que tanto él como yo algún día volveríamos a nacer, esta vez en los Estados Unidos, en Georgia, en Dalvospa para ser más exacto. Cuando se lo conté al grupo de Miami la carcajada fue general. Inseguros de mis aseveraciones pero conocedores de mi convencimiento absoluto en la reencarnación de los difuntos, mis amigos optaron por el sarcasmo para que no me sintiera mal. Beli fue más específico en sus pronósticos y me dio hasta la dirección exacta de la calle donde él se criaría. Su explicación a tan absurdo destino era que estábamos señalados a transformar ciertas cosas de la cultura local que no habíamos podido lograr durante nuestra estadía allí. Cuando lo presioné por más detalles me habló del racismo constante, de la necesidad de cambiar las percepciones de los elementos más farisaicos de la comunidad que continuaban controlando todas las condiciones sociales. Los siguientes meses fueron de extremada preparación para mi regreso a Dalvospa.

Por fin, un día a finales de marzo, cuando las azaleas comenzaban a florecer en todos los rincones del pueblo, abrí las oficinas del "Center for Options", un eufemismo del movimiento nacional para el aborto. Quería estar seguro de que ni Beli ni yo volveríamos a nacer otra vez.

La ronda

Carlos Victoria

A Lorenzo García Vega

Una noche, cuando trabajaba de sereno en Cuba, encontré a un hombre muerto. Estaba acostado bajo un flamboyán, con las piernas dobladas a la altura del pecho, la cabeza apoyada sobre una raíz y la espalda y los hombros embarrados de tierra. Fue en el tiempo de seca.

Yo cuidaba un almacén en las afueras de la ciudad, donde guardaban víveres y ron, aunque prácticamente se encontraba vacío. No tenía llave del establecimiento, una nave ruinosa en medio de un potrero, a un costado de un terraplén, y mi trabajo consistía en pasarme la noche dentro de una garita y dar vueltas cada media hora por los alrededores con un rifle sin balas, para ahuyentar a cualquier merodeador. Las luces de Camagüey brillaban a lo lejos.

Recostado a una cerca examinaba el cielo; al cabo de unos meses logré identificar varias estrellas. Un amigo traía a veces una botella de vino, que tomábamos ceremoniosamente, chocando con orgullo los vasos de hojalata mientras brindábamos por el futuro incierto, por el lejano esplendor de otras tierras; pero este hombre, víctima de la tirria de un cuñado chivato, fue a parar a la cárcel por vender ropa clandestinamente.

Cuando a él lo encarcelaron le eché de menos por unas semanas, mientras hacía la ronda acompañado por el canto de grillos y pájaros nocturnos. Una lechuza pasaba graznando, agitando las alas en la oscuridad. Los faros de camiones iluminaban el camino de tierra, los paredones de maleza y caña, y luego se alejaban traqueteando, rodeados por el polvo. A medianoche, detrás del almacén, un jinete regañaba a un caballo cuando cruzaban un puente de madera al que la bestia temía por alguna razón, tal vez por su armazón riesgosamente endeble. Los cascos del animal repicaban tozudos sobre un mismo sitio antes de tocar el primer tablón, mientras el campesino maldecía. Sentía su voz colérica y me asomaba para ver su silueta, erguida en la montura, hasta que conseguía superar el mal paso y se perdía tras un cañaveral. Nada ocurría a lo largo de la madrugada. Hasta que encontré al muerto.

Me había adentrado, por aburrimiento, por un trillo que conducía a una casa abandonada, donde pensaba hacer el amor alguna vez, si es que aparecía alguien que me gustara y se prestara a hacerlo. Los serenos siempre piensan lo mismo durante una gran parte de sus horas en vela. Arrastrando el fusil como una escoba, apartaba quebradizos matojos, me quitaba guisasos de la ropa, aplastaba con la punta de la culata plantones de mastuerzo. De repente vi un bulto junto al tronco del flamboyán. Al acercarme pensé que era un borracho que dormía acurrucado. Le toqué un brazo, luego lo sacudí. Era como agitar un trozo de cemento.

Trastabillando, empapado en sudor, llegué hasta la garita y llamé por teléfono a mi jefe.

—Venga ahora mismo. Aquí hay un muerto.

—¿Cómo un muerto? ¿Lo mataste tú?

—Claro que no. ¿Cómo voy a matarlo?

—¿Quién es?

—No sé quién es. Nunca lo había visto.

—¿Cómo no vas a saber quién es?

—¿Y cómo voy a saberlo? ¿No le estoy diciendo que está muerto? No puedo preguntarle. Venga ahora mismo, llame a la policía.

Vinieron dos carros patrulleros, el jeep del jefe lleno de miembros del partido, una ambulancia y una motocicleta. Era el suceso más sobresaliente en aquel ralo sitio en muchos años. Los militantes, que habían bebido un poco, se esforzaban en dar a sus semblantes una expresión grave, y caminaban de un lado para otro susurrando, moviendo la cabeza, con los brazos cruzados en la espalda. Un teniente de gestos majaderos me interrogó dos veces mientras garrapateaba con un lápiz mocho. Me repetía: "Lo que quiero saber es cómo se palmó". Luego llamó por teléfono a su mujer, o su novia, y le dijo en voz baja lo que sonaban, por el tono meloso, como frases de amor. Al muerto se lo llevaron cubierto por un saco de harina, que tenía impresos letreros en ruso. El ajetreo duró hasta el amanecer.

Mi jefe luego me contó los detalles de la investigación: no había sido ni un crimen ni un suicidio. Al parecer los médicos habían determinado que era un caso de muerte natural: se mencionó una posible embolia, o quizás un infarto. Nadie podía explicar qué hacía el hombre bajo el flamboyán. Vivía del otro lado de la ciudad con un hijo (su mujer se había casado otra vez y se había ido con el nuevo marido para un pueblo en Matanzas) y había salido de su casa una semana antes, de mañana, a hacer la cola del pan. Por la tarde el hijo preguntó por él en la bodega, pero nadie recordó haberlo visto. Tenía cuarenta años.

A la noche siguiente sentí miedo. No me atrevía siquiera a hacer la ronda por el almacén. Parado en la puerta de la garita, observaba de lejos la figura frondosa del flamboyán, que resaltaba en la vasta planicie. Los arbustos en los alrededores lucían chatos, canijos; más allá se desplegaba hirsuto el mar de caña. Los grillos y los pájaros guardaban silencio. Sólo un perro de una finca cercana ladraba insistente; más que un ladrido de ira, era como un lamento, como el que se queja de una decepción. Luego los ladridos se fueron espaciando y por último el perro enmudeció.

En ese instante escuché un chirrido que se acercaba por el terraplén. En una bicicleta de cadena oxidada, un ciclista pedaleaba trabajosamente. Al llegar a la cerca se bajó, la arrimó junto a un poste y vino caminando hasta mí. Era un joven de cabellos largos y bigote incipiente. Se pasaba la mano por el rostro, como si quisiera ocultar el vello rubio que no acababa de convertirse en barba. La camisa abierta dejaba ver su amplio pecho lampiño.

–Soy el hijo del muerto –dijo con arrogancia, como impidiendo una frase de pésame–. ¿Tú fuiste el que lo encontraste?

—Sí. ¿Tú vienes del velorio?

—Lo enterramos esta tarde. Dijeron que no se podía esperar más.

Yo miraba fijamente sus ojos penetrantes y secos, de color verde oscuro, como los de un gato. Él sostenía mi mirada con aire insolente.

—Cuando lo vi pensé que estaba dormido —dije—. O borracho.

El joven torció la boca y gritó:

—¡Mi padre no tomaba! ¡Ni yo tampoco!

Asombrado, retrocedí un paso, sin entender el motivo de su indignación.

—Tomar no tiene nada de malo. A mí me gusta tomar.

—Yo le tengo asco a los borrachos —dijo más calmado.

Era un joven difícil, seguramente por su situación, pensé. Me puse a acariciar el rifle y luego le pregunté:

—¿Cómo es el nombre tuyo?

—Daniel Semper. Mi pader se llamaba Arturo Semper.

—Tienes un apellido muy curioso —dije, tratando de ser amable—. Semper quiere decir siempre en latín.

El muchacho se agachó para amarrarse los cordones de los zapatos. Al levantarse dijo sin mirarme:

—Qué gracia, estudiar tanto para ser sereno.

Decidí no contestar. Viré la espalda y me puse a caminar rumbo a la cerca que rodeaba la nave. Nubes bajas ocultaban la luna y las estrellas. Al rato el joven se acercó.

—¿Dónde fue que lo encontraste?

—Debajo de aquel árbol.

—¿Tú tienes una linterna? Mi bicicleta no tiene ni farol.

Fui delante, iluminando el trillo. Daniel Semper me seguía tan de cerca que sentía en mi nuca su respiración, levemente jadeante. Al llegar al flamboyán fijé la luz amarillenta en la base del tronco y le indiqué:

—Allí estaba.

Se acostó sobre la hierba y pegó su cabeza a una raíz.

—¿Así? —me preguntó.

—No. Tenía la cabeza recostada a esa otra raíz, la más grande, y el cuerpo estaba de este lado, como si –iba a decir "como si fuera un feto", pero pensé que eso podía ofenderlo–. Estaba todo encogido, hecho un ovillo.

–¿Así? –preguntó, volviendo a acomodarse. La débil luz de la linterna hacía palidecer su rostro.

–Más o menos.

–¿Más, o menos? –y poniéndose de pie me dijo–: Acuéstate tú y enséñame cómo estaba.

Su tono era tajante. Estuve a punto de decirle que no, pero sin darme cuenta de lo que estaba haciendo le tendí la linterna, me acosté, coloqué la cabeza sobre la raíz y me enrosqué, doblando las piernas a la altura del pecho. Cerré los ojos y permanecí inmóvil. Cuando los abrí él había acercado la linterna a mi cara, como si no distinguiera mis facciones.

–¿Estás seguro que era así?

–Seguro.

Me levanté y me sacudí la ropa. Él me devolvió la linterna sin darme las gracias, y caminamos hacia la garita en silencio. Yo iba delante de nuevo, alumbrando el camino, pero esta vez él se quedaba rezagado; se detenía un momento cuando daba unos pasos y luego echaba a andar con lentitud. Lo acompañé hasta el poste donde había dejado su bicicleta.

–¿No dejó ni una nota? –le pregunté.

–¿Por qué iba a dejarla? Él no se suicidó. A él le gustaba caminar, siempre estaba caminando para aquí y para allá, no se podía estar quieto. Yo salí igual.

–Hay gente así –dije en voz muy baja.

–No es que haya gente así. Es que yo soy su hijo.

Montó en la bicicleta y al alejarse se volvió y gritó:

–¡Tú eres igual que yo, tú no sirves para sereno!

Dos noches después volvió a pasar la lechuza, graznando. La vi cruzar sobre la garita y más tarde remontarse a lo alto. Miré con atención, como si quisiera ver el rastro que su vuelo dejaba en el cielo. Tal vez era eso lo que yo deseaba. Daniel tenía razón.

Por la madrugada sentí un ruido bajo el flamboyán. Al principio no me atreví a moverme, pero luego pensé que si no iba hasta el árbol el miedo no me dejaría en paz. Con la linterna en una mano y el rifle en la otra caminé por el trillo, moviendo los brazos exageradamente, para darme valor. La linterna no era necesaria: una luna llena iluminaba el campo. Nada podía escapar a esa luz. Daniel, acurrucado al lado del tronco, me dijo con los ojos cerrados:

—No tengo ganas de hablar.

—¿Qué tú haces allí?

—¿Qué voy a hacer? Dormir.

Me quedé mirándolo por unos minutos. Tenía el rostro crispado; un rasguño cruzaba su mejilla, dibujando en la piel una línea de sangre coagulada. Me pareció que olía un poco a sudor.

—Si necesitas algo me avisas —le dije.

No contestó. Apagué la linterna y estuve un rato debajo de las ramas, rascándome los brazos, mirando el pasto alumbrado de azul. Luego regresé a la garita, arrastrando el fusil por la hierba cuarteada, como un militar que ha perdido el prestigio y sabe que ya nunca tendrá autoridad.

Casi al amanecer me acerqué a él de nuevo. Al verme se levantó, se restregó la cara con las manos, le dio la vuelta al árbol lentamente y parándose frente a mí dijo:

—Dicen que se murió por la mañana. Yo me imagino que se pasó la noche caminando y llegó aquí cuando ya estaba saliendo el sol. Creo que fue por acá, que vino por acá, por el camino del aserradero, bordeando el arroyo. Por allí vine anoche.

—¿Dónde está tu bicicleta?

—Vine a pie. Estoy casi seguro que llegó hasta aquí y puso la mano así, en el tronco. A lo mejor le dolían las piernas. Entonces se agachó, ¿así, ves? Luego se sentó así, encima de las hojas. Y se acostó, primero así, estirándose, ¿ves? Y después recostó la cabeza aquí, ¿aquí, no fue aquí en esta raíz donde tú me dijiste? Y se acurrucó así, como tú me enseñaste, ¿no fue así? Y entonces se durmió.

Me pareció que iba a decir: "se murió", pero dijo con énfasis: "se durmió". Luego cerró los ojos. Unos gallos cantaban en la lejanía. Se contestaban de una punta a la otra, en un lenguaje simple, de pocos sonidos. En un extremo del inmenso potrero el cielo se empezaba a aclarar, con un tinte verdoso.

—Dentro de un rato me voy —dije—. A las seis. ¿Te vas a quedar aquí? La gente del almacén llega a las siete, a lo mejor alguien te ve.

—No te preocupes por mí —dijo echado en las hojas, engarrotado, con voz soñolienta—. Nadie me va a ver. Después regreso por donde mismo vine. A mí me gusta caminar.

Durante una semana lo vi todas las noches acostado junto al tronco del árbol. Llegaba sobre las diez o las once; yo estaba atento a cualquier ruido y siempre lo sentía. A veces le llevaba unas galletas, un jarro de café. Le advertía que en mis noches de descanso debía tener cuidado, porque el otro sereno era un hijo de puta. Luego dejó de venir.

Al cabo de un mes se apareció una noche en la bicicleta, con una muchacha sentada en la parrilla. Trigueña, alerta, de senos desbordantes, disimulaba mal su excitación al bajarse con él y caminar hacia mí colgada de su brazo. Debía tener, al igual que Daniel, cuando más veinte años. La falda corta dejaba ver sus muslos, carnosos pero firmes. Llevaba en la mano una bolsa abultada, como si anduviera de viaje. Parecía a punto de ponerse a saltar, o a correr, y a cada instante se pasaba la lengua por los labios gruesos. Daniel en cambio caminaba con desmañado aplomo, y su rostro conservaba su expresión desafiante, como el que se prepara para decir insultos.

—Ésta es mi novia —dijo con sequedad—. Se llama Raquel.

Incliné la cabeza, la muchacha soltó una risita.

—Le voy a enseñar a Raquel el lugar. Vamos a estar un rato. Ve por allá después, te esperamos.

—Si mi jefe viene por casualidad y la ve a ella me va a llamar la atención —dije, aunque de inmediato me encogí de hombros—. Pero a mí no me importa.

—Claro que no te importa —dijo Daniel—. Ven después. Te esperamos.

Los vi alejarse rumbo al flamboyán y luego adentrarse en el trillo. Miré el reloj. Me sentía intranquilo. Fui hasta la cerca y traté de calmarme mirando el firmamento. A los quince minutos no me pude aguantar y fui con rapidez adonde estaban ellos, sin linterna ni fusil.

No había luna, sólo los destellos del enjambre de estrellas. Estaban acostados junto al árbol, desnudos, retozando, sobre una especie de frazada blanca. Sus cuerpos abrazados relucían sobre la tela felpuda como si estuvieran embarrados de aceite. Al verme, ella dio un pequeño grito y se tapó los senos, puntiagudos y enormes. Pero a la vez abrió levemente las piernas, mostrando el brote de oscura pelusa.

—Quítate la ropa y acuéstate aquí —me dijo Daniel. Y al verme inmóvil me gritó—: ¡No seas pendejo!

Yo me estaba muriendo de las ganas, pero el recuerdo del hombre acurrucado me paralizaba. Daniel pareció adivinar mis pensamientos, y volviéndose boca arriba se frotó el pene erecto y me dijo:

—Mi padre está muerto, pero yo estoy vivo. Ven, acuéstate aquí.

—No puedo, gracias —sólo alcancé a decir, tragando un agrio buche de saliva, y me alejé temblando. Nunca he vuelto a temblar de esa forma: los dientes me chocaban, las sacudidas me batuqueaban de pies a cabeza y casi me impedían caminar. Llegué junto a la cerca, me recosté a un piñón y me masturbé con los ojos abiertos, mirando hacia el potrero, hasta eyacular dos veces. Luego me acosté en el piso de tablas de la garita y me adormecí. Al cabo de una hora sentí que se marchaban, pero me hice el dormido. Luego el perro comenzó a ladrar en la distancia, con conmiseración. Esa noche resultó la más larga en los dos años en que fui sereno.

Una semana más tarde Daniel regresó solo, pedaleando despacio en la destartalada bicicleta, bajo una llovizna. Se detuvo frente a la garita, meneando la cabeza para secarse el pelo, que el agua dividía en finos trazos. En ese instante arreció el chaparrón. Era la primera vez que llovía en mucho tiempo, y un olor penetrante brotaba de la tierra. Lo invité a pasar y le brindé el taburete recostado a una esquina, mientras yo me sentaba en el suelo.

—Me voy para Matanzas —me dijo al sentarse—. Me voy a vivir con mi mamá.

Cuando dijo "mamá", se me ocurrió pensar que era muy joven. Sin embargo, su frente estaba cruzada por arrugas que yo no había notado hasta ese instante. Como un niño viejo.

—Creo que es lo mejor —dije.

Comenzó a dibujar con su dedo mojado unos círculos en el polvo del piso.

–¿Por qué tú eres sereno? –preguntó de pronto.

Me eché a reír.

–Porque tengo que trabajar en algo, de lo contrario voy preso por la ley contra la vagancia. Ser sereno es más suave que trabajar en el campo, que es lo otro que podría hacer. Desde que me botaron de la escuela me han cerrado la puerta en todas partes. Y ser sereno no es tan malo, si se viene a ver.

–Yo quisiera ser algo, pero todavía no sé lo que es. Mi padre era carpintero.

La lluvia repiqueteaba sobre el techo de zinc. Los truenos retumbaban a lo lejos y los relámpagos, que hendían las nubes con súbito fulgor, alumbraban retazos de potrero, poniendo al descubierto la llanura ensopada. Daniel se puso de pie y dándome la espalda se recostó en el marco de la puerta.

–Un hombre así, que se va de esa forma, un hombre así no quiere a nadie, ¿no es verdad?

Guardé silencio. Al poco rato dijo, sin volverse hacia mí:

–Siempre trabajó duro, hacía mil cosas, era un buscavidas. Pero algo le pasaba, hacía planes y todo salía mal. En parte porque a veces no terminaba lo que empezaba, no se podía estar quieto, yendo de aquí para allá, dejando a la gente con la palabra en la boca, apurado, diciendo que vendría después, que a lo mejor mañana, o la semana que viene. Caminando de un lado para otro. Ni siquiera tenía tiempo para hablar con mi madre, ni mucho menos conmigo, me preguntaba cualquier cosa y después ni oía lo que yo le decía, martillando un pedazo de tabla, o buscando un clavo, o yendo a casa de fulano o mengano, o diciendo que ahora sí, que en el taller de carpintería le iban a subir el sueldo, o que le habían prometido un lechón, o que iba a vender arroz en bolsa negra, o que iba a hacer un barco, o un bate para mí, o los muebles para el cuarto y la sala, y a veces era verdad, pero casi siempre todo era mentira. La verdad, la única verdad, era que él no se podía estar tranquilo, porque no había manera que se apegara a nada, porque en el fondo no le importaba nada, ni siquiera yo. Cuando mi madre se fue se estuvo quieto un par de días, se sentaba en un balance en el portal y me pedía que le trajera agua. Eso fue hace dos años. Pero después volvió a la misma cosa, a caminar, a andar de aquí para allá. Un hombre así es mejor que esté muerto, ¿no es verdad?

Se sentó en el taburete y mirándome fijamente a los ojos me preguntó:

—¿Tú no crees que es mejor que esté muerto?

Yo bajé la mirada.

—No sé. ¿Cuándo te vas?

—Mañana. Me voy en tren. A mí me gusta el tren —y levantándose con brusquedad, me extendió la mano y me dijo—. Ya escampó. Tengo que irme.

La lluvia había formado charcos gigantescos en torno a la garita. Las ranas croaban en la oscuridad. Su bicicleta se alejó chirriando, chapoteando en el agua. Nunca más volví a verlo.

Meses después me arrestaron y me acusaron de estar contra el gobierno. En las celdas los presos vivían como animales. Me acuerdo que en uno de los calabozos había un muchacho con unas facciones muy parecidas a las de Daniel, pero su voz era gangosa, turbia, y sus cejas demasiado tupidas. Se dejaba crecer las uñas de las manos. No me gustaba conversar con él.

Luego vinieron el exilio y los años veloces en Estados Unidos. Cuando cruzaba el campo de noche en automóvil recordaba mis tiempos de sereno. La inmensidad era la misma.

Hace dos años fui de visita a Cuba, a ver a mi familia y mis amigos. En un carro alquilado anduve por todo Camagüey, perplejo. Por las noches, en el cuarto del hotel, no me podía dormir. Tenía un peso brutal sobre el pecho.

Una mañana decidí llegar hasta aquel almacén en las afueras donde yo había pasado muchas noches en vela. Junto al camino la gente se apilaba, esperando un transporte; en cada tramo se arremolinaban decenas de personas, con niños a cuestas, jabas, sacos y cajas de cartón. El terraplén era un gran fanguizal; lomas de barro se desmoronaban debajo de las ruedas.

De la garita sólo quedaba un poste y un par de tablas roídas y negruzcas; el almacén ya no tenía ventanas, ni puertas, sólo huecos; la hierba crecía adentro, en las grietas del piso. Me bajé del carro y di una vuelta por los alrededores.

El flamboyán estaba florecido. Rojas, anaranjadas, o moteadas de blanco, las flores en racimos relucían en la copa como un techo brillante. Vainas de cuero, colgantes, como estuches, o frutas disecadas, oscurecían en parte el esplendor. Las hojas diminutas, de un verdor intenso, se aglomeraban alrededor de tallos para formar otras hojas más grandes, alargadas, suntuosas. Algunas amarillas parecían madurar. Las ramas se doblaban, se erguían y se expandían, armando un entramado, esparciendo el follaje. El tronco principal tenía hendiduras de donde brotaban, como una miel rojiza, chorretadas de savia endurecida. Y abajo, a ras del suelo, en el fresco y la sombra, se alzaba abrupta la enorme raíz, en la que una mañana un caminante apoyó la cabeza para descansar.

Rumba Palace

Miguel Mejides

Al verla por primera vez, descubrí que estaba bien jodido, que dentro tenía todos los ingredientes de la desgracia, una mezcla letal de mala suerte, una dosis de años, esa sensación de que el tiempo mío había pasado y que irremediablemente nada podía hacer por mi felicidad, o por la felicidad ajena, la de ella, la de esa muchacha detenida frente al Rumba Palace con los atributos y ríos de una nación joven.

—Dos emociones hay en el mundo —le dije, y no me hizo caso. Yo había ido al Rumba Palace a dar con las raíces de la nostalgia. Treinta años atrás éste había sido un lugar de obligada recurrencia para mí. Entonces era estudiante de bachillerato, y me atormentaba el acné, que marcaba mi rostro siempre listo para el asombro. Al oscurecer, me escapaba de aquella beca a la que me habían condenado mis padres y recorría los cafés de la Playa, iba hasta el Coney, y abordaba los carros de la montaña rusa, y en ese viaje al vacío percibía las nocturnas vastedades. Mío había sido aquel paisaje, mío aquel Rumba Palace, aún hoy, ahora, desvalido por el show de las mulatas viejas, bailando al tronar de los tambores del bongosero que se pasea por la pista con la piel de leopardo, y que al marcharse en los albores del amanecer, lleva en sus bolsillos las secretas claves de la caligrafía del Chori (antiguo dueño y señor), y que con una pasión mimética, perpetúa en las murallas de La Habana la orografía de los pájaros y ríos de África, que hicieron posible que el Chori fuera aclamado como el dios del Rumba Palace. Sin embargo, la memoria es un viaje fallido, y de aquello no quedan más que las vallas y letreros sin luces del Coney, neones que ya jamás se encenderán y que una vez anunciaron una lejana Navidad.

—Y para colmo llovió —dijo ella de pronto.

Y casi no la escuché, porque ahora la miraba, la presentía desde mucho antes, con aquellos labios pintados de azul, con las uñas pintadas de azul, con aquel vestido de la India, un vestido como los de las eróticas figuras del Khajuraho, una prenda de una diosa o diablo que le brindaba a su cintura ciertos rasgos infantiles, rasgos que estaban en sus ojos, en la pequeña nariz, en una frente amplia adornada por un pelo batido por el aire de la lluvia.

—Eres la Patria —dije de pronto.

Y ella me miró como a un loco.

—¿Conoces a López Velarde? —la insté. Ella dijo un no y salió disparada tras un taxi que se había estacionado a unos metros. Desde el auto gritaron algo que tenía que ver con los misterios y la noche. Yo escuché sus risas antes de verlos perderse por la Quinta Avenida con rumbo a Marina Hemingway, supuse.

—Es demasiado linda —me dijo una voz que surgía de un cono sonoro, desde lo último de aquella valla que anunciaba Havana Club, el Ron de Cuba. Miré y vi a un negro sesentón, con boina y unos zapatos tan anchos y grandes que parecían de muerto—. Yo soy primo del Chori, y cuando niño conocí a Marlon Brando.

—Está bien —dije, para parecer normal.

—Me da algo y le cuento todito lo del Chori y Marlon Brando.

—No, ya me voy.

—Tenga cuidado, es domingo y lo pueden matar para quitarle la plata —me dijo conciliador.

—¿Y qué hay con el domingo?

—Nada, yo a ella la acompaño por toda la semana, nunca se sabe.

—¿A quién?

—A la muchacha.

—¿Y siempre viene aquí?

—Sí, siempre.

El lunes en la mañana fui a una misión a la que no podía darle más larga. Ya habían pasado tres años desde la muerte de Julia y me comunicaron del cementerio que tenía que exhumarla. Temprano estuve ante su bóveda, acompañado por dos sepultureros que no paraban de hablar de un hipotético fin del sol. Aquello me parecía inaudito. El más alto, casi una hoz, describía con lujo de detalles el final de la humanidad, y entre una y otra frase mordía un tabaco sin encender y escupía ruidosamente a un lado de la tumba de Julia. A ratos, una sombra nimbaba sus ojos, como si soñara con un gran cementerio mundial. El pequeño, con las perneras de su pantalón recogidas a media caña, y un tic nervioso que le hacía abrir continuamente la boca, respondía con frases entrecortadas.

Yo observaba cómo levantaban la pesada losa de la bóveda y descubrían ese limo de la muerte adherido a un ataúd, donde se guardaba un manojo de huesos, mechones de pelo castaño y una sortija de piedra azul. Ahí estaba Julia, tan distinta, los despojos de una mujer que antaño fue un talismán, una mitología. Julia, mi amor, ahora hecha de frases, fuente de misereres, osarios, cenizas y cruces. Yo no quería ver. El sepulturero pequeño me había extendido la sortija, después de lustrarla en su pantalón recortado. Estaba en mi mano, fría y violenta. Al sentirla, eché a llorar. Tanto era mi dolor, que los que pasaban se detenían a mirarme. Y no era conmiseración cristiana. Lo de ellos era la emoción de descubrir en la desolada realidad un sufrimiento que en nada se parecía al de sus vidas, al de la vulgar subsistencia; era el sufrimiento en otra dimensión, el padecer por alguien perdido en los caminos de la muerte, en las distancias de los olvidos, y, sin embargo, se emocionaban al verme penar. Era mi llanto la rebeldía más absoluta a la resignación, la negación a la idolatría conformista. Quería hablarles de las muchas cosas que a mí también me atormentaban. ¿Pero tendrían oídos para escucharme, sabrían sustraerse de sus vergüenzas y prestarme atención? Era mejor no arriesgarme, a fin de cuentas yo era el espectáculo. Y mientras, el sepulturero alto seguía con sus escupitajos y aquel tabaco, ahora encendido, en la punta de sus labios, una lanza de humo que envolvía al otro sepulturero y se mezclaba con el polvo de la cal con que aderezaba los huesos de Julia. No me interesaba dónde aquel osario contemplaría la eternidad y por eso me fui. Julia estaba definitivamente perdida y nada que yo hiciera le devolvería la vida.

A la una de la tarde, llamé a mi oficina y dije que no podía ir, que estaba muy enfermo y que iniciaría un peritaje médico para no regresar. Me sentía agotado por mis años derrochados entre nombres de buques, contenedores con los sellos de las consignatarias de Hamburgo, Amberes o Glasgow. Necesitaba un tiempo para saber qué iba a hacer conmigo mismo. Frente, a lo sumo a tres cuadras, estaban esas oficinas de la Aduana donde había gastado mi vida. También la línea de la Avenida del Puerto y el canal de entrada a la bahía. Y en el medio de ese límite donde mis sentidos han perdido las pretensiones, mi cuarto en Mercaderes número uno, con una cama y una mesa de noche con la lámpara siempre prendida de los novios de cristal, un armario atestado de los animales de papier maché que hacía Julia, un estante desvencijado repleto de libros arábigos para la sana brujería de atraer a las mujeres. Un cuarto húmedo, un cuarto-despacho, una jaula con helechos, fantasmas, conmigo ahí, tirado en esa cama, recordando a Julia y sin olvidar el Rumba Palace. Y los animales de papier maché examinándome, juntándose con mis fiebres, y yo conversando con ellos, sabiendo que mis palabras no son más que un artificio para alejar la imagen de Martí, que atareado, con la levita negra, con el bigote de empaque, con la fotografía de María Mantilla en el bolsillo superior de esa levita, se pasea y entra y sale de mi cuarto.

–Un paquebote parte mañana para Guatemala –me dice.

–Y yo tengo una sortija azul –le digo.

–Pobre Julia –me responde.

Y con una lastimosa caída de espalda, tragándose los pasos, se marcha; reseñando el hermoso vuelo de una paloma blanca, diciendo adiós con el sombrero de hongo en alto, convirtiendo la gestualidad en la prestidigitación de las mil caras hebreas, argumentando que Isaac Luria decía que el tiempo es la piedra que esconde el azul. Y yo más solo, sin lugar para mis desvelos. Por eso, como la noche está allí, dueña del mar y la tierra y el humo de la ciudad, y la tarde es olvido, y todo no es más que aventura, me voy a la Playa, y ahora estoy plantado ante las ruinas del Rumba Palace y la muchacha en la espera, y el negro guardaespaldas detrás, un misionero. Y quiero hablarle a la muchacha y no puedo. El negro me saluda y no lo veo, sólo miro a la muchacha. Y de nuevo la lluvia, sin avisarse, y el negro se acerca y me dice que va a ser una noche mala, que no hay luna, mire las nubes, bajitas. ¿Y qué?, le digo. Sin luna es noche mala, me responde desafiante. ¿Y qué con ella? Es noche mala, concluye el negro.

—Dos sensaciones hay en el mundo —le digo a la muchacha. Ella me observa, hace ese esfuerzo de los miopes por reconocerme. Y viene hacia mí, y dice algo de los husos horarios, de las horas en Madrid o Berlín. Yo no entiendo.

—No vendrán —dice—, puedo pudrirme la noche entera aquí y no vendrán.

—¿Y qué con las horas? —le pregunto.

—Duermen, llegaron tarde y duermen, ¿no entiendes?

—¿Quiénes?

—Ah... —hace un gesto de desprecio y se vuelve a ir a la punta de la acera, frente al Rumba Palace. Y el negro se aleja, se coloca detrás del letrero de Havana Club dispuesto a defenderla. Y pienso de nuevo en López Velarde y en la patria. Toda la noche allí, bajo el cernido de la lluvia y sin protegerse, empapada, y yo observándola como a un cromo, como a un auto, como a un sello postal.

—¿Eres un enfermo? —pregunta la muchacha desde lejos.

—¿Un qué...?

—Uno de ésos —insiste, y me doy pena, huyo en un ómnibus que se detiene frente a mí. Es la hora de la noche en que la ciudad nada dice, en que el silencio de los portones de los palacios de Miramar se exultan con la blanca luz de la luna. Y el ómnibus cruza el túnel del río, la fuente con los delfines, y se aleja de la música que escapa del último club nocturno que aún no ha cerrado sus puertas. La ciudad transita, transcurre, hierve ante la ventanilla, y me percato de que me quedo sin ella, que la ciudad propaga sus ruinas desleales para dejarme sin una porción de añoranza, sin los sitios en que fui feliz. Las esquinas, los edificios, las viejas casas, desaparecen. La Habana es un campo minado, un pantano palúdico de donde han sido despedidos los recuerdos, una selva donde una furia tórrida no dejará nada para la compasión, sólo un presente lleno de retrospectivas, una inconclusa película donde un gángster saca su pistola y mata su misma imagen, infinitamente.

—La última parada —dice el chofer, con una entonación noctámbula. Estoy ante el Convento de San Francisco, ante la plaza de la corona del león, frente a la Aduana. El convento está rodeado de ruinas. En la Aduana, bajo su gran arco, está sentado el viejo Andrés. Custodia las oficinas hechizadas. Simulo no verlo, él hace otro tanto. Me hace gracia el fusil que descansa en sus piernas, un viejo máuser, una pieza de museo que no tiene aguja percutora. "Pobre Andrés, con tantos años y con un fusil que no dispara", pienso. "Andrés el Brujo", le decía Julia. Y él reía mostrando unos dientes disparejos, reía como un niño. Fue el único que vino a verla cuando enfermó, el único que me dijo que Julia moriría si seguía con los médicos, que lo mejor para la hidropesía era el contacto con la tierra, que las aguas regresaran y se expandieran y se hicieran manantial. Y tampoco esto pudo. Cavé junto a los geranios del patio y enterré a Julia, y ella siguió haciéndose del aire viciado de la ciudad y flotaba, y desde esa ingravidez aún tuvo fuerzas para mirarme con ojos que parecían poseer las claves de la salvación. Sin embargo, a las pocas semanas, la hidropesía acabó de matar a Julia, el agua maldita la llenó, la condenó a hacerse un pozo, y no pude verla más. Julia abrazada a los animales de papier maché, en su cama, pidiéndoles comprensión para mis desvelos, para mi locura. Julia defendiendo la dicha, la última esperanza. Y Julia muerta, grávida, de hielo, una estela de humo que la abandonó.

Y Martí me espera de nuevo a la entrada de mi cuarto, sin aliento, contrariado por mi llegada a deshora. Abro la puerta y Martí va a acomodarse debajo de la mesa, humilde, sin la industria de las palabras. Yo le doy de beber y él lo hace tan sediento como un caballo. Luego le tiendo una frazada y la aparta, toma sus pies terrosos y se pone a rasparlos con una cuchilla suiza. Se queja, por primera vez, de las úlceras que le dilaceran los tobillos. Dice que necesita aplazar dolores y descansar hasta el otro día, hacer un recuento de las flaquezas y por pura voluntad tenderse como un dios. Pero de pronto algo lo importuna, una especie de horror le gana, y repite la palabra: barco, barco, como si fuera el propio Ulises. Y relata el viaje de un sueño, la travesía de un velero donde un anciano con el tridente de Neptuno sacrifica unas reses de cabezas dobles, de vísceras repetidas, que el anciano lanza al océano y las gaviotas se disputan. Luego el anciano se acuesta en cubierta, describe Martí, y abre una biblia sin sombra humana, un libro donde se idealiza a las primeras criaturas.

–Es extraño, en ocasiones se sueña tanto lo mismo, que uno tiene miedo de que el sueño sea la vida, y que la vida no más que palabras.

"A Julia le hubiera gustado ver las gaviotas", le quiero decir; sin embargo, ahogo mis palabras. No quiero revivir a Julia, no quiero recordar más. Sólo deseo dormir, tirar la noche al olvido y andar en ella sin sueños. Y Martí perseverando en aquel discurso. Y Julia negada a cualquier sacrificio que la saque de su reposo, de la idea de que fue Julia, o la imagen Julia, el invento Julia, el deseo de Dios de que fuera Julia, o una mujer que pudo llamarse distinto, pero siempre siendo Julia.

–Duérmete –le digo.

Y él se desnuda, se muestra blanco y sin carnes, sólo huesos y fiebres.

–La muchacha se llama Idolka –me dice, sorprendiéndome–, es cristiana, cree en la Patria, y, sin embargo, cada noche es una bandera muerta.

Y cierro los ojos y veo las oficinas de la Aduana, los estibadores que esperan se les dé la espalda para robar, para contrabandear con cuanto hay de pobre en esta isla. Mañana, sigo con los ojos cerrados, estaré en el puerto, diré que fue una broma lo del peritaje, que eternamente seré aduanero, inventaré una mala digestión para justificar la ausencia de hoy. Y abro los ojos y ya Martí ha desaparecido, la frazada está debajo de la mesa y sólo se proyecta una sombra de humedad, una sombra de un cuerpo desnudo que estuvo sobre las losas. Y me duermo, o así creo; porque en verdad siempre estoy en vigilia.

En la oficina, al otro día, nadie me pregunta los motivos de mi ausencia. Nadie hizo caso de mi amenaza de peritaje, mi amenaza de no regresar, de partir y no dejar la menor huella. Sólo mi amigo Andrés hace un comentario de la noche, de que vio pasar frente a la Aduana a un hombre desnudo, un hombre que se perdió entre los andamios del Convento de San Francisco. Y yo no abro mi boca, voy al espigón de Regla, adonde me han encomendado recibir un buque griego. Un buque con una gorda cocinera que me mira como a un condenado al que brinda por caridad un tazón de té. Y el Primer Oficial me acompaña a la requisa, habla y habla, y yo en silencio. A puros gestos, exijo que abran las bodegas, que rompan los sellos de los camarotes no ocupados, miro en la sentina, en los botes salvavidas, y firmo los papeles que dan vía libre a la descarga, el papel que toma solícito el Primer Oficial y luego me pregunta si fumo y me prolija, sin darme oportunidad a negarme, con un paquete de cigarrillos.

–Tendremos que bajar algunos regalos para amigas –sonríe con una complicidad asqueante.

–Bajen lo que quieran –digo.

Y me voy, con el paquete de cigarrillos que abandono en la primera casamata que avizoro. Camino sobre los muelles, aplastando los restos de granos, de azúcares crudos. Vislumbro Regla, con las casas fuciladas, glaciales. Vislumbro los almacenes, la termoeléctrica hundida en el mar, los molinos de trigo, y a la virgen o la casucha iglesia de la virgen, una virgen negra como la polaca, la de Gdansk. Me extasío con la distante bandera que avisa mal tiempo en lo alto del asta de la Aduana, bandera sucia y arremolinada a la que han olvidado arriar desde la última amenaza de huracán. Observo Casablanca, agujereada por los incendios de las piedras, con unas cimitarras en cuyos arcos parecen morir los alisios que viajan desde el violento océano. ¿Y cuándo estará la noche en el cielo? –me digo. Y sigo mi camino, esperando la noche, sabiendo que la noche no se apiadará de mí, que ya está allí, puesta en el rencor de los bares de la Avenida del Puerto, colocada para reinar en el crepúsculo, en los rostros de los negros que esperan un milagro para comer, un milagro para poderse entonar en la rumba de cajón, o quizás la noche es el paraíso para los que buscan el alimento de los cuervos en la Casa de los Poetas.

–¿Qué hay? –le pregunto a una mujer gorda (es el día de las mujeres gordas).

–La Gran Poetisa –dice, sacando un pañuelito con que se frota la nariz, y luego me mira con infinita lástima. Y entro, y la función ha comenzado, y la poetisa está detrás de un micrófono, abatida y sola, una plañidera vertiendo el lujoso puñal de la nostalgia. Y va de un verso a otro, hasta que recita el poema dedicado a Julia: "La mujer que juega con animales, la mujer que no esconde el agua ni el sol ni el aire, la mujer que juega el papel de la muerte". Y luego una seguidilla, y ninguno para Idolka, como si Idolka también no sufriera. Y me voy, porque un joven con un pendiente en la oreja se levanta del público y me señala. Y en la calle estoy de nuevo, más solo aún.

Esa noche decido no ir al Rumba Palace. Me resguardo en mi cuarto para pasar revista a los acontecimientos. Me percato de que me viene mal cualquier cosa, que no me interesan ni los buques por requisar, ni el propio Martí, ausente, quizás perdido entre las sombras de la calle Obrapía. Y a la vez, con mucho esfuerzo, intento defenderme en la fantasía de una isla, en sus ensenadas de rumores y rastros, construyendo un puente para el viaje a los brazos de Idolka. Y sin embargo, una y otra vez, me rondan las ansias del olor de unas axilas femeninas, el capricho de mi lengua de encontrar otra lengua. Y me falta valor para tomar mis libros arábigos y acabar con la pesadilla, echarlos al fuego y preterir la antigua idea de que por las artes de la nigromancia pueden aposentar a mi lado a una mujer desnuda. Y los animales de papier maché me sonríen, se lanzan la sortija de piedra azul, disparándola de un lado a otro, como si fuera la última luz de un cementerio marino. "¡Venderla!", me digo y veo una salida a mi angustia. Y así estoy hasta el amanecer, argumentando esta nueva infamia.

Temprano en la mañana, con la sortija azul en mi mano, camino hacia la Catedral. El joven con el pendiente en la oreja –el mismo de la noche anterior–, el primero de una serie de jóvenes a los que hoy hallaré, se me acerca y me propone leerme las manos, y le digo que no, le grito, huyo. El rostro del joven tiene la sombra de un sodomita, de alguien que alguna vez ha sido muchacha o aprecia la idea de ser muchacha, o piensa en una resurrección de las almas, en la memoria de los hombres que en sus anteriores vidas fueron peces, pájaros, o a lo mejor árboles. Y me insulta, y por primicial vez me denominan viejo. Pienso que el mundo es creación de un dios demasiado ambicioso, un dios que se ensañó con las criaturas humanas. Y más allá, a la altura del callejón del Chorro, están los otros sodomitas, los que buscaban el alimento de los cuervos en la noche anterior, arrebujados en ponchos de lana, semejantes a indios guerreros con hachas dibujadas en los pómulos. Vendiendo todo lo que se puede o no vender, cambiando todo lo que se puede o no cambiar. La Plaza de la Catedral es la misma aventura del Soko de Damasco, la confusión de un sendero de tabaco y maracas, un buque con la artillería de Calabar y los diablos negros y los orishas. Y me marcho, como ya siempre hago, sin una palabra, siguiendo de largo frente a mi casa, resistiéndome a entrar y continuar el mismo diálogo con las paredes vacías, con el fénix que sostiene la escalera de los tiempos, los azares y las desconfianzas. Sigo hasta la Aduana y me acomodo en mi buró. La oficina está caldeada, con el sopor de las diez de la mañana. Las aspas de los ventiladores trepidan, y un zumbido remoto avisa el esfuerzo de las grúas de pórtico en los muelles. Ahora el anillo de piedra azul baila en mi bolsillo con una fuerza secreta. Frente tengo la papelería del buque requisado ayer. Debí haberla entregado y sigue sobre mi buró.

–El jefe preguntó por los papeles –me dice Andrés, a espaldas mías.

–Están aquí –digo.

–Dámelos, yo los llevaré.

Se los extiendo.

–¿Qué pasa? –me pregunta, ahora frente a mí.

–Estoy solo, ¿nunca has estado solo?

–Siempre, toda la vida la he pasado solo –me responde.

El mediodía transcurre en una evocación, en un ir y venir frente a los portones del Seminario de San Carlos, con sus ventanales cerrados, con los vitrales que imagino de Florencia; luego merodeo por las calles engalanadas con carteles de cigarrillos rubios, con digitales que marcan las horas y la temperatura, los treinta y tres grados a la sombra, la inclemente humedad canicular que parece extraída de una fundición de mercurio. Y cuando me aburro, cuando ya no doy más, paso a contemplar las ruinas lejanas de la Cabaña, y pienso en la ingratitud del tiempo. Espero mucho de este día y, sin embargo, todo es ausencia, algo para olvidar, día triste, grosero día. En semejante trasiego estoy hasta la tarde. Luego enrumbo hacia la Catedral y reencuentro al muchacho del pendiente, que me exige, antes de decir palabra, que le muestre mi mano, y en un acto de arrebato la escruta y me dice que nunca me deshaga de la sortija azul, que esa piedra vivió en el cuerpo de una muerta y por ende la acompaña su alma. Deseo encontrar una explicación a la tarde. Pero esas cavilaciones no me apartan de mi delirio por deshacerme de la prenda. Retiro mi mano e imploro que la compre o que me conduzca a alguien que la quiera. Él me mira como a través de unos lentes de arena y me ofrece un billete con la estampa del general Grant, ese soldado que nunca imaginó que al sur había una isla; un general que se derrite de sólo tomarlo, que se convierte en fuga.

–Es todo, ¿bien? –me dice el muchacho.

–Ya –le respondo.

A las siete de la noche empieza a llover, como ya es costumbre cuando visito el Rumba Palace. He pensado en las mil maneras de abordar a Idolka, en las mil maneras de extenderle los dólares sin humillarla y proponerle huir. La única condición será que no se atreva a reprobar el temblor de amor que me abochorna. Ahora, con esa sola idea, camino por las aceras del Rumba Palace y el aire de la lluvia penetra por mi vaporoso pantalón e imanta mi camisa. El negro viejo está bajo esa lluvia, dando pasitos cortos entre los charcos. Me le acerco y le propongo que le hable a Idolka, a la muchacha azul que en la esquina sigue en la espera, repitiendo sus sonrisas a los conductores de los Nissan que transitan robándole la última brecha de luz a la ciudad. Él busca una palabra que imagino se le escapa. Respira hondo y coloca su boca en U, detiene su ir y venir. Extiende su dedo índice y es sólo entonces que dice: "Esa mujer no es de nadie, quizás es de la nada, pero qué importa si nunca va a ser de nadie". Le reitero mi promesa y simula que no me escucha, y repite la misma historia del Chori, la leyenda homosexual de Marlon Brando. Dice de unas fiebres que le atormentan y sin más se va a donde Idolka y le habla, así es de imprevisible. Ella se niega. El negro no da su brazo a torcer e Idolka vuelve a hacer el gesto negativo.

–No le interesa –me dice al regresar.

–¿Quiere más dinero?

–No es lío de dinero; son otras cosas, uno nunca las entiende.

Y el negro habla de los peligros, de la moderación, del derecho de golpear al que avasalle a la mujer que él custodia –y la palabra mujer la repite dos veces–; insiste en su velada amenaza, y se levanta la camisa para mostrarme un revólver. Y no le tengo miedo. Voy donde Idolka y me quedo mirándola. –Vamos, le digo, pegado a su rostro. Y ella me aparta, y un indescriptible dolor me atormenta. Me siento como si me arrastraran hacia un flanco violento, y para mi defensa, para no quedarme en la eternidad de esa esquina del Rumba Palace, la tomo del brazo. Y es cuando el negro me golpea, me zarandea y se borra la imagen de Idolka y caigo arrodillado. El negro intenta volverme a pegar. Idolka dice que no. No sé por qué ahora se me parece a Julia o a lo mejor es Julia.

–Váyase, hombre –me dice.

Martí me cuida por una larga semana. Ha traído una desconocida piedra del Tíbet, labrada con una ornamentación de dragones, que me acomodó como almohada y ha dicho que me sanaría. Se ocupó de todas las cuestiones de la casa. Cocinó –no del todo bien– unas sopas de culantros y hojas de laurel, y puso orden en los animales de papier maché. También esa semana fue que se le ocurrió a Martí la idea para conquistar a Idolka. Me preguntó por la sortija y le conté. Me obligó a describirle al muchacho del pendiente en la oreja, y con ese preciso retrato y el billete del general Grant, fue a la Plaza de la Catedral y al rato volvió con ella.

–A Julia le gustará que se la regales –me dijo.

Llegamos al Rumba Palace pasadas las diez de la noche y por primera vez no llovía. Martí había estado toda la tarde escribiendo una larga carta para un amigo en Jamaica. La dirección en Kingston, vista de soslayo y si es que se puede traducir a algún idioma, era algo así como el jardín de los muertos. También había emitido una queja sobre las incómodas deslealtades del correo moderno, sobre las nuevas técnicas que convertían la correspondencia en algo del dominio público. Luego, poco antes de abordar el ómnibus que nos transportaría hasta la Playa, se lamentó por un dolor repentino en sus ojos y comentó lo buenas que eran las vicarias blancas para restaurar las miradas. En todo el trayecto no quiso hablar. Se veía incómodo, como si repechara una ribera sinuosa. Su empaque alteraba la monotonía del paisaje humano dentro de la guagua. Al llegar al Coney, no hallamos a Idolka. Sólo vimos al negro viejo. Fui a dirigirme a él y Martí me apartó. Le dijo algo que no pude precisar y el negro asintió y se fue.

—¿Qué? —dije.

—Está allá dentro, en lo que queda de montaña rusa. Todo será distinto, ve —me dijo alejándose.

A Idolka la encontré tendida sobre la hierba, recibiendo el viento del mar, alucinada ante las ruinas de la montaña rusa, que ahora no era más que un palacio devorado por los fuegos. Y caminé hacia ella, con la selva de la luna encima, anillo en mano. Idolka contemplaba los carriles, las paralelas que ahora convergían en los precipicios. Aquí estoy, dije, y sin darle tiempo a reaccionar, tomé su mano y le puse la sortija, y sus uñas azules, su pelo azul, toda ella azul se transformó. Era un *goldfish,* y me arrodillé como quien ha logrado apresar la piel blanda de un mundo en reposo, y sin dilación, hundí mi rostro entre sus pechos y puse mis labios y bebí una leche inflamada en no sé qué avatar, en qué divina ablución. Y ella, desnuda, hablando de las ruinas que abandonan los hombres en sus sueños, y yo acallándola con los cristales de mis viejas cicatrices, besándola hasta sentirla limpia, apropiándome de su sabor de niña e insistiendo en que su cuerpo se hiciera una franja, que sus temblores se maceraran en mis caderas, y que los dos, unidos, descubriéramos el brillo único de las monedas, los atributos de lo que es realmente ella: un *goldfish,* y yo escabulléndome entre sus aletas, respirando la sal de sus branquias, y ya: la blanca mansedumbre, la fiesta de un siglo, el minuto largo de un volcán. Luego, el Pall Mall, el humo que irradia un recuerdo que pudo ser el amor, y que no es más que una desazón de limpieza, un diálogo en que Idolka empieza a desvariar y habla del mago que, en las noches de mayor olvido, la visita con un virtuoso sombrero hongo y promete revivir el paraíso del Coney, amasando la oración de un nuevo demiurgo que a todos ha engañado, disfrazándose de Isaac Luria, encubriéndose en las seiscientas mil caras de la Torá, en los caminos para la revelación de los sueños.

—¿Y dónde lo encuentras? —le digo.

—Aquí, sobre esta hierba —me dice.

Y regresamos a la esquina del Rumba Palace, para conocer otra noticia que finalmente disloca la noche. Las amigas de Idolka han abandonado la postura de cazadoras, y con apuro nos dicen que un auto atropelló al negro. "Cuando se lo llevaron –insiste una de ellas–, ya estaba muerto." Entonces, Idolka se echa a llorar, llora al negro viejo y habla del Chori y Marlon Brando, de las mentiras que hacen la vida. Luego se acicala y se olvida de mí, se despoja con un batir de palmas que hace marcharse a las amigas y queda reina de la esquina del Rumba Palace.

Y de nuevo empieza a lloviznar, ahora hace un año exacto que no deja de llover en ese pedazo de la Quinta Avenida, sobre los flamboyanes que han contemplado mi metamorfosis en guardián. Y ya es mucho el tiempo en que medito tomar una aguja y pincharme los ojos y acabar ciego. Sólo me detiene la custodia de los animales de papier maché, la añoranza de Julia, mi venganza contra Martí, un Martí que ha huido a Santa Ifigenia. Idolka, mientras, continúa fumando sus Pall Mall y nunca más ha querido acompañarme a las ruinas de la montaña rusa. Sigue con la idea de que el mago vendrá a echar a andar el Coney. Yo soy un escéptico y por eso me hago acompañar de un cuchillo. Ya no pienso en López Velarde.

La trágica muerte del doble nueve

Rafael Zequeira Ramírez

Lo mató como a un perro, como se mata a un cochino. El murciélago convulsiona y desafina a causa de la ira. Es una sombra, Anita. ¡He aquí el arma homicida!

El Gran Circo Carlos da inicio a su función de hoy, señoras y señores, y Anita trata de sufrir en inglés, *shape without form, shade without colour*, no recordaba nada más Anita, vestida con tanta moderación que parecía otra mujer, que se parecía a Dora, y perdida, igual que Dora, en algún paraje brumoso del cosmos que habría que recapitular. Le dijo a Dora que nada de señoras y señores, que compañeras y compañeros, que el espectáculo era para el consumo nacional, y Dora que hablara bajito y que no se buscara más problemas, por el amor de Dios, que demasiados problemas había ya y la mujer de la derecha, el muchacho de la izquierda, el calvo del frente y el viejo de atrás tenían cara de estar ahí para escuchar lo que ellas hablaban y chivatear después. ¿No había hablado el murciélago del rigor de la vigilancia? No quería más dificultades por causa de la maldita lengua que tenía. Me he vuelto, después de esto que ha pasado, cautelosa y arisca. Aunque es verdad, Anita, que no se trata de un *show* para esos extranjeros tuyos que deben de hacer sus pagos en contantes y sonantes *US dollars* para que no sepamos, después, si lavarnos las manos con sosa cáustica o ungírnoslas con esencias preciosas.

Redobles de tambor para emocionar. Vals *Fascinación* para fascinar. Reflectores de luces multicolores. Domadores que doman fieras. La distinguida y épica mujer de *papier maché* se enrosca culebras en el cuerpo. Tañen sus guitarras los dos trovadores conspicuos y alabarderos. Payasos pujones y lameculos. Magia, locura, castigo y humillación. ¡Adelante el Maestro de Ceremonias!

Amor mío, apetito de papá, ñoñita mía, *piccina mogliettina olezzo di verbena,* yo te quiero mucho y me gustas más, pero con ese sonido encima de mi cabeza no me salen bien las cosas; pero no te preocupes por eso, que yo me conozco bien y sé que es por culpa del sonido. Dentro de poco, cuando el sonido de los aviones no se trague a Totti dal Monte y a Beniamino Gigli, entonces, *un bel di vedremo.* Y eso para no hablar de los otros sonidos, de la Voz Que Se Lo Traga Todo. No es fácil, corazón, vivir tantos años junto a una voz que se lo traga todo, y que ahora, para colmo, usa fondo musical, un tema orquestal que se traga a la soprano cuando pregunta *¿che dirá?, chiamerá Butterfly dalla lontana.* Pero dentro de cinco minutos vas a chillar; dentro de cinco minutos mis amigos del dominó van a apagar la televisión, los aviones van a aterrizar y entonces te van a crujir las cuadernas como si fueras una de las carabelas del Gran Almirante. Vas a sentirte aniquilada y enferma. Pero ahora no puedo; no puedo porque ese sonido está ahí para crearte la ilusión de que tu vida se reduce a un presente heroico y a un glorioso porvenir. Te persuade de que también tú eres el protagonista del melodrama, y, ¿a quién no le gusta ser el protagonista de un melodrama, mi amor? ¿Y quién va a poder singar con esa extraña idea metida dentro de su cabeza, corazón?

Por lo menos tres Mig veintipico retozaban aguerridamente, caracoleaban agresivamente, volvían grupas cojonudamente, coño, que nadie se vaya a creer que aquí hay pendejos, hijos de perra, mientras Carlos se entretenía, podría decirse más exactamente que se aburría, con la bellísima y sexualísima, explosiva, rotunda, suave y bien vestida y mejor desvestida gracias a sus cremas y cosméticos pagados en dólares que a su vez eran pagados en especie, es decir, con la raja, Anita Easy Shopping que, *shopping* al fin y al cabo, se conseguía las novelas de Frederick Forsyth y sabía lo que era un *blackbird* y le decía que la picha era un poderoso *blackbird* yuma, mi vida, yuma, fuselaje negro de titanio negro, aunque él fuera blanco de ojos azules. ¿Qué importaba eso? ¿No se podía ser blanco de ojos azules y tener la picha prieta? ¿Por qué no? ¿Quién lo decía? ¿Lo decía, acaso, el realismo socialista? Y no me pidas que me calle y que no empiece a teorizar; si me gusta estar contigo es porque tú dejas hablar, y dejas hacerlo en español y no en *how money*, no en *quanto le devo,* no en arriba los pobres del mundo, no en himnos y doctrinas. Que se acordara de lo caro que él le salía, que la dejara hablar entonces, porque ella estaba con él nada más que porque le gustaba y por hablar, porque mientras estoy aquí, contigo, me estoy dejando de ganar Dios sabe cuántas cosas. Ahora mismo estaba trabajando a un italiano viejón a ver si le sacaba un aparato de video porque era una entusiasta de ver películas de acción desde la cama, y en vez de estar con el italiano diciéndole *desidero una camera ad un letto con bagno,* viejito *spaguetti* mío, en un hotel de lujo, tomando martinis con aceitunas metida en una piscina o en una ducha con agua caliente o en una cama grande, cómoda y limpia, o realizando cualquier otro imposible, estaba aquí con él, en este cuarto caluroso suyo al que ella le había cogido afecto, chupando tan campante el pirulí, a cambio únicamente de que él la escuchara, de que la dejara hablar del realismo socialista o de cualquier otra cosa; sabía que hablar del realismo socialista con el pájaro negro metido en la boca no era, digamos, la forma más ortodoxa de abordar el tema, pero quería hacer las dos cosas y él debía comportarse como un caballero y dejarla hacer sus caprichos, niñito lindo mío. Rico, mi amor, muy rico. Que se vaya al carajo el *signore quando lei desideri* con su aparato de video y su pobre pajarito viejo y triste, alicaído, moribundo, diría yo. Que se vaya al carajo con su idioma melodioso y sinfónico y me deje ser persona a tu lado, vida mía. Juntos, tú y yo, quizás podamos no morir ahogados en La Gran Laguna de la Mierda. Tú podrías volver a trabajar y yo podría renunciar a esta vida inodora, incolora e insípida, y ser tu mujer y cocinar para ti, lavar tus calzoncillos y parirte niños malcriados; podría, incluso, hacer borrón y cuenta nueva con todo esto y terminar mi carrera; nada más que me faltaban dos años para terminar cuando me pregunté de qué me serviría ser profesional, qué vida iba a ser la mía después que me graduara y me ubicaran de profesora de inglés en una secundaria en el campo o en Dios sabe dónde, haciendo Dios sabe qué y viviendo Dios sabe cómo. Al no poder hacer mis propios proyectos, me invadió el desaliento, amor, y decidí que de esa manera nada tenía sentido. Me sentía realizando el papel segundón de una vida que, aunque era mía, alguien estaba viviendo por mí. Alguien pensaba por mí, decidía por mí, hablaba, discutía, elegía, comía, dormía y hasta cagaba por mí. Mi vida era como un yogur: un alimento ácido y predigerido. Tú sí terminaste, pero después decidiste no trabajar, después de aquella larga explicación que nos diste a Dora y a mí. Dije que no quería ser un mulo con jornadas de ocho horas diarias, establo si lo conseguía, poca y pésima avena, para que después me pagaran en tablitas del siglo pasado o en fichas de central. Querías dinero para vivir, dijiste, no papel sanitario para no morir. No, cariño, papá, se terminó, no quiero video, no quiero más *sono tanto contento di vederla,* no quiero más a la Voz Que Todo Se Lo Traga ni nada. Ni siquiera quiero a Dora, tan gorda y tan tortillera y sus explicaciones sobre *El socialismo y el hombre en Cuba.*

Con Dora había aprendido que los legítimos revolucionarios cubanos de aquella época, es decir, un revolucionario argentino, consideraban tanto estiércol como una cagada de aquellos rusos que no por gusto eran conocidos entre nosotros, de modo institucional, como los hermanos soviéticos, y de modo real, como los bolos, bolos de mierda que nada tienen que ver con nosotros, tan sabios, tan serenos y tan puros.

Pero el tiempo es el tiempo y el polvo, que también es el polvo, deja su sedimento en el tiempo, Anita querida, y tú, tan inteligente y tan linda, tan aficionada a las cremas y a los cosméticos, debías entender mejor el sortilegio del maquillaje, el hechizo del tapujo, la eficaz magia del embozo, porque ahora nos vienen la tolerancia y la indulgencia como un producto autóctono, con marca estatal de calidad con círculo, bajo los divertidos auspicios del entusiasmo adolescente. Volveremos a ser niños alegres, desbordantes de fervor patriótico, de amor y canciones, de rechazo al poder y a la fuerza. Libres y felices. Casi griegos de la edad de oro. Suma de todas las églogas. Vamos, festivos, satisfechos, alborotadores, de retorno a la humildad, a la plenitud y a la pureza de la época de gloria, a la era de las emociones legítimas, de los indomables y jaraneros tiempos en que parecían *hippies* aquellos buenos muchachos que, pocos años después, demasiado pocos, pero no tan pocos para que no se hubieran cortado las melenas, hubieran engordado y se aficionaran a las casas, a los automóviles y hasta a las sepulturas de los hijos de puta que habían hecho rodar por la arena, les patearon el culo sin piedad a aquellos otros buenos muchachos que soñaban con ser *hippies* o lo que les saliera de los huevos ser; les patearon el culo, les cortaron a cuchilladas el pelo tímidamente largo tal vez porque no se habían ganado el derecho a dejarlo crecer en el campo de batalla, los corrieron por las calles, los cazaron en una cacería de grotesca capacidad y los internaron en campamentos de desolación. Y si era así, y lo era sin duda, porque Dora sería homosexual, pero era lúcida y certera y no tenía la fea costumbre de hablar caca, ¿qué sentido tenía que aquel hombre hubiera escrito aquello?, ¿qué sentido tenían tantos años de manuales atorrantes?, ¿por qué no podría decir ella que su pito era negro a pesar de ser él un tipo blanco de ojos azules? Negro como un *blackbird*, como un avión equivocado y con rumbo incierto que ahora, a pesar de que la Voz iba a seguir hasta el final de los tiempos en el televisor y de que los aviones Mig seguían arando el cielo, entraba y salía de aquel aeropuerto, hangar, ciudad sitiada, destrozada por la batalla y la violencia como si no fuera uno sino mil aviones con el fuselaje ya no negro titanic sino rojo cereza a causa de la fricción. Y el ritmo era cada vez más intenso, más loco, más desquiciante y desenfrenado, mas no sabía cuántas cosas más, porque había empezado a llorar y el avión, la bala, la flecha, el cohete, el ay mi madre, qué rico, qué duro, Dios mío, cómo grito, me van a oír en toda la cuadra y los cabrones del dominó se van a reír de nosotros y es del carajo la jodedera que nos van a armar cuando salgamos, mi amor, parecía que no se iba a detener jamás.

Cosa más increíble. Había cundido el rumor, entre el ventarrón liviano y disipado de sus amigas, de que él era antipático y torpe, maniático, sangrón, déspota y arbitrario. Tenía que ser la madre de todas las calamidades en la cama. Ninguna le iba a creer, dando por descontado que ella jamás lo iba a contar, que era fabuloso y delirante. Era un telescopio que la había hecho ver la luna y las estrellas de todas las constelaciones. Eso contrariaba los textos. No podía ser fabuloso un hombre que casi no hablaba y que cuando lo hacía era de aquella manera inapetente, lejana y hasta algo desabrida; que dejaba hablar; que había anulado o se había anulado él voluntariamente, libremente, en medio del anulamiento general. Se había negado a ser la foca tragapeces del Gran Circo Carlos.

Recordaba que una vez ella, por sonsacarlo, por alentarle la vanidad mientras fornicaba, cosa tan estimulante, lo había aprendido en esta extraña vida suya de sálvese quien pueda y acuérdense de que no hay reenganche en este cabrón mundito de Nuestro Señor, de acuérdense de que hay que vivir y no aprender a vivir y mucho menos buscar un apóstol que nos enseñe a vivir, de cáguense en las generaciones futuras y vivan su cuarto de hora, que para eso estamos aquí y para eso estarán las generaciones futuras, le había dicho, con palabras muy putas y muy enamoradas, con amor y devoción, con afecto, sinceridad, cariño y simpatía y clavada tan profundamente que te siento en las amígdalas, niñito mío, que no rumiara más, que se estaba poniendo viejito, pobrecito, antes de tiempo, que se dejara de homilías del desamparo que con eso lo único que ibas a conseguir era parecerte a ya tú sabes quién, y tú sabes quién cumplía su destino mientras que tú te convertías en un rumiante dócil, afligido y extraviado para siempre. Tenía que dejarse de categorías y exequias y que hiciera como ella, mírame a mí, mira cómo me divierto, ¿no lo ves, amor?, soy el oso Yogui, jo, jo, cómo me divierto, cómo puedo divertirme tanto, pobrecito amor mío, tan chulo y tan lindo, tan sabroso que me clavas, tan rico que entra tu pájaro negro en mi nido húmedo, suave y tibio, y tan serio y solemne que te me pones a veces, tan aburrido, tan ontológico, diría Dora. No seas rezongón y desentrampa toda esa mierda que tienes dentro de tu cabeza y que no te deja vivir como un ser normal. Extrañadísima estoy yo de que hagas el amor como un ser normal clase A, y él le había respondido que eso era muy aburrido, no decía hacer el amor como un ser normal clase A, sino desentrampar aquello, entonces ella le había dicho que lo hiciera de una forma entretenida, como un *thriller*, dijo, como una película de Chuck Norris o de Burt Reynolds, hasta de Silvester Stallone pudiera ser, ¿no te gustaría parecerte a Rambo, cielito?, ¿no me enseñaste ese cuchillo que tienes, igual al de Rambo? Le dijo que él tenía pupila para eso. ¿Qué quién? Seguro que no había sido ningún canadiense, ningún alemán ni ningún inglés, claro que tampoco el *signore* Spaguetti Arrivederci, ni mucho menos el señor Alpargatas que, joder, la invitaba siempre a follar, vocablo más espantoso; tal vez había sido Dora, la gorda tortillera que le había enseñado a desconfiar del realismo socialista, ¿fue ella, mi vida?, pero no dejes de moverte para responder, que el orgasmo está aquí mismo ya. Dijo que sería una verdadera lástima que tú naufragaras. ¿Y por qué razón iba a naufragar? Por nada, por nada, porque *la desorientación es grande y los problemas de la construcción material nos absorben. No hay artistas de gran autoridad que, a su vez, tengan gran autoridad revolucionaria,* había respondido Dora, ¿fue definitivamente ella, chulito mío?, ¿tú te quieres malograr, gatico?, ¿no quisieras exhibir tu basuritas de una forma entretenida?, y él le había preguntado, montado encima de ella, cabalgando y sudando como una bestia debido a que la vida profesional de la potra de nácar sin bridas y sin estribos daba para cremas y jabones, quizás diera para el equipo de video, pero todavía no había dado como para conseguir un aparato de aire acondicionado y regalárselo a él con mil amores para que humanizara aquel cuarto al que ella cariñosamente le decía mi estufa, que cómo se podría escribir de forma entretenida la historia de un gran aburrimiento, preciosa mía.

El Maestro de Ceremonias, el Royal Magistrate que decía Anita al oído de Dora, también había empezado a aburrirse y míster Shade, después de tanta crepitación y de haber exhibido con aire victorioso y hasta con algo de pastoral el arma homicida, bostezó largamente. Se hacía tangible para todos los presentes que el Gran Circo Carlos iba a continuar la función en un tono menos apasionado y provocativo. La exaltación también agota, incluso a los hombres más exaltados.

El cuchillo, ninguno de los presentes lo dudaba, era una joya de la artesanía local. Anita, sumergida en el mar de las etiquetas relumbrantes, decía que era el cuchillo de Rambo, la obra maestra de aquel amigo de Carlos que a ella le gustaba mirar porque tenía el cuerpo perfecto, *hand made.* Y no era que quisiera acostarse con él, como quería suponer el investigador, sino que le gustaba mirarlo porque era irreprochable. Estaba segura, además, de que también al investigador le gustaba verlo sin camisa, pero ni a sí mismo se lo decía para que no fueran a calificarlo de maricón.

Era la primera vez en toda su vida que le daba gusto mirar un cuchillo. Carlos le había pedido a Torso Hecho a Mano que le hiciera aquel cuchillo para cuando fuera a pescar truchas y Torso le había preguntado qué truchas, ¿no sabía que cada día eran más escasas las truchas? Él, de todas maneras le iba a hacer el cuchillo copia fiel del de Rambo, pero olvídate de las truchas, Carlos, y ve pensando en pescar tilapias, asquerosas y fangosas tilapias traídas decían unos que de Angola y otros que de México y todos que apestaban a fango y sabían a fango, y Carlos ya no iba a poderse tragar una tilapia más, que llevaba una semana comiendo únicamente tilapias pescadas por él mismo después de pedalear muchos kilómetros. Le habían dicho que las tilapias era voraces y se habían comido a las truchas, a las biajacas y hasta la puta madre, pero de todas maneras iba a hacerle el cuchillo para pescar truchas.

Lo que nunca quedó del todo claro para Carlos fue si el cuchillo lo hizo ciertamente su amigo o si fue el diablo quien lo hizo. Hacía ya varias noches que se despertaba sobresaltado en la alta madrugada percibiendo un inconfundible olor a gases sulfurosos, señal inequívoca de que el demonio andaba rondando cerca. Barbas de chivo, tarros de buey, pezuñas de cerdo, cola de serpiente, aliento de hiena, escamas, por supuesto, de tilapias.

Los Mig veintipico seguían yendo y viniendo, música de fondo para la voz que en el televisor seguía dando interminables y agotadoras explicaciones relacionadas, según parecía, con genitales invencibles, gónadas de bronce, penes de acero, corazones galvanizados. Carlos estaba mareado y aletargado. Noqueado. No iba a resistir más. Eructaba el sabor fangoso de las tilapias del almuerzo. Su propio avión acababa de ser alcanzado por las balas. ¿Dónde estaba el pequeño botón que hacía funcionar la catapulta? Lo encontró. Bromeó con sus amigos del dominó. Solamente le quedaba la broma en este mundo. Les dijo que se sentía confiado, tranquilo y feliz porque percibía que Skipper El Magnífico estaba optimista y que ese optimismo era su clavo caliente, su único asidero cuando sentía que sus pies colgaban en el abismo; ese optimismo le daba a él fuerzas para seguir viviendo y para enfrentar la vida sin decaimientos de pendejo, para enfrentar, tranquilo y seguro, cualquier adversidad; en suma, para combatir y vencer las vicisitudes de un universo hostil.

Tampoco le quedó nunca claro si fue realmente él o si fue El Trapalero, El Príncipe de las Sombras, El Sucio quien puso esas palabras en sus labios, porque no por casualidad, no por falta de voluntad o por descuido, durante las madrugadas lo despertaba aquella tormenta de arena salobre y fétida que lo obligaba a levantarse en medio del desconcierto y hasta del terror y beberse completa la jarra de agua.

Anita Easy Shopping, a su lado, fragante como un jardín babilonio, linda como un amanecer en el mismo jardín, ataviada como una carroza de carnaval brasileño y buena hembra como una puta de mercado internacional que cobra sus faenas en moneda libremente convertible y no en tablitas ni en fichas de central, se rió, y los amigos del dominó se rieron también, era tremendo jodedor este Carlos, pero el amigo de sus amigos, el compañero Sábado Corto, no sonrió siquiera, sino que preguntó con qué había ligado Carlos la mariguana, o es que era comemierda o qué, y ya Carlos no tuvo ninguna duda de que El Tramposo estaba allí, de cuerpo presente, dueño y señor de las circunstancias, amo de los destinos. Implacable. Sin lugar al perdón. Tuvo miedo. Tragó en seco y trató de insistir, para distender, para reconciliar, en que el optimismo de Skipper era para él el bálsamo de Fierabrás. Pero tampoco, lo comprendió después delante de la *shade without colour* y del Royal Magistrate, estas palabras habían sido suyas. También éstas se las había dictado El Pestilente. Y ya estaba por completo a merced suya. Ya nada le quedaba por hacer. Estuvo seguro de que aunque se metiera de cabeza en una bañera llena de agua bendita, las cosas iban a ser como fueron. Iba a comenzar lo que siempre había querido evitar: la espectacular función del Gran Circo Carlos.

Anita no acababa de entender por qué razón se había puesto de ese repugnante color amarillo verdoso el rostro del Short Saturday. Y cuando Carlos le dijo por mi madre te juro que estoy hablando en serio, no te vayas a pensar que estoy bayuseando, compadre, el rostro del hombre pequeño se hizo definitivamente de un color que tal vez pudiera definirse como verde Van Gogh. ¿Quién coño se había creído Carlos que era él? Él adoraba a aquel hombre que hablaba mientras los aviones de combate silbaban en el aire; siempre que lo escuchaba sabía que estaba dispuesto a morir por él, a desangrarse por ese hombre. Además, estaba prevenido; estaba adiestrado para salirle al paso, era exactamente ésa la expresión, a los enemigos socarrones. De modo que había llegado su turno de entrar en acción y le dijo a Carlos que estaban en la casa de él, eso era cierto, ésa no era razón suficiente para permitirle a un vago cagón que utilizara burlas a costa de un tipo que era el uno, ¿lo oyes bien, comemierda? ¡El uno! Óyelo bien para que no te hagas el chistoso, el uno en este país y en el mundo. Y no te voy a tolerar que le pongas el nombrete de un canguro actor de la televisión. No voy a soportar payaserías a costa de él.

¿A costa de quién, compañero, del uno o del canguro? Ya cuando dijo esto era evidente que su propio aliento disparaba cristales de pirita con reflejos dorados y despedía el clásico olor de los fondos del Sumidero. De no haber estado presente El Mañoso se hubiera callado la boca, hubiera seguido esperando, perdido y manso, el día del infarto liberador, que era lo que había venido haciendo durante tantos años, pero esta vez el Gran Señor Nebuloso no se lo permitió.

A costa de tu puta madre, pudiera ser, dijo el compañero Sábado Corto y Anita Easy Shopping y los amigos del dominó dejaron de reírse y Anita dijo está bueno ya, dejen esa mierda, que esto va a terminar mal si ustedes siguen por ahí. Pero tenía que terminar mal porque ya el pequeño estaba enojado, muy encabronado y colérico estaba y dijo que no se trataba de ninguna mierda, pila de gusanos, que ese hombre que estaba hablando era el hombre del siglo, era un pingú, que lo supiera bien Carlos y que lo supiera bien Anita también, y que lo supiera bien el mundo entero, un pingú, ¿lo oyen bien todos ustedes? Un pingú. Nunca se olviden de eso.

Un rayo de sol tardío, ya eran más de las seis de la tarde, un errante reflejo crepuscular, rebotó en la hoja del cuchillo hecho a mano por Torso Hecho a Mano. Era el cuchillo que había usado Rambo para pescar tilapias porque truchas, ya lo sabían todos, apenas quedaban.

Traía la obra maestra de la artesanía local para enseñársela a sus amigos. ¿Quién lo indujo a hacer eso? ¿Quién le seguía dictando extrañas palabras al oído cuando le dijo a Sábado Corto que la suya era una manera de ver las cosas, un punto de vista? Le dijo que él respetaba los puntos de vista de todo el mundo; respetaba hasta el punto de vista de Puccini cuando había hecho cambios a *Madame Butterfly;* él era un exagerado en eso, porque respetaba hasta los puntos de vista de los animales y podía asegurarle, compañero, que jamás le había ido a la contraria a un caballo o a un perro, ni siquiera a un gato, a pesar de que no simpatizaba con los gatos a causa de la fea costumbre que tienen esos animales de ser ladrones; pero el suyo, compañero, era un punto de vista que él no compartía debido a que pensaba que un hombre con la pinga muy grande o muy gorda no tenía que ser, necesariamente, un Recapitulador del Cosmos, eso en primer lugar; y en segundo, a que él no padecía de complejo de castración alguno y no se dedicaba a medirle y mucho menos a elogiarle el tolete a ningún hombre. No tengo ese extraño hábito, compañero, y las únicas pocas veces en que se me ocurrió averiguar cuántas pulgadas tenía una tranca, fue en mi adolescencia y con la mía. Y sepa que quedé satisfecho.

El aire se hizo a partir de ese momento de un espesor perentorio y cargado de los peores augurios. Pronosticaba el premio a tantos años de insensatez, al segundo específico y ya inevitable de la magna necedad. El naufragio que se había luchado por evitar a lo largo de toda la vida, era ya inevitable en medio de la depresión y el desconsuelo. La incertidumbre pesaba tanto que después alguno de los testigos le explicó al murciélago que creyó que estaban en medio de una lluvia de granizos negros, y recordó que Carlos, con voz más bien baja, había dicho me doblo en el nueve y no juego más a esta porquería, y que la víctima había gritado tu doble nueve soy yo, maricón.

El rayo perdido del sol poniente, ahora un poco más bajo y menos resplandeciente, se perdió en el cuerpo opaco de la pistola Makarov que el compañero Sábado Corto sacó con gesto profesional y rapidez vertiginosa de nadie sabía dónde. Creyeron que se trataba de un número de prestidigitación debido a la velocidad y al absurdo, y debido también a que alguien había hecho el superfluo comentario de que aquellas pistolas solamente servían para disparar un tiro al aire al tiempo que cuadrado oficial moscovita daba el consabido grito de ¡hurra!, o para que el mismo cuadrado oficial, de salirle mal las cosas, se pegara un tiro en la cabeza. Pero cuando escucharon al pequeño Sábado Corto dar aquellos destemplados gritos de yo te mato, gusano hijo de la gran puta, yo te mato, pedazo de maricón, para que aprendas a respetar a los hombres, comprendieron que no se trataba de un ilusionista que mostraba sus habilidades, sino de un hombre dispuesto a algo tan increíble y peregrino como lavar con sangre la mancha de una ofensa recibida, de algo que resultaba tan sorprendente a estas alturas como un maldito error genético, a pesar de que nadie lo había ofendido a él y de que la sangre eugenésica habría de ser la suya.

Míster Shade, esforzándose por no volver a bostezar y moviendo sus trapajos negros de tiñosa de un lado a otro, quería que le repitieran detalladamente la historia. Minuciosamente. En cámara lenta. Quería desentrañar el sentido, los movimientos, las acciones de cada fracción de segundo. Quería diseccionar el tiempo en partículas cargadas de luz, de información. No había comprendido bien el cuento. ¿Quién iba a tragarse aquello de que el cuchillo de Rambo estaba allí por pura casualidad? Esas casualidades no existen, señores míos. ¿Acaso le habían visto cara de verraco? En su niñez remota, su abuelita lo dormía con canciones incomprensibles llenas de duendes y fantasías, pero aquella historia de la puñalada en defensa propia no servía ni para dormir niños retrasados porque había sido una puñalada precisa y diestra, podría decirse que científica, como dada por un titular en el oficio. Y si el Maestro de Ceremonias o alguno de los presentes no compartía esta opinión, que se leyera el informe forense y se enterara de que el corazón de la víctima había sido partido en dos mitades como si se tratara del corazón de un cochino de fin de año. ¿No había matado el Maestro de Ceremonias, no había matado alguno de los presentes un cochino en su casa el 31 de diciembre? ¿No?

He aquí el arma homicida. Anita Easy Shopping se había desmayado al ver tanta sangre. Era por causa del olor. Valses. Reflectores. Fieras. La distinguida mujer. Payasos. Trovadores. El murciélago pedía, exigía un castigo ejemplar para aquel asesino de los mejores hijos del pueblo, para aquel refractario velado que se negaba, tanta era su presunción, a argumentar nada en favor suyo, y lo único que hacía era tararear alguna canción que nadie conocía, aunque ya nuestros competentes especialistas han descubierto que se trata del aria *"Un bel di vedremo"*, de la ópera *Madame Butterfly*, del músico italiano Giacomo Puccini, fallecido hace ya muchos decenios, por suerte para todos nosotros. Al exigírsele al acusado que se explicara mejor, se limitó a responder que se trataba de una ópera escrita por el susodicho Puccini y estrenada el 17 de febrero de 1904, en el teatro de la Scala de Milán, en medio de un resonante fracaso. Que más adelante había sido revisada cuidadosamente por el autor y reestrenada en Brescia el 28 de mayo del mismo año 1904, cuando se convirtió en un gran éxito y fue aclamada con gran entusiasmo por el público. Se le pidió que dijera más, que aquello nada tenía que ver con el aborrecible crimen que había cometido, que toda esa extravagante historia de óperas, fechas de estreno, fechas de reestreno, éxitos y fracasos, no arrojaba luz alguna sobre unos sucesos tan lamentables, y dijo simplemente, sin mostrar arrepentimiento aunque tampoco complacencia, que se trataba de su ópera preferida y que aquella aria de *un bel di vedremo levarsi un fil di fumo sull'estremo* confín del mar, le parecía a él la mejor, que era la que más le gustaba, la que más disfrutaba.

En candela

Miguel Collazo

Más allá del Diezmero, entre un caserío de cuartuchos y pasadizos, fueron los del taller a buscar a Felo. Eran tres hombres, uno medio gordo y calvo, otro alto y flaco y el tercero ni medio gordo ni flaco y tampoco alto. Los tres eran activistas, pero ninguno era del sindicato. Iban por encomienda de la administración, y más bien como socios, a averiguar sobre Felo, que hacía por lo menos dos semanas que no iba al trabajo: "Lo sanciono, lo boto, coño. Vayan a ver qué carajo le pasa al Brocha".

En realidad Felo andaba perdido, probablemente borracho, seguramente sin un quilo, quizá metido en algún lío, tal vez enfermo, o todo eso a la vez. Fuera a saberse.

Luego de infinitas vueltas e indagaciones, los tres hombres se miraron arqueando las cejas. Estaban sudados y recondenados, de pie, con el sol rajándoles las cabezas, en medio de una tierra blanca y polvosa, allá, en los quintos infiernos, metidos en un laberinto de pasajes y túneles. Bueno, en aquel enredillo de cuartos y gente huidiza no iba a ser nada fácil dar con Felo, entre otras cosas porque con toda seguridad él tampoco quería dejarse ver. Y alrededor nada; puertas cerradas, mirones, maleantes, borrachines: "Mire, fíjese, somos compañeros de trabajo, estamos preocupados... Sí, Felipe Iduarte, Felo, Felito, el pintor, ¡el Brocha! No, no; es aquí. Ésta es la dirección. Seguro en alguno de esos..." Inútil.

–¿Qué te parece? –dijo uno de ellos, tal vez el más flaco–. Aquí no viven gentes, viven fantasmas. Ya esta historia de Felo...

–Bueno –dijo otro, quizá el más gordo–, vamos a pensar. Ésta es la dirección. Estamos en el cuchillo de quinta A y Suárez. ¡No hay otra quinta ni otro cuchillo que dé a Suárez! Yo sé que él está por aquí, por aquí cerquita. Casi lo huelo. Hay que seguir preguntando.

—Olvídate de eso —dijo cualquiera de ellos, probablemente el que no era ni gordo ni calvo ni flaco—. O lo buscamos nosotros mismos, cuarto por cuarto, pasaje por pasaje, hueco por hueco, o nos vamos. ¡Total!

—No, total no. Ya estamos metidos en esto.

—Vamos a perder el comedor.

—Bueno, no hicimos todo este cabrón viaje para estar ahora discutiendo aquí. ¡Hay que dar con él! ¿O en qué estamos? Si no, lo van a joder, lo van…

Pero lo cierto era que Felo parece que ya los había visto y estaba huyéndoles, rodando de un lado para otro, entre una bola de bultos y paquetes, con su eterno pantalón manchado de pintura, de setenta mil colores, mugriento y apergaminado.

Uno del grupo creyó verlo cruzando un carril, envuelto en una sábana color trapo de piso. Medio encorvado, desgreñado y sigiloso.

—Miren… —dijo—. Allá, ¡allá! Coño, creo que es él.

—Sí, sí… Pero, ¿qué carajo le pasa?

—Olvídate de eso y dale. Coge tú por ahí y nosotros por acá.

—Oye, espera; esto no es una cacería.

—¿No? ¿Y a qué se parece más? Llevamos una hora en esta jodienda. Hay que cogerlo. ¡Él no está loco ni un carajo! Arriba.

La comisión de ayuda, que para ese entonces era un comando, se desplegó, rodeando el caserío. Veinte minutos más tarde los tres hombres dieron con Felo tras un encaramillo de cajas y tablas podridas, en el instante en que trataba de cruzar a gatas por debajo de una cerca de latas herrumbrosas.

—Oye, oye; párate ahí —le gritó uno de ellos—. ¿Tú nos estás huyendo o qué?

Felo se levantó despacio, se quedó rígido, los brazos abiertos hacia abajo, la cabeza gacha, como un pájaro acalorado o un aura tiñosa.

—Tranquilo, Felo. Espera… Espera.

—Espera, Felo.

–Sí, Felo, espera. Somos tus socios. ¿Qué te pasa?

Felo los miró con el rabo del ojo, sin levantar la cabeza.

–Estoy en candela –dijo–. En candela.

–¿En candela? Bueno, sí, pero ven acá... ¿qué candela? ¿Qué pasa?

–Candela, candela. ¡Que estoy en candela!

–Mira, Felo –dijo uno de ellos, quizá el más flaco–; habla claro. Fíjate, llevamos casi toda la mañana dando vueltas, sudando, preguntando, en medio de esta mierda ¡con un calor arriba...!

–Sí, habla, ¿qué te pasa? Te estás ganando un consejo de trabajo. Te van a joder, te van a botar...

–Atiende, Felo, el administrador está encabronado, nos dijo, no sé, vayan a ver, averigüen porque si no... ¡Todavía te pueden tirar un cabo!

–Eso, Felo, eso; habla con nosotros. A ver, a ver, ¿en qué te podemos ayudar? ¡Coño, vinimos aquí para eso!

–Estoy en candela. Candela, candela.

–Sí, sí, pero... ¿qué candela? ¿Tienes jodienda en la casa? ¿Estás enmarañado con el dinero o...?

–Candela –dijo Felo, la cabeza de lado, hundida–, candela, candela, ¡candela!

–Sí, Felo, pero por tu madre, ¿cuál es la candela? ¿Te has metido en algún lío? ¿Qué es lo que hay?

–¡Estoy en candela!

De la fábrica vecina bajó un humo sucio y pegajoso y los envolvió a todos. Los hombres estaban en semicírculo, Felo en el centro. Parecían más bien tres individuos tratando de cazar una gallina en patio ajeno.

Uno de ellos, el más gordo, el calvo, el más viejo, quizá el más sensato, resopló y dijo:

–Caballeros, esto es una locura. Mira, Felo, mejor vamos para tu casa, nos sentamos, hablamos, nos entendemos... Estamos tratando de ayudarte. Pon de tu parte. Tenemos que llevar una respuesta, algo, no sé. No te cierres. Explícanos.

–Estoy en candela. Estoy en candela. Candela, candela.

–¡Me cago en el carajo! Felo, por tu madre, ¿qué candela? ¿De qué candela nos estás hablando?

—¡Candela! —dijo Felo—. ¡Que estoy en candela!

Los tres hombres se miraron. El que no era ni flaco ni gordo ni calvo y tampoco alto se borró el rostro con las manos, jadeó.

—Mejor nos vamos —dijo—. Puede que todavía no perdamos el comedor.

—Bueno, bueno, pero y… ¿qué le decimos a la administración?

—Eso —dijo resignadamente el más gordo, el más viejo—, eso mismo: que está en candela. ¡En candela! ¿No está claro?

*Bibliografía**

Álvarez, Imeldo, *Cuentos de amor*, La Habana, Letras Cubanas, 1979.
———, *Ese personaje llamado la muerte*, La Habana, Letras Cubanas, 1983.
Arrufat, Anton, y Fausto Masó, *Nuevos cuentistas cubanos*, La Habana, Casa de las Américas, 1961.
Batista Reyes, Alberto, *Cuentos sobre bandidos y combatientes*, La Habana, Letras Cubanas, 1983.
Bueno, Salvador, *Antología del cuento en Cuba, 1902-1952*, La Habana, Dirección de Cultura del Ministerio de Educación, 1953.
———, *Cuentos cubanos del siglo XX. Antología*, La Habana, Editorial Arte y Literatura, 1975.
———, *Cuentos cubanos del siglo XX*, La Habana, Editorial Arte y Literatura, 1977, 2 t.
———, *Los mejores cuentos cubanos*, Lima, Primer Festival del Libro Cubano [1959], t. 1.
———, *Los mejores cuentos cubanos*, Lima, Segundo Festival del Libro Cubano [1959], t. 2.
Bush, Peter, *The Voice of the Turtle. An Anthology of Cuban Stories*, prólogo de Octavio Armand, Londres, Quartet Books, 1997.
Caballero Bonald, José Manuel, *Narrativa cubana de la Revolución*, Madrid, Alianza Editorial, 1968.
Cámara, Madeline, *Cuentos cubanos contemporáneos 1966-1990*, Xalapa, Universidad Veracruzana, 1989.
Cohen, J. M., *Writers in the New Cuba: An Anthology*, Baltimore, Penguin Books, 1967.
Cuentos, Santiago de Cuba, Ediciones 1964, 1965.
Cuentos cubanos, Barcelona, Laia, 1974.

* Esta bibliografía se limita a antologías dedicadas al cuento cubano del siglo XX o parte de él, o centradas en temáticas específicas dentro de ese periodo, y publicadas tanto en Cuba como en el extranjero. Utiliza como base la que realizaron Zaida Capote Cruz y Dania Vázquez Matos en 1990 para el Instituto de Literatura y Lingüística, de La Habana, y que permanecía inédita. Se ha actualizado y ordenado por los nombres de los antólogos, que en muchos casos son también autores de los prólogos o estudios introductorios. No todas son antologías en sentido estricto, pero hemos preferido partir de un criterio amplio y excluir sólo aquellos volúmenes que no son fruto de una selección, sino recopilaciones que responden a criterios extraliterarios (ganadores de ciertos premios, participantes en determinados eventos, etcétera).

Dice la palma, La Habana, Letras Cubanas, 1979.
Eguren, Gustavo, *Cuentos del mar,* La Habana, Letras Cubanas, 1981.
——, *Cuentos sobre la violencia,* La Habana, Letras Cubanas, 1983.
Feijóo, Samuel, *Cuentos cubanos de humor,* La Habana, Letras Cubanas, 1979.
——, *Cuentos populares cubanos,* 1, Santa Clara, Universidad Central de las Villas, 1960.
——, *Cuentos populares cubanos,* 2, Santa Clara, Universidad Central de las Villas, 1962.
Ferreiro, Pilar A., *Cuentos rurales cubanos del siglo* XX, La Habana, Letras Cubanas, 1984.
Fornet, Ambrosio, *Antología del cuento cubano contemporáneo,* México, Ediciones Era, 1967.
——, *Cuentos de la Revolución cubana,* Santiago de Chile, Editorial Universitaria, 1971.
Garcés Larrea, Cristóbal, *Narradores cubanos contemporáneos,* Guayaquil, Ariel, 1973.
Garrandés, Alberto, *Aire de luz. Cuentos cubanos del siglo* XX, La Habana, Letras Cubanas, 1999.
——, *El cuerpo inmortal. 20 cuentos eróticos cubanos,* La Habana, Letras Cubanas, 1997.
González, Manuel Pedro, y Margaret S. Husson, *Cuban Short Stories,* Nueva York, Thomas Nelson and Sons, 1942.
Guirao, Ramón, *Cuentos y leyendas negros de Cuba,* La Habana, Ediciones Mirador, 1942.
Hernández-Miyares, Julio E., *Narrativa y libertad: cuentos cubanos de la diáspora,* Miami, Ediciones Universal, 1996, 2 t.
Hurtado, Óscar, *Cuentos de ciencia ficción,* La Habana, Ediciones R, 1964.
Ibarzábal, Federico de, *Cuentos contemporáneos,* La Habana, Editorial Trópico, 1937.
Leyva Guerra, Juan, *Cuentos de la vida y la muerte,* Santiago de Cuba, Editorial Oriente, 1987.
Llopis, Rogelio, *Cuentos cubanos de lo fantástico y lo extraordinario,* La Habana, Ediciones Unión, 1968.
López Sacha, Francisco, *Cuba y Puerto Rico son. Cuentos cubanos,* La Habana, Ediciones Memoria, 1999.
——, *La isla contada. El cuento contemporáneo en Cuba,* prólogo de Manuel Vázquez Montalbán, San Sebastián, Tercera Prensa-Hirugarren Prensa, 1996.
——, y Salvador Redonet, *Fábula de ángeles,* La Habana, Letras Cubanas, 1994.
Manera, Danilo, *La baia delle gocce notturne. Racconti erotici cubani,* Lecce, BESA, 1995.

Manera, Danilo, *A labbra nude. Racconti dall'ultima Cuba,* Milán, Feltrinelli, 1995.
——, *Rumba senza palme né carezze. Racconti di donne cubane,* Milán, Feltrinelli, 1999.
——, *Vedi Cuba e poi muori. Fine secolo all'Avana,* Milán, Feltrinelli, 1997.
Martí, Agenor, *Cuentos policiacos cubanos,* La Habana, Letras Cubanas, 1980.
——, *Cuentos policiales cubanos,* La Habana, Letras Cubanas, 1983.
——, *Misterios para vencer,* La Habana, Letras Cubanas, 1988.
Martínez Matos, José, *Cuentos fantásticos cubanos,* La Habana, Letras Cubanas, 1979.
Mauri Sierra, Omar Felipe, *Cuentos desde La Habana, últimos narradores cubanos,* Alicante, Aguaclara, 1996.
Miranda, Julio, *Antología del nuevo cuento cubano,* Caracas, Editorial Domingo Fuentes, 1969.
Mujeres y el sentido del humor, Las, La Habana, Letras Cubanas, 1986.
Nuevos cuentos cubanos, La Habana, Ediciones Unión, 1964.
Oviedo, José Miguel, *Antología del cuento cubano,* Lima, Ediciones Paradiso, 1968.
Padura, Leonardo, *El submarino amarillo. (Cuento cubano 1966-1991.) Breve antología,* México, UNAM-Ediciones Coyoacán, 1993.
Paz, Senel, *Los muchachos se divierten. Nuevos cuentistas cubanos,* La Habana, Editora Abril, 1989.
Pérez, Emma, *Cuentos cubanos,* La Habana, Cultural, 1945.
Pita Rodríguez, Félix, *El cuento en la Revolución. Antología,* La Habana, Ediciones Unión, 1975.
Portuondo, José Antonio, *Cuentos cubanos contemporáneos,* México, Editorial Leyenda, 1946.
Redonet, Salvador, *El ánfora del diablo. Novísimos cuentistas cubanos,* La Habana, Ediciones Extramuros, 1999.
——, *Para el siglo que viene: (post)novísimos narradores cubanos,* Zaragoza, Prensas Universitarias de Zaragoza, 1999.
——, *Los últimos serán los primeros,* La Habana, Letras Cubanas-Instituto de Cooperación Iberoamericana-Embajada de España, 1993.
Reloba, Juan Carlos, *Contactos,* La Habana, Gente Nueva, 1988.
——, *Contar quince años,* La Habana, Gente Nueva, 1987.
——, *Cuentos cubanos de ciencia ficción,* La Habana, Gente Nueva, 1981.
——, *20 relatos cubanos,* La Habana, Gente Nueva, 1980.
Rivera, Frank, *Cuentos cubanos,* Miami, Ediciones Universal, 1992.
Rivero García, José, y Omar González Jiménez, *Cuentistas jóvenes,* La Habana, Arte y Literatura, 1978.
Riverón, Rogelio, *Palabra de sombra difícil. Cuentos cubanos contemporáneos,* La Habana, Editora Abril-Letras Cubanas, 2001.

Rodríguez Feo, José, *Aquí once cubanos cuentan,* Montevideo, Arca, 1967.
——, *Cuentos. Antología,* La Habana, Ediciones Unión, 1967.
Seoane, José, *Cuentos de aparecidos,* Santa Clara, Universidad Central de las Villas, 1963.
Shor, Jacqueline, *Nós que ficamos (contos cubanos),* São Paulo, Marco Zero, 2001.
Selección de cuentos cubanos, La Habana, MINED-Editorial Nacional de Cuba, 1962.
Strausfeld, Michi, *Nuevos narradores cubanos,* Madrid, Ediciones Siruela, 2000. Existe una edición alemana *(Cubanísimo,* Francfort, Suhrkamp, 2000) y una francesa *(Des nouvelles de Cuba 1990-2000,* París, Editions Métailié, 2001), con ligeras variantes respecto a aquéllas.
Subercaseaux, Bernardo, *Narrativa de la joven Cuba,* Santiago de Chile, Editorial Nascimento, 1971.
Travieso, Julio, *Cuentos sobre el clandestinaje,* La Habana, Letras Cubanas, 1983.
Valdés, Berardo, *Panorama del cuento cubano,* Miami, Ediciones Universal, 1976.
20 cuentos cortos cubanos, La Habana, Instituto del Libro, 1969.
Yáñez, Mirta, y Marilyn Bobes, *Estatuas de sal. Cuentistas cubanas contemporáneas. Panorama crítico (1959-1995),* introducción de Mirta Yáñez; apéndices de Luisa Campuzano y Nara Araújo, La Habana, Ediciones Unión, 1996.
Walsh, Rodolfo, *Crónicas de Cuba,* Buenos Aires, Editorial Jorge Álvarez, 1969.
Zamora, Bladimir, *Cuentos de la remota novedad,* La Habana, Gente Nueva, 1983.

Los autores

ALONSO, DORA (1910-2001). Obtuvo el Premio Nacional de Novela en 1944 con *Tierra adentro;* el Hernández Catá de cuento en 1947, y el Casa de las Américas en dos ocasiones: en 1961 con la novela *Tierra inerme,* y en 1980 con la novela para niños *El valle de la pájara pinta.* Ha escrito para la radio, la televisión y el teatro. Entre sus libros de relatos se encuentra *Once caballos* (1970), al cual pertenece el cuento homónimo incluido aquí. En 1988 se le concedió el Premio Nacional de Literatura.

ARANGO, ARTURO (1955). Narrador, ensayista y editor. Su primer libro de cuentos fue *Salir al mundo* (1981); con el segundo, *La vida es una semana* (1990), obtuvo el Premio UNEAC en 1988. A su volumen *La Habana elegante* (1995) pertenecen "Bola, bandera y gallardete" –ganador del tercer premio del concurso de cuento Juan Rulfo, otorgado por el Centro Cultural de México en Francia, en 1992– y "Lista de espera", llevado al cine bajo la dirección de Juan Carlos Tabío. Es, además, autor de las novelas *Una lección de anatomía* (1998) y *El libro de la realidad* (2001). Se desempeña como jefe de redacción de *La Gaceta de Cuba.*

ARENAL, HUMBERTO (1926). Narrador y dramaturgo, escribió la primera novela de la Revolución, *El sol a plomo* (1959), y otras más recientes como *Los animales sagrados* (1967), *A Tarzán, con seducción y engaño* y *¿Quién mató a Iván Ivanovich?*, ambas de 1995. A él pertenecen los libros de cuentos *La vuelta en redondo* (1962), *En el centro del blanco* (1989) y *El mejor traductor de Shakespeare* (1999). "El caballero Charles" pertenece a la colección *El tiempo ha descendido* (1964).

ARENAS, REINALDO (1943-1990). Narrador, poeta y dramaturgo. Trabajó en la Biblioteca Nacional José Martí y como editor de *La Gaceta de Cuba.* En 1965 obtuvo primera mención en el Premio UNEAC con la novela *Celestino antes del alba,* editada dos años después. Salió de Cuba en 1980, a través del éxodo marítimo del Mariel. Su extensa bibliografía incluye las novelas *El mundo alucinante* (1969), *El palacio de las blanquísimas mofetas* (1980), *Otra vez el mar* (1982), *Arturo, la estrella más brillante* (1984), *La loma del Ángel* (1987), *El portero* (1989), *El color del verano* (1991) y *El asalto* (1991); los volúmenes de cuentos *Con los ojos cerrados* (1972), *Termina el desfile* (1980), de donde se tomó "Los heridos", *Viaje a La Habana* (1990), *Final de un cuento* (1991) y

Adiós a mamá (1995); tres poemarios; el volumen de artículos y ensayos *Necesidad de libertad* (1986); el tomo de piezas teatrales *Persecución* (1986), y la autobiografía *Antes que anochezca* (1992).

BENÍTEZ ROJO, ANTONIO (1931). Con *Tute de reyes* obtuvo el Premio Casa de las Américas de cuento en 1967. A este volumen pertenece "Estatuas sepultadas", relato que sirvió de base a la película *Los sobrevivientes,* dirigida por Tomás Gutiérrez Alea. Es autor, además, de libros como *El escudo de hojas secas* (cuento, 1969), *La tierra y el cielo* (cuento, 1979), *El mar de las lentejas* (novela, 1979) y *El enigma de los esterlines* (novela para jóvenes, 1980). Es profesor en los Estados Unidos, donde dio a conocer en 1989 el ensayo *La isla que se repite. El Caribe y la perspectiva postmoderna.*

BORRERO ECHEVERRÍA, ESTEBAN (1849-1906). Ejerció como maestro desde los once años de edad. Alcanzó el grado de coronel durante la guerra y padeció penurias de todo tipo. Escribió y publicó poemarios, libros de texto, tratados científicos, discursos políticos y el primer libro de cuentos de un autor cubano: *Lectura de Pascuas* (1899). "El ciervo encantado" apareció, con el subtítulo de "Cuento prehistórico", en 1905.

CABRERA, LYDIA (1899-1991). Etnóloga y narradora. Entre los principales títulos de su importante labor como investigadora de la cultura y la religión afrocubanas, figuran *El Monte* (1954), *Refranes de negros viejos* (1955), *Anagó. Vocabulario lucumí* (1957), *La Sociedad Secreta Abakúa, narrada por viejos adeptos* (1958), *Yemayá y Ochún* (1974), *Anaforuana* (1975), *Vocabulario congo* (1984), *Otán Iyebiyé: las piedras preciosas* (1986), *Supersticiones y buenos consejos* (1987) y *Los animales en el folklore y la magia de Cuba* (1988). Su producción narrativa está recogida en *Cuentos negros de Cuba* (1940), *¿Por qué? Cuentos negros de Cuba* (1948), *Ayapá: cuentos de Jicotea* (1971), al que pertenece "La porfía de las Comadres", y *Cuentos para adultos niños y retrasados mentales* (1983).

CACHÁN, MANUEL (1942). Narrador. Es profesor asociado de literatura latinoamericana en Valdosta State University. Ha publicado los volúmenes de relatos *Cuentos políticos* (1971), *Cuentos de aquí y de allá* (1977), *Al son del tiple y el güiro...* (1987) y *Ángeles con acento sureño* (1997). A éste pertenece "La reencarnación de los difuntos".

CARPENTIER, ALEJO (1904-1980). Tras renegar de su primera novela (*¡Ecue-Yamba-O!,* 1933), escribió "Viaje a la semilla", relato con que comienza –en 1944– su madurez narrativa. Dos años después, por encargo del Fondo de Cultura Económica, escribe y publica *La música en Cuba,* y en 1949, con *El reino de este mundo,* iniciaría una obra novelística que incluye títulos como *Los pasos perdidos* (1953), *El siglo de las luces* (1962) y *Concierto barroco* (1974). Reunió algunos de sus cuentos en *Guerra del tiempo* (1958), y los ensayos en *Tientos y diferencias*

(1964). En 1977 se convirtió en el primer escritor latinoamericano en recibir el Premio Cervantes.

CASEY, CALVERT (1924-1969). Fue colaborador de *Ciclón*. "El paseo" pertenece al libro *El regreso*, publicado en 1962. Al año siguiente apareció otro volumen de cuentos titulado *La ejecución*. Es autor también del libro de crítica y ensayo *Memorias de una isla* (1964), y dejó inconclusa la novela *Piazza Morgana*. Se suicidó en Roma.

CASTELLANOS, JESÚS (1879-1912). No llegó a cumplir treinta y tres años y fue, sin embargo, el verdadero iniciador del cuento en Cuba. Con poco más de veinte publicó sus primeros artículos y caricaturas. En 1906 dio a conocer el volumen *De tierra adentro*, y dos años después su mejor y más antologado cuento, "La agonía de 'La Garza'". Ese mismo año ganó los Juegos Florales del Ateneo de La Habana por la novela *La conjura*, y en 1910 –fecha en que fundó la Sociedad de Conferencias y la Sociedad de Fomento del Teatro– dio a conocer su novela corta *La manigua sentimental*.

COLLAZO, MIGUEL (1936-1999). Como narrador (porque ejerció, además, una efímera carrera de pintor) escribió una obra en la que cupieron libros fantásticos, de ciencia ficción y realistas. Algunos de sus títulos –con los que obtuvo en dos ocasiones el Premio de la Crítica– son: *El libro fantástico de Oaj* (novela, 1966), *El viaje* (novela, 1968), *Onoloria* (relato, 1973), *Estación central* (novela, 1993) y *Dulces delirios* (cuento, 1996). A este volumen pertenece "En candela".

DÍAZ, JESÚS (1941-2002). Se dio a conocer con el Premio Casa de las Américas que obtuvo en 1966 su libro de cuentos *Los años duros*. Desde entonces desarrolló una amplia obra como narrador y cineasta, que incluye el volumen de cuentos *Cantos de amor y de guerra* (1979) y las películas *Polvo rojo* (1981) y *Lejanía* (1985). A él se deben, entre otras, las novelas *Las iniciales de la tierra* (1987) y *Las palabras perdidas* (1992). Murió en Madrid, donde había fundado y dirigía la revista *Encuentro de la Cultura Cubana*. En ella apareció "El pianista árabe", que pronto será incluido en un volumen de sus cuentos preparado por la editorial Espasa-Calpe.

DIEGO, ELISEO (1920-1994). Poeta, narrador, ensayista y traductor, fue uno de los fundadores del grupo Orígenes. A su intensa y reconocida obra poética se suman *En las oscuras manos del olvido* (1942) y *Divertimentos* (1946), de donde está tomado el texto que aparece en esta antología. Recogió algunas otras narraciones bajo el título de *Noticias de la quimera* (1975). Fue galardonado con el Premio Nacional de Literatura en 1986 y con el Premio de Literatura Latinoamericana y del Caribe Juan Rulfo en 1992.

FERNÁNDEZ, ARÍSTIDES (1904-1934). Vivió con igual pasión su entrega a la literatura y a la pintura. La primera lo condujo a escribir unos cuentos fantásticos de difícil clasificación; la segunda le costó la vida (fue víctima de los pigmentos que él mismo preparaba). Ganó un lugar en la literatura cubana con unos escasos cuentos que no llegó a ver publicados, a los que enumeró, como todo título, del "1" al "17", y que los antólogos y críticos sucesivos han rebautizado. "¡Las cosas raras!" es el cuento "14".

FERNÁNDEZ, ROBERTO G. (1950). Desde 1961 reside en los Estados Unidos. En 1975 publicó su primer libro, *Cuentos sin rumbos,* al que pertenece "La llamada". Es autor, además, de otros dos libros de cuentos: *La vida es un special* (1981) y *La montaña rusa* (1985).

FUENTES, NORBERTO (1943). Su libro de cuentos *Condenados de Condado* obtuvo el Premio Casa de las Américas en 1968; a él pertenece "El Capitán Descalzo". Es autor también del libro de reportajes *Posición uno* (1982), de *Hemingway en Cuba* (1984) y de un volumen sobre la lucha contra bandidos: *Nos impusieron la violencia* (1986). En el exilio dio a conocer *Dulces guerreros cubanos.*

HERAS LEÓN, EDUARDO (1940). Fue artillero en Girón y profesor de periodismo. Con *La guerra tuvo seis nombres* ganó el Premio David para escritores inéditos en 1968. Dos años más tarde obtuvo mención en el Premio Casa de las Américas con *Los pasos en la hierba* (libro que incluye el cuento recogido aquí). Es autor también de *Acero* (1977), *Cuestión de principio* (1986) y *La nueva guerra* (1989). Una antología personal de sus cuentos apareció en México en 1995 bajo el título de *La noche del capitán.* Fundó y dirige el Taller de Creación Literaria Onelio Jorge Cardoso.

LABRADOR RUIZ, ENRIQUE (1902-1991). El mismo año en que aparecieron *¡Ecue-Yamba-O!,* de Alejo Carpentier, y *El negrero,* de Lino Novás Calvo (1933), publicó *El laberinto de sí mismo,* la más experimental de esas novelas. Su obsesión renovadora trasciende sus propias clasificaciones de "novelas gaseiformes", "novelines neblinosos", "novela caudiforme", etc. Con *La sangre hambrienta* obtuvo el Premio Nacional de Novela en 1950. "Conejito Ulán" ganó en 1946 el Premio Hernández Catá, y al año siguiente fue recogido en el volumen *Carne de quimera.* Se exilió en 1976 y murió en Miami en 1991, donde ese mismo año apareció *Cartas a la carte.*

LÓPEZ SACHA, FRANCISCO (1950). Narrador y crítico. Ha dedicado varios estudios y antologías al cuento cubano. Es autor de la novela *El cumpleaños del fuego* (1986) y de los libros de cuentos *La división de las aguas* (1987), *Descubrimiento del azul* (1987) y *Análisis de la ternura* (1988). "Dorado mundo", relato con el que había ganado el Premio de La Gaceta de Cuba, da título al libro con el que mereció el Premio de Cuento Alejo Carpentier, convocado por el Instituto Cubano del Libro, en 2001. Preside la Asociación de Escritores de la Unión de Escritores y Artistas de Cuba.

MATAS, JULIO (1931). Narrador, dramaturgo, ensayista y poeta. Estudió derecho en la Universidad de La Habana y se doctoró en letras en Harvard University. Es también egresado del Seminario de Arte Dramático de La Habana. Durante veinticuatro años impartió clases de literaturas hispánicas en la Universidad de Pittsburgh. Fue además secretario de la *Revista Iberoamericana*. Su bibliografía incluye los volúmenes de cuentos *Catálogo de imprevistos* (1963), *Erinia* (1971) y *Transiciones, migraciones* (1993), de donde fue tomado "Apocalíptica", el poemario *Retrato de tiempo* (1959) y los ensayos *Contra el honor* (1974) y *La cuestión del género literario* (1979). Su producción teatral aparece recogida en tres volúmenes: *El extravío. La crónica y el suceso. Aquí cruza el ciervo* (1990), *Juegos y rejuegos* (1992) y *El rapto de La Habana* (2002). Reside en Miami.

MEJIDES, MIGUEL (1950). Narrador al que se deben los volúmenes de cuentos *Tiempo de hombres* (1978, Premio David 1977), *El jardín de las flores silvestres* (1982), ganador del Premio UNEAC, *Mi prima Amanda* (1988) y *Rumba Palace* (1995), así como las novelas *La habitación terrestre* (1982) y *Perversiones en el Prado* (1999). Vive en La Habana.

MIRANDA, JULIO E. (1945-1998). Poeta, narrador y crítico. En su extensa bibliografía figuran los poemarios *Maquillando el cadáver de la revolución* (1977), *Parapoemas* (1978), *Vida del otro* (1982), *Anotaciones de otoño* (1987), *Rock urbano* (1989) y *Cielo de piedra* (2000); los volúmenes de cuentos *El guardián del museo* (1992), *Sobre vivientes* (1992), de donde tomamos "Isla tan dulce", y *Luna de Italia* (1995); la novela *Casa de Cuba* (1990), y los ensayos *Nueva literatura cubana* (1971), *Proceso a la narrativa venezolana* (1975), *Cine de papel* (1995) y *Retrato del artista encarcelado* (1999). Residió hasta su muerte en Venezuela, donde desarrolló una importante y activa labor como traductor y compiló y prologó varias antologías.

MONTENEGRO, CARLOS (1900-1981). Vida novelesca, si las hay, cumple un intenso periplo que lo lleva de una aldea en Galicia a la cárcel en La Habana bajo la acusación de homicidio. Desde ella, gana un concurso literario con "El renuevo" en 1928, cuento que dará título a un libro del año siguiente (del que forma parte "El caso de William Smith"). Luego publica otro par de libros de cuentos, *Dos barcos* (1934) y *Los héroes* (1941), y una novela sobre su experiencia carcelaria: *Hombres sin mujer* (1938). Se exilió poco después del triunfo de la Revolución.

MONTERO, REINALDO (1952). Narrador y dramaturgo. Ha publicado, además, algunos libros de poesía, y diversos guiones suyos han sido llevados al cine. Obtuvo el Premio Casa de las Américas en 1986 con *Donjuanes*, libro al que pertenece su cuento antologado aquí. Con "Trabajos de amor perdidos" ganó el Premio Juan Rulfo que entrega el Centro Cultural de México en Francia, en 1996. También ha sido galardonado por sus piezas teatrales. Es autor, además, de *Fabriles* (1988), *El suplicio de Tántalo (otra vez)* (1994) y de la novela *Misiones* (2000).

NOVÁS CALVO, LINO (1903-1983). Inmigrante gallego, ejerció los más disímiles oficios de la sobrevivencia: limpiapisos, boxeador, contrabandista. Fue, al mismo tiempo, miembro del Quinto Regimiento en la Guerra Civil española y traductor de Faulkner. Con "La luna nona" –cuento que da título al libro en que aparece "La noche de Ramón Yendía"– ganó la primera convocatoria del Premio Hernández Catá. Es autor también de la novela *Pedro Blanco, el negrero* (1933) y del libro de cuentos *Cayo Canas* (1946). Marchó al exilio en fecha temprana, y allí publicó, en 1970, *Maneras de contar.*

PAZ, SENEL (1950). En 1979, seis años después de haberse graduado en periodismo, apareció su libro de cuentos *El niño aquel,* con el que había obtenido el Premio David para escritores inéditos. *Un rey en el jardín,* su primera y hasta el momento única novela, vio la luz en 1983. Con "El lobo, el bosque y el hombre nuevo" ganó en 1990 el Premio Juan Rulfo de cuento, convocado por Radio Francia Internacional. Fue publicado en México al año siguiente, como libro independiente, y llevado al cine en Cuba con el título de *Fresa y chocolate,* bajo la dirección de Tomás Gutiérrez Alea y Juan Carlos Tabío. Ha desarrollado una intensa labor como guionista de cine en su país y España.

PIÑERA, VIRGILIO (1912-1979). Integrante primero y después disidente del grupo Orígenes, fundó, junto con José Rodríguez Feo, la revista *Ciclón.* Vivió varios años en Buenos Aires como becario o humilde funcionario del consulado cubano. Allí publicó, en 1956, sus *Cuentos fríos,* libro que incluye el relato "La cara". Fue también prolífico y reconocido como novelista, poeta y, sobre todo, dramaturgo (una de sus piezas, *Dos viejos pánicos,* ganó el Premio Casa de las Américas en 1968). Muchos de sus cuentos se han publicado de forma póstuma.

PITA RODRÍGUEZ, FÉLIX (1909-1990). Integró la delegación cubana al Congreso de Intelectuales de Valencia en 1937. Con "Cosme y Damián" ganó –en 1946– el Premio Hernández Catá. Antes había publicado su primer libro de cuentos, *San Abul de Montecallado.* Luego vendrían *Tobías* (1955), *Esta larga tarea de aprender a morir* (1960) y otros. Fue también poeta, periodista y traductor. Se le concedió el Premio Nacional de Literatura en 1985.

SERPA, ENRIQUE (1900-1968). Perteneció al Grupo Minorista. En 1937 publicó su primer libro de cuentos, *Felisa y yo,* y al año siguiente obtuvo el Premio Nacional de Novela por *Contrabando.* En México fue condecorado con la Orden del Águila Azteca, y poco después dio a conocer la novela *La trampa* (1956). "Aletas de tiburón" fue escrito en 1928.

TORRIENTE BRAU, PABLO DE LA (1901-1936). Su primer y único libro de cuentos, escrito a cuatro manos, fue *Batey* (1930). Se fue a la guerra de España a luchar por la República; murió siendo comisario político. Póstumamente se publicaron la novela *Aventuras del soldado desconocido cubano* (1940), y varios de sus reportajes y trabajos periodísticos como *Pluma en ristre* (1949), *Realengo 18* (1961) y *Presidio Modelo* (1969).

VERA LEÓN, ANTONIO (1957). Narrador y ensayista. Estudió un doctorado en literatura hispanoamericana en la Universidad de Princeton. En la actualidad es profesor de literatura latinoamericana en Stony Brook University y editor de la revista *Apuntes Posmodernos.* Tiene publicados el libro de cuentos *Pedir de boca* (2000) –que incluye "Trenes desde abajo"– y el ensayo *Textos cruciales: uso del relato de vida* (2001). Reside en Long Island.

VICTORIA, CARLOS (1950). Novelista y cuentista. Comenzó a estudiar lengua y literatura inglesas en la Universidad de La Habana, pero en 1971 fue expulsado por motivos políticos. En 1980 salió de la isla a través del éxodo marítimo del Mariel. Ha publicado las novelas *Puente en la oscuridad* (Premio Letras de Oro, 1993), *La travesía secreta* (1994) y *La ruta del mago* (1997), así como los volúmenes de narraciones *Las sombras en la playa* (1992) y *El resbaloso y otros cuentos* (1997). "La ronda" pertenece a este último. Reside en Miami, donde trabaja como redactor en el diario *The Miami Herald.*

VIETA, EZEQUIEL (1922-1995). A su primer libro de cuentos, *Aquelarre* (1954), pertenece "El ostión". Con *Vivir en Candonga* ganó el Premio UNEAC de novela en 1966. Sus *Cuentos selectos* (2001) resumen una obra en la que se cuentan también los volúmenes *Swift: la lata de manteca* (1980), *Mi llamada es* (1982) y *Baracutey* (1984, ganador del Premio de la Crítica). Es autor de una singular novela titulada *Pailock* (ganadora del Premio de la Crítica en 1992), de varias obras de teatro y del volumen de ensayo *El mundo subterráneo* (1997).

VILLAVERDE, FERNANDO (1938). Narrador y cineasta. Entre 1959 y 1965 trabajó en Cuba como guionista y director de documentales. Ha publicado los volúmenes de cuentos *Crónicas del Mariel* (1992), *Los labios pintados de Diderot* (Premio Letras de Oro, 1993), al cual pertenece el cuento antologado, y *Las tetas europeas* (1997) y el poemario *Cuaderno de caligrafía* (1994). Fue crítico literario de la edición en español del diario *The Miami Herald.* Vive en España.

YÁÑEZ, MIRTA (1947). Es autora de varios libros de cuentos y de poemas. Entre los primeros se encuentran *Todos los negros tomamos café* (1976), *La Habana es una ciudad bien grande* (1980), *La hora de los mameyes* (1983) y *El diablo son las cosas* (1988), volumen que obtuvo el Premio de la Crítica y al que pertenece "Kid Bururú y los caníbales".

Narraciones desordenadas e incompletas (1997) recoge una selección de ellos. Es coantóloga (junto con Marilyn Bobes) del volumen *Estatuas de sal. Cuentistas cubanas contemporáneas* (1996).

ZEQUEIRA RAMÍREZ, RAFAEL (1950). Narrador. "La trágica muerte del doble nueve" integra el volumen de cuentos *El Winchester de Durero* (1999). Ha obtenido, entre otros premios, el de cuento que convoca la revista mexicana *Plural.* Reside en España.

Índice

Este libro se terminó de imprimir en noviembre de 2002 en los talleres de Impresora y Encuadernadora Progreso, S. A. de C. V. (IEPSA), Calz. San Lorenzo, 244; 09830 México, D. F. En su tipografía, parada en el Taller de Composición Electrónica del FCE, se emplearon tipos Poppl-Pontifex de 10:14 y 8:9 puntos. La edición, que consta de 2000 ejemplares, estuvo al cuidado de *Isaías Acuña Sánchez.*